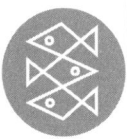

Jack London

In einem fernen Land

Ausgewählte Erzählungen

Aus dem Amerikanischen
von Rainer von Savigny
und Renate Sandner

Herausgegeben von
Roger Willemsen

Fischer Taschenbuch Verlag

Veröffentlicht im Fischer Taschenbuch Verlag,
ein Unternehmen der S. Fischer Verlag GmbH,
Frankfurt am Main, August 2011

© für die deutschen Übersetzungen:
1995 Patmos Verlag GmbH & Co. KG, Düsseldorf
© für die Auswahl und das Nachwort:
S. Fischer Verlag GmbH,
Frankfurt am Main 2011
Satz: pagina GmbH, Tübingen
Druck und Bindung: CPI – Clausen & Bosse, Leck
Printed in Germany
ISBN 978-3-596-90350-4

Unsere Adressen im Internet:
www.fischerverlage.de
www.fischer-klassik.de

Inhalt

DER HEIDE

Ich begegnete ihm zum erstenmal in einem Orkan, und obwohl wir diesen Orkan auf demselben Schoner durchgestanden hatten, bekam ich ihn erst zu Gesicht, als das Schiff unter unseren Füßen in Stücke gegangen war. Zweifellos hatte ich ihn vorher unter der Kanakenmannschaft an Bord gesehen, doch seine Existenz nicht zur Kenntnis genommen, da die *Petite Jeanne* ziemlich vollgestopft war. Neben ihren acht oder zehn eingeborenen Matrosen, dem weißen Kapitän, dem ebenfalls weißen Steuermann und Frachtaufseher und den sechs Kajütreisenden war sie mit etwa fünfundachtzig Deckpassagieren von Rangiroa ausgelaufen – Eingeborenen aus Paumotu und Tahiti, Männern, Frauen und Kindern, die allesamt mit Kisten und Kästen ausgestattet waren, um von den Schlafmatten, Decken und Kleiderbündeln erst gar nicht zu reden.

Die Zeit der Perlenfischerei auf den Paumotu-Inseln war vorüber, und alle Saisonarbeiter kehrten nach Tahiti zurück. Wir sechs Kajütpassagiere waren Perlenaufkäufer. Zwei von uns waren Amerikaner, einer war Ah Choon (der weiseste Chinese, der mir je begegnet ist), einer war Deutscher, einer ein polnischer Jude, und ich machte das halbe Dutzend voll.

Es war eine erfolgreiche Saison gewesen. Keiner von uns hatte Grund zu klagen, die fünfundachtzig Deckpassagiere eingerechnet. Alle hatten gut verdient, und alle freuten sich auf eine Verschnaufpause und eine vergnügliche Zeit in Papeete.

Natürlich war die *Petite Jeanne* überladen. Sie hatte nur siebzig Tonnen und hätte von Rechts wegen nicht einmal ein Zehntel dieser Menschenmenge mit an Bord nehmen dürfen. Unter Deck war sie bis zum Rande mit Perlmutt und Kopra vollgepfropft. Selbst das Warenlager hatte herhalten müssen. Es war ein Wunder, daß die Matrosen überhaupt die Segel bedienen konnten. Auf den Decks war kein Vorwärtskommen. So hangelten sie sich einfach an der Reling entlang.

In der Nacht stiegen sie über die Schläfer, die, mein Wort darauf, in zwei Schichten übereinander lagen. Ach, und dann waren da auch noch Schweine und Hühner an Deck und Säcke mit Yamswurzeln; und jedes freie Fleckchen war mit Girlanden aus Trinkkokosnüssen und Bananenbüscheln behängt. Zwischen den Fock- und den Großmastwanten hatte man auf beiden Seiten Geitaue gespannt, gerade so hoch, daß die Baumfock noch übergehen konnte, und auch von jedem dieser Taue baumelten mindestens fünfzig Bananenstauden.

Die Überfahrt versprach alles andere als gemütlich zu werden, selbst wenn wir es in den zwei bis drei Tagen schaffen sollten, die bei frischem Südostpassat erforderlich waren. Doch der wehte nicht. Nach den ersten fünf Stunden erstarb der Wind wie mit einem Dutzend keuchender Atemzüge. Die ganze Nacht lang und auch noch den darauffolgenden Tag dauerte die Windstille an – eine dieser gleißenden, glasklaren Flauten, bei denen einem allein schon der Gedanke, die Augen zu öffnen, um in sie hineinzusehen, Kopfschmerzen verursacht.

Am zweiten Tag starb ein Mann – er stammte von den Osterinseln und war in dieser Saison einer der besten Taucher in der Lagune gewesen. Er starb an Pocken, wie sich herausstellte, obwohl mir das unerklärlich ist, weil noch kein einziger Fall an Land aufgetreten war, als wir Rangiroa verließen. Aber es stimmte – es waren die Pocken –, ein Mann war tot, und drei andere hatte es bereits erwischt.

Und uns waren die Hände gebunden. Weder konnten wir die Kranken von den anderen isolieren, noch konnten wir sie pflegen. Wir reisten zusammengepfercht wie die Ölsardinen. Es blieb uns nichts anderes übrig, als dahinzusiechen und zu sterben – das heißt, nach der Nacht, die auf den ersten Todesfall folgte, blieb uns nichts anderes übrig. In dieser Nacht verschwanden der Steuermann, der Frachtaufseher, der polnische Jude und vier eingeborene Taucher mit dem großen Walboot.

Man hörte nie wieder etwas von ihnen. Am nächsten Morgen ließ der Kapitän prompt die übrigen Boote anbohren – und da saßen wir nun fest.

An diesem Tag gab es zwei Todesfälle; am folgenden Tag drei; dann erhöhte sich die Zahl auf acht. Es war seltsam zu beobachten, wie wir damit fertig zu werden versuchten. Die Eingeborenen zum Beispiel verfielen in einen Zustand sprachloser, lähmender Angst. Der Kapitän – er hieß Oudouse, ein Franzose – wurde sehr unruhig und redselig. Er bekam sogar nervöse Zuckungen. Er war ein großer, massiger Mann, der mindestens neunzig Kilo wog, und in kürzester Zeit entwickelte er eine verblüffende Ähnlichkeit mit einem bebenden Berg von Fett.

Der Deutsche, die beiden Amerikaner und ich kauften den gesamten Whiskyvorrat an Bord auf und sprachen kontinuierlich dem Alkohol zu. Die Theorie war grandios – wenn wir uns so aufgeheizt hielten, würde jeder Erreger, der mit uns in Berührung kam, sofort zu Asche verglühen. Und es funktionierte, obwohl ich zugeben muß, daß auch Kapitän Oudouse und Ah Choon von der Krankheit verschont blieben. Der Franzose trank überhaupt nicht, während sich Ah Choon auf ein Gläschen pro Tag beschränkte.

Es war eine nette Zeit. Die Sonne, die in die nördliche Deklination eintrat, stand direkt über uns. Es herrschte Windstille, abgesehen von häufigen Sturmböen, deren Dauer von fünf Minuten bis zu einer halben Stunde variierte und die uns zum Abschied mit Wolkenbrüchen überschütteten. Nach jeder Bö kam dann die schreckliche Sonne wieder hervor und ließ Dampfschwaden von den durchtränkten Decks aufsteigen.

Dieser Dampf war nicht angenehm. Es war der Dunst des Todes, beladen mit Millionen und Abermillionen von Krankheitskeimen. Jedesmal, wenn wir ihn von den Toten und Sterbenden aufsteigen sahen, gossen wir uns noch einen Schluck ein – und meistens genehmigten wir uns zwei oder drei besonders kräftig gemischte Gläser. Wir machten es uns auch zur Regel, uns immer noch ein paar Extragläser zu gönnen, wenn sie die Toten über Bord warfen und den Haien, die uns umschwärmten, überließen.

So hielten wir es eine Woche lang; dann ging uns der Whisky aus. Das war auch gut, denn sonst wäre ich jetzt nicht mehr am Leben. Um das, was nun folgte, zu überstehen, mußte man schon nüchtern sein, wie mir jeder zugeben wird, wenn ich ergänzend hinzufüge, daß nur zwei es tatsächlich geschafft haben. Der andere war der Heide – so nannte jedenfalls Kapitän Oudouse ihn in dem Augenblick, als ich diese Person zum erstenmal bewußt wahrnahm. Aber darauf komme ich später zurück.

Es war am Ende der Woche – die Whiskyvorräte waren aufgebraucht und die Perlenhändler nüchtern –, als mein Blick zufällig auf das Barometer fiel, das am Niedergang hing. Sein Normalstand im Paumotu-Archipel betrug 29,90, und Schwankungen zwischen 29,85 bis 30,0 oder sogar 30,05 waren durchaus üblich; doch selbst der betrunkenste Perlenhändler, der je seine Pockenbazillen mit schottischem Whisky verbrannt hatte, würde wieder nüchtern werden, wenn er es wie ich auf dem Tiefstand von 29,62 gesehen hätte.

Ich machte Kapitän Oudouse darauf aufmerksam, nur um von ihm zu erfahren, daß er den fallenden Luftdruck bereits seit mehreren Stunden beobachte. Da war nicht viel zu machen, doch das wenige erledigte er in Anbetracht der Umstände sehr gut. Er holte die Schönwettersegel ein, ließ Sturmbesegelung anschlagen, spannte Rettungsleinen und wartete auf das Unwetter. Fehler machte er erst, als es da war. Er drehte über Backbord bei, was südlich des Äquators richtig ist, wenn – und das ist der springende Punkt – *wenn* man sich *nicht* genau in der Bahn des Wirbelsturms befindet.

Wir befanden uns aber genau in seiner Bahn. Ich konnte das an der ständig zunehmenden Windstärke und an dem ebenso unaufhaltsam fallenden Barometer erkennen. Ich wollte, daß er wendete und vor raum-achterlichem Wind lief, solange das Barometer noch fiel, und dann beidrehte. Wir stritten, bis er hysterisch wurde, aber er wollte nicht nachgeben. Das Schlimmste war, daß ich die übrigen Perlenhändler nicht auf meine Seite bringen konnte. Wer war ich denn schon, daß ich mehr über die See und ihre Tücken wissen wollte als ein richtiger Kapitän? – so stellte sich das aus ihrer Sicht fraglos dar.

Mit dem Wind wurde natürlich auch der Seegang immer stärker, und ich werde niemals die drei ersten Brecher vergessen, die die *Petite Jeanne* überrollten. Sie war abgefallen, wie es Schiffe manchmal tun, nachdem sie beigedreht haben, und schon die erste See schlug hoch über ihr zusammen. Die Rettungsleinen halfen nur den Kräftigen und Gesunden, und selbst denen nützten sie nicht viel, als Frauen und Kinder, Bananen und Kokosnüsse, Schweine und Kisten, Kranke und Sterbende als kompakte, schreiende und stöhnende Masse mit fortgerissen wurden.

Die zweite See flutete die Decks der *Petite Jeanne* bis an die Reling, und als ihr Heck versank und der Bug sich gen Himmel reckte, schwappte die ganze elende Ladung beseelter und unbeseelter Gegenstände nach achtern. Es war ein menschlicher Sturzbach. Mit Kopf oder Füßen voraus, auf der Seite, sich immer wieder überschlagend, verrenkt, verkrümmt, sich windend und verknäuelt, so kamen sie dahergeschossen. Ab und zu gelang es jemandem, sich an einem Pfosten oder einem Tau festzuhalten, doch die Wucht der nachfolgenden Leiber riß ihn unwiderstehlich mit.

Einen Mann sah ich, der geradewegs Kurs auf den Steuerbordpoller nahm. Sein Schädel zerschellte daran wie eine Eierschale. Mir war klar, was passieren würde, und ich kletterte auf das Kajütendach und von dort in das Großsegel. Ah Choon und einer der Amerikaner versuchten, mir zu folgen, aber ich war ihnen eine Nasenlänge voraus. Der Amerikaner wurde nach achtern mitgerissen und verschwand hinter dem Heck wie ein Stückchen Spreu im Wind. Ah Choon bekam eine Speiche des Steuerrades zu fassen und duckte sich dahinter. Doch eine stämmige *Wahine* (Frau) aus Raratonga – sie muß mindestens zwei Zentner gewogen haben – wurde gegen ihn gedrückt und schlang einen Arm um seinen Hals. Er packte den eingeborenen Rudergänger mit der anderen Hand – und gerade in dem Moment holte der Schoner nach Steuerbord über.

Der Strom von Körpern und Seewasser, der sich durch den Backbordgang zwischen Kajüte und Reling wälzte, änderte jäh seine Fließrichtung und ergoß sich nach Steuerbord. Weg waren sie – Wahine, Ah Choon und der Rudergänger; und ich schwöre, Ah Choon grinste mich mit philosophischer Schicksalsergebenheit an, als er über die Reling gespült wurde und versank.

Die dritte Sturzsee – die größte von den dreien – richtete nicht so viel Schaden an. Als sie kam, waren fast alle in der Takelage. Auf Deck rollten vielleicht noch ein Dutzend keuchender, halbertrunkener und halbbetäubter armer Teufel umher oder versuchten sich kriechend in Sicherheit zu bringen. Sie gingen über Bord, ebenso wie die Trümmer der beiden übriggebliebenen Boote. Die anderen Perlenhändler und ich konnten noch etwa fünfzehn Frauen und Kinder in die Kajüte bringen und hinter ihnen die Luken schließen. Letzten Endes half es jedoch den armen Wesen auch nicht viel.

Sturm? Nach allem, was ich erlebt hatte, hätte ich es nie für möglich gehalten, daß ein Sturm so wüten konnte. Man kann es einfach nicht beschreiben. Wie kann man einen Alptraum in Worte fassen? Mit dem Sturm war es ebenso. Er riß uns die Kleider vom Leib. Und ich meine das wörtlich, wenn ich sage, *er riß sie uns vom Leib*. Ich verlange ja nicht, daß man mir glaubt. Ich erzähle nur, was ich sah und was ich fühlte. Es gibt Zeiten, da ich es selbst nicht für möglich halte. Ich habe es durchgemacht, und das genügt. Man konnte sich diesem Sturm nicht entgegenstemmen, ohne mit dem Leben zu bezahlen. Er war ein Ungeheuer, und das Ungeheuerlichste an ihm war, daß er immer noch an Stärke zunahm.

Man muß sich ungezählte Millionen, ja Milliarden Tonnen von Sand vorstellen, sich vorstellen, daß sich dieser Sand mit einhundertfünfzig, einhundertsechzig, einhundertneunzig oder noch mehr Stundenkilometern vorwärtsbewegt. Man muß sich überdies auch noch ausmalen, daß diese Materie zwar unsichtbar und nicht zu greifen ist, jedoch die Wucht und Dichte von Sand besitzt. Wessen Einbildungskraft dabei nicht versagt, der bekommt vielleicht eine vage Ahnung davon, was für ein Sturm das war.

Sand ist möglicherweise nicht der richtige Vergleich. Eher war es wie Schlamm, unsichtbar, ungreifbar, aber schwer wie Schlamm. Nein, es war noch schlimmer. Man denke sich jedes einzelne Luftmolekül als einen ganzen Schlammwall für sich. Dann muß man versuchen, sich den ständigen Aufprall dieser Schlammassen vorzustellen. Nein, das übersteigt mein Ausdrucksvermögen. Die Sprache mag ausreichen, um die durchschnittlichen Lebensumstände zu schildern, aber sie kann unmöglich die Bedingungen beschreiben, die bei einem derartigen Sturm herrschen. Ich wäre besser bei meiner ursprünglichen Absicht geblieben und hätte erst gar keine Schilderung versucht.

Nur so viel will ich sagen: Die See, die sich zuerst aufgebäumt hatte, wurde durch diesen Wind niedergewalzt. Mehr noch – es schien, als sei der ganze Ozean in den Schlund des Orkans gesogen und durch den Teil des Raumes hochgerissen worden, den zuvor die Luft eingenommen hatte.

Unsere Segel waren natürlich längst verschwunden. Doch Kapitän Oudouse hatte etwas auf der *Petite Jeanne*, das ich vorher nie auf einem Südseeschoner gesehen habe – einen Treibanker. Er bestand aus einem spitz zulaufenden Segeltuchbeutel, dessen Öffnung durch einen großen Eisenreifen aufgehalten wurde. Der Treibanker war aufgehängt etwa wie ein Papierdrache, so daß er im Wasser schwebte wie ein Drache in der Luft – nur mit einem Unterschied. Der Seeanker blieb knapp unter der Wasseroberfläche in senkrechter Stellung. Ein langes Tau verband ihn mit dem Schoner. Infolgedessen drehte die *Petite Jeanne* ihren Bug immer in den Wind und gegen die anrollende See.

Die Situation wäre eigentlich recht günstig gewesen, hätten wir uns nicht mitten in der Bahn des Sturmes aufgehalten. Zwar

riß der Wind unsere Segel aus den Zeisingen, hievte die Mars-
stengen heraus und verknäulte das laufende Gut, doch würden
wir noch heil davongekommen sein, wenn wir uns nicht genau
vor dem herannahenden Sturmzentrum befunden hätten. Dadurch saßen wir in der Klemme. Ich war durch den ständigen
Winddruck am Ende meiner Kräfte, fühlte mich wie betäubt
und gelähmt und war wohl drauf und dran, aufzugeben und mit
dem Leben abzuschließen, als uns das Sturmzentrum traf. Der
Schlag, den wir erhielten, bestand in absoluter Windstille. Kein
Lufthauch war zu spüren. Die Wirkung auf uns war gräßlich.

Man darf nicht vergessen, daß wir stundenlang unter furchtbarer Muskelanspannung gestanden hatten, um dem schrecklichen Andruck zu widerstehen. Und dann war dieser Druck
plötzlich nicht mehr da. Ich weiß, daß ich das Gefühl hatte,
mich unaufhaltsam aufzublähen und fast schon zu zerplatzen.
Jedes einzelne Atom meines Körpers schien jedes andere Atom
abzustoßen und nahe daran zu sein, sich im Weltraum zu verlieren. Doch dieser Zustand dauerte nur einen Augenblick.
Dann kam der Untergang.

Nun, da der Winddruck gewichen war, bäumte sich die See
auf. Sie sprang, schnellte, schoß geradewegs auf die Wolken zu.
Dieser unvorstellbare Sturm, das darf man nicht vergessen, toste
aus allen Himmelsrichtungen auf das Ruhezentrum zu. Die
Folge war, daß die Sturzseen auch aus allen Himmelsrichtungen
aufschossen. Kein Wind hielt sie in Schach. Sie tauchten plötzlich auf wie Korken, die sich vom Boden eines Wassereimers
gelöst haben. Sie besaßen keinerlei System, keine Stabilität. Es
waren hohle, kochende Sturzseen. Sie waren mindestens fünfundzwanzig Meter hoch. Es waren überhaupt keine Wellen. Sie
glichen keiner Welle, die je ein Mensch gesehen hat.

Es waren Spritzer, monströse Spritzer – mehr nicht. Fünfundzwanzig Meter hohe Spritzer. Fünfundzwanzig! Sie waren
höher als fünfundzwanzig. Sie reichten über unsere Masttopps.
Es waren Fontänen, Explosionen. Sie benahmen sich wie Betrunkene. Sie entstanden, irgendwie und überall. Sie rempelten

sich gegenseitig an; stießen aneinander. Sie stürmten aufeinander los und brachen übereinander zusammen und zerstoben wie tausend Wasserfälle auf einmal. Kein Mensch hätte sich je einen Ozean auch nur träumen lassen, der aussah wie dieses Orkanzentrum. Es war ein dreimal verfluchtes, heilloses Chaos. Es war Anarchie. Es war ein Hexenkessel tobenden Seewassers.

Die *Petite Jeanne*? Ich habe keine Ahnung. Der Heide erzählte mir später, er hätte es auch nicht richtig mitbekommen. Sie wurde buchstäblich auseinandergerissen, aufgeschlitzt, zu Brei zerstoßen, zu Kleinholz zermalmt, völlig vernichtet. Als ich wieder zu mir kam, war ich im Wasser, und obwohl ich mehr als halb ertrunken war, machte ich automatisch Schwimmbewegungen. Wie ich dorthin gekommen war, konnte ich nicht sagen. Ich entsann mich, daß ich noch sah, wie die *Petite Jeanne* zerlegte, aber in diesem Augenblick muß mir der Orkan auch mein eigenes Bewußtsein ausgeblasen haben. Doch da war ich nun, und es blieb mir nichts anderes übrig, als das Beste daraus zu machen, und dieses Beste schien nicht gerade vielversprechend. Der Sturm hatte wieder eingesetzt, der Seegang war viel geringer und regelmäßiger geworden, und ich wußte, daß das Zentrum über mich hinweggezogen war. Zum Glück waren keine Haie in der Nähe. Der Orkan hatte die gefräßige Bande zerstreut, die das Todesschiff umschwärmt und sich an den Leichen gütlich getan hatte.

Es waren gegen Mittag, als die *Petite Jeanne* in Stücke ging, und es mußte zwei Stunden später gewesen sein, als ich auf einen Lukendeckel stieß. Um diese Zeit regnete es in Strömen, und es war reiner Zufall, der mich und den Lukendeckel aneinander geraten ließ. Ein kurzes Stück Leine hing vom Griff herab, und ich wußte, daß ich zumindest für einen Tag gerettet war, falls die Haie nicht zurückkehrten. Drei Stunden, vielleicht auch etwas mehr, hielt ich mich an dem Deckel fest und konzentrierte mich mit geschlossenen Augen ganz auf die Aufgabe, genug Luft einzuatmen, um am Leben zu bleiben, ohne gleichzeitig soviel Wasser zu schlucken, daß ich ertrank. Dann schien es mir, als hörte ich Stimmen. Der Regen hatte aufgehört, und Wind und Wellen beruhigten sich auf wunderbare Weise. Keine sechs Meter von mir entfernt, sah ich Kapitän Oudouse und den Heiden mit einem anderen Lukendeckel. Sie kämpften um seinen Besitz – zumindest der Franzose tat es.

»Païen noir!« hörte ich ihn schreien und sah zur gleichen Zeit, wie er nach dem Kanaken trat.

Nun hatte Kapitän Oudouse alle seine Kleider außer seinem Schuhwerk, derben Stiefeln, verloren. Es war ein roher Tritt, denn er traf den Heiden am Mund und an der Kinnspitze und betäubte ihn halb. Ich wartete darauf, daß er zurückzahlen würde, doch er begnügte sich damit, drei Meter entfernt und folglich außer Reichweite hilflos umherzuschwimmen. Sobald ihn eine Welle näher heranwarf, trat der Franzose, der sich mit beiden Händen festhielt, nach ihm. Und bei jedem Tritt schimpfte er den Eingeborenen einen schwarzen Heiden.

»Für zwei Centimes würde ich rüberkommen und dich ertränken, du weißes Ungeheuer!« schrie ich.

Das einzige, was mich davon abhielt hinüberzuschwimmen, war meine Erschöpfung. Allein schon der Gedanke an die damit verbundene Anstrengung verursachte mir Übelkeit. So lud ich den Kanaken ein, meinen Lukendeckel mitzubenutzen. Sein Name sei Oto'o, sagte er mir; er erzählte mir auch, daß er von Bora Bora, der westlichsten der Gesellschaftsinseln, stamme. Wie ich später erfuhr, hatte er den Lukendeckel zuerst erwischt, war nach einiger Zeit auf Kapitän Oudouse gestoßen, hatte ihm angeboten, den Deckel mit ihm zu teilen und war zum Dank dafür von dem Neuankömmling heruntergestoßen worden.

Und so begegneten Oto'o und ich uns zum erstenmal. Er war kein Kämpfer. Er bestand nur aus Sanftmut und Milde, ein Wesen voller Liebe, obwohl er fast einsachtzig maß und mit Muskeln wie ein Gladiator ausgestattet war. Er war kein Kämpfer, aber er war auch kein Feigling. Er besaß das Herz eines Löwen – und in den folgenden Jahren sah ich ihn Gefahren auf sich nehmen, denen ich mich nicht im Traum ausgesetzt hätte. Ich meine damit, daß er, obwohl er kein Kämpfer war und es stets vermied, einen Streit heraufzubeschwören, dennoch niemals vor irgendwelchen Schwierigkeiten davonrannte. Und wenn Oto'o dann einmal in Aktion trat, hieß es »aufgepaßt«. Ich werde nie vergessen, wie er mit Bill King verfuhr. Es passierte auf Deutsch-Samoa. Bill King war zum Schwergewichtsmeister der amerikanischen Marine ausgerufen worden. Er war ein großer, roher Kerl, ein wahrer Gorilla, einer dieser aggressiven Schlägertypen, die ihre Fäuste zu gebrauchen wissen. Er brach den Streit vom Zaun, und er trat zweimal nach Oto'o und schlug ihn einmal, bevor Oto'o es für nötig hielt, zu kämpfen. Ich glaube, es dauerte keine vier Minuten, bis Bill King der unglückselige Besitzer von vier gebrochenen Rippen, einem gebrochenen Unterarm und einem ausgerenkten Schulterblatt war. Oto'o verstand nichts von der hohen Schule des Boxens. Er schlug einfach drauflos, und Bill King brauchte etwa drei Monate, um sich von den paar Schlägen zu erholen, die er an jenem Nachmittag am Strand von Apia einstecken mußte.

Doch ich greife dem Gang meiner Geschichte vor. Wir teilten uns den Lukendeckel. Abwechselnd lag einer flach auf dem Deckel und ruhte sich aus, während der andere sich, bis zum Hals im Wasser, nur mit den Händen festhielt. Zwei Tage und zwei Nächte trieben wir so, jeder turnusmäßig eine Weile auf dem Deckel, dann wieder im Wasser, auf dem Ozean dahin. Gegen Ende zu halluzinierte ich die meiste Zeit; und zuweilen hörte ich auch Oto'o in seiner Muttersprache stammeln und phantasieren. Unser ständiges Eintauchen bewahrte uns zwar vor dem Verdursten, dafür lieferte Meerwasser und Sonnenschein aber auch die schönste Kombination von Pökellake und Sonnenbrand, die sich denken läßt.

Am Ende rettete Oto'o mir das Leben, denn als ich zu mir kam, lag ich, durch ein paar Palmblätter vor der Sonne geschützt, sechs Meter vom Wasser entfernt am Strand. Kein anderer als Oto'o konnte mich dorthin geschleppt und die Blätter als Schattenspender aufgepflanzt haben. Er lag neben mir. Ich verlor erneut das Bewußtsein, und als ich wieder aufwachte, war kühle, sternklare Nacht, und Oto'o hielt mir eine Kokosnuß zum Trinken an die Lippen.

Wir waren die einzigen Überlebenden der *Petite Jeanne*. Kapitän Oudouse mußte der Erschöpfung erlegen sein, denn einige Tage später trieb sein Lukendeckel ohne ihn an. Oto'o und ich lebten eine Woche lang bei den Eingeborenen des Atolls, bevor wir von einem französischen Kreuzer aufgenommen und nach Tahiti gebracht wurden. Unterdessen hatten wir jedoch die Zeremonie des Namenstausches vollzogen. In der Südsee bindet eine derartige Zeremonie zwei Männer fester aneinander als Blutsbrüderschaft. Die Anregung war von mir ausgegangen, und Oto'o war von meinem Vorschlag mehr als angetan.

»Das ist gut«, sagte er in der Sprache der Eingeborenen. »Denn wir sind zwei Tage lang Gefährten auf den Lippen des Todes gewesen.«

»Aber der Tod kam ins Stottern«, lächelte ich.

»Es war eine gute Tat, die du getan hast, Herr«, antwortete er, »und der Tod war nicht niederträchtig genug, um sich zu Wort zu melden.«

»Warum nennst du mich ›Herr‹?« fragte ich und tat, als sei ich verletzt. »Wir haben unsere Namen getauscht. Für dich bin ich Oto'o. Für mich bist du Charley. Und was uns beide angeht, wirst du immer und ewig Charley, und ich werde Oto'o sein. So ist es Brauch. Und wenn wir sterben und dann irgendwo hinter den Sternen und dem Himmel weiterleben sollten, so wirst du für mich immer noch Charley und ich werde für dich Oto'o sein.«

»Ja, Herr«, entgegnete er mit leuchtenden, vor Freude glänzenden Augen.

»Da sagst du's schon wieder!« rief ich entrüstet.

»Was spielt es für eine Rolle, was mein Mund redet?« wandte er ein. »Es sind ja nur meine Lippen. Aber denken werde ich immer Oto'o. So oft ich an mich denke, werde ich an dich denken. So oft mich Menschen beim Namen nennen, werde ich an dich denken. Und hinter dem Himmel und hinter den Sternen wirst du für immer und ewig Oto'o für mich sein. Ist es so recht, Herr?«

Ich verbarg mein Lächeln und erwiderte, daß es so recht sei.

In Papeete trennten wir uns. Ich blieb an Land, um mich zu erholen, und er fuhr mit einem Kutter nach Bora Bora, seiner Heimatinsel. Sechs Wochen spater war er wieder da. Das überraschte mich, denn er hatte mir von seiner Frau erzählt und gesagt, daß er zu ihr zurückkehren und die weiten Reisen aufgeben wolle.

»Wohin gehst du, Herr?« fragte er nach unseren ersten Begrüßungsworten.

Ich zuckte die Achseln. Das war eine schwierige Frage.

»Um die ganze Welt«, lautete meine Antwort – »um die ganze Welt, über alle Meere und auf alle Inseln, die es im Meer gibt.«

»Ich will mit dir gehen«, sagte er einfach. »Meine Frau ist tot.«

Ich hatte nie einen Bruder; aber nach dem, was ich von den Brüdern anderer Leute gesehen habe, bezweifle ich, daß jemals ein Mensch einen Bruder besaß, der ihm das war, was Oto'o mir bedeutete. Er war Bruder und Vater und Mutter zugleich. Und eines weiß ich – Oto'os wegen wurde ich zu einem rechtschaffenen und besseren Menschen. Ich gab nicht viel auf die Meinung anderer Leute, aber in Oto'os Augen mußtc ich anständig bleiben. Seinetwegen behielt ich eine weiße Weste. Er machte mich zu seinem Ideal, das er, wie ich fürchte, hauptsächlich nach dem Bilde seiner eigenen Liebe und Verehrung schuf; und es gab Zeiten, als ich nah am Abgrund der Hölle stand und mich hineingestürzt hätte, würde mich nicht der Gedanke an Oto'o davon abgehalten haben. Sein Stolz auf mich ging auf mich über, bis es schließlich eine der Hauptregeln meines persönlichen Ehrenkodexes wurde, nichts zu tun, was seine Achtung schmälern könnte.

Natürlich begriff ich seine Gefühle für mich nicht sofort. Er kritisierte nie, tadelte nie, aber langsam wurde mir klar, auf welchem Piedestal ich in seinen Augen stand, und langsam wuchs meine Einsicht, wie sehr ich ihn verletzen würde, wenn ich nicht mein Bestes gab.

Siebzehn Jahre lang waren wir zusammen; siebzehn Jahre lang war er an meiner Seite, wachte über meinen Schlaf, kurierte mein Fieber und meine Wunden, ja, empfing selbst Wunden im Kampf für mich. Er heuerte auf denselben Schiffen an wie ich, und zusammen überquerten wir den Pazifik von Hawaii bis zur Hafeneinfahrt von Sydney und von der Torres-Meerenge bis zu den Galapagos-Inseln. Als Sklavenhändler fuhren wir von den Neuen Hebriden und den Line-Inseln westwärts direkt durch das Louisiade-Archipel bis Neubritannien, Neu-Irland und Neuhannover. Dreimal erlitten wir Schiffbruch – bei den Gilbot-Inseln, den Santa-Cruz- und den Fidschi-Inseln. Und wir handelten, wo immer ein Dollar zu verdienen war, mit Perlen und Perlmutt, Kopra, Trepang, Karrettschildpatt und bargen gestrandete Wracks.

Es begann in Papeete, unmittelbar nach seiner Ankündigung, daß er mit mir über das ganze Meer und zu allen darinliegenden Inseln ziehen würde. In jenen Tagen gab es in Papeete einen Club, in dem sich Perlenaufkäufer, Händler und Kapitäne sowie allerlei Gesindel trafen, das in der Südsee auf Abenteuersuche war. Es wurde hoch gespielt und viel gezecht, und ich fürchte sehr, daß ich oft länger blieb, als mir gut tat oder als es sich schickte. Ganz gleich, zu welcher Uhrzeit auch immer ich den Club verließ – Oto'o wartete auf mich, um mich sicher nach Hause zu geleiten.

Anfangs lächelte ich darüber, danach schalt ich ihn aus. Schließlich sagte ich ihm geradeheraus, daß ich keine Amme brauche. Daraufhin sah ich ihn nicht mehr, wenn ich den Club verließ. Etwa eine Woche später kam ich ganz durch Zufall dahinter, daß er mich, versteckt im Schatten der Mangobäume auf der anderen Straßenseite, immer noch nach Hause begleitete. Was sollte ich tun? Ich weiß, was ich tat.

Unmerklich fing ich an, nicht mehr so lange zu bleiben. In

regnerischen und stürmischen Nächten drängte sich mir mitten im ärgsten Trubel und Amüsement der Gedanke an Oto'o auf, der seine öde Wache unter tropfenden Mangobäumen hielt. Wirklich, er machte einen besseren Menschen aus mir. Dabei war er keineswegs puritanisch. Und er wußte nichts von den üblichen christlichen Moralvorstellungen. Alle Leute auf Bora Bora waren Christen, doch er war ein Heide, der einzige Ungläubige auf der Insel, ein derber Materialist, der nicht an ein Leben nach dem Tode glaubte. Er glaubte nur an Anständigkeit und Ehrlichkeit. Engstirnige Niedertracht war seiner Auffassung nach ein beinahe ebenso schlimmes Verbrechen wie mutwilliger Totschlag, und ich denke sogar, daß er vor einem Mörder mehr Achtung hatte als vor einem Mann, der üble kleine Betrügereien beging.

Was meine eigene Person betraf, so war er gegen alles, was mir schadete. Glücksspiel war in Ordnung. Er war selbst ein leidenschaftlicher Spieler. Aber langes Aufbleiben, erklärte er mir, sei schlecht für die Gesundheit. Er hatte gesehen, wie Männer, die nicht auf sich achtgaben, am Fieber starben. Er war kein Abstinenzler und sagte niemals nein zu einem tüchtigen Schluck, wenn es naß und klamm wurde bei der Bootsarbeit. Andererseits war er für Mäßigkeit beim Trinken. Er hatte viele Männer gesehen, die ihr Leben oder ihre Ehre durch Gin oder schottischen Whisky verloren hatten.

Oto'o lag mein Wohlergehen stets am Herzen. Er dachte für mich voraus, prüfte meine Pläne und interessierte sich mehr dafür, als ich es selbst tat. Anfangs war mir dieses Interesse an meinen Angelegenheiten noch nicht bewußt, und er mußte meine Absichten erraten, wie zum Beispiel in Papeete. Damals hatte ich vor, mich mit einem Landsmann bei einem Guanogeschäft zusammenzutun. Ich wußte nicht, daß er ein Spitzbube war. Auch kein anderer Weißer in Papeete wußte es. Ebensowenig Oto'o, aber als er sah, wie eng unsere Freundschaft wurde, fand er es für mich heraus, und zwar ohne daß ich ihn darum gebeten hätte. In Tahiti treiben sich am Strand eingeborene Seeleute herum, die auf allen Weltmeeren gefahren sind, und Oto'o, der bloß Verdacht geschöpft hatte, mischte sich unter sie, bis er genügend Beweise gesammelt hatte, die seine bösen Ahnungen bestätigten. Oh, er hatte einiges auf dem Kerbholz, dieser Randolph Waters. Ich konnte es gar nicht glauben, als Oto'o mir zum erstenmal davon erzählte; doch als ich mir Waters vorknöpfte, gab er ohne einen Mucks klein bei und verschwand mit dem ersten Dampfer nach Auckland.

Offen gesagt, nahm ich es Oto'o anfangs übel, daß er seine Nase in meine Angelegenheiten steckte. Aber ich wußte, daß er vollkommen selbstlos war, und bald schon mußte ich seine Klugheit und Umsicht dankbar anerkennen. Er hatte immer nur meinen Vorteil im Auge und war dabei sowohl scharfsichtig als auch weitblickend. Allmählich wurde er mein Berater, bis er schließlich von meinen Geschäften mehr verstand als ich. Auch meine Belange lagen ihm schließlich mehr am Herzen als mir selbst. Ich besaß die großartige Unbekümmertheit der Jugend, ich zog ein romantisches Erlebnis den Dollars und ein Abenteuer einem bequemen Quartier für die Nacht vor. Deshalb war es gut, daß ich jemanden hatte, der auf mich aufpaßte. Ich weiß, daß ich ohne Oto'o heute nicht hier wäre.

Ich will nur ein Beispiel von vielen anführen. Ich besaß einige Erfahrung im Anwerben von Arbeitskräften, bevor ich als Perlenaufkäufer auf die Paumotu-Inseln ging. Oto'o und ich waren auf Samoa gestrandet – wir saßen buchstäblich auf dem Trockenen – als ich die Chance bekam, als Sklavenwerber an Bord einer Brigg zu gehen. Oto'o heuerte als Matrose an, und für das nächste halbe Dutzend Jahre trieben wir uns auf ebensovielen Schiffen in den wildesten Gegenden Melanesiens herum. Oto'o sorgte dafür, daß er stets in meinem Boot ruderte. Beim Anwerben von Arbeitern wurde der Werber gewöhnlich am Strand abgesetzt. Das Begleitboot zu meinem Schutz lag immer unter Riemen in etwa hundert Metern Entfernung vor der Küste, während das Boot des Werbers, ebenfalls unter Riemen, direkt vor dem Strand im Wasser trieb. Wenn ich mit meiner Tauschware landete und mein Steuerruder hochstellte, verließ Oto'o seinen Platz am Ruder und kam nach achtern, wo unter einem Stück Segeltuch eine schußbereite Winchesterbüchse lag. Auch die Bootsbesatzung war bewaffnet, die Snider-Gewehre steckten unter dem Dollbord hinter Segeltuchlappen. Während ich auf die wollköpfigen Kannibalen einredete und sie davon zu überzeugen versuchte, mit mir zu kommen, um sich auf den Plantagen von Queensland zu verdingen, hielt Oto'o Wache. Und oft genug warnte mich seine leise Stimme vor verdächtigen Bewegungen und drohendem Verrat. Manchmal war ein schneller Schuß aus seiner Büchse, der einen Neger umwarf, die erste Warnung, die ich erhielt. Und wenn ich zum Boot rannte, war seine Hand stets ausgestreckt, um mir beim Sprung an Bord zu helfen. Einmal, es war mit der *Santa Anna*, war das Boot gerade aufgelaufen, als der Ärger losging. Das Begleitboot kam uns in höchster Eile zu Hilfe, aber die Scharen von Wilden hätten uns fraglos vorher erledigt. Da sprang Oto'o mit einem Satz an Land, griff mit beiden Händen in die Tauschwaren und streute Tabak, Glasperlen, Tomahawks, Messer und Kattunstoffe nach allen Seiten aus.

Das war zuviel für die Wollköpfe. Während sie sich noch um die Schätze balgten, schoben wir das Boot in tieferes Wasser, kletterten an Bord und waren auch schon zehn Meter entfernt. Und vier Stunden später hatte ich am selben Strand dreißig Arbeiter geworben.

Ein Fall, an den ich mich besonders gut erinnere, ereignete sich auf Malaita, der wildesten Insel des östlichen Salomon-Archipels. Die Eingeborenen waren auffallend freundlich gewesen; und wie konnten wir auch wissen, daß das ganze Dorf bereits seit über zwei Jahren sammelte, um den Kopf eines weißen Mannes zu kaufen? Diese Kerle sind alle Kopfjäger, und der Kopf eines Weißen ist bei ihnen besonders begehrt. Der Bursche, der den Kopf erbeutete, würde die ganze Kollekte erhalten. Wie ich bereits sagte, sie machten einen sehr freundlichen Eindruck auf mich, und an diesem Tag war ich unten am Strand, fast hundert Meter vom Boot entfernt. Oto'o hatte mich gewarnt, und wie immer, wenn ich nicht auf ihn hörte, geriet ich in Schwierigkeiten.

Ehe ich wußte, wie mir geschah, schwirrte eine Wolke von Speeren aus dem Mangrovensumpf auf mich zu. Mindestens ein Dutzend blieb in mir stecken. Ich begann zu laufen, stolperte jedoch über einen Speer, der aus meiner Wade ragte, und fiel hin. Die Wollköpfe rannten um die Wette, jeder mit einem langstieligen, breitschneidigen Tomahawk bewaffnet, um mir damit den Kopf abzuhacken. Sie waren so gierig nach der Trophäe, daß sie sich gegenseitig ins Gehege kamen. In der Verwirrung entging ich mehreren Axthieben, indem ich mich im Sande nach rechts und nach links wälzte.

Und dann kam Oto'o – der Wehrhafte. Irgendwie war ihm eine schwere Schlachtkeule in die Hände gekommen, und das war im Nahkampf eine viel wirksamere Waffe als ein Gewehr. Er war mitten unter ihnen im dichtesten Gewühl, so daß sie ihre Speere gegen ihn nicht einsetzen konnten, und auch ihre Tomahawks schienen mehr als nutzlos zu sein. Er kämpfte für mich, und er wütete wie ein wahrer Berserker unter ihnen. Es war erstaunlich, wie er die Keule einzusetzen wußte. Ihre Schädel wurden zerquetscht wie überreife Orangen. Erst als er sie zurückgetrieben hatte, mich aufhob und zu laufen anfing, erhielt er seine ersten Blessuren. Er erreichte das Boot mit vier Speerwunden, griff nach seiner Winchester und traf mit jedem Schuß einen Mann. Dann ruderten wir zum Schoner zurück und ließen uns verarzten.

Siebzehn Jahre lang waren wir zusammen. Er machte mich zu dem, was ich heute bin. Ich wäre heute ein Frachtaufseher, ein Werber oder nur noch ein Name auf einem Grabstein, wenn es ihn nicht gegeben hätte.

»Du gibst dein Geld aus, und dann gehst du hin und verdienst wieder etwas«, sagte er eines Tages. »Jetzt ist es leicht, Geld zu verdienen. Doch wenn du in die Jahre kommst und bist dein Geld los, wirst du nicht mehr imstande sein, neues zu verdienen.

Ich weiß Bescheid, Herr. Ich habe die weißen Männer beobachtet. An den Stränden gibt es viele Alte, die einmal jung waren und ebenso leicht Geld verdienen konnten. Jetzt sind sie alt, besitzen nichts und warten darauf, daß junge Männer wie du an Land kommen und ihnen ein paar Gläschen spendieren.

Der Schwarze arbeitet als Sklave auf den Plantagen. Er bekommt zwanzig Dollar im Jahr. Er schuftet dafür. Der Aufseher schuftet nicht. Er sitzt auf einem Pferd und sieht zu, wie sich die Schwarzen abrackern. Er bekommt zwölfhundert Dollar im Jahr. Ich bin ein Matrose auf dem Schoner. Ich verdiene fünfzehn Dollar im Monat, und das nur, weil ich ein guter Matrose bin. Ich arbeite schwer. Der Kapitän hat ein doppeltes Sonnensegel und trinkt Bier aus großen Flaschen. Ich habe ihn nie ein Tau einholen oder ein Ruder bedienen sehen. Er bekommt einhundertfünfzig Dollar im Monat. Ich bin ein Matrose. Er ist ein Schiffsführer. Herr, ich glaube, es wäre gut, wenn du lerntest, wie man ein Schiff steuert.«

Oto'o spornte mich an. Er segelte mit mir als zweiter Maat auf meinem ersten Schoner, und er war sehr viel stolzer auf mein Kommando als ich selbst. Später hieß es dann:

»Der Kapitän wird gut bezahlt, Herr, aber das Schiff ist ihm anvertraut, und er hat immer die ganze Verantwortung zu tragen. Der Eigentümer ist derjenige, der besser verdient – der Eigentümer, der an Land sitzt, viele Dienstboten hat und mit seinem Geld Geschäfte macht.«

»Das stimmt, aber ein Schoner kostet fünftausend Dollar – und selbst dafür bekommt man nur einen alten Kahn«, wandte ich ein. »Ich wäre ein Greis, bis ich fünftausend Dollar zusammen hätte.«

»Es gibt schnellere Wege für einen Weißen, um zu Geld zu kommen«, fuhr er fort und zeigte landwärts auf den von Kokospalmen gesäumten Strand.

Wir befanden uns damals auf den Salomon-Inseln und sammelten an der Ostküste von Guadalcanar eine Ladung Elfenbeinnüsse ein.

»Zwischen dieser Flußmündung und der nächsten sind es zwei Meilen«, sagte er. »Die Ebene reicht weit bis ins Landesinnere. Jetzt ist das alles nichts wert. Nächstes Jahr – wer weiß? – oder das Jahr darauf wird man viel Geld dafür zahlen. Der Ankerplatz ist gut. Große Dampfer können dicht unter Land anlegen. Du kannst das Gebiet auf vier Meilen Breite von dem alten Häuptling für zehntausend Streifen Tabak, zehn Flaschen Gin und ein Snider-Gewehr kaufen, was dich vielleicht hundert Dollar kostet. Dann läßt du die Sache von der Kolonialverwaltung absegnen; und nächstes Jahr oder das Jahr darauf verkaufst du und wirst Schiffseigentümer.«

Ich befolgte seinen Rat, und alles traf so ein, wie er es vorausgesagt hatte, wenn es auch nicht zwei, sondern drei Jahre dauerte. Und dann kam das Geschäft mit dem Weideland auf Guadalcanar – achthundert Hektar, gepachtet von der Regierung auf neunundneunzig Jahre und für eine lächerliche Summe. Ich besaß den Pachtvertrag genau neunzig Tage lang, bevor ich ihn für ein halbes Vermögen an ein Unternehmen weiterverkaufte. Immer war es Oto'o, der vorausschauend die günstige Gelegenheit erkannte. Er war es auch, der mich auf die Idee brachte, die *Doncaster* zu bergen – die ich auf der Auktion für hundert Pfund ersteigerte und die mir nach Abzug aller Unkosten einen Nettogewinn von dreitausend Pfund einbrachte. Er wies mich auch auf die Savaii-Plantage und das Geschäft mit dem Kakao auf Upolu hin.

Wir fuhren nicht mehr so oft zur See wie in den alten Tagen. Ich hatte es nicht mehr nötig. Ich heiratete, und mein Lebensstil wurde aufwendiger. Doch Oto'o blieb derselbe alte Oto'o, ging im Haus umher oder wanderte durch das Kontor, die Holzpfeife im Mund, ein Unterhemd für einen Schilling auf dem Leib und eine Lawa-Lawa für vier Schilling um die Lenden. Ich konnte ihn nicht dazu bringen, Geld für sich auszugeben. Und er akzeptierte keinen anderen Lohn als Liebe, und Gott ist mein Zeuge, daß er sie in reichem Maße von uns empfing. Die Kinder beteten ihn an; und wenn er zu verzärteln gewesen wäre, so hätte meine Frau ihn sicher völlig verdorben.

Die Kinder! Eigentlich war er es, der ihnen den Weg ins Leben zeigte. Es fing damit an, daß er ihnen das Laufen beibrachte. Er wachte bei ihnen, wenn sie krank waren. Eines nach dem anderen nahm er sie, kaum daß sie krabbeln konnten, mit zur Lagune hinunter und machte sie zu Amphibien. Er lehrte sie vieles, von dem ich keine Ahnung hatte, über die Lebensweise der Fische und die verschiedenen Möglichkeiten, sie zu fangen. Im Busch war es ebenso. Tom verstand mit sieben mehr von der Jagd, als ich mir je hätte träumen lassen. Mit sechs ging Mary über den Sliding Rock, ohne auch nur mit der Wimper zu zukken – und ich habe gestandene Mannsbilder gesehen, die vor diesem Bravourstück zurückschreckten. Und Frank konnte, kaum daß er sechs geworden war, aus fünf Meter Tiefe Schillinge vom Meeresgrund heraufholen.

»Meine Leute auf Bora Bora mögen keine Heiden – sie sind alle Christen, und ich mag keine Bora-Bora-Christen«, sagte er eines Tages, als ich ihn dazu bringen wollte, etwas von dem Geld auszugeben, das ihm rechtmäßig gehörte, und ihn in dieser Absicht dazu zu überreden versuchte, seiner Heimatinsel auf einem unserer Schoner einen Besuch abzustatten. Es sollte eine besondere Reise werden, von der ich gehofft hatte, daß sie jeden Rekord brechen würde, zumindest was die Höhe der Ausgaben anging.

Ich sage, in einem *unserer* Schoner, obwohl sie nach dem Buchstaben des Gesetzes damals mir gehörten. Ich hatte alle Mühe mit ihm, bis er in eine Partnerschaft einwilligte.

»Wir sind Partner gewesen seit dem Tag, als die *Petite Jeanne* unterging«, sagte er schließlich, »aber wenn dein Herz daran hängt, dann wollen wir auch vor dem Gesetz Partner werden. Ich arbeite nicht und verbrauche doch viel Geld. Ich trinke, esse und rauche eine Menge – das kostet viel, ich weiß. Ich spiele umsonst Billard, weil ich an deinem Tisch spiele; aber das Geld rinnt einem doch durch die Finger. Das Fischen auf dem Riff ist ein Vergnügen, das sich nur ein reicher Mann leisten kann. Unglaublich, wie teuer Haken und Angelschnüre sind. Ja, es geht kein Weg daran vorbei, daß wir ganz gesetzmäßig Partner werden. Ich brauche das Geld einfach. Ich werde es mir von dem Hauptkassierer im Kontor geben lassen.«

Also wurde der Vertrag aufgesetzt und beurkundet. Ein Jahr darauf sah ich mich gezwungen, Klage zu führen.

»Charley«, sagte ich, »du bist ein hinterhältiger alter Schwindler, ein elender Geizhals, eine erbärmliche Landkrabbe. Sieh' mal, dein Gewinnanteil betrug Tausende von Dollars in diesem Jahr. Der Hauptbuchhalter hat mir diese Unterlagen gegeben. Daraus geht hervor, daß du in diesem Jahr nur siebenundachtzig Dollar und 20 Cent in Anspruch genommen hast.«

»Steht mir noch etwas zu?« fragte er irritiert.

»Ich sage dir doch, Tausende und Abertausende«, entgegnete ich.

Seine Miene hellte sich auf, als sei er ungeheuer erleichtert.

»Das ist gut«, sagte er. »Sieh zu, daß der Kassierer ordentlich darüber Buch führt. Wenn ich es brauche, dann will ich es auch haben, und es darf kein Cent fehlen.«

»Falls etwas fehlt«, fügte er nach einer Pause grimmig hinzu, »dann muß es dem Kassierer vom Gehalt abgezogen werden.«

Und die ganze Zeit über lag, wie ich später erfuhr, sein von Carruthers aufgesetztes Testament, das mich zum alleinigen Erben machte, im Safe des amerikanischen Konsuls.

Doch wie jede Verbindung zwischen zwei Menschen einmal abbricht, so fand auch diese ihr Ende. Es geschah in den Salomonen, wo wir in unserer wildbewegten Jugend die tollsten Dinge angestellt hatten und wo wir uns wieder einmal aufhielten – in der Hauptsache, um Ferien zu machen, nebenbei, um nach unseren Besitzungen auf Florida Island zu sehen und die Möglichkeiten für die Perlenfischerei im Mboli-Sund zu prüfen. Wir lagen vor Sawo, das wir angelaufen hatten, um ein paar Sammlerstücke zu erstehen.

Nun wimmelt Sawo von Haien. Der Brauch der Wollköpfe, ihre Toten im Meer zu bestatten, schreckte die Tiere nicht gerade davon ab, sich die umliegenden Gewässer zu ihrem Tummelplatz zu wählen. Das Schicksal wollte es, daß ich in einem winzigen, überladenen Eingeborenenkanu zurück zu unserem Schiff fuhr, als das Ding kenterte. Vier Wollköpfe und ich saßen darin, oder besser, hingen daran. Der Schoner war noch etwa hundert Meter entfernt. Ich wollte gerade ein Boot herbeirufen, als einer der Wollköpfe zu schreien begann. Er hielt sich am hinteren Ende des Kanus fest, als beide, er und dieser Teil des Rumpfes, mehrmals unter Wasser gezogen wurden. Dann lokkerte er seinen Griff und verschwand. Ein Hai hatte ihn erwischt.

Die drei übrigen Schwarzen versuchten aus dem Wasser auf die Unterseite des Kanus zu klettern. Ich schrie und fluchte und schlug auf den ersten mit der Faust ein, aber es half nichts. Sie waren verrückt vor Angst. Das Kanu hätte kaum einen von ihnen getragen. Unter dem Gewicht von allen dreien richtete es sich hochkant auf und rollte auf die Seite, so daß sie ins Wasser zurückgeworfen wurden.

Ich ließ das Gefährt im Stich und begann, auf den Schoner zuzuschwimmen, in der Erwartung, schon vorher von dem Boot aufgenommen zu werden. Einer der Neger entschied sich mitzukommen, und wir schwammen schweigend nebeneinander her. Ab und zu tauchten wir unser Gesicht ins Wasser, um nach Haien Ausschau zu halten. Die Schreie des Mannes, der beim Kanu geblieben war, zeigten uns an, wer das nächste Opfer wurde. Ich spähte gerade aus, als ich einen großen Hai direkt unter mir aufsteigen sah. Er war volle fünf Meter lang. Ich sah alles ganz genau. Er packte den Wollkopf an der Taille und schwamm mit dem armen Teufel davon. Kopf, Schultern und Arme ragten dabei noch eine ganze Zeit aus dem Wasser, und der Kerl schrie wie am Spieß. So wurde er vielleicht noch hundert Meter weit fortgeschleppt, bis er endgültig unter die Wasseroberfläche gezerrt wurde.

Ich schwamm verbissen weiter und hoffte, daß dies der letzte beutegierige Hai gewesen war. Doch da war noch einer. Ich weiß nicht, ob es einer der beiden war, die beim Kanu zugepackt hatten, oder einer, der bereits anderswo gut gespeist hatte. Jedenfalls hatte er es nicht so eilig wie die anderen. Ich konnte jetzt nicht so schnell schwimmen, denn ich war die meiste Zeit damit beschäftigt, ihn im Auge zu behalten. Ich beobachtete ihn, als er zum ersten Mal angriff. Zum Glück gelang es mir, ihn mit beiden Händen an der Nase zu packen, und obwohl mich die Wucht seines Stoßes fast unter Wasser drückte, konnte ich ihn mir doch vom Leib halten. Er drehte ab und begann, mich erneut zu umkreisen. Ein zweites Mal entwischte ich ihm durch das gleiche Manöver. Der dritte Ansturm ging auf beiden Seiten daneben. Er wich in dem Moment aus, als meine Hand auf seiner Nase hätte landen sollen, aber seine Sandpapierhaut (ich trug nur ein ärmelloses Unterhemd) schabte mir an einem Arm die Haut vom Ellenbogen bis zur Schulter ab. Inzwischen war ich völlig erschöpft und gab die Hoffnung auf. Die Entfernung zum Schoner betrug immer noch sechzig Meter. Mein Gesicht war unter Wasser, und ich beobachtete, wie er zu einem erneuten Versuch ansetzte, als ich plötzlich einen braunen Körper zwischen uns vorbeigleiten sah. Es war Oto'o.

»Schwimm zum Schoner, Herr!« sagte er. Und er sagte das so frohgemut, als sei die ganze Sache ein Kinderspiel. »Ich kenne mich aus mit Haien. Der Hai ist mein Bruder.«

Ich gehorchte und schwamm langsam weiter, während Oto'o mich umkreiste, so daß er sich immer zwischen mir und dem Hai befand, dabei seine Angriffe vereitelte und mir Mut zusprach.

»Das Davittakel ist abgelassen, und nun machen sie die Taljen klar«, erklärte er etwa eine Minute später und tauchte dann unter, um eine neue Attacke abzuwehren.

Als der Schoner noch zehn Meter entfernt war, war ich endgültig erledigt. Ich konnte mich kaum noch bewegen. Von Bord flogen uns Leinen zu, aber sie warfen immer zu kurz. Der Hai, der nun merkte, daß ihm nichts geschah, wurde zusehends dreister. Mehrere Male hätte er mich beinahe erwischt, doch Oto'o kam jedesmal gerade noch rechtzeitig dazwischen, bevor es zu spät war. Natürlich hätte sich Oto'o jederzeit in Sicherheit bringen können, aber er blieb bei mir.

»Leb wohl, Charley! Mit mir ist es aus!« konnte ich gerade noch hervorstoßen.

Ich wußte, daß das Ende gekommen war und daß ich im nächsten Augenblick die Hände hochwerfen und untergehen würde.

Doch Oto'o lachte mir ins Gesicht und sagte:

»Ich werde dir einen neuen Trick zeigen. Diesem Hai soll es noch übel werden.«

Er tauchte hinter mir ab, wo der Hai sich gerade anschickte, auf mich loszugehen.

»Etwas mehr nach links!« rief er mir dann zu. »Da schwimmt eine Leine auf dem Wasser. Nach links, Herr – nach links!«

Ich änderte die Richtung und schwamm blind drauflos. Ich war zu diesem Zeitpunkt nahezu bewußtlos. Als meine Hand sich um die Leine schloß, hörte ich einen Aufschrei von Bord. Ich drehte mich suchend um. Von Oto'o keine Spur. Im nächsten Moment kam er an die Oberfläche. Beide Hände waren an den Gelenken abgebissen, und aus den Stümpfen pumpte das Blut.

»Oto'o!« rief er sanft. Und ich konnte in seinem Blick die Liebe sehen, die auch in seiner Stimme mitschwang.

Damals, und nur damals, ganz am Ende all unserer gemeinsamen Jahre, nannte er mich bei diesem Namen.

»Leb wohl, Oto'o!« rief er.

Dann wurde er nach unten gezogen, und mich hievte man an Bord, wo ich in den Armen des Kapitäns das Bewußtsein verlor.

Und so starb Oto'o, dem ich mein Leben verdankte, der mich zum Mann gemacht hatte und der mir zum Schluß erneut das Leben rettete. Wir begegneten uns im Rachen eines Orkans und wurden im Rachen eines Hais voneinander getrennt. Dazwischen lagen siebzehn Jahre einer Kameradschaft, von der ich behaupten darf, daß sie zwei Männer, von denen der eine braun und der andere weiß war, so noch nie erfahren haben. Wenn Jehova auf seinem Himmelsthron über jeden Sperling wacht, der vom Dach fällt, dann wird Oto'o, der einzige Heide von Bora Bora, nicht der Geringste in seinem Reich sein.

FEUERMACHEN

Der Tag hatte kalt und grau begonnen, ungewöhnlich kalt und grau, als der Mann den Hauptpfad am Yukon verließ und die hohe Uferböschung hinaufstieg, von wo ein kaum sichtbarer und wenig begangener Trail durch üppige Fichtenwälder nach Osten führte. Es war ein steiler Hang, und oben angekommen, machte er eine Verschnaufpause, was er vor sich selbst mit einem Blick auf die Uhr entschuldigte. Es war neun. Die Sonne war nicht zu sehen, nicht einmal ein Schimmer von Sonnenlicht, obwohl keine Wolke am Himmel stand. Die Luft war klar, und doch lag über den Dingen ein unbestimmter Schleier, ein düsterer Hauch, der den Tag verdunkelte und die abwesende Sonne verriet. Es beunruhigte den Mann nicht weiter. Er war schon daran gewöhnt. Er hatte die Sonne seit geraumer Zeit nicht mehr gesehen und wußte, daß dieses heitere Gestirn erst in ein paar Tagen und exakt im Süden wieder hinter dem Horizont hervorlugen würde, und auch das nur für Minuten.

Der Mann warf einen Blick zurück auf den Weg, den er gekommen war. Dort lag der Yukon, eine Meile breit und unter drei Fuß dickem Eis begraben. Darüber befand sich eine ebenso dicke, makellos weiße Schneedecke. Wo sich beim Zufrieren die Eismassen gestaut hatten, wellte sie sich sanft. Nach Norden und Süden, soweit sein Auge reichte, erstreckte sich unberührtes Weiß, in dem sich nur eine haarfeine dunkle Linie abzeichnete, die sich um eine fichtenbestandene Insel herum nach Süden und genauso auch nach Norden schlängelte, wo sie hinter einem zweiten Fichtenwäldchen verschwand. Diese haarfeine Linie war der Pfad – der Hauptpfad –, der fünfhundert Meilen nach Süden zum Chilcoot Paß, nach Dyea, und zum Meer führte; in nördliche Richtung siebzig Meilen bis nach Dawson, von dort eintausend Meilen bis nach Nulato und schließlich nach St. Michael an der Bering-See, noch einmal tausendfünfhundert Meilen weiter.

Doch das alles – der geheimnisvolle, haarfeine und in die Ferne führende Pfad, der sonnenlose Himmel, die ungeheure Kälte und die eigenartige, geisterhafte Stimmung – machte keinen Eindruck auf den Mann. Nicht, daß er daran gewohnt gewesen wäre. Er war ein Neuling in diesem Land, ein *chechaquo*, und es war sein erster Winter. Das Problem war, daß ihm das Vorstellungsvermögen abging. Er erfaßte die Dinge des Lebens rasch, aber nur die Dinge, nicht ihre Bedeutung. Minus fünfzig Grad Fahrenheit, das hieß etwa achtzig Grad unter dem Gefrierpunkt. Dieser Umstand bedeutete für ihn bloß, daß es ungemütlich kalt war, mehr nicht. Er brachte ihn nicht dazu, über seine Gebrechlichkeit als temperaturabhängiges Wesen nachzudenken oder über die Gebrechlichkeit des Menschen im allgemeinen, der nur innerhalb enger Grenzen von Hitze und Kälte überleben kann; und er stellte, von solchen Überlegungen ausgehend, auch keine Mutmaßungen über die Unsterblichkeit und den Platz des Menschen im Universum an. Minus fünfzig Grad Fahrenheit begriff er als beißende, schmerzhafte Kälte, gegen die man sich durch Fäustlinge, Ohrenklappen, warme Mokassins und dicke Socken zu schützen hatte. Fünfzig Grad unter Null hieß für ihn nichts anderes als fünfzig Grad unter Null. Daß es vielleicht mehr zu sagen hatte, kam ihm nicht in den Sinn.

Indem er sich zum Weitergehen anschickte, spuckte er probehalber einmal aus. Das scharfe, explosionsartige Knistern ließ ihn zusammenfahren. Er spuckte noch einmal. Und wieder kristallisierte der Speichel in der Luft, bevor er den Boden erreichte. Er wußte, daß Speichel bei fünfzig Grad minus auf dem Schnee schlagartig zu Eis wurde, aber hier war es bereits in der Luft passiert. Ohne Zweifel war es kälter als minus fünfzig Grad – wieviel kälter, wußte er nicht. Aber die Temperatur war unerheblich. Sein Ziel war der alte Claim an der linken Gabelung des Henderson Creek, wo sich die anderen bereits befanden. Sie waren vom Gebiet um den Indian Creek über die Wasserscheide dorthin gelangt, während er einen Umweg gemacht hatte, um Möglichkeiten zu erkunden, im Frühjahr von den Inseln im Yukon Holz zu holen. Bis sechs Uhr würde er das Lager erreicht haben; zwar etwas nach Einbruch der Dunkelheit, aber die anderen waren ja schon da, das Feuer würde brennen und ein warmes Abendessen bereitstehen. Was das Mittagessen betraf, da hatte er ein Paket unter seiner Jacke, nach dem er jetzt tastete. Er trug es sogar noch unter dem Hemd, in ein Tuch gewickelt, auf der bloßen Haut. Nur so konnte man verhindern, daß das Brot gefror. Er lächelte zufrieden in sich hinein, als er daran dachte; jedes einzelne Brötchen war aufgeschnitten, in heißes Fett getunkt, und eine dicke Scheibe gebratenen Specks lag zwischen den wieder zusammengeklappten Hälften.

Er tauchte in den hohen Fichtenwald ein. Die Spur war nur schwach sichtbar. Seit der letzte Schlitten darauf gefahren war, hatte es einen Fuß Neuschnee gegeben, und er war froh, daß er ohne Schlitten, mit leichtem Gepäck, unterwegs war. Genauer gesagt trug er nichts bei sich als das Mittagessen in dem Tuch. Die Kälte überraschte ihn aber doch. Es war wirklich kalt, stellte er fest, als er sich mit dem Fausthandschuh die taubgewordene Nase und die Backenknochen massierte. Er hatte einen wärmenden Backenbart, aber dieser schützte weder die hohen Backenknochen noch die Nase, die vorwitzig in die frostige Luft hinausragte.

Dicht hinter ihm trottete ein Hund, ein großer einheimischer Husky, der eigentliche Wolfshund, mit grauem Pelz, und von seinem Bruder, dem wilden Wolf, was Temperament oder äußere Merkmale angeht, nicht zu unterscheiden. Die ungeheure Kälte bedrückte das Tier. Es wußte, daß man zu dieser Zeit besser nicht unterwegs ist. Was sein Instinkt ihm sagte, war zutreffender als das Urteilsvermögen des Mannes. Es war nämlich nicht bloß kälter als fünfzig Grad minus; es war kälter als sechzig, als siebzig Grad minus. Es war minus fünfundsiebzig Grad Fahrenheit. Da der Gefrierpunkt bei zweiunddreißig Grad über

Null liegt, bedeutete das hundertsieben Kältegrade. Der Hund wußte nichts von Thermometern. Vielleicht gab es in seinem Hirn auch nicht wie beim Menschen ein klar abgegrenztes Bewußtsein von extremer Kälte. Aber dieses Tier hatte seinen Instinkt. Der Hund verspürte eine unbestimmte, aber bedrohliche Ahnung, die ihn bedrückt hinter dem Mann herschleichen ließ; deswegen auch fragte er sich bei jeder ungewohnten Bewegung des Mannes sofort nach dem Grund, als erwarte er, daß sein Herr ein Lager aufschlagen oder einen Unterschlupf suchen und Feuer machen würde. Der Hund hatte Feuer kennengelernt, und es verlangte ihn danach, oder er wollte sich zumindest im Schnee eingraben, um zusammengerollt die eigene Körperwärme zu erhalten.

Beim Ausatmen hatte die gefrierende Feuchtigkeit auf seinem Fell eine pudrige Reifschicht hinterlassen, und der kristallisierte Atem hatte vor allem Kiefer, Schnauze und Wimpern weißgefärbt. Der rote Backen- und Schnurrbart des Mannes war auch bereift, nur mit einer dickeren Schicht, die in Eis übergegangen war und mit jedem warmen, feuchten Lufthauch zunahm. Außerdem kaute der Mann Tabak, und die Eiskruste machte seine Lippen so unbeweglich, daß er beim Ausspucken sein Kinn nicht sauberhalten konnte. So hatte sich dort ein kristallener, ständig wachsender Bart gebildet, der in Farbe und Konsistenz Bernstein glich. Bei einem Sturz würde er wie Glas in kleine Stücke zerspringen. Aber ihn störte das Anhängsel nicht. Alle, die in diesem Land Tabak kauten, büßten so dafür, und er war bereits bei zwei Kälteeinbrüchen draußen gewesen. So kalt wie dieser Tag waren sie nicht ausgefallen, aber auf dem Äthylalkohol-Thermometer in Sixty Mile hatte er ablesen können, daß es einmal fünfzig und beim zweiten Mal fünfundfünfzig Grad unter Null gewesen war.

Mehrere Meilen lang setzte er so seinen Weg durch die baumbestandene Ebene fort, durchquerte eine weite Niederung mit Büscheln von Binsengras und stieg dann die Uferböschung zu einem kleinen, vereisten Bachbett hinab. Das war der Henderson Creek, und er wußte, daß er zehn Meilen von der Gabelung entfernt war. Er sah auf die Uhr. Zehn. Er legte vier Meilen pro Stunde zurück und rechnete sich aus, daß er um halb eins an der Gabelung ankommen würde. Er beschloß, dieses Ereignis dort mit dem Mittagessen zu feiern.

Als der Mann dem Bachbett folgte, schloß der Hund mit mutlos gesenktem Schwanz wieder auf. Die alte Schlittenspur war deutlich zu erkennen, aber der Schnee lag ein Fuß hoch auf den letzten Abdrücken. Seit einem Monat war hier kein Mensch mehr vorbeigekommen. Der Mann setzte seinen Weg unbeirrt fort. Er war kein besonders nachdenklicher Mensch, und in diesem speziellen Moment gab es für ihn auch nichts, worüber er hätte nachsinnen können, außer der Tatsache, daß er an der Gabelung seine Mittagsmahlzeit zu sich nehmen und gegen sechs im Lager bei den anderen ankommen würde. Er hatte keinen Gesprächspartner; und hätte er einen gehabt, wäre ihm das Reden wegen der Eiskruste um den Mund unmöglich gewesen. Also fuhr er fort, monoton seinen Tabak zu kauen und seinen Bernsteinbart Stück für Stück zu verlängern.

Von Zeit zu Zeit meldete sich der Gedanke wieder, daß es sehr kalt war und er eine solche Kälte noch nie erlebt hatte. Beim Gehen rieb er sich mit der Rückseite seines Fausthandschuhs Backenknochen und Nase. Er tat das ganz automatisch und benutzte einmal die eine, dann die andere Hand. Aber so sehr er auch rieb, sobald er damit aufhörte, stellte sich ein taubes Gefühl über den Backenknochen ein, und gleich darauf auch an der Nasenspitze. Er würde bestimmt Erfrierungen an den Backen davontragen; er wußte es und bedauerte in diesem Augenblick, daß er sich keinen Nasenschutz besorgt hatte, wie Bud ihn bei Kältewellen benutzte. Der hielt nämlich auch die Backen warm. Letzten Endes aber war es egal. Was bedeuteten schon ein paar Frostbeulen? Sie taten ein bißchen weh, mehr nicht; sie waren nie wirklich gefährlich.

Der Mann machte sich keine Gedanken, doch er war ein scharfer Beobachter und bemerkte jede Veränderung im Verlauf des Flusses, jede Krümmung und Biegung und das aufgestaute Holz, und er achtete peinlich genau darauf, wohin er trat. Einmal, als er aus einer Biegung kam, scheute er wie ein erschrecktes Pferd, schlug einen Bogen und ging ein Stück in der Spur zurück. Er wußte, daß der Bach bis zum Grund gefroren war – kein Bach konnte im arktischen Winter Wasser führen –, aber er wußte auch, daß es Quellen gab, die aus den Hangseiten sprudelten und deren Wasser unter dem Schnee auf das Eis floß. Er wußte, daß auch während der schlimmsten Kälteperioden diese Quellen nie zufroren, und er kannte die Gefahr, die von ihnen ausging. Sie waren Fallen, weil sich unter dem Schnee Hohlräume verbargen, in denen das Wasser zehn Zentimeter, vielleicht aber auch einen Meter tief stand. Manchmal wechselten sich Schichten von Eis und Wasser ab, so daß man nicht nur einmal, sondern mehrmals hintereinander einbrach und gelegentlich bis zur Hüfte naß wurde.

Deswegen war er so panisch zurückgeschreckt. Er hatte gespürt, wie der Schnee unter seinen Füßen nachgab, und hatte das Knistern einer darunter versteckten Eisdecke gehört. Und wenn man bei solchen Temperaturen nasse Füße bekam, so war das eine ganz ärgerliche und gefährliche Sache. Im günstigsten Fall hätte es eine Verzögerung bedeutet, denn er wäre dann gezwungen gewesen, anzuhalten und Feuer zu machen, um daran die nackten Füße, Socken und Mokassins zu trocknen. Er blieb stehen, musterte das Bachbett und beide Ufer und gelangte zu dem Schluß, daß das Wasser von rechts kam. Er überlegte eine Weile, wobei er seine Nase und die Backen massierte, und wich dann nach links aus. Bei jedem Tritt prüfte er behutsam den Untergrund. Nachdem er die Gefahrenstelle umgangen hatte, holte er eine Portion Kautabak hervor und verfiel wieder in seinen Viermeilenschritt.

Im Verlauf der nächsten zwei Stunden stieß er auf mehrere ähnliche Fallen. Gewöhnlich wirkte der Schnee über den Pfützen etwas eingesunken und wie überzuckert und signalisierte so die Gefahr. Noch einmal allerdings entging er dem Einbrechen nur um Haaresbreite; und ein anderes Mal, als er Gefahr witterte, zwang er den Hund voranzugehen. Dieser weigerte sich, bis der Mann ihn vorwärtsschob, und lief dann schnell über die unberührte weiße Oberfläche. Plötzlich brach er ein, fiel strampelnd auf die Seite und erreichte mühsam festeren Untergrund. Die Vorderpfoten und -läufe waren naß geworden, und das Wasser gefror fast auf der Stelle. Er versuchte sofort, es abzulecken und ließ sich dann in den Schnee fallen, um das Eis herauszubeißen, das zwischen den Zehen klumpte. Das tat er instinktiv. Wäre das Eis dort geblieben, hätte er wunde Pfoten bekommen. Er wußte das nicht. Er gehorchte einfach einer geheimnisvollen Eingebung, die aus den dunklen Tiefen seines Wesens aufstieg. Der Mann wußte es, weil er sich hierüber ein Urteil gebildet hatte, und er zog den Fäustling von der rechten Hand und half, die Eisstückchen zwischen den Zehen zu entfernen. Keine Minute hatte er seine Finger der Kälte ausgesetzt und war erstaunt, wie schnell sie taub wurden. Es war wirklich eisig. Hastig zog er den Fäustling wieder über und schlug die Hand heftig gegen die Brust.

Um zwölf Uhr war die Helligkeit am größten. Doch stand die Sonne auf ihrer Winterreise zu weit südlich, um über den Horizont zu steigen. Die Erdkrümmung trat zwischen sie und den Henderson Creek, wo der Mann mittags unter einem wolkenlosen Himmel unterwegs war und doch keinen Schatten warf. Punkt halb eins erreichte er die Gabelung. Er war sehr zufrieden mit seinem Marschtempo. Wenn er es durchhielt, würde er sicher bis sechs die anderen erreicht haben. Er knöpfte seine Jacke und sein Hemd auf und zog seine Mittagsmahlzeit hervor. Der Vorgang nahm nicht mehr als eine Viertelminute in Anspruch, und doch wurden seine der Kälte ausgesetzten Finger sofort taub. Er zog keinen Handschuh an, sondern schlug statt dessen die Finger ein dutzendmal heftig gegen das Bein. Dann setzte er sich auf einen schneebedeckten Baumstamm, um zu essen. Das Prickeln, das er gespürt hatte, ließ so rasch nach, daß er erschrak. Er hatte nicht einmal ein Stück Brot abbeißen können. Er wiederholte die Prozedur und verbarg die Finger im Handschuh, zog dann den anderen herunter und wollte anfangen zu essen. Er versuchte, einen Bissen in den Mund zu schieben, aber die Eiskruste an den Lippen hinderte ihn daran. Er hatte vergessen, ein Feuer zu machen, um aufzutauen. Er kicherte über seine Dummheit und stellte noch beim Kichern fest, wie das taube Gefühl in seine entblößten Finger kroch. Außerdem bemerkte er, daß das Prickeln, das er zunächst beim Hinsetzen in den Zehen gespürt hatte, schon wieder verebbte. Er fragte sich, ob die Zehen nun warm oder taub waren. Er bewegte sie in den Mokassins und kam zu dem Ergebnis, daß sie taub waren.

Hastig zog er den Handschuh über und stand auf. Er bekam ein wenig Angst. Er stampfte mit den Füßen, bis das Prickeln wiederkam. Es ist wirklich kalt, dachte er. Der Mann am Sulphur Creek hatte die Wahrheit gesagt, als er erzählte, wie kalt es manchmal in diesem Land werden konnte. Und er hatte ihn damals ausgelacht! Es bewies, daß man sich seiner Sache nie zu sicher sein durfte. Es war wirklich kalt, das ließ sich nicht leugnen. Er ging auf und ab, stampfte mit den Füßen und schlug die Arme um den Körper, bis ihn die zurückkehrende Wärme wieder beruhigte. Dann holte er die Zündhölzer heraus und machte sich daran, ein Feuer zu entfachen. Im Unterholz, wo das Hochwasser des vergangenen Frühjahrs einen Haufen alter Zweige hinterlassen hatte, fand er Brennmaterial. Er wachte sorgfältig über die ersten kleinen Flammen und bald loderte die Glut, an der er das Eis in seinem Gesicht tauen ließ und in deren Schutz er anschließend seine Brötchen verzehrte. Vorläufig hatte er der Weltraumkälte ein Schnippchen geschlagen. Der Hund streckte sich befriedigt so nahe am Feuer aus, daß er die Wärme genießen konnte, ohne sich das Fell zu versengen.

Als der Mann fertig war, stopfte er seine Pfeife und rauchte sie in aller Ruhe. Dann zog er die Fausthandschuhe wieder an, sorgte dafür, daß die Ohrenschützer eng anlagen und folgte der Spur auf dem linken Wasserarm. Der Hund war enttäuscht und sehnte sich zurück ans Feuer. Dieser Mann kannte die Kälte nicht. Vielleicht war seinen sämtlichen Vorfahren Kälte unbekannt gewesen, richtige Kälte, Kälte von hundertsieben Grad Fahrenheit unter dem Gefrierpunkt. Aber der Hund kannte sie; alle seine Ahnen kannten sie, und er hatte ihr Wissen geerbt. Er wußte, daß es nicht gut war, in solch schrecklicher Kälte unterwegs zu sein. Vielmehr mußte man sich dann in einer Schneehöhle zusammenrollen und darauf warten, daß sich ein Wolkenvorhang vor den Weltraum schob, aus dem diese Kälte kam. Andererseits bestand zwischen dem Hund und dem Mann keine enge Bindung. Der eine war der Arbeitssklave des anderen, und die einzige Zuwendung, die er je erfahren hatte, war die Peitschenschnur und bösartig drohende Kehllaute, die sie ankündigten. Deswegen unternahm der Hund keinen Versuch, dem Mann seine Angst mitzuteilen; an dessen Wohlergehen war er nicht interessiert, nur zum eigenen Nutzen wollte er zurück ans Feuer. Aber der Mann pfiff nach ihm und sprach in einem Ton, der nach Peitschenhieben klang, und der Hund heftete sich erneut an seine Fersen.

Der Mann nahm ein Stück Kautabak, so daß ein neuer Bernsteinbart zu wachsen begann. Auch Schnurrbart, Augenbrauen und Wimpern überzogen sich rasch wieder mit dem Reif, der sich aus seinem Atem niederschlug. Am linken Arm des Henderson schien es weniger Quellen zu geben, und eine halbe Stunde lang sah er keinerlei Anzeichen. Und dann geschah es. An einer Stelle, wo nichts dafür sprach, wo der weiche unberührte Schnee scheinbar festen Untergrund anzeigte, brach der Mann ein. Nicht tief. Das Wasser reichte ihm halb bis zum Knie, bevor er sich auf das feste Eis zurückrettete.

Er war wütend und schimpfte laut fluchend auf sein Pech. Er hatte gehofft, um sechs Uhr bei den anderen im Lager zu sein, und jetzt wurde er mindestens eine Stunde aufgehalten, denn er mußte ein Feuer machen und seine Fußbekleidung trocknen. Das war bei so niedrigen Temperaturen unumgänglich – soviel wußte er. Er verließ die Spur und kletterte die Böschung hinauf. Dort oben hatte sich im Gestrüpp zwischen ein paar Fichten

Treibholz verfangen – hauptsächlich kleinere Stecken und Reisig, aber auch größere Teile von abgelagerten Ästen und feine Grasreste vom Vorjahr. Er warf mehrere große Äste auf den Schnee. Das diente als Unterlage und verhinderte, daß die ersten Flammen im Schnee erloschen, der sonst geschmolzen wäre. Das aufflammende Zündholz hielt er an ein Stückchen Birkenrinde, das er aus der Tasche zog. Das brannte noch leichter als Papier. Er legte die Rinde auf die Unterlage und nährte das aufkeimende Feuer mit Büscheln von trockenem Gras und dünnen Zweigen.

Da er sich der Gefahr, in der er schwebte, deutlich bewußt war, ging er äußerst behutsam vor. Nach und nach, in dem Maß, wie die Flammen höher wurden, legte er größere Zweige auf. Er hockte sich in den Schnee und zerrte die Zweige dort hervor, wo sie sich verfangen hatten, um sie direkt ins Feuer zu schieben. Er wußte, daß er sich einen Fehlschlag nicht leisten konnte. Bei minus fünfundsiebzig Grad Fahrenheit darf einem Menschen der erste Versuch, Feuer zu machen, nicht mißlingen – jedenfalls nicht, wenn er nasse Füße hat. Mit trockenen Füßen kann er eine halbe Meile auf dem Weg entlanglaufen und seinen Kreislauf wieder in Gang bringen. Aber die Blutzirkulation in nassen, erfrierenden Füßen kann man bei fünfundsiebzig Grad durch Laufen nicht wiederherstellen. Ganz gleich, wie schnell man läuft, die nassen Füße werden trotzdem immer mehr erstarren.

Das alles war dem Mann bekannt. Der alte Hase vom Sulphur Creek hatte es ihm im letzten Herbst erzählt, und jetzt wußte er seinen Rat zu schätzen. Schon war aus seinen Füßen jedes Gefühl gewichen. Um das Feuer zu machen, hatte er die Handschuhe ausziehen müssen, und die Finger waren sofort taub geworden. Bei seinem Tempo von vier Meilen pro Stunde hatte das Herz Blut an die Körperoberfläche und in alle Gliedmaßen gepumpt. Sobald er aber stehenblieb, nahm die Förderkapazität ab. Die Kältewelle aus dem Weltraum hatte die ungeschützte Polkappe des Planeten erreicht und ihn, der sich auf dieser ungeschützten Kappe befand, traf ihre volle Wucht. Das Blut in seinem Körper wich vor ihr zurück. Das Blut war lebendig, wie der Hund, und wie der Hund suchte es angesichts der fürchterlichen Kälte Zuflucht und Deckung. Solange er vier Meilen in der Stunde marschierte, pumpte er dieses Blut an die Oberfläche, ob es wollte oder nicht; jetzt aber ebbte der Strom schon vorher ab und versank in den Tiefen seines Körpers. In den Gliedmaßen machte sich der Mangel zuerst bemerkbar. Seine nassen Füße erfroren noch schneller, die der Kälte ausgesetzten Finger wurden noch schneller taub, auch wenn sie noch nicht erfroren waren. Nase und Backen begannen bereits abzusterben, und am ganzen Körper kühlte die Haut in dem Maße aus, wie die Blutzufuhr ausblieb.

Doch ihm konnte nichts passieren. Zehen, Nase und Finger würden nur leicht in Mitleidenschaft gezogen werden, denn das Feuer wurde allmählich kräftiger. Er schob jetzt fingerdicke Zweige nach. Noch eine Minute, und er würde Äste nachlegen können, die so dick waren wie sein Handgelenk; dann konnte er die Fußbekleidung ablegen, und während sie trocknete, seine nackten Füße am offenen Feuer wärmen, natürlich nicht ohne sie zuvor mit Schnee massiert zu haben. Das Feuer brannte lichterloh. Er war in Sicherheit. Er erinnerte sich an den Ratschlag des alten Hasen vom Sulphur Creek und lächelte. Er hatte als ehernes Gesetz verkündet, kein Mensch dürfe bei mehr als fünfzig Grad minus im Klondike allein unterwegs sein. Er aber war allein, ihm war ein Mißgeschick passiert; und er hatte sich selbst in Sicherheit gebracht. Einige dieser alten Hasen sind doch eher Angsthasen, dachte er. Man durfte nur nicht den Kopf verlieren, dann war alles in Ordnung. Jeder Mann, jeder echte Mann, konnte allein unterwegs sein. Aber verblüffend war es schon, wie schnell ihm die Backen und die Nase erfroren. Er hätte auch nicht gedacht, daß seine Finger in so kurzer Zeit völlig leblos werden würden. Denn das waren sie; er konnte sie kaum zusammenbringen, um einen Zweig zu greifen, und sie schienen gar nicht mehr zu seinem Körper oder zu ihm selbst zu gehören. Wenn er einen Zweig berührte, mußte er nachsehen, ob er ihn in der Hand hielt oder nicht. Die Verbindung zwischen ihm und seinen Fingern war praktisch abgerissen.

Doch das zählte alles nicht. Da war das Feuer, das knisterte und knackte und mit jeder züngelnden Flamme Leben versprach. Er begann, seine Mokassins aufzuknüpfen. Sie waren eisüberzogen; die dicken Wollstrümpfe hatten sich in eiserne Beinröhren verwandelt; und die Riemen der Mokassins glichen Stahlruten, die eine Feuersbrunst unentwirrbar verknäult hatte. Einen Moment lang zerrte er mit seinen tauben Fingern daran herum, zog dann aber, als ihm bewußt wurde, wie absurd das war, sein Messer aus der Scheide.

Bevor er jedoch die Riemen zertrennen konnte, geschah es. Es war seine eigene Schuld oder vielmehr sein Fehler. Er hätte das Feuer nicht unter der Fichte machen sollen. Er hätte es im Freien machen müssen. Es war jedoch weniger mühsam gewesen, die Zweige aus dem Unterholz zu ziehen und gleich an Ort und Stelle ins Feuer zu legen. Der Baum, unter dem sich das abgespielt hatte, trug eine schwere Schneelast. Wochenlang war kein Wind gegangen, und jeder Ast war schwer beladen. Immer wenn er einen Zweig herausgezogen hatte, wurde der Baum leicht erschüttert – kaum merklich, aber ausreichend, um die Katastrophe auszulösen. Hoch oben im Baum kam eine Schneelast ins Rutschen. Sie stürzte auf die darunterliegenden Zweige, die nun wippend ihre Last abschüttelten. Der Vorgang wiederholte sich, griff auf andere Zweige über und erfaßte den gesamten Baum. Es war eine Schneelawine, die ohne Vorwarnung über den Mann und dem Feuer niederging und die Flammen erstickte! Wo es früher gelodert hatte, lag nun ein frischer Haufen Schnee.

Der Mann erschrak bis ins Innerste. Ihm war, als habe er soeben sein eigenes Todesurteil gehört. Einen Augenblick lang saß er da und starrte auf die Stelle, wo das Feuer gewesen war. Dann wurde er ganz ruhig. Vielleicht hatte der alte Hase am Sulphur Creek doch recht gehabt. Wenn er einen Weggefährten gehabt hätte, dann wäre er jetzt nicht in Gefahr. Der Gefährte hätte für ihn Feuer machen können. Jetzt mußte er selbst noch einmal von vorn anfangen, und dieses Mal durfte nichts schiefgehen. Selbst wenn es glückte, würde er höchstwahrscheinlich ein paar Zehen einbüßen. Seine Füße hatten inzwischen sicher schon schlimme Erfrierungen, und bis das zweite Feuer brannte, würde einige Zeit verstreichen.

Diese Gedanken gingen ihm durch den Kopf, aber er saß dabei nicht still, vielmehr war er ununterbrochen beschäftigt. Er schob eine neue Unterlage für das Feuer zusammen, dieses Mal im Freien, wo es von keinem tückischen Baum ausgelöscht werden konnte. Dann sammelte er trockenes Gras und dünne Ästchen, die das Hochwasser angeschwemmt hatte. Es war ihm nicht möglich, sie mit den Fingern einzeln herauszuziehen, aber er konnte sie bündelweise sammeln. Auf diese Weise gerieten ihm viele angefaulte Zweige und grünes Moos dazwischen, was nachteilig war, aber etwas Besseres brachte er nicht zustande. Er arbeitete systematisch, suchte sogar schon einen Armvoll dickerer Äste für die stärkeren Flammen zusammen. Die ganze Zeit über saß der Hund dabei und beobachtete ihn mit sehnsüchtigen Blicken, denn er sah in ihm den Feuermacher, und das Feuer ließ auf sich warten.

Als alles bereit war, kramte der Mann in seiner Tasche nach einem weiteren Stück Birkenrinde. Er wußte, daß sie dort war, und wenn er sie auch nicht mit den Fingern fühlen konnte, so hörte er doch das Rascheln, während er danach tastete. Aber wie sehr er sich auch abmühte, er bekam die Rinde nicht zu fassen. Und ständig war ihm dabei bewußt, daß mit jeder Sekunde seine Füße weiter abstarben. Der Gedanke daran löste Panik aus, aber er kämpfte sie nieder und blieb ruhig. Er zog die Fäustlinge mit den Zähnen über die Hände, schlug die Arme wieder und wieder um den Oberkörper und die Hände dabei mit aller Kraft gegen die Seiten. Das tat er im Sitzen und im Stehen; und die ganze Zeit über saß der Hund im Schnee, den buschigen Wolfsschwanz wärmend über den Vorderpfoten, die Wolfsohren aufmerksam aufgestellt, und beobachtete den Mann. Während der

Mann die Arme kreisen ließ und um den Leib schlug, fühlte er, wie beim Anblick dieses Lebewesens, das in seinem natürlichen Schutzkleid so warm und sicher aufgehoben war, der Neid in ihm hochstieg.

Nach einiger Zeit spürte er die ersten Anzeichen zurückkehrenden Lebens. Das schwache Prickeln in seinen Fingern wurde stärker, bis sich ein stechender Schmerz einstellte, der kaum zu ertragen war, den der Mann aber mit Genugtuung begrüßte. Er zog den Handschuh von der rechten Hand und angelte die Birkenrinde aus der Tasche. Die entblößten Finger wurden rasch wieder taub. Als nächstes holte er ein Bündel Zündhölzer hervor. Doch die ungeheure Kälte hatte bereits alle Empfindung aus seinen Fingern weichen lassen. Als er sich abmühte, ein einzelnes Zündholz herauszuziehen, fiel das ganze Bündel zu Boden. Er versuchte, es aufzuheben, aber vergeblich. Er brachte die gefühllosen Finger weder zusammen, noch konnte er damit greifen. Er wurde ganz vorsichtig. Er verbannte den Gedanken an absterbende Füße, Nase und Backen aus seinem Bewußtsein und widmete sich mit ganzer Seele dem Problem der Zündhölzer. Er ersetzte den Tastsinn durch den Gesichtssinn und behielt seine Finger im Auge, bis er sie beiderseits der Zündhölzer sah; dann faßte er zu – das heißt, er wollte zufassen, aber die Verbindung zu den Fingern war abgebrochen, und sie gehorchten nicht. Er zog den Fäustling wieder über die rechte Hand und schlug sie mehrmals heftig auf das Knie. Dann scheffelte er das Bündel Streichhölzer zusammen mit einer Menge Schnee in seinen Schoß. Damit war ihm allerdings auch nicht geholfen. Mit einiger Mühe gelang es ihm, das Bündel zwischen die Stulpen seiner Fausthandschuhe zu manövrieren. Auf diese Weise führte er es zum Mund. Das Eis knisterte und krachte, als er gewaltsam den Mund öffnete. Er zog den Unterkiefer ein und die Oberlippe nach oben und fuhr mit den Schneidezähnen über das Bündel, um ein einzelnes Zündholz abzulösen. Es glückte, und er ließ es in den Schoß fallen. Auch damit war ihm nicht geholfen. Auflesen konnte er es nicht. Dann fand er eine Lösung. Er klemmte es zwischen die Zähne und strich damit über sein Hosenbein. Zwanzigmal machte er den Versuch, ehe es sich schließlich entzündete. Er hielt das brennende Zündholz mit den Zähnen an die Birkenrinde. Aber der Schwefel stieg ihm in Nase und Lungen, so daß er einen Hustenanfall bekam. Das Zündholz fiel in den Schnee und erlosch.

Der alte Hase am Sulphur Creek hatte recht, dachte er in dem nun folgenden Moment kontrollierter Verzweiflung: bei mehr als fünfzig Kältegraden sollte ein Mann nur mit Partner unterwegs sein. Er schlug die Hände gegeneinander, ohne sie dadurch jedoch wiederbeleben zu können. In einem plötzlichen Entschluß entblößte er beide Hände, indem er die Handschuhe mit den Zähnen herunterzog. Er nahm das ganze Bündel zwischen die Handwurzeln. Da seine Armmuskeln noch nicht steif waren, konnte er die Handgelenke fest zusammenpressen. Dann strich er mit dem gesamten Vorrat über das Bein. Eine Stichflamme schoß empor, siebzig Zündhölzer auf einen Schlag! Kein Wind wehte, der sie ausblasen konnte. Er neigte den Kopf zur Seite, um dem erstickenden Rauch zu entgehen und hielt das lodernde Bündel an die Birkenrinde. Während er das tat, meldete sich in der Hand eine Empfindung. Die Haut verbrannte. Das konnte er riechen. Tief unter der Oberfläche konnte er es fühlen. Die Empfindung entwickelte sich zu einem zunehmend heftigen Schmerz. Er ertrug ihn immer noch, während er die Flamme ungeschickt an die Rinde hielt, die nur zögernd Feuer fing, weil seine eigenen angesengten Hände im Weg waren.

Als er es schließlich nicht mehr aushalten konnte, ließ er die brennenden Zündhölzer fallen. Zischend erloschen sie im Schnee, aber die Birkenrinde brannte. Er begann, trockene Grashalme und die dünnsten Zweige auf die Flamme zu legen. Er konnte nicht auswählen, weil er das Brennmaterial mit den Handwurzeln hochheben mußte. Kleine Stücke von verfaultem Holz und grünes Moos blieben zwischen dem Reisig hängen; so gut er konnte, zupfte er sie mit den Zähnen heraus. Er hütete die Flamme mit unbeholfener Sorgfalt. Sie bedeutete Leben und durfte nicht verlöschen. Inzwischen zitterte er am ganzen Körper, weil an der Oberfläche kein Blut mehr zirkulierte, und dadurch wurde er noch ungeschickter. Ein grünes Mooskissen fiel mitten auf das kleine Feuer. Er wollte es mit den Fingern herausfischen, schoß aber wegen des Zitterns über das Ziel hinaus und zerstörte den eigentlichen Brandherd. Die brennenden Grashalme und kleinen Zweige verteilten sich nach allen Seiten. Er versuchte, sie wieder zusammenzuschieben, doch trotz aller Anspannung gewann sein Zittern die Oberhand, und er riß alles hoffnungslos auseinander. Jeder Zweig stieß eine kleine Rauchwolke aus und die Flämmchen verpufften. Der Feuermacher hatte versagt. Als er sich apathisch umschaute, fiel sein Blick auf den Hund, der ihm gegenüber hinter den Überresten des Feuers im Schnee saß, sich unruhig krümmte, einmal den einen Vorderlauf, dann wieder den anderen anhob und in sehnsüchtiger Spannung sein Gewicht mal auf das eine, mal auf das andere Bein verlagerte.

Der Anblick brachte ihn auf eine verrückte Idee. Er erinnerte sich an einen vom Schneesturm überraschten Mann, der einen Ochsen getötet hatte, in den Kadaver gekrochen war und so überlebte. Er würde den Hund töten, seine Hände in den noch warmen Leib stecken, bis das Gefühl wieder zurückkehrte, und dann ein neues Feuer anzünden. Er sprach den Hund an, rief ihn zu sich; aber in seiner Stimme schwang eine unbekannte Angst mit, die das Tier verschreckte, weil es seinen Herrn bisher noch nie so hatte reden hören. Irgend etwas stimmte nicht, und seine argwöhnische Natur witterte Gefahr – es wußte nicht, welche Gefahr, aber irgendwo, irgendwie stieg in ihm die Furcht vor dem Mann auf. Beim Klang der Stimme legte der Hund die Ohren an, und seine unruhigen Bewegungen im Schnee, das Anheben und Umsetzen der Vorderläufe, wurden ausgeprägter; aber er ließ sich nicht herbeilocken. Der Mann kroch auf allen vieren zu ihm hin. Diese ungewöhnliche Haltung erregte erneut den Argwohn des Tieres, das zögernd davonschlich.

Der Mann setzte sich für einen Augenblick im Schnee auf und

versuchte, seiner Erregung Herr zu werden. Dann zog er mit den Zähnen die Handschuhe an und stand auf. Er sah erst einmal an sich hinunter, um Gewißheit zu erhalten, daß er tatsächlich stand, denn durch die abgestorbenen Füße hatte er keinen Kontakt mehr mit dem Boden. Schon seine aufrechte Haltung bewirkte, daß der Argwohn des Hundes nachließ; und als der Mann mit der gebieterischen Stimme sprach, in der Peitschenhiebe mitklangen, gehorchte der Hund wie üblich und kam zu ihm. Kaum war er in Reichweite, verlor der Mann die Beherrschung. Seine Arme schossen auf den Hund zu, und er war völlig überrascht, als er feststellte, daß seine Hände nichts halten konnten, daß er die Finger weder zu krümmen vermochte noch irgendein Gefühl darin hatte. Für einen Moment war ihm entfallen, daß sie schon abgestorben waren und immer weiter erfroren. Es ging alles ganz schnell, und bevor der Hund ihm entschlüpfte, hatte er bereits die Arme um seinen Körper gelegt. Er setzte sich in den Schnee und hielt das Tier fest, das sich knurrend und winselnd wehrte.

Doch mehr als den Hund mit den Armen zu umklammern und einfach sitzenzubleiben, konnte er nicht tun. Er merkte, daß er nicht in der Lage war, ihn zu töten. Es war ausgeschlossen. Mit seinen unnützen Händen konnte er das Jagdmesser weder ziehen noch halten, noch konnte er den Hund erdrosseln. Er gab ihn frei, und das Tier raste mit eingezogenem Schwanz und immer noch knurrend davon. In fünfzehn Metern Entfernung blieb es stehen und musterte ihn neugierig, die Ohren spitz nach vorn gerichtet. Der Mann sah auf seine Hände, um herauszufinden, wo sie steckten, und entdeckte sie am Ende seiner Arme. Es schien ihm merkwürdig, daß man die Augen benutzen mußte, um die Hände zu lokalisieren. Er begann, die Arme um den Leib zu schlagen, wobei er die behandschuhten Hände gegen seine Flanken prallen ließ. Das machte er mit großer Heftigkeit fünf Minuten lang, und sein Herz pumpte genügend Blut an die Oberfläche, um dem Zittern ein Ende zu bereiten. Aber in seinen Händen rührte sich nichts. Er hatte den

Eindruck, sie hingen wie Blei an den Enden seiner Arme; als er jedoch versuchte, dieser Empfindung auf den Grund zu gehen, konnte er sie nicht zuordnen.

Eine ungewisse, dumpfe und drückende Angst vor dem Tod überkam ihn. Sie gewann rasch schärfere Konturen, als er sich klarmachte, daß es nicht mehr einfach um Erfrierungen an Fingern und Zehen oder den Verlust von Händen und Füßen ging, sondern um Leben und Tod, und daß seine Chancen schlecht standen. Er geriet dadurch in Panik, drehte sich um und rannte in das Bachbett zurück, die alte, schwach sichtbare Spur entlang. Der Hund schloß sich ihm an und blieb ihm auf den Fersen. Der Mann rannte blindlings, von einer Angst getrieben, wie er sie nie zuvor in seinem Leben gekannt hatte. Erst allmählich, während er sich torkelnd durch den Schnee kämpfte, begann er wieder, Dinge wahrzunehmen – das Ufer, altes, aufgestautes Holz, die kahlen Espen und den Himmel. Das Laufen tat ihm gut. Er zitterte nicht mehr. Vielleicht würden seine Füße auftauen, wenn er weiterliefe; und jedenfalls würde er, wenn er weit genug liefe, das Lager und die Gefährten erreichen. Zweifellos würde er ein paar Finger und Zehen einbüßen und Erfrierungen im Gesicht davontragen; aber die anderen würden sich schon um ihn kümmern und den Rest retten, sobald er dort ankam. Und gleichzeitig schoß ihm ein anderer Gedanke durch den Kopf: er würde nie bis zum Lager und zu den Gefährten kommen, die Entfernung war einfach zu groß, die Erfrierungen waren schon zu weit fortgeschritten, bald würde er steif und tot sein. Er drängte diese Gedanken in den Hintergrund, lehnte es ab, sich mit ihnen zu beschäftigen. Manchmal stiegen sie fordernd von selbst an die Oberfläche, aber er sperrte sie aus seinem Bewußtsein aus und bemühte sich, an anderes zu denken.

Er fand es eigenartig, überhaupt auf Füßen laufen zu können, die so erfroren waren, daß er nicht spürte, wenn sie den Boden berührten und das Gewicht seines Körpers trugen. Er schien über den Boden dahinzugleiten, ohne Kontakt mit der Erde. Irgendwo hatte er einmal einen geflügelten Merkur gesehen, und er fragte sich, ob Merkur dasselbe Gefühl hatte wie er, wenn er über die Erde schwebte.

Seine Idee weiterzulaufen, bis er das Lager mit den Gefährten erreichte, hatte einen Haken: es fehlte ihm das Durchhaltevermögen. Er stolperte mehrmals, schließlich taumelte er nur noch, sackte dann zusammen und fiel in den Schnee. Als er aufzustehen versuchte, schaffte er es nicht. Er wollte sitzenbleiben und sich ausruhen, beschloß er, und danach würde er nur noch gehen, ohne eine Pause zu machen. Während er dort saß und Luft schöpfte, bemerkte er, daß ihm angenehm warm war. Er zitterte nicht, und es schien sogar, als ob eine Art Wärmestrahlung sich in Rumpf und Brust ausbreite. Und doch spürte er nichts, als er Nase oder Backen berührte. Das Laufen würde sie nicht auftauen. Auch seine Hände und Füße nicht. Dann wurde ihm plötzlich klar, daß die Erfrierungen notwendigerweise weitere Körperregionen erfassen würden. Er strengte sich an, diese Erkenntnis zu unterdrücken, sie zu vergessen, an anderes zu denken; er war sich bewußt, daß sie panische Gefühle weckte, und er fürchtete die Panik. Doch die Erkenntnis ließ sich nicht abschütteln und behauptete sich hartnäckig, bis er seinen eigenen, völlig erfrorenen Körper vor sich sah. Das war zuviel, und er stürmte wieder los. Einmal wurde er langsamer, bis er nur noch im Schrittempo ging, aber die Vorstellung der sich ausbreitenden Erfrierungen trieb ihn erneut zum Laufschritt.

Die ganze Zeit über folgte der Hund ihm auf den Fersen. Als er zum zweiten Mal stürzte, legte er seinen Schwanz auf die Vorderpfoten und blieb vor ihm sitzen, merkwürdig gespannt und aufmerksam. Die Wärme und Sicherheit des Tiers machten ihn wütend, und er beschimpfte den Hund, so daß dieser beschwichtigend die Ohren anlegte. Dieses Mal überkam ihn das Zittern schneller. Er war im Begriff, den Kampf mit der Kälte zu verlieren. Sie kroch von allen Seiten in ihn hinein. Der Gedanke daran hetzte ihn weiter, aber er kam keine dreißig Meter weit, bis er erneut taumelte und der Länge nach in den Schnee stürzte. Es war die letzte Aufwallung von Panik. Als er wieder Luft bekam und seine Selbstbeherrschung zurückerlangt hatte, setzte er sich hin und machte sich mit der Vorstellung vertraut, dem Tod mit Würde zu begegnen. Sie erschien ihm allerdings in anderem Gewande, in der Einsicht nämlich, daß er sich lächerlich gemacht hatte, indem er wie ein kopfloses Huhn durch die Landschaft gelaufen war – der Vergleich drängte sich ihm auf. Er würde ohnehin erfrieren, dann konnte er es auch gleich mit Anstand tun. Mit diesem neugefundenen Seelenfrieden kamen auch die ersten Vorboten der Schläfrigkeit. Eine gute Idee, dachte er, dem Tod entgegenzuschlafen. Als nähme man ein Betäubungsmittel. Das Erfrieren war nicht so schlimm, wie die Leute glaubten. Es gab eine Menge schlimmerer Todesarten.

Er malte sich aus, wie die anderen am nächsten Tag seine Leiche finden würden. Er sah sich plötzlich in ihrer Mitte, wie sie den Pfad nach ihm absuchten. Und immer noch zusammen mit ihnen kam er um eine Biegung der Spur und stieß im Schnee auf sich selbst. Er war nicht mehr bei sich, denn in eben diesem Moment stand er bei den Gefährten und betrachtete sich dort im Schnee. Es war wirklich kalt, dachte er. Wenn er in die Staaten zurückkehrte, dann konnte er den Leuten erzählen, was richtige Kälte bedeutete. Eine neue Vision stellte sich ein: der alte Hase am Sulphur Creek. Er sah ihn lebhaft vor sich, wie er in behaglicher Wärme seine Pfeife rauchte.

»Du hast recht gehabt, alter Junge, du hast recht gehabt«, brummte er ihm zu.

Dann dämmerte er in einen Schlaf hinüber, der ihm angenehmer und erfrischender schien als alles, was er vorher gekannt hatte. Der Hund saß wartend vor ihm. Der kurze Tag endete in einem langen, trägen Zwielicht. Nichts wies darauf hin, daß nun Feuer gemacht würde, und außerdem hatte es der Hund noch nie erlebt, daß ein Mann sich so in den Schnee setzte, ohne genau das zu tun. Als das Dämmerlicht düsterer wurde, siegte die heftige Sehnsucht nach der Wärme, und der Hund tapste unruhig auf den Vorderläufen hin und her, winselte leise und legte in Erwartung einer Zurechtweisung die Ohren an. Aber der Mann blieb stumm. Später winselte der Hund lauter. Und noch später kroch er nah an den Mann heran und witterte den Hauch des Todes. Sein Fell sträubte sich, und er wich zurück. Eine Weile zögerte er noch und heulte unter den Sternen, die am kalten Himmel funkelnd auf und ab tanzten. Dann wandte er sich ab und trabte in der Spur dem Lager zu, das er kannte und wo es andere Futterspender und Feuermacher gab.

Über die hohen Koolau-Berge hinweg hatten sich ein paar Ausläufer des Passats verirrt, bewegten leicht die starren Bananenblätter, rauschten in den Palmen und brachten das zartblättrige Laub der Algoraba-Bäume zum Wispern. Nur in Abständen atmete die Natur so auf, denn ein Atmen war es, das Seufzen eines trägen hawaiischen Nachmittags. In den Pausen zwischen den sanften Atemzügen wurde die Luft schwer und würzig von dem Duft der Blumen und den Ausdünstungen der fetten, lebendigen Erde.

In der Nähe des niedrigen, bungalowartigen Hauses hielten sich viele Menschen auf, aber nur ein einziger schlief. Die übrigen schlichen auf Zehenspitzen umher und waren mucksmäuschenstill. Hinter dem Haus ließ ein kleines Kind ein dünnes, klägliches Wimmern hören, das selbst die hastig dargereichte Brust nicht zu beschwichtigen vermochte. Die Mutter, eine schlanke *Hapa-Haole* [Halbblut] im lose fallenden Holoku aus weißem Musselin eilte unter den Bananenstauden und Papaya-Bäumen davon, um das weinende Kind außer Hörweite zu bringen. Andere Frauen, Hapa-Haoles und reinrassige Eingeborene, sahen ihr besorgt nach, als sie das Weite suchte.

Vor dem Haus saßen zwanzig Hawaiianer im Gras. Allesamt kräftige Männer, muskulös und breitschultrig. Braunhäutig, mit leuchtenden braunen und schwarzen Augen, offenen und ebenmäßigen Zügen sahen sie ganz so aus, als seien sie ebenso freundlich, heiter und sanftmütig wie das Klima. Zu all dem schien ihre wilde Aufmachung im Widerspruch zu stehen. Aus ihren klobigen Ledergamaschen ragten die Griffe langer Messer. An den Hacken trugen sie großrädrige spanische Sporen. Wie eine Bande von Straßenräubern hätten sie ausgesehen, wären da nicht die Blumenkränze und die duftenden *Maile* gewesen, die ihre breitkrempigen Hüte krönten und so gar nicht zu dem übrigen Bild passen wollten. Einer von ihnen, der die köstliche, spitzbübische Schönheit eines Fauns und ebensolche Augen besaß, hatte sich eine flammendrote gefüllte Hibiskusblüte kokett hinters Ohr gesteckt. Eine *Poinciana regia*, die über ihren Köpfen wuchs, bot mit ihrem weitausladenden, schattenspendenden Baldachin – einem Flammenmeer scharlachroter Blüten, aus denen kleine Quasten gefiederter Staubfäden hingen – Schutz vor der Sonne. Von weit her und durch die Entfernung gedämpft, drang das schwache Stampfen ihrer angeleinten Pferde herüber. Aller Augen waren gespannt auf den einsamen Schläfer gerichtet, der etwa dreißig Meter entfernt unter den Johannisbrotbäumen rücklings auf einer *Lauhala*-Matte lag.

Waren die hawaiischen Cowboys schon groß, so übertraf der Schläfer sie noch. Auch war er, wie sein schneeweißes Haar und sein Bart bezeugten, viel älter als sie. Der Umfang seiner Handgelenke und die kräftigen, langen Finger ließen seine mächtige Gestalt ahnen, die unter den weiten Kattunhosen und dem offenen, knopflosen Hemd verborgen war, das einen Brustkasten freigab, dessen dichtes Haarkleid ebenso weiß wie das Kopf- und Barthaar des Mannes war. Die Tiefe und Breite dieses Brustkorbes, seine Spannkraft und die jetzt gelösten, gut entwickelten Muskeln zeugten von der knorrigen Kraft, die immer noch in ihm steckte. Im übrigen konnte auch keine Sonnenbräune und Wettergegerbtheit verbergen, was seine Haut verriet, daß er durch und durch Haole – ein Weißer – war.

Er lag auf dem Rücken, und mit jedem Atemzug hob und senkte sich sein langer weißer, von keinem Barbier gestutzter, himmelwärts ragender Bart, während sich die weißen Schnurrbarthaare wie die Borsten eines Stachelschweins beim Ausatmen rhythmisch sträubten und bei jedem Luftholen wieder anlegten. Ein junges, vierzehnjähriges, nur mit einem einfachen langen Hemd oder *Muumuu* bekleidetes Mädchen, eine Enkelin des Schläfers, kauerte neben ihm und verscheuchte mit einem

Federwedel die Fliegen. Ihr Gesichtsausdruck verriet Besorgtheit, Nervosität und Ehrfurcht, als diene sie einem Gott.

Und wirklich war Hardman Pool, der schnauzbärtige Schläfer, für sie, wie auch für viele andere, ein Gott, eine Quelle des Lebens, eine Quelle der Nahrung und ein Born der Weisheit, ein Gesetzgeber, freundlicher Wohltäter, aber auch die Düsternis von Donner und Strafe – kurz, ein Gebieter, dessen Zeugungskraft vierzehn erwachsene Söhne und Töchter, sechs Urenkel und mehr Enkel, als er in seinen lichtesten Momenten aufzählen konnte, unter Beweis stellten.

Vor einundfünfzig Jahren war er mit einem offenen Boot in Laupahoehoe an der Luvküste Hawaiis gelandet. Das Boot war alles, was von dem Walfänger *Black Prince* aus New Bedford übriggeblieben war. Er selbst stammte aus New Bedford, war zwanzig Jahre alt und hatte, dank seiner Energie und Geschicklichkeit, als zweiter Steuermann auf dem untergegangenen Walfänger Dienst getan. Als er nach Honolulu kam und sich nach einer neuen Tätigkeit umsah, hatte er zuerst Kalama Kamaiopili geheiratet, dann als Lotse im Hafen von Honolulu gearbeitet, später eine Kneipe und ein Gästehaus eröffnet und sich schließlich, nach dem Tod von Kalamas Vater, auf dem ausgedehnten Weideland, das sie geerbt hatte, auf die Viehzucht verlegt.

Mehr als ein halbes Jahrhundert hatte er unter den Hawaiianern gelebt, und jeder gestand ihm zu, daß er ihre Sprache besser kannte als die meisten von ihnen selbst. Durch seine Ehe mit Kalama hatte er nicht nur ihren Grundbesitz, sondern auch ihren Häuptlingsrang erheiratet, und die Lehenstreue, zu der ihr das Volk kraft ihrer Abstammung verpflichtet war, wurde auch ihm erwiesen. Dazu kam, daß er selbst alle natürlichen Attribute eines Häuptlings besaß: die hünenhafte Gestalt, die Furchtlosigkeit, den Stolz und das hitzige Naturell, das keine Unverschämtheit, keine Beleidigung duldete, das selbst von der höchsten Machtentfaltung, die auf zwei Beinen daherkam, nicht eingeschüchtert werden konnte und das sich geringere Menschen nicht etwa durch irgendwelche unwürdigen Macht- oder

Geldmittel, sondern durch eine leutselige Freigebigkeit verpflichten konnte, auf die auch ohne große Worte Verlaß war. Er kannte seine Hawaiianer in- und auswendig, kannte sie besser, als sie sich selbst – ihre polynesische Weitschweifigkeit, ihr redliches Wesen, ihre Gebräuche und ihre Geheimnisse.

Und mit einundsiebzig lag er jetzt, nach einem ausgedehnten Morgenritt über das Weidegebiet, zu dem er um vier Uhr aufgebrochen war, unter den Johannisbrotbäumen und hielt seine gewohnte Siesta, die kein Untergebener zu stören wagte oder einem Standesgenossen des großen alten Mannes zu stören gestattet hätte. Nur dem König war ein solches Recht eingeräumt, doch auch der König mußte schon bald die Erfahrung machen, daß eine Unterbrechung von Hardman Pools Siesta nur dazu führte, einen sehr gereizten und verdrießlichen Hardman Pool aus dem Schlaf zu reißen, der ihm geradeheraus unangenehme, aber wahre Dinge ins Gesicht sagen würde, die kein König gerne hörte.

Die Sonne brannte herunter. In der Ferne stampften die Pferde. Zwischen immer ausgedehnteren Abschnitten der Windstille seufzte und raschelte das schwächer werdende Passatlüftchen. Der Duft wurde schwerer. Die Frau brachte jetzt das Kind, das sich wieder beruhigt hatte, hinter das Haus zurück. Die Johannisbrotbäume rollten ihre Blätter ein und fielen in der milden Luft ihrerseits in ein Mittagsschläfchen. Das Mädchen, nach wie vor von der ungeheuren Gewichtigkeit ihres Amtes überwältigt, wedelte weiter die Fliegen fort; und die zwanzig Cowboys sahen ihr dabei immer noch aufmerksam und schweigend zu.

Hardman Pool erwachte. Das nächste, im langsamen Rhythmus anstehende Ausatmen fand nicht statt. Und auch der lange weiße Schnurrbart hob sich nicht. Statt dessen blähten sich die Wangen unter dem Schnauzbart, die Lider hoben sich und gaben blaue, cholerische und sofort völlig klar blickende Augen frei; die rechte Hand griff nach der halb aufgerauchten Pfeife neben sich, während die Linke nach den Streichhölzern tastete.

»Bring mir meinen Gin mit Milch«, befahl er auf hawaiisch dem kleinen Mädchen, das, durch sein Erwachen erschreckt, ins Zittern geraten war.

Er steckte sich die Pfeife an, schien aber die Anwesenheit seiner wartenden Gefolgsleute erst zu bemerken, als ihm das Glas Gin mit Milch gebracht und von ihm geleert worden war.

»Nun?« fragte er plötzlich und wischte sich in der darauffolgenden Pause, als zwanzig Gesichter sich zu einem Lächeln verzogen und zwanzig dunkle Augenpaare freudig und wohlmeinend aufleuchteten, die letzten Tropfen Gin und Milch von seinen behaarten Lippen. »Warum sitzt ihr hier herum? Was wollt ihr? Kommt her zu mir.«

Zwanzig meist junge Riesen erhoben sich und schritten mit lautem Sporengeklirr zu ihm hinüber. Sie stellten sich vor ihm im Halbkreis auf, versuchten schüchtern, sich nicht mit den Schultern ins Gehege zu kommen. Ihre Gesichter lächelten entschuldigend und drückten gleichzeitig eine unabsichtliche und unbewußte Vertraulichkeit aus. Denn tatsächlich war Hardman Pool für sie mehr als nur ein Häuptling. Er war ihr älterer Bruder, ihr Vater oder ihr Patriarch, und er war, durch seine Frau und durch die Heiraten seiner vielen Kinder und Kindeskinder nach hawaiischer Gepflogenheit auf die eine oder andere Art mit ihnen allen verwandt. Das leichteste Runzeln seiner Stirn vermochte sie zu verwirren, sein Zorn sie in Angst zu versetzen, sein Befehl sie dem sicheren Tod anheimzugeben, und doch hätte andererseits keiner je daran gedacht, ihn anders als vertraulich mit seinem Vornamen ›Hardman‹ anzusprechen, der in ihrer Sprache zu Kanaka Oolea umgewandelt worden war.

Auf sein Nicken hin setzte sich der Halbkreis in das *Manienie*-Gras und wartete mit weiterhin entschuldigendem Lächeln, bis es ihm genehm sei.

»Was wollt ihr?« fragte er auf hawaiisch mit einer, wie sie wußten, nur aufgesetzten Schroffheit und Strenge.

Sie lächelten noch breiter und drehten und wendeten ihre ausladenden Schultern und Oberkörper so anmutig wie junge

Hunde, die sich bei ihrem Herrn einschmeicheln und ihn beschwichtigen wollen. Hardman Pool griff sich einen von ihnen heraus.

»Nun, Iliiopoi, was willst *du* denn?«

»Zehn Dollar, Kanaka Oolea.«

»Zehn Dollar!« rief Pool, scheinbar entsetzt über die Nennung einer so ungeheuren Summe. »Soll das heißen, daß du dir eine zweite Frau nehmen willst? Denk an das, was die Missionare lehren. Immer nur eine Frau auf einmal, Iliiopoi, immer nur eine. Denn wer sich mehrere Frauen nimmt, kommt ganz sicher in die Hölle.«

Allseitiges Gekicher und blitzende, lachende Augen waren die Reaktion auf diesen Witz.

»Nein, Kanaka Oolea«, kam die Antwort. »Der Teufel weiß, daß es mich schon hart genug ankommt, *Kow-Kow* für eine einzige Frau und alle ihre Verwandten zu beschaffen.«

»Kow-Kow?« wiederholte Pool das von den Hawaiianern für ihr eigenes *Paina* aus dem Chinesischen übernommene Wort für Essen. »Habt ihr Burschen denn heute Mittag hier kein Kow-Kow bekommmen?«

»Doch, Kanaka-Oolea«, meldete sich ein alter, völlig verschrumpelter Eingeborener zu Wort, der gerade vom Haus her zu der Gruppe gestoßen war. »In der Küche haben sie alle Kow-Kow bekommen, und reichlich dazu. Sie haben reingehauen wie verirrte Pferde, die man von den Lavafelsen heruntergeholt hat.«

»Und was willst du, Kumuhana?« wandte Pool sich dem Alten zu, während er gleichzeitig dem kleinen Mädchen bedeutete, ihm die Fliegen auf der anderen Seite zu verscheuchen.

»Zwölf Dollar«, sagte Kumuhana. »Ich möchte mir einen Esel und einen gebrauchten Sattel mit Zaumzeug kaufen, ich werde zu alt, meine Beine wollen mich nicht mehr tragen.«

»Warte«, befahl ihm sein Haole-Gebieter. »Darüber und über andere wichtige Angelegenheiten werde ich mit dir sprechen, sobald ich mit den anderen fertig bin und sie fort sind.«

Der runzlige Alte nickte und zündete sich eine Pfeife an.

»Das Kow-Kow in der Küche war gut«, begann Iliopoi wieder und leckte sich die Lippen. »Der Poi war ausgezeichnet, das Schwein fett, der Lachsbauch stank nicht, der Fisch war vollkommen frisch und sehr reichlich, wenn auch die *Opihis* [winzige, an den Felsen klebende Schalentiere] gesalzen und daher zäh waren. Opihis darf man nie salzen. Wie oft habe ich dir schon gesagt, Kanaka Oolea, daß man Opihis nicht salzen soll. Ich bin voll von gutem Kow-Kow. Mein Bauch ist ganz schwer davon. Aber deshalb ist doch mein Herz nicht leicht, denn in meinem eigenen Haus, in dem meine Frau, die Tante der zweiten Frau deines vierten Sohnes, lebt und meine kleine Tochter und die alte Mutter meiner Frau und das Pflegekind der alten Mutter meiner Frau, ein Krüppel, und die Schwester meiner Frau, die ebenfalls mit ihren drei Kindern bei uns wohnt, seit deren Vater an einer schlimmen Wassersucht gestorben ist –«

»Werden fünf Dollar euch alle einen oder mehrere Tage vor der Beerdigung bewahren?« unterbrach Pool die Aufzählung unwirsch.

»Ja, Kanaka Oolea, und sie reichen auch noch für einen neuen Kamm für meine Frau und etwas Tabak für mich.«

Aus einem Goldbeutel, den er aus der Hüfttasche seiner Kattunhose zog, holte Hardman Pool das Goldstück und warf es zielsicher in die hingehaltene Hand.

Ein Junggeselle, der sechs Dollar für neue Gamaschen, Tabak und Sporen verlangte, erhielt drei, desgleichen ein zweiter, der einen Hut brauchte, und einem dritten, der bescheiden um zwei Dollar bat, gab er vier, mit einem blumigen Kompliment wegen seiner Tapferkeit beim Einfangen eines jungen, wilden Bullen in den Bergen. Sie wußten, daß er gewöhnlich ihre Forderungen halbierte, deshalb verlangten sie schon von vornherein das Doppelte. Und Hardman Pool wußte, daß sie stets die doppelte Summe nannten und lächelte in sich hinein. Das war nun einmal seine Art, und überdies war es eine gute Art, mit seinen überaus zahlreichen Verwandten umzugehen, und schmälerte sein Ansehen in ihren Augen keineswegs.

»Und du, Ahuhu?« befragte er einen, dessen Name ›Giftkraut‹ bedeutete.

»Und das Geld für ein Paar Kattunhosen«, beschloß Ahuhu die Aufzählung der benötigten Dinge. »Ich bin viel und hart hinter deinem Vieh hergeritten, Kanaka Oolea, und da, wo meine Dungarees sich am Sattel gerieben haben, ist der Hosenboden durchgewetzt. Es wäre nicht gut, wenn man von einem von Kanaka Ooleas Cowboys, der auch ein Vetter der Halbschwester von Kanaka Ooleas Frau ist, sagen könnte, daß er sich schämen muß, wenn er aus dem Sattel steigt, es sei denn, er würde sich vor den Leuten, die ihm zuschauen, im Rückwärtsgang bewegen.«

»Du sollst Geld für ein Dutzend Paar Kattunhosen habe, Ahuhu«, meinte Hardman Pool jovial und warf ihm die benötigte Summe zu. »Es erfüllt mich mit Genugtuung, daß meine Familie meinen Stolz mit mir teilt. Nachher, Ahuhu, wirst du mir von deinem Dutzend Dungarees eine abgeben, sonst werde auch ich gezwungen sein, rückwärts zu gehen, da meine eigenen und einzigen Hosen ebenso abgetragen und ehrenrührig sind.«

Und unter herzlichem Gelächter über die abschließende witzige Bemerkung ihres Haole-Häuptlings brach die ganze prachtvoll gebaute, mit einem kindlichen Gemüt ausgestattete Gesellschaft zu den wartenden Pferden auf. Nur Kumuhana, der verhutzelte Alte, dem er zu warten geboten hatte, blieb noch.

Volle fünf Minuten saßen sie schweigend da. Dann befahl Hardman Pool dem kleinen Mädchen, ein Glas Gin mit Milch zu holen, und gab ihr, als sie es brachte, mit einer Kopfbewegung zu verstehen, daß sie es Kumuhana reichen sollte. Der setzte das Glas erst wieder ab, als er es ganz geleert hatte, worauf er mit hörbarem »A-a-ah« ausatmete und schmatzte.

»Viel *Awa* habe ich in meinem Leben getrunken«, meinte er nachdenklich. »Doch Awa ist nur das Getränk des gewöhnlichen Mannes, während der Haole-Schnaps ein Getränk für Häuptlinge ist. Awa hat nicht die Hitzigkeit des Schnapses, der dem Gefühl die Sporen gibt, der einen wachbeißt, was sehr wohltuend ist, denn es ist schön, lebendig zu sein.«

Hardman Pool lächelte und nickte zustimmend, und der alte Kumuhana fuhr fort:

»Er hat etwas Wärmendes an sich. Er wärmt den Bauch und die Seele. Er wärmt das Herz. Selbst Herz und Seele werden kalt, wenn man alt wird.«

»Du bist wirklich alt«, gab Pool zu. »Fast so alt wie ich.«

Kumuhana schüttelte den Kopf und murmelte: »Wäre ich nicht älter als du, dann würde ich so jung wie du sein.«

»Ich bin einundsiebzig«, sagte Pool.

»Auf diese Art weiß ich mein Alter nicht«, lautete die Antwort. »Was geschah zu der Zeit, als du geboren wurdest?«

»Laß sehen«, begann Pool zu rechnen. »Jetzt haben wir 1880. Ziehe davon 71 ab, und es bleiben 9. Ich wurde 1809 geboren, in dem Jahr, als Keliimaikai starb und als der Schotte Archibald Campbell in Honolulu lebte.«

»Dann bin ich wirklich älter als du, Kanaka Oolea. Ich kann mich noch gut an den Schotten erinnern, denn ich spielte damals zwischen den Grashäusern Honolulus und ging schon in der Wahine-Brandung von Waikiki zum Wellenreiten. Ich kann dich jetzt noch an die Stelle führen, wo das Grashaus des Schotten stand. Jetzt befindet sich genau dort die Seemannsmission. Doch ich weiß, wann ich zur Welt kam. Oft haben meine Großmutter und meine Mutter mir davon erzählt. Ich wurde geboren, als Madame Pele (die Feuer- oder Vulkangöttin) auf die Leute von Paiea zornig wurde, weil sie ihr keinen Fisch aus ihrem Fischteich opferten, und sie einen Lavastrom von Hualalai herabschickte und damit ihren Fischteich zuschüttete. Das geschah, als ich geboren wurde.«

»Das war im Jahr 1801, als James Boyd für Kamehameha in Hilo Schiffe baute«, ging Pool weiter im Kalender zurück; »damit wärst du also neunundsiebzig oder acht Jahre älter als ich. Du bist wirklich sehr alt.«

»Ja, Kanaka Oolea«, murmelte Kumuhana mit einem rührenden Versuch, seine eingesunkene Brust vor Stolz anschwellen zu lassen.

»Und du bist sehr weise.«

»Ja, Kanaka Oolea.«

»Und du kennst viele von den geheimen Dingen, die nur alten Leuten bekannt sind.«

»Ja, Kanaka Oolea.«

»Und da weißt du auch –« Hardman Pool brach mitten im Satz ab, um den anderen Alten um so nachdrücklicher mit dem starren Blick seiner wasserblauen Augen zu durchbohren und zu hypnotisieren. »Man sagt, die Gebeine Kahekilis seien aus ihrem Versteck geholt worden und würden heute im Königlichen Mausoleum liegen. Ich habe munkeln hören, daß du allein von allen Lebenden die Wahrheit kennst.«

»So ist es«, lautete die stolze Antwort. »Ich allein weiß Bescheid.«

»Nun, und liegen sie dort? Ja oder nein.«

»Kahekili war ein *Alii*, ein hoher Häuptling. Von ihm stammt deine Frau Kalama in gerader Linie ab. Sie ist eine Alii.« Der alte Vasall hielt inne und schürzte nachdenklich die schmalen Lippen. »Ich gehöre ihr, so wie alle meine Vorfahren ihren Vorfahren gehörten. Nur sie kann mir befehlen, die großen Geheimnisse zu offenbaren. Sie ist weise, zu weise, um von mir zu verlangen, dieses Geheimnis auszuplaudern. Dir, Kanaka Oolea, antworte ich nicht mit Ja und nicht mit Nein. Dies ist ein Geheimnis der Aliis, das selbst die Aliis nicht kennen.«

»Sehr gut, Kumuhana«, lobte Hardman Pool. »Doch du vergißt, daß auch ich ein Alii bin, und wenn meine gute Kalama von sich aus nicht zu fragen wagt, dann befehle ich es ihr. Ich kann auf der Stelle nach ihr schicken lassen und dich zwingen. Aber das wäre dumm, es sei denn, du zeigtest dich selbst doppelt so dumm. Erzähl mir dein Geheimnis, und sie wird nie davon erfahren. Die Lippen einer Frau müssen ausschwatzen, was immer ihr zu Ohren kommt. So sind die Frauen. Ich bin ein Mann, und ein Mann ist da ganz anders. Wie du wohl weißt, schließen sich meine Lippen über einem Geheimnis so fest wie die Saugnäpfe eines Tintenfisches am salzigen Felsen. Wenn du es nicht mir allein erzählen willst, dann wirst du es Kalama und mir zusammen sagen müssen, und ihre Lippen werden reden, so daß selbst der letzte *Malihini* über kurz oder lang erfahren wird, was sonst nur du und ich allein wissen würden.«

Lange saß Kumuhana schweigend da, überlegte hin und her und fand keinen Weg, sich der schlüssigen Logik dieser Beweisführung zu entziehen.

»Groß ist deine Haole-Weisheit«, räumte er schließlich ein.

»Ja oder nein?« nagelte ihn Hardman Pool fest.

Kumuhana sah sich erst nach allen Seiten um, dann blieb sein Blick auf dem Mädchen mit dem Fliegenwedel hängen.

»Geh«, befahl Pool der Kleinen. »Und komm erst wieder, wenn du mich in die Hände klatschen hörst.«

Hardman Pool sagte kein Wort mehr, selbst als das Mädchen im Haus verschwunden war, doch auf seinem Gesicht stand unerbittlich die Frage: »Liegen die sterblichen Überreste Kahekilis im Mausoleum? Ja – oder nein?«

Wieder blickte Kumuhana vorsichtig um sich, sah in das Geäst des Johannisbrotbaumes hinauf, als fürchtete er einen versteckten Lauscher. Seine Lippen waren ganz trocken. Mehrmals fuhr er sich mit der Zunge darüber, um sie zu befeuchten. Er setzte zweimal zum Sprechen an, brachte aber nur einen heiseren, unartikulierten Laut hervor. Und schließlich flüsterte er mit gesenktem Haupt so leise und feierlich, daß Hardman Pool seinen Kopf zu ihm herunterbeugen mußte, um ihn zu verstehen: »Nein.«

Pool klatschte in die Hände, und das kleine Mädchen kam bebend und aufgeregt aus dem Haus geeilt.

»Bring ein Glas Milch mit Gin für den alten Kumuhana«, ordnete Pool an; und zu Kumuhana gewandt: »Jetzt erzähle mir die ganze Geschichte.«

»Warte«, lautete die Antwort. »Warte, bis die kleine Wahine hier war und wieder fort ist.«

Und als das Mädchen verschwunden und Gin und Milch den dieser Mischung vorbestimmten Weg genommen hatten, wartete Hardman Pool ohne weiteres Drängen auf die Geschichte. Kumuhana preßte seine Hand gegen die Brust und hustete einige Male hintereinander hohl auf, um sich Mut zu machen; doch schließlich fing er von selbst an zu sprechen.

»Es war etwas Furchtbares in den alten Tagen, wenn ein Alii starb. Kahekili war ein großer Alii. Er wäre vielleicht König geworden, hätte er lange genug gelebt. Wer weiß? Ich war ein junger Mann, noch nicht verheiratet. Du weißt, Kanaka Oolea, wann Kahekili starb, und du kannst mir sagen, wie alt ich damals war. Er starb, als Gouverneur Boki hier in Honolulu das Hotel Blonde führte. Du hast davon gehört?«

»Ich war damals noch auf der Windseite von Hawaii«, erwiderte Pool. »Aber ich habe davon gehört. Boki richtete eine Schnapsbrennerei ein und pachtete Land in Manoa, um dort Zuckerrohr zu pflanzen, und Kaahumanu, der damals Regent war, annullierte die Pacht, riß das Zuckerrohr heraus und baute Kartoffeln an. Und Boki war wütend und bereitete sich auf einen Waffengang vor. Er versammelte seine Krieger und noch ein Dutzend Deserteure von Walfängern mit fünf Sechspfündern aus Bronze draußen in Waikiki –«

»Das war genau zu der Zeit, als Kahekili starb«, fiel ihm Kumuhana eifrig ins Wort. »Du bist sehr weise. Du weißt über vieles aus den alten Tagen besser Bescheid als wir alten Kanaken.«

»Das war 1829«, fuhr Pool selbstzufrieden fort. »Du warst achtundzwanzig Jahre alt, und ich war zwanzig und war gerade nach dem Brand der *Black Prince* mit dem offenen Boot an Land gekommen.«

»Ich war achtundzwanzig«, wiederholte Kumuhana. »Das hört sich richtig an. Ich erinnere mich noch gut an Bokis Bronzekanonen in Waikiki. Zu dieser Zeit starb auch Kahekili in Waikiki. Die Leute glauben bis heute, daß seine Gebeine in das *Hale o Keawe*, das Mausoleum von Honaunau, in Kona gebracht worden –«

»Und viel später in das Königliche Mausoleum hier in Honolulu überführt worden sind«, fügte Pool hinzu.

»Es gibt auch einige, Kanaka Oolea, die bis heute glauben, daß Königin Alice sie mit den übrigen Gebeinen ihrer Ahnen in den großen Gefäßen ihres Taburaumes aufbewahrt. Alle haben sie unrecht. Ich weiß es. Die heiligen Überreste Kahekilis sind verschwunden, für immer und ewig dahin. Sie ruhen nirgendwo. Es gibt sie nicht mehr. Und viele Kona-Winde haben die Brandung von Waikiki zum Schäumen gebracht, seit jemand vor Augen hatte, was von Kahekili übrig war. Ich allein lebe noch von diesen Menschen; ich bin der letzte, und ich bin nicht froh darüber, Zeuge gewesen zu sein.

Denn sieh! Ich war ein Jüngling, und mein Herz war wie weißglühende Lava für Malia entbrannt, die im Hause Kahekilis lebte. Ebenso weiß glühte auch das Herz Anapunis für sie, wenn auch sein Herz, wie du gleich hören wirst, ganz schwarz war. Wir – Anapuni und ich – waren zu der Zeit, als Kahekili starb, auf einem Trinkgelage. Anapuni und ich gehörten zum einfachen Volk, wie alle Kanaken und Wahines bei diesem Zechgelage mit den einfachen Matrosen und den Mannschaften der Walfänger. Wir lagen auf den Matten am Strand von Waikiki in der Nähe des alten *Heiau* [Tempel], nicht weit von der Stelle, wo heute Wilders Strandkneipe ist, und tranken. Damals wurde mir ein für allemal klar, welche Unmengen von Alkohol die Haole-Seeleute vertragen können. Wir Kanaken hingegen bekamen von dem Whisky und Rum heiße, wirre Köpfe, die wie trockene Kürbisse rasselten.

Es war nach Mitternacht, ich erinnere mich noch gut, als ich Malia, die ich noch nie zuvor bei einem Zechgelage erblickt hatte, über den nassen, harten Sandstrand kommen sah. Mein Hirn brannte wie rotglühende Höllenasche, als ich bemerkte, wie Anapuni, der ihr am nächsten und im Kreis gegenüber saß, sie anblickte. Oh, ich weiß, es waren der Whisky und der Rum und meine Jugend, die mich so in Wallung brachten; aber damals, in jenem Augenblick, beschloß ich in meiner Tollheit:

Wenn sie zuerst mit ihm spräche und ihm gestattete, mit ihr zu tanzen, dann würde ich meine beiden Hände um seinen Hals legen und ihn in die Wahine-Brandung dort hinten zerren, ihn untertauchen und ertränken und so das Hindernis beseitigen, das zwischen ihr und mir stand. Denn du mußt wissen, daß sie sich nie zwischen uns entschieden hatte, und er war schuld daran, daß sie nicht schon längst die Meine war.

Sie war eine prachtvolle Frau mit der üppigen Figur einer Häuptlingstochter und noch schöner, als sie jetzt im schimmernden Mondlicht über den feuchten Sand auf uns zu kam. Selbst die Haole-Matrosen schwiegen plötzlich und starrten sie mit offenen Mündern an. Ihr Gang! Ich habe dich, Kanaka Oolea, von der Frau Helena erzählen hören, die den trojanischen Krieg verursachte. Von Malia kann ich sagen, daß ihretwegen mehr Männer die Mauern der Hölle gestürmt haben würden, als damals gegen die alte Stadt angerannt sind, von der du immer viel und lang zu erzählen pflegst, wenn du zu wenig Milch und zu viel Gin getrunken hast.

Ihr Gang! Im Mondschein dort, beim sanften Lichtschimmer der Quallen, die in der Brandung glühten wie die Rampenlichter, die ich in dem neuen Haole-Theater gesehen habe! Es war nicht der Gang eines Mädchens, sondern der einer Frau. Sie trippelte nicht vorwärts wie die kleinen Wellen, die sich zwischen vorgelagertem Riff und Strand kräuseln. In ihrer Art zu gehen lag etwas Erhabenes und Königinnenhaftes, gleich der Bewegung von Naturkräften, gleich dem rhythmischen Lavastrom, der sich von den Hängen des Kau herab ins Meer ergießt, gleich dem Wogen der riesigen, ebenmäßigen Seen unter dem Passat, dem Heben und Senken der vier großen Jahreszeiten, die Musik im ewigen Ohr Gottes sein mögen, für den gewöhnlichen, hektischen, kurzlebigen Menschen jedoch zu selten stattfinden, um sich zu einer Melodie zu formen.

Anapuni saß ihr am nächsten. Aber sie sah mich an. Hast du je einen Ruf gehört, Kanaka Oolea, der ohne Ton ist und doch lauter als die Tritonshörner Gottes? So rief sie mich über den Kreis der Trinkenden hinweg. Ich erhob mich halb, denn ich war noch nicht völlig betrunken, aber Anapunis Arm ergriff sie und zog sie an sich, und ich ließ mich wieder auf meinen Ellbogen sinken und sah voller Wut zu. Er wollte, daß sie sich an seine Seite setzte, und ich wartete. Setzte sie sich und tanzte sie dann mit ihm, dann, wußte ich, würde Anapuni, noch ehe der Morgen graute, ein toter Mann sein, von mir in der seichten Brandung erwürgt und ertränkt.

Seltsam, nicht war, Kanaka Oolea, ist diese Hitze, die man ›Liebe‹ nennt? Und doch ist sie nicht seltsam. Es muß so sein, wenn man jung ist, sonst würde die Menschheit nicht fortbestehen.«

»Deshalb muß auch das Verlangen nach der Frau stärker sein als der Wunsch zu leben«, stimmte Pool ihm zu. »Sonst würde es weder Männer noch Frauen geben.«

»Ja«, sagte Kumuhana. »Aber es ist viele Jahre her, seit die letzte Glut dieser Art in mir erlosch. Ich erinnere mich daran wie an einen früheren Sonnenaufgang – etwas Vergangenes eben. Und so wird man alt und kalt und trinkt Gin, nicht um der Tollheit willen, sondern der Wärme wegen. Und die Milch ist sehr nahrhaft.

Doch Malia setzte sich nicht zu ihm. Ich weiß noch, daß ihre Augen wild blickten, ihr Haar hing herab und wehte im Wind, als sie sich über ihn neigte und ihm etwas ins Ohr raunte. Und ihr Haar legte sich um ihn und hüllte ihn ein, als sie flüsterte, und dieser Anblick ließ mein Herz hart gegen die Rippen pochen und verwirrte mir den Kopf, bis ich kaum noch sehen konnte. Und mit aller Willenskraft beschloß ich, den Kreis zu durchqueren und sie zu holen, wenn sie nicht in wenigen Minuten zu mir herüberkäme.

Doch es sollte nicht soweit kommen. Erinnerst du dich an Häuptling Konukalani? Er selbst schritt auf den Kreis zu. Sein Gesicht war dunkel vor Zorn. Er packte Malia, nicht am Arm, sondern bei den Haaren, zerrte sie hinter sich her und verschwand. Und selbst heute verstehe ich es nur zur Hälfte. Ich, der ich ihretwegen Anapuni erschlagen wollte, ich erhob weder die Hand noch die Stimme, um dagegen zu protestieren, als Konukalani sie bei den Haaren fortzog – und auch Anapuni rührte sich nicht. Gewiß, wir waren einfache Männer, und er war ein Häuptling. Ich weiß. Aber warum sollten zwei einfache Männer, verrückt vor Verlangen nach einer Frau, in denen der Wunsch nach der Frau stärker als der Wunsch nach dem Leben war, warum sollten sie es zulassen, daß irgendein Häuptling, und sei es der oberste im Lande, diese Frau an den Haaren fortschleppte? Da sie sie mehr als ihr Leben begehrten – weshalb sollten diese beiden Männer sich davor fürchten, diesen einen Häuptling sofort und auf der Stelle zu erschlagen? Hier ist etwas, das stärker ist als das Leben, stärker als die Frau, aber was ist es – und warum ist es so?«

»Das will ich dir sagen«, meinte Hardman Pool. »Weil die meisten Männer Narren sind und deshalb von den wenigen weisen Männern in ihre Obhut genommen werden müssen. Das ist das Geheimnis der Führerschaft. Überall auf der Welt haben die Menschen Häuptlinge über sich. Auf der ganzen Welt hat es von jeher Häuptlinge gegeben, die den vielen törichten Menschen sagen mußten: ›Tut dies, tut das nicht. Arbeitet, und arbeitet so, wie wir es euch sagen, sonst werden eure Bäuche leer bleiben, und ihr werdet zugrunde gehen. Befolgt die Gesetze, die wir für euch gemacht haben, oder ihr werdet wie die wilden Tiere sein, und es wird keinen Platz für euch auf dieser Erde geben. Ihr würdet nicht existieren, wären nicht vor euch Häuptlinge gewesen, die euren Vätern befahlen und ihre Geschicke lenkten. Ihr hättet keine Nachfahren, würden wir euch nicht Vorschriften machen und jetzt euer Leben regeln. Haltet Frieden, seid anständig und putzt euch die Nase. Geht am Abend zeitig zu Bett und steht früh auf, wenn ihr Betten zum Schlafen habt und nicht wie das dumme Federvieh in den Bäumen nächtigen wollt. Es ist Zeit, Yams zu pflanzen, darum pflanzt jetzt. Jetzt, sagen wir, und nicht heute feiern und Hula tanzen und dann morgen oder an irgendeinem anderen der vielen sorglosen Tage

Yams pflanzen. Bringt euch nicht gegenseitig um, und laßt die Frau eures Nachbarn in Ruhe. So vergeht euer Leben, denn ihr denkt immer nur an einen Tag auf einmal, während wir, eure Häuptlinge, für euch an alle Tage und an weit in der Zukunft liegende Tage denken.«

»Wie eine Wolke über dem Berggipfel, die sich herabsenkt und einen einhüllt und die man nur undeutlich als Wolke erkennt, so erscheint mir deine Weisheit, Kanaka Oolea«, murmelte Kumuhana. »Doch es ist traurig, daß ich als gemeiner Mann geboren wurde und alle meine Tage als gemeiner Mann verbringen sollte.«

»Das kommt daher, daß du selbst gemein bist«, versicherte ihm Hardman Pool. »Wenn ein Mann von niedriger Herkunft, aber nicht von niedrigem Wesen ist, so erhebt er sich, überwältigt die Häuptlinge und macht sich zum Häuptling über die Häuptlinge. Warum führst du nicht meine Ranch mit ihren vielen tausend Stück Vieh und wechselst je nach Regenfall die Weideplätze, wählst die Bullen aus und kümmerst dich um die Geschäfte und den Verkauf des Fleisches an die Segel- und Kriegsschiffe und an die Leute, die in den Häusern von Honolulu leben. Warum streitest du dich nicht mit Rechtsanwälten herum, hilfst mit, Gesetze zu machen, und sagst sogar dem König, welche Unternehmung klug für ihn und welche gefährlich ist? Warum tut nicht irgendein anderer Mann, was ich tue? Irgendeiner von all den vielen Männern, die für mich arbeiten, aus meiner Hand Nahrung empfangen und es mir überlassen, für sie zu denken? – mir, der schwerer arbeitet als irgendeiner von ihnen, der nicht mehr ißt als irgendeiner von ihnen, der auch nur auf einer Lauhala-Matte auf einmal schlafen kann wie irgendeiner von ihnen?«

»Ich bin jetzt nicht mehr in der Wolke, Kanaka Oolea«, meinte Kumuhana, und seine Miene hellte sich auf. »Ich sehe jetzt klarer. Mein ganzes Leben lang haben die Aliis, unter denen ich geboren wurde, für mich gedacht. Immer, wenn ich hungrig war, kam ich um Essen zu ihnen, so, wie ich jetzt in deine Küche komme. Viele Menschen essen in deiner Küche, und wir nehmen es als selbstverständlich hin, daß du an den Festtagen für uns alle fetten Stiere schlachtest. Deshalb komme auch ich, ein alter Mann, dessen Arbeitskraft keinen roten Heller die Woche mehr wert ist, heute zu dir und bitte dich um zwölf Dollar, um einen Esel und einen gebrauchten Sattel mit Zaumzeug zu kaufen. Deshalb haben dich auch unter diesen Johannisbrotbäumen vor einer halben Stunde zweimal zehn Toren um einen Dollar oder zwei, vier, fünf, zehn oder zwölf gebeten. Wir sind die Sorglosen der sorgenfreien Tage, die nicht zur rechten Zeit Yams pflanzen würden, wenn unser Alii uns nicht dazu zwänge, die nicht einen Tag selbst denken und die wissen, daß unser Alii, wenn wir im Alter zu nichts mehr nütze sind, sich etwas einfallen lassen wird, damit wir Kow-Kow in unseren Magen kriegen und ein Grasdach über unserem Kopf haben.«

Hardman Pool neigte zustimmend den Kopf und drängte: »Aber Kahekilis sterbliche Überreste. Der Häuptling Konukalani hatte gerade Malia an den Haaren fortgezerrt, und du und Anapuni bliebt, ohne etwas dagegen zu unternehmen, im Kreis der Trinkenden sitzen. Was war es denn, was Malia in Anapunis Ohr raunte, als sie sich über ihn beugte, so daß ihr Haar sein Gesicht verhüllte?«

»Daß Kahekili tot war. Das war es, was sie Anapuni zuflüsterte. Daß Kahekili tot, soeben gestorben war und daß die Häuptlinge, die allen im Hause befahlen, es nicht zu verlassen, darüber berieten, was mit seinem Leichnam geschehen sollte, noch bevor die Nachricht von seinem Tod ruchbar werden könnte. Daß der Hohepriester Eoppo sie zu einer Entscheidung drängte und daß sie, Malia, mit angehört hatte, daß niemand anderes als Anapuni und ich als Opfer ausgewählt worden waren, um den toten Kahekili auf seinem Weg zu begleiten und ihm danach und auf immer und ewig im Schattenreich jener anderen Welt zu dienen.«

»Das *Moepuu*, das Menschenopfer«, bemerkte Pool. »Und doch waren die Missionare damals schon neun Jahre im Land.«

»Und bereits im Jahr vor ihrem Eintreffen waren die Götzenbilder gestürzt und die Tabus gebrochen worden«, fügte Kumuhana hinzu. »Aber die Häuptlinge hielten noch an den alten Gebräuchen, der Sitte des *Hunakele*, fest und versteckten die Gebeine der Aliis dort, wo kein Mensch sie finden und Angelhaken aus ihren Kinnladen oder Pfeilspitzen aus ihren langen Knochen machen konnte, um damit zum Vergnügen auf Mäusejagd zu gehen. Schau, Kanaka Oolea!«

Der alte Mann streckte seine Zunge heraus, und Pool sah zu seiner großen Verwunderung, daß die Oberfläche dieses empfindlichen Organs von der Wurzel bis zur Spitze mit verschlungenen Tätowierungen bedeckt war.

»Das geschah nach der Ankunft der Missionare, etliche Jahre später, als Keopuolani starb. Auch schlug ich mir vier Schneidezähne aus und brannte mir auf dem ganzen Leib mit glühender Rinde Halbkreise ein. Und wer sich in jener Nacht vor die Tür wagte, wurde von den Häuptlingen erschlagen. Ebensowenig durfte in den Häusern ein Licht angezündet oder auch nur das leiseste Geräusch gemacht werden. Selbst Hunde und Schweine, die einen Laut von sich gaben, wurden getötet, und während dieser ganzen Nacht durften die Schiffsglocken der Haoles im Hafen nicht läuten. Es war etwas Furchtbares in jenen Tagen, wenn ein Alii starb.

Doch zurück zu der Nacht, in der Kahekili starb. Wir blieben noch weiter im Kreis der Trinkenden sitzen, nachdem Konukalani Malia an den Haaren fortgeschleppt hatte. Einige Haole-Matrosen murrten zwar, aber von ihnen gab es in jenen Tagen nur wenige im Land, und die Kanaken waren in der Überzahl. Und Malia wurde nie wieder von einem Menschen gesehen. Konukalani allein wußte, auf welche Weise sie ums Leben gekommen war, und er sprach nie darüber. Und wie sollten einfache Männer wie Anapuni und ich in späteren Jahren wagen, ihn danach zu fragen!

Nun hatte sie Anapuni, ehe sie fortgezerrt worden war, alles gesagt. Aber Anapunis Herz war schwarz. Mir sagte er kein

Wort. Er verdiente den Tod, den ich für ihn geplant hatte. In dem Kreis befand sich ein riesiger Harpunenwerfer, dessen Gesang dem Gebrüll von Stieren glich; höchst erstaunt starrte ich auf ihn, wie er irgendein Lied von der See brüllte, und als ich dann wieder zu Anapuni hinüberblickte, war er verschwunden. Er war in die Berge geflohen, wo er sich sieben Monde lang bei den Vogelfängern verstecken konnte. Doch das erfuhr ich erst später.

Und ich? Ich saß noch da und schämte mich, daß mein Verlangen nach einer Frau nicht so stark wie mein sklavischer Gehorsam gegenüber einem Häuptling gewesen war. Und ich ertränkte meine Schande in Unmengen von Rum und Whisky, bis sich die ganze Welt um mich herum und in meinem Kopf drehte und das Kreuz des Südens am Himmel einen Hula tanzte und die Koolau-Berge ihre hohen Gipfel nach Waikiki herunterneigten und die Brandung von Waikiki sie auf die Stirn küßte. Und der hünenhafte Harpunier brüllte immer noch, und sein Gebrüll klang mir als letztes in den Ohren, bevor ich auf die Lauhala-Matte zurücksank und wie ein Toter schlief.

Als ich aufwachte, dämmerte schon der Morgen herauf. Ein harter, nackter Fuß stieß mir in die Rippen. Wenn ich auch ungeheuer viel getrunken hatte, so waren es doch keine angenehmen Gefühle, die dieser Fuß bei mir hervorrief. Die Kanaken und Wahines, die an dem Gelage teilgenommen hatten, waren alle verschwunden. Ich allein war unter den schlafenden Matrosen zurückgeblieben, und der riesige Harpunier, der wie ein Wal schnarchte, hatte den Kopf auf meine Füße gelegt.

Noch mehr Fußtritte folgten, ich setzte mich auf und mußte mich übergeben. Doch der, der mich trat, war ungeduldig und wollte wissen, wo Anapuni sei. Und ich wußte es nicht und wurde dafür jetzt beidseitig von zwei ungeduldigen Männern malträtiert. Ich wußte auch nicht, daß Kahekili tot war. Dennoch ahnte ich, daß etwas Ernstes im Gange sein mußte, denn die beiden Männer, die mir die Tritte versetzten, waren Häuptlinge, und kein gemeiner Mann kroch hinter ihnen her, um ihre

Befehle auszuführen. Der eine war Aimoku von Kaneohe, der andere Humuhumu von Manoa.

Sie befahlen mir mitzukommen, und es klang nicht sehr freundlich; und als ich aufstand, rollte der Kopf des Harpuniers von meinen Füßen herunter über den Rand der Matte in den Sand. Er grunzte wie ein Schwein, seine Lippen öffneten sich, und seine ganze Zunge fiel ihm aus dem Mund heraus auf den Sand. Er zog sie nicht zurück. Zum erstenmal wurde mir bewußt, wie lang die Zunge eines Menschen ist. Als ich sah, wie der Sand darauf klebte, wurde mir zum zweiten Mal übel. Der Tag nach einer durchzechten Nacht ist etwas Schreckliches. Ich war wie ausgeglüht, ausgebrannt und ausgetrocknet, mein ganzes Inneres fühlte sich an wie verglühte Schlacke, wie *Aa*-Lava, trocken und so sandig wie die Zunge des Harpuniers. Ich bückte mich nach einer halbgeleerten Trinkkokosnuß, aber Aimoku stieß sie mir aus meinen zitternden Fingern, und Humuhumu schlug mir mit der Handkante in den Nacken.

Seite an Seite gingen sie vor mir her, mit feierlichen, düsteren Gesichtern, und ich folgte ihnen auf den Fersen. Mein Mund stank nach Alkohol, mein Kopf war krank von dem schalen Dunst, der ihn umnebelte, und ich hätte mir die rechte Hand abhacken lassen für ein Glas Wasser, ein einziges Glas, ja nur einen einzigen Schluck. Und hätte ich es getrunken, so hätte es sich in meinem Bauch zischend verflüchtigt wie Wasser, das man auf heiße Röststeine gießt. Der Tag nach einer durchzechten Nacht ist etwas Furchtbares. Das Leben vieler Männer, die früh starben, habe ich vorübergehen sehen, seit ich zuletzt imstande war, solche irrwitzigen Trinkgelage der Jugend mitzumachen, die kein Maß kennt und sich nicht abschrecken läßt.

Als wir weitergingen, fing ich an zu begreifen, daß irgendein Alii gestorben sein mußte. Nicht ein Kanake lag schlafend im Sand oder stahl sich nach einer Liebesnacht heim, und keine Kanus waren wie sonst zum Fischfang ausgelaufen, wo doch um diese frühe Stunde und beim Gezeitenwechsel die Fische vor dem Riff am leichtesten ins Netz gehen. Als wir hinter dem

Tempel, dem Heiau, zu der Stelle kamen, wo der große Kamehameha immer seine Briggs und Schoner anlanden ließ, sah ich, daß unter dem Kanuschuppen die Strohmatten von Kahekilis großem Doppelkanu abgenommen worden waren und daß sich viele Männer sogar jetzt bei Ebbe damit abplagten, es über den Sand zu ziehen und ins Wasser zu bugsieren. Aber alle diese Männer waren Häuptlinge. Und obwohl mir alles vor den Augen verschwamm, obwohl sich mein Kopf drehte und mein Inneres ausgebrannter Schlacke glich, vermutete ich, daß der Alii, der gestorben war, Kahekili sein mußte. Denn er war alt und von allen Aliis dem Tod am nächsten.«

»Wie ich gehört habe, hat sein Tod mehr zum Scheitern des Aufstands von Gouverneur Boki beigetragen als das Eingreifen Kekuanaoas«, bemerkte Hardman Pool.

»Es war Kahekilis Tod, der die Rebellion hintertrieb«, bestätigte Kumuhana. »Das einfache Volk floh, als sein Tod in jener Nacht bekannt wurde, und jeder begab sich in den Schutz der Grashäuser, zündete weder Feuer noch Pfeifen an, atmete nicht laut, blieb im Haus und war deshalb tabu für die Opferung. Und alle einfachen Krieger des Gouverneurs Boki ebenso wie seine Haole-Deserteure von den Schiffen flohen auf diese Weise, so daß die Bronzekanonen nicht bedient werden konnten und seine Handvoll Häuptlinge allein nichts auszurichten vermochte.

Aimoku und Humuhumu befahlen mir, mich dort, wo das große Doppelkanu zu Wässer gelassen wurde, auf den Sand zu setzen. Und als es schwamm, waren die Häuptlinge, die schwere Arbeit nicht gewohnt waren, durstig; und man befahl mir, auf die Palmen neben dem Kanuschuppen zu klettern und Trinkkokosnüsse herunterzuwerfen. Sie tranken und erfrischten sich, doch mich ließen sie nicht trinken.

Dann trugen sie Kahekili in einem neuen, eingeölten und polierten Haole-Sarg von seinem Haus zum Kanu. Der Sarg war von einem Schiffszimmermann angefertigt worden, der meinte, er müsse ein Boot bauen, das nicht lecken dürfte. Er war vollkommen dicht, und auf der Oberseite, dort, wo sich Kahekilis Gesicht befand, war nichts als dünnes Glas. Die Häuptlinge hatten das Außenbrett, das die Glasscheibe abdecken sollte, nicht aufgeschraubt. Vielleicht kannten sie sich mit Haole-Särgen nicht aus, für mich jedenfalls sollte sich ihre Unkenntnis als Glücksfall erweisen, wie du gleich sehen wirst.

›Da ist ja nur ein Moepuu‹, sagte der Priester Eoppo, als er mich im Kanu auf dem Sarg sitzen sah. Die Häuptlinge paddelten schon durch das Riff hinaus.

›Der andere ist fortgelaufen und hat sich versteckt‹, erwiderte Aimoku. ›Dieser hier ist der einzige, den wir erwischen konnten.‹

Und da wußte ich Bescheid. Alles wurde mir klar. Ich sollte geopfert werden. Und Anapuni war als zweites Opfer vorgesehen gewesen. Das war es, was Malia ihm bei dem Trinkgelage zugeflüstert hatte. Und sie war fortgeschleppt worden, ehe sie es mir verraten konnte. Und schwarz wie sein Herz war, hatte er mir nichts davon gesagt.

›Es müssen zwei sein‹, sagte Eoppo. ›So will es das Gesetz.‹ Aimoku hörte auf zu paddeln und blickte zum Ufer zurück, als wolle er umkehren und ein zweites Opfer holen. Aber mehrere Häuptlinge waren dagegen und meinten, daß alles gemeine Volk in die Berge geflohen oder unter Tabuschutz in den Häusern geblieben sei und daß es Tage dauern könne, ehe sie einen aufgriffen. Schließlich gab Eoppo nach, wenn er auch hin und wieder vor sich hinbrummte, daß das Gesetz zwei Moepuus fordere.

Wir paddelten weiter, am Diamond Head vorbei und bis zur Höhe des Koko Head, bis wir uns mitten im Molokai-Kanal befanden. Dort herrschte ziemlicher Seegang, obwohl der Passat nur leicht blies. Die Häuptlinge ließen die Paddel ruhen, mit Ausnahme der Rudergänger, die den Bug des Kanus am Wind und an der Dünung hielten. Und bevor sie weiterpaddelten, öffneten sie noch einige Kokosnüsse und tranken.

›Daß ich Moepuu bin, macht mir nicht so viel aus‹, sagte ich zu Humuhumu; ›doch bevor man mich opfert, würde ich gern etwas trinken.‹ Ich bekam nichts zu trinken. Aber ich hatte die Wahrheit gesagt. Mir war noch zu elend von dem vielen Whisky und Rum, als daß ich Angst vor dem Sterben gehabt hätte. Dann stank wenigstens mein Mund nicht mehr, und mein Kopf tat mir nicht mehr weh, und mein Inneres würde sich nicht mehr so trocken wie heißer Sand anfühlen. Am meisten aber litt ich vielleicht unter der Vorstellung der Zunge des Harpuniers, wie ich sie zuletzt voll Sand auf dem Sand liegen gesehen hatte. Ach, Kanaka Oolea, welche Tiere sind doch die jungen Männer, wenn es ans Trinken geht! Erst wenn sie so alt geworden sind wie du und ich, zügeln sie ihren unbändigen Durst und trinken mäßig wie wir beide.«

»Weil wir müssen«, stimmte Hardman Pool ihm zu. »Alte Mägen sind verbraucht und empfindlich, und wir halten maß, weil wir uns nicht trauen, mehr zu trinken. Wir sind weise, aber die Weisheit ist bitter.«

»Der Priester Eoppo sang ein langes Mele über Kahekilis Mutter und die Mutter seiner Mutter und all ihre Mütter, bis zurück zu den Anfängen«, fuhr Kumuhana fort. »Und es schien, als müßte ich an meiner sandheißen Ausgedörrtheit sterben, ehe er zu einem Ende kam. Und er rief alle Götter der unteren Welt, der mittleren und der oberen Welt an, daß sie für den toten Alii, der ihnen jetzt übergeben würde, sorgen, ihn freundlich aufnehmen und die Verwünschungen – es waren schreckliche Flüche – ausführen sollten, mit denen er alle belegte, die sich jetzt oder in Zukunft an den sterblichen Überresten Kahekilis vergriffen und seine Knochen zur vergnüglichen Jagd auf Schädlinge mißbrauchten.

Weißt du, Kanaka Oolea, der Priester redete in einer ganz anderen Sprache, und ich weiß, daß es die Priestersprache, die alte Sprache war. Maui nannte er nicht Maui, sondern Maui-Tiki-Tiki und Maui-Po-Tiki. Und die Göttin Hina, Mauis göttliche Mutter, nannte er Ina. Und Mauis Göttervater nannte er manchmal Akalana und manchmal Kanaloa. Merkwürdig, daß einer, der dem Tod geweiht und sehr durstig ist, solche Dinge in Erinnerung behält. Und ich erinnere mich, daß der Priester Hawaii als Vai und Lanai als Ngangai bezeichnete.«

»Das waren die Maori-Namen«, erklärte Hardman Pool, »und die samoanischen und tonganischen Namen, die die Priester vor langer Zeit von ihren ersten Reisen aus dem Süden mitbrachten, als sie Hawaii entdeckten und sich hier niederließen.«

»Groß ist deine Weisheit, o Kanaka Oolea«, gestand ihm der Alte feierlich zu. »Ku, der unser Himmelsgewölbe trägt, nannte der Priester Tu und auch Ru, und La, unseren Sonnengott, nannte er Ra –«

»Und Ra war der Sonnengott der Ägypter vor langer, langer Zeit«, unterbrach ihn Pool mit einem Fünkchen zusätzlichen Interesses. »Wahrlich, ihr Polynesier seid weit herumgekommen in Zeit und Raum, seit es euch gibt. Es ist ein weiter Weg vom alten Ägypten jener Zeit, als Atlantis noch nicht untergegangen war, bis zum jungen Hawaii im nördlichen Pazifik. – Aber erzähl weiter, Kumuhana. Erinnerst du dich sonst noch an andere Einzelheiten dessen, was der Priester Eoppo sang?«

»Ganz zum Schluß«, berichtete Kumuhana weiter, »sang er etwas, das ich wortwörtlich behalten habe, obwohl ich halbtot war und bald unter dem Messer des Priesters sterben sollte. Hör zu! Es klang so.«

Und mit zittriger Fistelstimme, die den Ton nicht zu halten versuchte, sang der alte Mann.

»Ein Totenlied der Maori, ganz unverkennbar«, rief Pool aus, »von einem Hawaiianer mit tätowierter Zunge gesungen! Wiederhole es noch einmal, und ich werde es dir ins Englische übersetzen.«

Und als der andere es wiederholt hatte, sprach er es langsam auf Englisch nach:

>»Doch der Tod ist nichts Neues.
> Der Tod ist und war von je, seit der alte Maui starb.
> Da lachte Pata-Tai laut auf

Und weckte den Koboldgott,
Der ihn in zwei Stücke riß und einsperrte,
So daß die Abenddämmerung heraufkam.«

»Und schließlich«, fuhr Kumuhana fort, »wurde ich doch nicht geopfert. Eoppo, das tödliche Messer in der Hand und bereit, den Streich zu führen, stach nicht zu. Und ich? Was fühlte und dachte ich? Oft, Kanaka Oolea, habe ich seither bei dem Gedanken daran gelacht. Ich fühlte großen Durst. Ich wollte nicht sterben. Ich wollte Wasser trinken. Ich wußte, daß ich sterben würde, und ich mußte immer wieder an die tausend Wasserfälle denken, die ungenutzt die *Palis* [Klippen] an der Luvseite der Koolau-Berge herabstürzen. Ich dachte nicht an Anapuni. Ich war zu durstig. Ich dachte nicht an Malia. Ich war zu durstig. Aber immer wieder hatte ich die mit trockenem Sand bedeckte Zunge des Harpuniers vor Augen, so wie ich sie zuletzt im Sande liegen gesehen hatte. Meine Zunge fühlte sich ebenso an. Und auf dem Boden des Kanus rollten viele Trinkkokosnüsse umher. Doch ich wagte nicht zu trinken, denn sie waren Häuptlinge, und ich war ein gemeiner Mann.

›Nein‹, sagte Eoppo, und befahl den Häuptlingen, den Sarg über Bord zu werfen. ›Es sind nicht zwei Moepuus, deshalb soll es keinen geben.‹

›Opfere den einen!‹ riefen die Häuptlinge.

Aber Eoppo schüttelte den Kopf und sprach: ›Wir können Kahekili nicht nur mit den Tarospitzen auf seinen Weg schikken.‹

›Ein halber Fisch ist besser als gar keiner‹, zitierte Aimoku das alte Sprichwort.

›Nicht bei der Beisetzung eines Alii‹, erwiderte der Priester prompt. ›So will es das Gesetz. Wir können bei Kahekili nicht knausern und ihm nur die Hälfte des Opfers geben, das ihm zusteht.‹

So wurde ich also in dem Augenblick, als der Sarg über Bord ging, nicht getötet. Und es war merkwürdig, wie ich mich sofort des Lebens zu freuen begann. Und Malia kam mir wieder in den Sinn, und ich fing an, Rachepläne gegen Anapuni zu schmieden. Und mit dem Blut, das mich frisch durchströmte, wurde mein Durst noch zehnmal stärker, und Zunge, Mund und Kehle schienen mir so sandig wie die Zunge des Harpuniers. Da der Sarg über Bord war, saß ich nun auf dem Boden des Kanus. Eine Kokosnuß rollte mir zwischen die Beine, und ich schloß sie über ihr. Als ich sie jedoch aufhob, schlug mir Aimoku mit der Paddelkante auf die Hand. Sieh nur!«

Er hielt die Hand hoch und zeigte zwei Finger, die ganz verkrümmt waren, da man sie ihm nicht wieder eingerenkt hatte.

»Ich hatte keine Zeit, an meinen Schmerz zu denken, denn Schlimmeres stand mir bevor. Alle Häuptlinge schrien laut auf vor Entsetzen. Der Sarg war nicht gesunken, das Kopfende ragte aus dem Wasser. Es tanzte achteraus auf den Wellen. Und da das Kanu ohne Führung war, wurde es von See und Wind auf den Sarg zugetrieben. Die Scheibe war gerade zu uns hergedreht, so daß wir Kahekilis Gesicht und Kopf durch das Glas sehen konnten; und er grinste uns durch das Fenster an. Er schien bereits in der anderen Welt zu leben und zornig auf uns zu sein und mit der Macht der anderen Welt seinen Zorn an uns auslassen zu wollen. Auf und nieder tanzte er, und das Kanu trieb immer näher und näher.

›Töte ihn!‹ ›Laß ihn bluten!‹ ›Stoß ihm das Messer ins Herz!‹ So riefen die Häuptlinge in ihrer Furcht Eoppo zu. ›Über Bord mit den Tarospitzen!‹ ›Gib dem Alii seinen halben Fisch!‹

Eoppo, obgleich ein Priester, fürchtete sich ebenfalls, und der Verstand schwand ihm beim Anblick Kahekilis in dem Haole-Sarg, der nicht sinken wollte. Er packte mich beim Haar, zog mich hoch und hob das Messer, um es mir ins Herz zu stoßen. Und in mir regte sich keinerlei Widerstand. Wieder wußte ich nur, daß ich sehr durstig war, und dicht vor meinen Augen, die mir fast übergehen wollten, baumelte die sandbedeckte Zunge des Harpuniers.

Doch ehe das Messer niedersausen und mich durchbohren

konnte, geschah das, was mich rettete. Akai, der Halbbruder des Gouverneurs Boki, wie du dich erinnern wirst, war Steuermann des Kanus und deshalb im Heck des Bootes dem Sarg und seinem Toten, der nicht sinken wollte, am nächsten. Außer sich vor Angst stieß er mit der Spitze des Paddels wild daraufflos, um den eingesargten Alii, der darauf versessen zu sein schien, wieder an Bord zu kommen, abzuwehren. Die Paddelspitze traf das Glas. Das Glas zerbrach –«

»Und der Sarg sank sofort«, fiel Hardman Pool ein, »da die Luft, die ihn über Wasser gehalten hatte, durch die zerbrochene Glasscheibe entwich.«

»Der Sarg sank sofort, da er von dem Schiffszimmermann wie ein Boot gebaut worden war«, bestätigte Kumuhana. »Und ich, der ich ein Moepuu war, wurde wieder ein Mensch. Und ich lebte, wenn ich auch vor Durst tausend Tode starb, ehe wir den Strand von Waikiki erreichten.

Und daher, Kanaka Oolea, ruhen die Überreste Kahekilis nicht im Königlichen Mausoleum. Sie liegen auf dem Grund des Molokai-Kanals, wenn sie sich nicht schon längst in treibende Schlammschlieren verwandelt haben oder, von inzwischen selbst verendeten Korallentieren verzehrt, ihrerseits Teil des Korallenriffs geworden sind. Von den Menschen bin ich der einzige Lebende, der Kahekilis sterbliche Hülle im Kanal von Molokai versinken sah.«

In der Pause, die darauf folgte und in der Hardman Pool in tiefes Nachdenken versunken war, leckte sich Kumuhana immer wieder die Lippen. Schließlich brach er das Schweigen:

»Die zwölf Dollar, Kanaka Oolea, für den Esel und den gebrauchten Sattel und das Zaumzeug?«

»Die zwölf Dollar wären dein«, entgegnete Pool, und gab dem Alten sechseinhalb Dollar, »befände sich nicht unter dem Gerümpel in meinem Stall Zaumzeug und Sattel, wie du sie brauchst; und beides will ich dir geben. Mit diesen sechseinhalb Dollar kannst du dir den dazu passenden Esel von dem *Pake* [Chinesen] in Kokako kaufen, der mir erst gestern sagte, daß er so viel kosten würde.«

So saßen sie da. Pool, der in Gedanken immer wieder das Totenlied der Maori, das er gehört hatte, hersagte und besonders an
der Zeile »So daß die Abenddämmerung heraufkam« Gefallen
fand, die seinem Schönheitsempfinden vollkommen entsprach.
Kumuhana, der sich die Lippen leckte und erkennen ließ, daß er
noch auf etwas wartete. Schließlich brach er das Schweigen.

»Ich habe lange gesprochen, Kanaka Oolea. Die Feuchtigkeit
in meinem Mund hält nicht mehr so lange vor wie in meiner Jugend. Mir scheint, der Durst, der mich quälte, als ich die Zunge
des Harpuniers vor mir sah, hat mich erneut überfallen. Der Gin
mit Milch, Kanaka Oolea, ist sehr gut für eine Zunge wie die des
Harpuniers.«

Ein flüchtiges Lächeln huschte über Pools Gesicht. Er
klatschte in die Hände, und das kleine Mädchen kam herbei-
gelaufen.

»Bring ein Glas Gin mit Milch für den alten Kumuhana«, befahl Hardman Pool.

DER BLICK DURCH DAS FENSTER

Sitka Charley rauchte seine Pfeife und betrachtete gedanken-verloren eine Illustration aus dem *Polizei-Anzeiger* an der Wand. Seit einer halben Stunde hatte er sie ununterbrochen an-geschaut, und seit einer halben Stunde hatte ich ihn dabei heim-lich beobachtet. Irgend etwas ging in seinem Hirn vor, und ganz gleich, was es war, es würde sich lohnen, es in Erfahrung zu bringen. Er hatte das Leben kennengelernt, viel gesehen und das Erstaunlichste überhaupt vollbracht: seinem eigenen Volk den Rücken zu kehren und – soweit das einem Indianer möglich war – sogar in seinem Denken ein Weißer zu werden. Er selbst sagte von sich, er habe die Wärme gesucht, habe mit uns an un-seren Feuern gesessen und sei dabei einer der Unseren gewor-den. Er hatte nie Lesen und Schreiben gelernt, aber sein Wort-schatz war bemerkenswert, und noch bemerkenswerter war es, wie vollständig er sich die Perspektive der Weißen angeeignet, ihre Auffassung der Dinge übernommen hatte.

Wir waren nach einem anstrengenden Tag in der Schlitten-spur auf diese verlassene Hütte gestoßen. Die Hunde hatten ihr Futter erhalten, das Eßgeschirr war abgewaschen, die Betten gemacht, und nun genossen wir die allerschönste Stunde, die je-der Tag auf dem Weg durch die Wildnis Alaskas genau einmal zu bieten hat, die Stunde, wenn die ermatteten Glieder nichts an-deres mehr von der Bettruhe trennt als die abendliche Pfeife. Irgendein früherer Bewohner der Hütte hatte die Wände mit Abbildungen geschmückt, die aus Illustrierten und Zeitungen stammten, und diese Abbildungen hatten Sitka Charley seit un-serer Ankunft zwei Stunden zuvor in ihren Bann gezogen. Er hatte sie mit größter Aufmerksamkeit gemustert, sein Blick war immer wieder hin und her gewandert, und ich sah wohl, daß er verunsichert und verblüfft war.

Ich brach schließlich das Schweigen. »Was ist?«

Er nahm die Pfeife aus dem Mund und sagte bloß: »Ich verstehe nicht.«

Dann zog er erneut an seiner Pfeife, nahm sie wieder aus dem Mund und wies damit auf das Bild aus dem *Polizei-Anzeiger*.

»Dieses Bild – was bedeutet es? Ich verstehe nicht.«

Ich betrachtete das Bild. Ein Mann mit überzeichnetem Ganovengesicht preßte dramatisch eine Hand an sein Herz, während er rückwärts zu Boden sank. Ihm gegenüber stand ein Mann mit rauchendem Revolver, halb Racheengel, halb Adonis.

»Ein Mann tötet einen anderen«, sagte ich und spürte deutlich, daß auch ich verwirrt und zu weiteren Erläuterungen nicht imstande war.

»Warum?« fragte Sitka Charley.

»Ich weiß es nicht«, gab ich zu.

»Dieses Bild ist nur Ende«, sagte er. »Es hat keinen Anfang.«

»So ist das Leben«, sagte ich.

»Das Leben hat einen Anfang«, widersprach er mir.

Das brachte mich erst einmal zum Schweigen, während sein Blick eine Abbildung weiter wanderte, hinüber zu der photographischen Wiedergabe der »Leda mit dem Schwan« irgendeines Malers.

»Das Bild da«, sagte er, »hat keinen Anfang. Es hat kein Ende. Ich verstehe Bilder nicht.«

»Schau dir das Bild dort drüben an.« Ich zeigte auf ein drittes. »Es bedeutet etwas. Sag mir, was es für dich bedeutet.«

Er betrachtete es einige Minuten lang.

»Das kleine Mädchen ist krank«, sagte er schließlich. »Das da ist der Doktor, der sie anschaut. Sie sind die ganze Nacht aufgeblieben – schau, das Öl in der Lampe ist fast verbraucht, und das erste Morgenlicht scheint durchs Fenster. Es ist eine schlimme Krankheit; vielleicht stirbt sie, und deswegen blickt der Doktor so ernst. Das ist die Mutter. Es ist eine schlimme Krankheit, weil die Mutter den Kopf auf den Tisch gelegt hat und weint.«

»Woher weißt du, daß sie weint?« unterbrach ich ihn. »Du kannst ihr Gesicht nicht sehen. Sie schläft vielleicht.«

Sitka Charley wandte sich überrascht zu mir um und dann wieder dem Bild zu. Sein Eindruck war offenbar nicht das Ergebnis einer logischen Schlußfolgerung.

»Sie schläft vielleicht«, wiederholte er. Er studierte das Bild gründlich. »Nein, sie schläft nicht. Die Schultern zeigen, daß sie nicht schläft. Ich habe die Schultern einer weinenden Frau gesehen. Die Mutter weint. Es ist eine schlimme Krankheit.«

»Und jetzt verstehst du das Bild«, rief ich aus.

Er schüttelte den Kopf und fragte: »Das kleine Mädchen – stirbt es?«

Jetzt war es an mir zu schweigen.

»Stirbt es?« wiederholte er. »Du bist ein Maler. Du weißt es vielleicht.«

»Nein, ich weiß es nicht«, gestand ich.

»Das ist nicht das Leben«, verkündete er im Brustton der Überzeugung. »Im Leben stirbt das Mädchen, oder es wird gesund. Es geschieht etwas im Leben. Im Bild geschieht nichts. Nein, ich verstehe Bilder nicht.«

Seine Enttäuschung war offenkundig. Es war sein größter Wunsch, alle Dinge zu begreifen, die die Weißen begriffen, und hier, in dieser Sache, mußte er sich geschlagen geben. Außerdem spürte ich in seinem Verhalten die Herausforderung. Er wollte mich unbedingt dazu zwingen, ihm die Weisheit der Bilder zu vermitteln. Hinzu kam, daß er über eine erstaunliche Einbildungskraft verfügte. Alles stellte er sich bildlich vor. Er sah das Leben in Bildern, empfand es in Bildern, verallgemeinerte in Bildern; und doch verstand er Bilder nicht, wenn er sie mit den Augen anderer Menschen sehen sollte, so wie sie diese Menschen mit Farben und Linien auf der Leinwand ausgedrückt hatten.

»Bilder sind ein Stück Leben«, sagte ich. »Wir malen das Leben, wie wir es sehen. Zum Beispiel bist du, Charley, unterwegs in der Schlittenspur. Es ist Nacht. Du siehst eine Hütte. Das

Fenster ist erleuchtet. Du schaust eine Sekunde lang hinein, vielleicht zwei Sekunden, du siehst etwas und du fährst weiter. Vielleicht hast du einen Mann gesehen, der einen Brief schreibt. Du hast etwas gesehen ohne Anfang oder Ende. Nichts ist geschehen. Und doch – was du gesehen hast, war ein Stück Leben. Du erinnerst dich später. In deiner Erinnerung ist es wie ein Bild. Das Fenster ist der Rahmen.«

Es entging mir nicht, daß er mir mit Interesse folgte, und ich wußte, daß er, während ich sprach, durch das Fenster geschaut und den Mann gesehen hatte, wie er einen Brief schrieb.

»Es gibt ein Bild, das du gemalt hast und das ich verstehe«, sagte er. »Es ist ein wahres Bild. Es hat viel Bedeutung. Es hängt in deiner Hütte in Dawson. Es ist ein Spieltisch. Die Männer spielen. Es geht um viel Geld. Der Einsatz ist unbegrenzt.«

»Woher weißt du, daß der Einsatz unbegrenzt ist?« unterbrach ich ihn gespannt, denn jetzt konnte ich meine Arbeit endlich einmal von einem Menschen beurteilen lassen, der unvoreingenommen war, der nur das Leben kannte, nicht die Kunst, dem kein anderer Maßstab zur Verfügung stand als die Wirklichkeit. Dazu kam, daß ich gerade auf diese Arbeit sehr stolz war. Ich hatte dem Bild den Titel »Die letzte Runde« gegeben und zählte es zum Besten, was mir jemals gelungen war.

»Es liegen keine Münzen auf dem Tisch«, erklärte Sitka Charley. »Die Männer spielen mit Blankochips. Das heißt, keine Grenze für den Einsatz. Ein Mann spielt mit gelben Chips – vielleicht ist ein gelber Chips tausend Dollar wert, vielleicht aber auch zweitausend. Ein Mann spielt mit roten Chips. Vielleicht sind das fünfhundert Dollar, vielleicht aber auch tausend. Es ist ein ganz wichtiges Spiel. Jeder spielt hoch, haushoch. Wie kann ich das wissen? Dem Kartengeber hast du das Blut ein wenig ins Gesicht steigen lassen. (Ich war begeistert.) Und der Aufpasser beugt sich auf seinem Stuhl nach vorn. Warum tut er das? Warum ist sein Gesicht ganz, ganz ruhig? Warum glänzen seine Augen so? Warum steigt dem Geber das Blut ins Gesicht? Warum sind alle Männer ganz still? – der

Mann mit den gelben Chips? der Mann mit den roten Chips? der Mann mit den weißen Chips? Warum redet keiner von ihnen? Wegen viel, viel Geld. Weil es die letzte Runde ist.«

»Woher weißt du, daß es die letzte Runde ist?« fragte ich.

»Weil gegen den König gesetzt und die Sieben ausgespielt wird«, antwortete er. »Niemand setzt auf andere Karten. Andere Karten sind aus dem Spiel. Jeder spielt dasselbe. Jeder spielt, König verliert, Sieben gewinnt. Vielleicht verliert die Bank zwanzigtausend Dollar, vielleicht gewinnt die Bank. Ja, das Bild verstehe ich.«

»Aber den Ausgang kennst du trotzdem nicht!« rief ich triumphierend aus. »Es ist die letzte Runde, aber die Karten sind noch nicht aufgedeckt. Auf dem Bild werden sie nie aufgedeckt werden. Niemand wird je erfahren, wer gewinnt oder verliert.«

»Und die Männer werden dort sitzen und nie reden«, sagte er, und auf seinem Gesicht wuchsen Verwunderung und Scheu. »Und der Aufpasser wird sich vorbeugen, und dem Kartengeber wird das Blut nicht aus dem Gesicht weichen. Es ist sonderbar. Immer werden sie dort sitzen, immer; und die Karten werden nie aufgedeckt werden.«

»Es ist ein Bild«, sagte ich. »Es ist das Leben. Auch du hast solche Dinge gesehen.«

Er schaute mich grübelnd an; dann sagte er zögernd: »Nein, es hat kein Ende, wie du sagst. Das Ende wird nie jemand erfahren. Aber es ist trotzdem wahr. Ich habe es gesehen. Es ist das Leben.«

Lange zog er schweigend an seiner Pfeife und prüfte das Bilderwissen des weißen Mannes an den Tatsachen des Lebens. Er nickte mehrmals, grunzte ein- oder zweimal. Dann klopfte er die Asche aus dem Pfeifenkopf, stopfte sie sorgfältig neu und zündete sie nach einer bedächtigen Pause von neuem an.

»Dann habe ich auch viele solche Bilder des Lebens gesehen«, begann er. »Nicht gemalt, sondern mit dem Auge gesehen. Ich habe sie gesehen, wie ich durch das Fenster diesen Mann gesehen habe, der einen Brief schreibt. Ich habe viele Bruchstücke des Lebens gesehen, ohne Anfang, ohne Ende und ohne sie zu begreifen.«

Er nahm abrupt eine neue Haltung ein, so daß er mir voll ins Gesicht blickte, und betrachtete mich nachdenklich.

»Gib acht«, sagte er, »du bist ein Maler. Wie würdest du malen, was ich gesehen habe? Ein Bild ohne Anfang und mit einem Ende, das ich nicht verstehe, ein Stück Leben, dem das Nordlicht als Kerze und Alaska als Rahmen dient.«

»Das ist ein großes Bild«, murmelte ich.

Aber er beachtete mich nicht, denn das Bild in seinem Kopf stand ihm ganz lebhaft vor Augen.

»Dieses Bild hat viele Namen«, sagte er. »Aber ich sehe darauf viele Nebensonnen, und ich denke, ich nenne es ›Der Nebensonnenweg‹. Es ist lange her, sieben Jahre, im Herbst ›97, da sah ich die Frau zum erstenmal. Ich besaß ein Kanu am Linderman-See, ein sehr gutes Peterborough-Kanu. Ich kam über den Chilcoot-Paß mit zweitausend Briefen für Dawson. Ich war Briefbote. Alle wollten damals ganz schnell nach Klondike. Viele Leute waren unterwegs. Viele Leute fällten die Bäume und bauten sich Boote. Es war das letzte offene Wasser, Schnee in der Luft, Schnee am Boden, Eis auf dem See, auf dem Fluß Eis um die Strudel. Jeden Tag mehr Schnee, mehr Eis. Vielleicht noch einen Tag, vielleicht noch drei Tage, vielleicht sechs – jeden Tag konnte alles zufrieren, dann gab es kein offenes Wasser mehr, nur Eis, jeder mußte zu Fuß gehen, sechshundert Meilen nach Dawson, ein langer, langer Marsch. Mit dem Boot geht es sehr schnell. Jeder will mit dem Boot fahren. Jeder sagt, ›Charley, zweihundert Dollar, nimm mich mit in deinem Kanu‹, ›Charley, dreihundert Dollar‹, ›Charley, vierhundert Dollar‹. Ich sage, nein, immer nein. Ich bin der Briefbote.

Am Morgen komme ich zum Linderman-See. Ich bin die ganze Nacht marschiert; ich bin sehr müde. Ich mache Frühstück, ich esse, ich schlafe drei Stunden am Ufer. Ich wache auf. Es ist zehn Uhr. Schnee fällt. Es weht ein starker, guter Wind. Auch eine Frau ist da, sitzt im Schnee neben mir. Eine weiße

Frau, sie ist jung, sehr hübsch, vielleicht fünfundzwanzig Jahre alt. Sie schaut mich an. Ich schaue sie an. Sie ist sehr müde. Sie ist kein Tanzmädchen. Ich sehe das gleich. Sie ist eine anständige Frau, und sie ist sehr müde.

›Du bist Sitka Charley‹, sagt sie. Ich stehe schnell auf und rolle die Decken ein, damit der Schnee draußen bleibt. ›Ich fahre nach Dawson‹, sagt sie. ›Ich fahre in deinem Kanu – wieviel?‹ Ich will niemand in meinem Kanu. Ich sage nicht gern nein. Also sage ich: ›Tausend Dollar.‹ Nur zum Spaß sage ich das, damit die Frau nicht mit mir fahren kann; es ist besser als nein sagen. Sie schaut mich ganz fest an, dann sagt sie: ›Wann fährst du ab?‹ Ich sage, jetzt gleich. Dann sagt sie, einverstanden, und sie wird mir die tausend Dollar geben.

Was soll ich sagen? Ich will die Frau nicht mitnehmen, doch ich habe versprochen, für tausend Dollar kann sie mitkommen. Ich wundere mich. Vielleicht macht sie nur Spaß, also sage ich: ›Ich will die tausend Dollar sehen.‹ Und diese Frau, diese junge Frau, ganz allein unterwegs, dort draußen im Schnee, sie holt tausend Dollar heraus, in echten Scheinen, und gibt sie mir in die Hand. Ich schaue das Geld an, ich schaue sie an. Was kann ich sagen? Ich sage: ›Nein, mein Kanu ist sehr klein. Es hat keinen Platz für Ausrüstung.‹ Sie lacht. Sie sagt: ›Ich bin viel unterwegs. Das ist meine Ausrüstung.‹ Sie stößt mit dem Fuß an ein kleines Bündel im Schnee. Es sind zwei Pelzmäntel, Segeltuch außen, innen ein paar Frauenkleider. Ich hebe es hoch. Vielleicht 35 Pfund. Ich staune. Sie nimmt es wieder an sich. Sie sagt: ›Komm, laß uns fahren.‹ Sie trägt das Bündel zum Boot. Was kann ich sagen? Ich lege meine Decken in das Boot. Wir fahren.

So bin ich der Frau zum erstenmal begegnet. Der Wind war günstig. Ich setzte ein kleines Segel. Das Kanu fuhr sehr schnell, es flog wie ein Vogel über die hohen Wellen. Die Frau hatte große Angst. ›Warum gehst du nach Klondike mit so viel Angst?‹ frage ich. Sie lacht mich an, das ist ein hartes Lachen, aber sie hat immer noch große Angst. Sie ist auch sehr müde. Ich steuere das Boot durch die Stromschnellen in den Bennett-See.

Das Wasser ist schlimm, und die Frau schreit, weil sie Angst hat. Wir fahren den Bennett-See hinab, Schnee, Eis, Wind so stark wie ein Sturm, aber die Frau ist sehr müde; sie schläft ein.

Am Abend schlagen wir das Lager in Windy Arm auf. Die Frau sitzt am Feuer und ißt. Ich schaue sie an. Sie ist hübsch. Sie kämmt die Haare. Sie hat viel Haar, es ist braun, manchmal wie Gold im Feuerschein, wenn sie den Kopf dreht – so etwa –, dann leuchtet es wie goldenes Feuer. Die Augen sind groß und braun, manchmal warm wie eine Kerze hinter dem Vorhang, manchmal hart und hell wie zersprungenes Eis im Sonnenlicht. Wenn sie lächelt – wie soll ich sagen? – ich weiß, wenn sie lächelt, dann will der weiße Mann sie küssen, einfach so, wenn sie lächelt. Sie hat nicht hart gearbeitet, niemals. Ihre Hände sind zart wie die eines Babys. Alles ist zart an ihr, wie ein Baby. Sie ist nicht dünn, sie ist rund wie ein Baby; ihre Arme, ihre Beine, ihre Muskeln, alles rund und zart wie ein Baby. In der Taille ist sie schmal, und wenn sie aufsteht, wenn sie geht, wenn sie den Kopf bewegt oder den Arm, es ist – mir fehlt das Wort dafür –, es ist schön anzusehen wie – vielleicht wie ein Boot, sie ist gebaut wie ein gutes Kanu, ja genau, und wenn sie sich bewegt, tut sie das wie ein gutes Kanu, wenn es durch stilles Wasser gleitet oder durch Stromschnellen und Gischt schießt. Es ist sehr schön anzusehen.

Warum kommt sie nach Klondike, ganz allein, mit viel Geld? Ich weiß es nicht. Am nächsten Tag frage ich sie. Sie lacht und sagt: ›Sitka Charley, das geht dich nichts an. Ich gebe dir tausend Dollar, und du bringst mich nach Dawson. Das geht dich etwas an, sonst nichts.‹ Am folgenden Tag frage ich sie nach ihrem Namen. Sie lacht, dann sagt sie: ›Mary Jones, das ist mein Name.‹ Ich kenne ihren Namen nicht, aber ich weiß die ganze Zeit, Mary Jones ist nicht ihr Name.

Es ist sehr kalt im Kanu, und sie fühlt sich manchmal schlecht, weil es so kalt ist. Manchmal fühlt sie sich gut und singt. Ihre Stimme ist wie eine silberne Glocke, und mir wird so wohl zumute, wie wenn ich in die Missionskirche von Holy Cross gehe, und wenn sie singt, dann habe ich Kraft und paddle wie der Teufel. Dann lacht sie und sagt: ›Glaubst du, wir schaffen es bis Dawson, bevor das Wasser zufriert, Charley?‹ Manchmal sitzt sie im Boot und ist in Gedanken weit weg, mit solchen großen Augen, ganz leer. Sie sieht Sitka Charley nicht, das Eis nicht, den Schnee nicht. Wenn sie in Gedanken weit weg ist, ist ihr Gesicht manchmal nicht schön anzuschauen. Es ist ein böses Gesicht, wie das Gesicht eines Mannes, der einen anderen töten will.

Der letzte Tag nach Dawson ist schrecklich. Randeis um alle Strudel, Eisgrütze in der Strömung. Ich kann nicht paddeln. Das Kanu friert im Eis fest. Ich komme nicht ans Ufer. Große Gefahr. Die ganze Zeit treiben wir von Eis eingeschlossen den Yukon hinunter. In der Nacht kracht das Eis ganz laut. Dann steht das Eis still, das Kanu steht still, alles steht still. ›Laß uns ans Ufer gehen‹, sagt die Frau. Ich sage, nein, besser abwarten. Und dann, ganz langsam, gerät alles wieder flußabwärts in Bewegung. Es schneit sehr stark. Ich kann nichts sehen. Um elf Uhr nachts bleibt alles stehen. Um ein Uhr geht es wieder. Um drei Uhr ist wieder Schluß. Das Boot wird zerquetscht wie eine Eierschale, aber es liegt auf dem Eis und kann nicht sinken. Ich höre Hunde heulen. Wir warten. Wir schlafen. Der Morgen kommt, langsam. Kein Schnee mehr. Jetzt friert das Wasser ganz zu, und da ist Dawson vor uns. Das Kanu kaputt, aber genau bei Dawson. Sitka Charley ist gekommen, mit zweitausend Briefen, bevor alles zufriert.

Die Frau mietet eine Hütte auf dem Hügel, und eine Woche lang sehe ich sie nicht mehr. Dann, eines Tages, kommt sie zu mir. ›Charley‹, sagt sie, ›willst du für mich arbeiten? Du führst die Hunde, schlägst das Lager auf, fährst mit mir.‹ Ich sage, daß ich dafür zuviel Geld mit meinen Briefen verdiene. Sie sagt: ›Charley, ich gebe dir mehr Geld.‹ Ich sage ihr, daß die Hauer in den Goldminen fünfzehn Dollar am Tag bekommen. Sie sagt: ›Das sind vierhundertfünfzig Dollar im Monat.‹ Und ich sage: ›Sitka Charley ist kein Hauer.‹ Dann sagt sie: ›Ich verstehe, Charley. Ich werde dir siebenhundertfünfzig Dollar pro Monat geben.‹ Es ist ein guter Preis, und ich will für sie arbeiten. Ich kaufe ihr Hunde und den Schlitten. Wir fahren den Klondike hinauf, nach Bonanza und Eldorado, hinüber zum Indian River, zum Sulphur Creek, nach Dominion, zurück über die Wasserscheide nach Gold Bottom und Too Much Gold, und zurück nach Dawson. Sie sucht etwas, immer, und ich weiß nicht was. Ich möchte es wissen. ›Was suchen Sie eigentlich?‹ frage ich. Sie lacht. ›Suchen Sie Gold?‹ frage ich. Sie lacht. Dann sagt sie: ›Das geht dich nichts an, Charley.‹ Und danach frage ich nie mehr.

Sie hat einen kleinen Revolver, den sie im Gürtel trägt. Manchmal, unterwegs, übt sie mit dem Revolver. Ich lache. ›Warum lachst du, Charley?‹ fragt sie. ›Warum spielen Sie damit?‹ sage ich. ›Der ist nutzlos, viel zu klein, er ist für ein Kind, ein Spielzeug.‹ Als wir nach Dawson zurückkommen, sagt sie, ich soll ihr einen guten Revolver kaufen. Ich kaufe einen 44er Colt. Er ist sehr schwer, aber sie trägt ihn immer im Gürtel.

In Dawson kommt der Mann. Ich weiß nicht woher. Ich weiß nur, daß er ein *che-cha-quo* ist – ihr nennt das Greenhorn. Er hat zarte Hände, genau wie sie. Er arbeitet nicht schwer. Er ist am ganzen Körper zart. Zuerst denke ich, er ist vielleicht ihr Mann. Aber er ist zu jung. Sie schlafen auch in getrennten Betten. Er ist vielleicht zwanzig Jahre alt. Seine Augen sind blau, seine Haare sind blond, er hat einen kleinen blonden Schnurrbart. Er heißt John Jones. Er ist vielleicht ihr Bruder. Ich weiß es nicht. Ich frage nicht mehr. Nur, ich denke, sein Name ist nicht John Jones. Andere Leute nennen ihn Mr. Girvan. Ich glaube, das ist auch nicht sein richtiger Name. Und sie ist nicht Miss Girvan, wenn auch alle sie so ansprechen.

Eines Nachts in Dawson: ich schlafe. Er weckt mich. Er sagt: ›Hol die Hunde; wir fahren.‹ Ich frage nicht mehr, also hole ich die Hunde, und wir brechen auf. Wir fahren den Yukon hinab. Es ist Nacht, es ist November, und es ist sehr kalt – 54 Grad unter Null. Sie ist zart. Er ist zart. Die Kälte schneidet. Sie werden müde. Sie weinen leise vor sich hin. Ich sage etwas später: ›Wir halten besser an und schlagen ein Lager auf.‹ Aber sie sagen,

sie wollen weiter. Dreimal sage ich, es ist besser, das Lager auf-
zuschlagen und zu rasten, aber jedesmal lehnen sie ab. Dann
sage ich nichts mehr. Die ganze Zeit, Tag für Tag, geht es so. Sie
sind sehr zart. Sie werden steif und wund. Sie können in den
Mokassins nicht laufen, und ihre Füße schmerzen sehr. Sie
humpeln, sie taumeln wie Betrunkene, sie weinen vor sich hin;
und immer sagen sie: ›Weiter! Weiter! Wir fahren weiter!‹

Sie sind wie Verrückte. Die ganze Zeit weiter und weiter.
Warum tun sie das? Ich weiß es nicht. Nur, daß es kein Halten
gibt. Was suchen sie? Ich weiß es nicht. Sie sind nicht hinter
Gold her. Nirgendwo gibt es einen Goldrausch. Außerdem geben sie viel Geld aus. Aber ich frage nichts mehr. Auch ich mache weiter, immer weiter, weil ich stark bin in der Spur und weil
man mir viel Geld bezahlt.

Wir kommen nach Circle City. Das, was sie suchen, ist nicht
da. Ich glaube jetzt, daß wir und die Hunde rasten werden. Aber
wir rasten nicht, nicht einen Tag. ›Komm‹, sagt die Frau zu dem
Mann, ›laß uns weiterfahren.‹ Und es geht weiter. Wir verlassen
den Yukon. Wir überqueren die Wasserscheide im Westen und
fahren hinunter ins Tanana-Land. Dort gibt es neue Schürf-
plätze. Doch was sie suchen, ist nicht dort, und wir kehren nach
Circle City zurück.

Es ist eine mühselige Reise. Der Dezember ist fast vorüber.
Die Tage sind kurz. Es ist sehr kalt. An einem Morgen ist es
57 Grad unter Null. ›Es ist besser, heute nicht zu fahren‹, sage
ich, ›die Luft erwärmt sich nicht genug beim Einatmen und frißt
an den Rändern unserer Lungen. Dann bekommen wir einen
schlimmen Husten und im Frühjahr vielleicht eine Lungenentzündung.‹ Aber sie sind *che-cha-quo*. Sie verstehen nichts vom
Weg durch die Wildnis. Sie sind sterbensmüde, aber sie sagen:
›Laß uns weiterfahren.‹ Wir fahren weiter. Der Frost frißt an
ihren Lungen, und sie bekommen den trockenen Husten. Sie
husten, bis ihnen die Tränen herunterlaufen. Wenn wir den
Speck braten, dann müssen sie vom Feuer wegrennen und sich
eine halbe Stunde draußen im Schnee aushusten. Die Haut auf

den Backen erfriert, bis sie schwarz wird und ganz wund. Der Mann hat jetzt auch einen erfrorenen Daumen, der an der Spitze abstirbt, und er muß ihn im Fäustling zusätzlich umwickeln, um ihn warmzuhalten. Und manchmal, wenn die Kälte schneidend und der Daumen zu kalt wird, dann muß er den Fäustling herunternehmen und die Hand zwischen die Beine auf die bloße Haut legen, damit der Daumen wieder warm werden kann.

Wir humpeln nach Circle City hinein, und sogar ich, Sitka Charley, bin müde. Es ist der Weihnachtsabend. Ich tanze, trinke, ich habe viel Spaß, denn morgen ist Feiertag, und wir werden ruhen. Aber nein. Es ist fünf Uhr morgens – am Weihnachtsmorgen. Ich schlafe seit zwei Stunden. Der Mann steht neben meinem Bett. ›Komm, Charley‹, sagt er, ›spann die Hunde an. Wir brechen auf.‹

Habe ich nicht gesagt, daß ich nicht mehr frage? Sie zahlen mir siebenhundertfünfzig Dollar jeden Monat. Sie sind meine Herren. Ich bin in ihren Diensten. Wenn sie sagen: ›Charley, komm, wir wollen in die Hölle fahren‹, dann spanne ich die Hunde an, knalle mit der Peitsche und fahre in die Hölle. So spanne ich die Hunde an, und wir fahren den Yukon hinab. Wohin fahren wir? Sie sagen es nicht. Sie sagen nur: ›Weiter! Weiter! Wir fahren weiter!‹

Sie sind sehr erschöpft. Sie haben viele hundert Meilen hinter sich, und sie verstehen nichts vom Weg durch die Wildnis des Nordens. Und ihr Husten ist noch schlimmer geworden, der trockene Husten, der starke Männer zum Fluchen bringt und schwache Männer zum Weinen. Aber sie fahren weiter. Jeden Tag fahren sie weiter. Nie dürfen die Hunde ruhen. Immer kaufen sie neue Hunde. In jedem Lager, an jedem Handelsposten, in jedem Indianerdorf schneiden sie die Riemen der alten Hunde durch und spannen neue ein. Sie haben viel Geld, Geld ohne Ende, und es rinnt ihnen wie Wasser durch die Finger. Sind sie verrückt? Manchmal glaube ich das, denn sie haben einen Teufel im Leib, der sie vorantreibt, immer nur voran. Was wollen sie finden? Es ist nicht das Gold. Sie graben nie im Boden. Ich

94

denke lange nach. Dann denke ich, es ist ein Mann, den sie finden wollen. Aber was für ein Mann? Nie sehen wir ihn. Doch sie sind wie Wölfe auf der Spur der Beute. Aber komische Wölfe, zarte Wölfe, Wolfsjunge, die nichts vom Weg durch die Wildnis verstehen. Sie schreien nachts im Schlaf. Auch im Schlaf noch läßt sie die qualvolle Erschöpfung seufzen und stöhnen. Und am Tag, wenn sie in der Spur taumeln, dann weinen sie vor sich hin. Komische Wölfe sind sie.

Wir fahren durch Fort Yukon. Wir fahren durch Fort Hamilton. Wir fahren durch Minook. Der Januar ist gekommen und fast vorbei. Die Tage sind sehr kurz. Um neun kommt das Licht. Um drei kommt die Dunkelheit. Und es ist kalt. Und sogar ich, Sitka Charley, bin müde. Werden wir endlos weiterfahren? Ich weiß es nicht. Doch immer halte ich unterwegs Ausschau nach dem, was sie suchen. Wir treffen kaum Menschen. Manchmal fahren wir hundert Meilen und sehen keine Spur von Leben. Man hört keinen Laut. Manchmal schneit es, und wir verwandeln uns in Gespenster. Manchmal ist es klar, und die Sonne blinzelt uns einen Augenblick über die Höhen im Süden hinweg an. Das Nordlicht flammt am Himmel, die Nebensonnen tanzen, und in der Luft schwebt flirrend der Frost.

Ich bin Sitka Charley, ein starker Mann. Ich bin auf dem Trail geboren, all meine Tage habe ich dort verbracht. Und doch haben mich diese beiden Jung-Wölfe müde gemacht. Ich bin abgemagert wie eine halbverhungerte Katze, und nachts bin ich froh über mein Bett, und am Morgen bin ich schrecklich müde. Denn wir sind immer schon vor dem Tageslicht unterwegs, und die hereinbrechende Dunkelheit findet uns noch in der Spur. Diese beiden Wolfsjungen! Wenn ich wie eine halbverhungerte Katze bin, dann sind sie wie tote Katzen, die nie gefressen haben. Ihre Augen liegen tief in den Höhlen und glänzen manchmal wie im Fieber, dann wieder sind sie ohne Glanz und gebrochen wie Totenaugen. Ihre Wangen sind so hohl wie ausgehöhlte Klippen. Schwarz sind sie und wund bis aufs Fleisch von den Erfrierungen. Manchmal, am Morgen, ist es die Frau, die sagt: ›Ich kann nicht aufstehen. Ich kann mich nicht rühren. Laß mich sterben.‹ Und der Mann steht an ihrer Seite und sagt: ›Komm, laß uns weiterfahren.‹ Und dann fahren sie weiter. Manchmal ist es der Mann, der nicht aufstehen kann, und die Frau sagt: ›Komm, laß uns weiterfahren.‹ Und sie schaffen es immer. Immer geht es weiter.

An den Handelsposten warten manchmal Briefe auf sie. Ich weiß nicht, was in den Briefen steht. Aber damit nehmen sie die Witterung auf, die Briefe selbst sind die Witterung. Einmal gibt ein Indianer ihnen einen Brief. Ich rede heimlich mit ihm. Er sagt, ein Mann mit einem Auge habe ihm den Brief gegeben, ein Mann, der sehr schnell den Yukon hinabfuhr. Das ist alles. Aber ich weiß, daß die Jung-Wölfe den Mann mit einem Auge verfolgen.

Es ist Februar, und wir sind fünfzehnhundert Meilen gefahren. Wir nähern uns der Bering-See, und es gibt Stürme und Schneestürme. Es geht kaum voran. Wir kommen nach Anvig. Ich weiß nicht, aber bestimmt haben sie einen Brief in Anvig bekommen, denn sie sind sehr aufgeregt, und sie sagen: ›Komm, schnell, laß uns weiterfahren.‹ Ich sage aber, wir müssen Proviant kaufen, und sie sagen, wir dürfen uns damit jetzt nicht belasten. Sie sagen auch, daß wir Proviant bei Charley McKeon bekommen können. Jetzt weiß ich, daß sie die große Abkürzung nehmen, denn McKeons Hütte steht dort, wo die Spur am Schwarzen Felsen vorbeiführt.

Bevor wir aufbrechen, rede ich vielleicht zwei Minuten mit dem Pfarrer in Anvig. Ja, es gibt einen Mann mit einem Auge, der vorbeigekommen ist und sehr schnell reist. Und ich weiß, das, was sie suchen, ist der Mann mit einem Auge. Wir fahren mit wenig Proviant aus Anvig fort, wir sind leicht und kommen sehr gut voran. Wir haben in Anvig drei frische Hunde gekauft, und wir sind sehr schnell. Der Mann und die Frau sind wie verrückt. Wir brechen noch früher am Morgen auf, wir fahren noch tiefer in die Nacht hinein. Ich denke manchmal, ich sehe sie sterben, diese zwei Jung-Wölfe, aber sie wollen nicht sterben. Sie fahren weiter und weiter. Wenn der trockene Husten über sie kommt, dann pressen sie die Hände vor den Leib und krümmen sich im Schnee und husten und husten und husten. Sie können nicht gehen, sie können nicht sprechen. Sie husten vielleicht zehn Minuten, vielleicht eine halbe Stunde. Sie richten sich wieder auf, die Tränen vom Husten frieren fest auf ihrem Gesicht, und dann sagen sie: ›Komm, laß uns weiterfahren.‹

Sogar ich, Sitka Charley, bin sehr erschöpft, und ich denke, siebenhundertfünfzig Dollar, das ist billig für meine furchtbaren Mühen. Wir nehmen die Abkürzung, und die Spur ist frisch. Die kleinen Wölfe haben die Nase auf der Spur und sie sagen: ›Schnell!‹ Immer sagen sie: ›Schnell! Schneller! Schneller!‹ Es ist schlimm für die Hunde. Wir haben nicht viel zu essen, wir können ihnen nicht genug geben; sie werden schwach. Und sie müssen schwer arbeiten. Die Frau hat wirklich Mitleid mit ihnen und oft Tränen in den Augen. Aber der Teufel, der sie vorantreibt, erlaubt keinen Halt und keine Rast für die Hunde.

Und dann holen wir den Mann mit dem einen Auge ein. Er liegt im Schnee, neben der Spur, und sein Bein ist gebrochen. Deshalb ist es nur ein Notlager, in dem er seit drei Tagen auf seinen Decken liegt und ein Feuer unterhält. Wir finden ihn, und er flucht die ganze Zeit. Er flucht höllisch. Ich habe nie einen Mann gehört, der so flucht. Ich bin froh. Jetzt haben sie gefunden, was sie suchen, jetzt werden wir rasten. Aber die Frau sagt: ›Laß uns aufbrechen. Schnell!‹

Ich staune. Doch der Mann mit einem Auge sagt: ›Kümmert euch nicht um mich. Gebt mir euren Proviant. Ihr bekommt morgen mehr bei McKeons Hütte. Schickt McKeon zurück zu mir. Fahrt weiter.‹ Auch er ist ein Wolf, ein alter Wolf, und auch er hat nur den einen Gedanken: weiterzukommen. Also geben wir ihm unseren Proviant, es ist nicht viel, und wir schlagen Holz für sein Feuer, und wir nehmen seine stärksten Hunde und fahren weiter. Wir haben den Mann mit dem einen Auge dort im Schnee zurückgelassen, und er ist dort im Schnee gestorben, denn McKeon hat ihn nicht geholt. Und wer der Mann war, und was er dort wollte, das weiß ich nicht. Aber ich glaube, der Mann und die Frau haben ihn sehr gut bezahlt, wie mich, damit er ihre Arbeit tut.

An diesem Tag und in dieser Nacht hatten wir nichts zu essen, den ganzen nächsten Tag sind wir schnell gefahren, und wir waren schwach vor Hunger. Wir sind zum Schwarzen Felsen gekommen, einhundertfünfzig Meter hoch steht er über der Spur. Der Tag ging zu Ende. Die Dunkelheit brach herein, und wir konnten die Hütte von McKeon nicht finden. Wir sind hungrig eingeschlafen, und am nächsten Morgen haben wir nach der Hütte gesucht. Sie war nicht da; das war seltsam, denn jedermann wußte, daß McKeon in einer Hütte am Schwarzen Felsen wohnte. Wir waren nah an der Küste, wo der Wind pfeift und viel Schnee liegt. Überall waren Schneehaufen, die der Wind zusammengetrieben hat. Ich habe eine Idee. Ich grabe in einer Schneewehe und in noch einer. Bald stoße ich auf die Wände der Hütte, und ich grabe mich nach unten zur Tür durch. Ich gehe hinein. McKeon ist tot. Seit zwei Wochen vielleicht oder drei. Er ist krank geworden, und er hat nicht hinausgekonnt. Der Wind hat die Hütte mit Schnee zugedeckt. Er hatte alles aufgegessen und war gestorben. Ich habe in seinem Vorratslager gesucht, aber es war leer.

›Laß uns weiterfahren‹, hat die Frau gesagt. Sie hat hungrige Augen gehabt und eine Hand auf ihr Herz gepreßt, als ob drinnen ein Schmerz wäre. Sie ist hin und her geschwankt wie ein Baum im Wind. ›Ja, laß uns weiterfahren‹, hat der Mann gesagt. Seine Stimme klang hohl wie ein alter Rabe krächzt, und durch den Hunger war er von Sinnen. Seine Augen waren wie glühende Kohlen, und sein Körper taumelte hin und her und in seinem Körper die Seele. Auch ich habe gesagt: ›Laßt uns weiterfahren.‹ Denn dieser eine Gedanke hat mich fünfzehnhundert Meilen wie Peitschenhiebe vorangetrieben, er war in meine Seele eingebrannt, und ich glaube, auch ich war verrückt. Außerdem blieb uns nichts anderes übrig, denn es gab keinen Proviant. Und wir fuhren weiter und verschwendeten keinen Gedanken an den einäugigen Mann im Schnee.

Auf der großen Abkürzung ist wenig Verkehr. Manchmal ist zwei oder drei Monate niemand unterwegs. Der Schnee hatte die Spur zugedeckt, und es gab kein Zeichen, daß je ein Mensch hier vorbeigekommen war. Es stürmte und schneite den ganzen Tag lang, und den ganzen Tag lang sind wir gefahren. Unser Magen hat an seinem Hunger genagt, und unser Körper ist schwächer geworden mit jedem Schritt. Erst fing die Frau an zu stürzen, dann der Mann. Ich bin nicht hingefallen, aber meine Füße waren schwer und immer im Weg, und ich bin viele Male gestolpert.

In dieser Nacht geht der Februar zu Ende. Ich schieße drei Schneehühner mit dem Revolver der Frau, und wir werden wieder ein wenig kräftiger. Aber die Hunde haben nichts zu fressen. Sie versuchen, die Zugriemen zu fressen, sie sind aus Leder und Walroßhaut. Ich muß sie wegprügeln und das Geschirr an einen Baum hängen. Die ganze Nacht heulen sie unter dem Baum und kämpfen miteinander. Wir kümmern uns nicht darum. Wir schlafen wie Tote, und am Morgen stehen wir auf wie Tote aus dem Grab, und dann fahren wir weiter.

Dieser Morgen ist der erste März; ich sehe an diesem Tag das erste Anzeichen dessen, was die Jung-Wölfe suchen. Es ist ein klarer Tag und kalt. Die Sonne steht länger am Himmel, und auf beiden Seiten flammen die Nebensonnen. Die Luft glitzert vom Frost. Kein Schnee fällt mehr auf den Trail, und ich sehe frische Spuren von Hunden und von einem Schlitten. Ein Mann ist dabei, und im Schnee kann ich sehen, daß er nicht stark ist. Auch er hat zu wenig zu essen. Die jungen Wölfe sehen die frischen Spuren wie ich, und sie sind ganz aufgeregt. ›Schnell!‹ sagen sie. Die ganze Zeit sagen sie: ›Schnell! Schneller, Charley, schneller!‹

Wir kommen nur langsam voran. Der Mann stürzt immerzu und auch die Frau. Wenn sie auf dem Schlitten sitzen wollen, dann sind die Hunde zu schwach und stürzen. Es ist auch so kalt, daß sie erfrieren müßten, wenn sie auf dem Schlitten mitfahren. Ein hungriger Mensch erfriert sehr leicht. Wenn die Frau stürzt, hilft ihr der Mann. Dann wieder hilft die Frau ihm.

Schließlich fallen sie beide in den Schnee und können nicht mehr aufstehen; dann muß ich ihnen immer wieder aufhelfen, sonst bleiben sie liegen und müssen dort im Schnee sterben. Es ist eine schreckliche Plage, denn ich bin sehr müde, und ich muß auch die Hunde antreiben, und ohne Kraft in ihren Körpern sind der Mann und die Frau sehr schwer. So beginne auch ich, in den Schnee zu fallen, und keiner hilft mir. Ich stehe immer allein auf und helfe ihnen und treibe die Hunde vorwärts.

An diesem Abend schieße ich ein Schneehuhn, und wir sind sehr hungrig. Und an demselben Abend sagt der Mann zu mir: ›Charley, wann brechen wir auf, morgen früh?‹ Er spricht wie ein Gespenst. Ich sage: ›Die ganze Zeit haben Sie gesagt, um fünf Uhr.‹ – ›Morgen‹, sagt er, ›brechen wir um drei Uhr auf.‹ Ich lache bitter und sage: ›Sie sind ein toter Mann.‹ Und er sagt: ›Morgen früh um drei.‹

Und um drei Uhr morgens brechen wir auf, denn ich bin in ihren Diensten, und was sie mir auftragen, das tue ich. Es ist klar und kalt, kein Wind. Als der Tag kommt, können wir weit sehen. Es ist ganz still. Kein Laut ist zu hören, nur unser Herzklopfen; und in der Stille ist es ein Dröhnen. Wir sind Schlafwandler, wir wandeln wie im Traum, bis wir fallen; dann wissen wir, wir müssen aufstehen, und wir sehen wieder die Spur, und wir hören unser Herz klopfen. Manchmal habe ich seltsame Gedanken, wenn ich so gehe wie im Traum. Warum lebt Sitka Charley? frage ich. Warum arbeitet Sitka Charley hart und hungert und erträgt diese Qualen? Ich gebe mir selbst die Antwort, für siebenhundertfünfzig Dollar im Monat, und ich weiß, es ist eine dumme Antwort. Es ist auch eine wahre Antwort. Und niemals mehr danach ist für mich Geld wichtig gewesen. Ich bin nämlich weise geworden an diesem Tag. Alles wurde hell, und ich sah alles ohne Schleier; ich wußte, ein Mensch darf nicht für das Geld leben, sondern für das Glück, das kein Mensch verschenken, kaufen oder verkaufen kann, das mehr wert ist als alles Geld auf der Welt.

Am Morgen erreichen wir das Lager, das der Mann vor uns in

der letzten Nacht aufgeschlagen hat. Es ist ein schlechtes Lager, wie von einem Mann, der Hunger hat und keine Kraft mehr. Im Schnee liegen Fetzen von Decken und Leinen, und ich weiß, was geschehen ist. Seine Hunde haben ihre Riemen aufgefressen, und er hat aus seinen Decken neue gemacht. Der Mann und die Frau starren auf das, was zu sehen ist, und wenn ich sie betrachte, fröstelt es mich, wie wenn ein kalter Wind über die bloße Haut streicht. Die schreckliche Qual und der Hunger haben ihren Augen den Verstand genommen; sie brennen wie Feuer tief in ihrem Kopf. Ihr Gesicht ist das Gesicht von Menschen, die vor Hunger gestorben sind, und von den Erfrierungen ist das Fleisch ihrer Wangen schwarz geworden und abgestorben. ›Laß uns weiterfahren‹, sagt der Mann. Doch die Frau hustet und stürzt in den Schnee. Es ist der trockene Husten, wenn der Frost an den Lungen frißt. Sie hustet lange Zeit, dann kommt sie mühsam auf die Füße, wie eine Frau, die aus ihrem Grab kriecht. Die Tränen sind Eis auf ihren Wangen, der Atem rasselt, und sie sagt: ›Laß uns weiterfahren.‹

Wir fahren weiter. Wir gehen wie im Traum durch die Stille. Und immer, wenn wir gehen, ist es ein Traum, und wir sind ohne Schmerz; und immer, wenn wir stürzen, ist es ein Erwachen, und wir sehen den Schnee und die Berge und die frische Spur des Mannes vor uns, und wir spüren wieder allen Schmerz. Wir kommen zu einer Stelle, wo wir weit über das Schneefeld blicken können, und das, was sie suchen, ist vor ihnen. Eine Meile vor uns, schwarze Punkte im Schnee. Sie bewegen sich. Meine Augen sind trübe, und ich muß meine Seele festhalten, damit ich sehen kann. Ich sehe einen Mann mit Hunden und einem Schlitten. Die jungen Wölfe sehen es auch. Mann und Frau können nicht mehr reden, aber sie flüstern: ›Weiter, weiter. Wir müssen schnell machen!‹

Sie stürzen, doch sie gehen weiter. Der Mann vor uns muß oft haltmachen und die Zugriemen aus Deckenstreifen flicken, weil sie reißen. Unsere Riemen sind gut, denn ich habe sie jede Nacht in einen Baum gehängt. Es ist elf Uhr, der Mann ist eine halbe

Meile entfernt. Um eins hat der Mann noch eine Viertelmeile Vorsprung. Er ist sehr schwach. Wir sehen ihn mehrmals in den Schnee sinken. Einer seiner Hunde kann nicht mehr ziehen, er schneidet ihn aus dem Geschirr. Doch er tötet ihn nicht. Ich töte ihn mit der Axt, als ich vorbeigehe; ich töte auch einen von unseren Hunden, weil er nicht mehr mithält und nicht mehr laufen kann.

Es sind jetzt noch dreihundert Meter bis zu dem Mann. Wir kommen sehr langsam vorwärts. In zwei oder drei Stunden schaffen wir vielleicht eine Meile. Wir gehen nicht. Wir fallen die ganze Zeit. Wir stehen auf, wir torkeln zwei Schritte, drei Schritte vielleicht, dann stürzen wir wieder. Ich helfe dem Mann und der Frau, die ganze Zeit. Sie richten sich auf, manchmal nur bis auf die Knie und fallen vornüber, vielleicht vier-, fünfmal, ehe sie auf die Füße kommen; sie stolpern dann zwei, drei Schritte und stürzen wieder. Aber sie stürzen immer nach vorn. Im Stehen und im Knien, sie fallen immer nach vorn, sie gewinnen der Spur ihre Körperlänge ab, jedesmal.

Sie kriechen manchmal auf allen vieren wie die Tiere im Wald. Wir kommen voran wie Schnecken, wie sterbende Schnecken, so langsam sind wir. Und doch sind wir schneller als der Mann vor uns. Denn auch er stürzt immer wieder, und kein Sitka Charley hebt ihn auf. Er ist keine zweihundert Meter mehr vor uns. Nach langer Zeit ist er hundert Meter vor uns.

Es ist ein lächerlicher Anblick. Ich möchte laut herausplatzen, ha! ha!, es ist so lächerlich. Es ist ein Rennen zwischen toten Menschen und toten Hunden. Es ist wie in einem Alptraum, wenn man um sein Leben läuft und nicht von der Stelle kommt. Der Mann bei mir ist verrückt. Die Frau ist verrückt. Ich bin verrückt. Die ganze Welt ist verrückt; ich will lachen, es ist so komisch.

Der Fremde vor uns läßt seine Hunde zurück und geht allein weiter durch den Schnee. Nach langer Zeit kommen wir an den Hunden vorbei. Sie liegen hilflos im Schnee, das Zuggeschirr aus Decken- und Segeltuchfetzen auf dem Rücken, der Schlitten hinter ihnen, und als wir vorbeigehen, da jaulen sie und jammern wie hungrige Säuglinge.

Auch wir trennen uns jetzt von den Hunden und gehen allein weiter durch den Schnee. Der Mann und die Frau sind fast am Ende, sie stöhnen und seufzen und schluchzen, aber sie gehen weiter. Ich auch. Ich habe nur einen Gedanken. Ich will den Fremden einholen. Dann werde ich Ruhe haben, dann kann ich rasten, und ich meine, dann muß ich mich hinlegen und tausend Jahre schlafen, so müde bin ich.

Der Fremde ist fünfzig Meter entfernt, ganz allein im weißen Schnee. Er stürzt, kriecht, taumelt, stürzt und kriecht wieder. Er ist wie ein weidwundes Tier, das dem Jäger entkommen will. Nach einiger Zeit kriecht er nur noch auf allen vieren. Er steht nicht mehr auf. Der Mann und die Frau gehen auch nicht mehr aufrecht. Sie kriechen ihm auf allen vieren nach. Nur ich gehe aufrecht. Ich falle manchmal, aber ich stehe immer wieder auf.

Es ist ein seltsamer Anblick. Ringsherum ist der Schnee und die Stille, und mitten darin kriechen der Mann und die Frau und der Mann vor ihnen. Zu beiden Seiten der Sonne steht eine Nebensonne, so daß drei Sonnen am Himmel sind. Der pudrige Frost in der Luft ist wie Diamantenstaub, er schwebt überall. Jetzt hustet die Frau, sie liegt still im Schnee, bis der Anfall vorübergeht, jetzt kriecht sie weiter. Der Mann schaut nun nach vorn, seine Augen sind wie vom Alter getrübt, und er muß sie sich reiben, damit er den Fremden sehen kann. Und jetzt blickt der Fremde über die Schulter zurück. Und Sitka Charley steht aufrecht, er stürzt vielleicht, steht aber wieder auf.

Nach langer Zeit hört der Fremde auf zu kriechen. Er stellt sich zögernd auf die Füße und wankt vor und zurück. Er zieht einen Fäustling herunter und wartet mit dem Revolver in der Hand; er schwankt vor und zurück und wartet. Sein Gesicht ist Haut und Knochen und schwarzgefroren. Es ist ein hungriges Gesicht. Die Augen sind tief in den Schädel gesunken, er fletscht die Zähne. Der Mann und die Frau stehen jetzt auch auf und gehen ganz langsam auf ihn zu. Ringsherum ist der Schnee und die Stille. Am Himmel stehen drei Sonnen, und funkelnder Diamantenstaub schwebt in der Luft.

So habe ich, Sitka Charley, mitangesehen, wie die Wolfsjungen ihre Beute erlegten. Kein Wort wird gesprochen. Nur der Fremde zeigt die Zähne in seinem hungrigen Gesicht. Er wankt vor und zurück, die Schultern hängen, die Knie biegen sich durch, und er steht breitbeinig, damit er nicht fällt. Der Mann und die Frau bleiben stehen, vielleicht fünzig Meter entfernt. Auch sie stellen die Füße weit auseinander, damit sie nicht fallen, und ihre Körper schwanken. Der Fremde ist sehr schwach. Sein Arm zittert; als er auf den Mann schießt, fährt die Kugel in den Schnee. Der Mann bekommt seinen Fäustling nicht herunter. Der Fremde schießt wieder auf ihn, und die Kugel saust über ihn hinweg. Dann nimmt der Mann den Fäustling zwischen die Zähne und zieht ihn von der Hand. Aber seine Hand ist erfroren, sie hält den Revolver nicht, und er fällt in den Schnee. Ich schaue die Frau an. Sie hat den Handschuh ausgezogen, und der schwere Colt liegt in ihrer Hand. Dreimal schießt sie, rasch, ohne zu zögern. Das hungrige Gesicht des Fremden zeigt immer noch die Zähne, als er vornüber in den Schnee fällt.

Sie schauen den Toten nicht an. ›Laß uns weitergehen‹, sagen sie. Und wir gehen weiter. Aber jetzt, wo sie gefunden haben, was sie suchen, sind sie wie Tote. Der letzte Rest ihrer Kraft hat sie verlassen. Sie können sich nicht mehr auf den Füßen halten. Sie wollen nicht kriechen, sie haben nur einen Wunsch, die Augen zu schließen und zu schlafen. Ganz in der Nähe sehe ich einen guten Platz, um zu lagern. Ich trete sie. Ich habe meine Hundepeitsche und schlage sie. Sie schreien auf, aber sie müssen kriechen. Und sie kriechen wirklich zum Lagerplatz. Ich mache ein Feuer, damit sie nicht erfrieren. Dann kehre ich um wegen des Schlittens. Ich töte die Hunde des Fremden, damit wir zu essen haben und nicht sterben müssen. Ich hülle den Mann und die Frau in Decken, und sie schlafen. Manchmal wecke ich sie und gebe ihnen ein wenig zu essen. Sie wachen nicht auf, aber sie nehmen, was ich ihnen gebe. Die Frau schläft anderthalb Tage. Dann wacht sie auf und schläft wieder ein. Der Mann schläft zwei Tage, wacht auf und schläft wieder ein. Dann fahren wir hinunter an die Küste von St. Michaels. Und als das Eis auf der Bering-See aufbricht, fahren der Mann und die Frau mit dem Dampfschiff davon. Doch erst geben sie mir siebenhundertfünfzig Dollar für einen Monat. Sie schenken mir auch tausend Dollar. In diesem Jahr hat Sitka Charley der Mission in Holy Cross viel Geld gegeben.«

»Aber warum haben sie den Mann getötet?« fragte ich.

Sitka Charley ließ sich mit seiner Antwort Zeit, bis er seine Pfeife wieder angezündet hatte. Er warf einen Blick auf das Bild aus dem *Polizei-Anzeiger* und nickte ihm zu wie einem alten Bekannten. Dann sagte er langsam und bedächtig:

»Ich habe viel nachgedacht. Ich weiß es nicht. Es ist etwas, das geschehen ist. Es ist ein Bild in meiner Erinnerung. Es ist, wie wenn man durch das Fenster schaut und sieht, wie der Mann seinen Brief schreibt. Sie sind in mein Leben getreten und aus meinem Leben hinausgegangen, und das Bild ist, wie ich gesagt habe, ohne Anfang und endet ohne eine Erklärung.«

»Du hast beim Erzählen viele Bilder gemalt«, sagte ich.

»So ist es.« Er nickte. »Aber sie waren ohne Anfang und ohne Ende.«

»Das letzte Bild hatte ein Ende«, sagte ich.

»So ist es«, erwiderte er. »Aber was für ein Ende?«

»Es war ein Stück Leben«, sagte ich.

»So ist es«, antwortete er. »Es war ein Stück Leben.«

ALS ALICE ZUR BEICHTE GING

Diese Geschichte von Alice Akana hat sich auf Hawaii zuge-
tragen, nicht heute, sondern in jenen noch gar nicht so fernen
Tagen, als der berühmte Erweckungsprediger Abel Ah Yo Alice
Akana dazu brachte, sich alles von der Seele zu reden. Und was
Alice beichtete, war selbst ein Stück Geschichte, das die ältere
Generation einholte.

Denn Alice war fünfzig Jahre alt, war früh ins Erwachsenen-
leben eingetreten und hatte es, zu Beginn und auch später, ausgiebig genossen. Ihr Wissen reichte zurück bis zu den Ursprün-
gen von Familien, Geschäften und Plantagen. Sie war eine Art
wandelndes Archiv und wurde von den Anwälten konsultiert,
ob es sich nun um Grundstücksgrenzen und Landschenkungen
oder um Heiraten, Geburten, Hinterlassenschaften oder Skan-
dale handelte. Da sie ihre Zunge im Zaum hielt, verriet sie ihnen
nur selten das Gewünschte; und wenn sie es wirklich tat, dann
nur, wenn es der Gerechtigkeit diente und niemandem dadurch
ein Schaden entstand.

Denn Alice hatte seit ihrer frühen Mädchenzeit ein Leben
voller Blumen, Gesang, Wein und Tanz geführt; und in ihren
späteren Jahren war sie selbst kraft ihres Amtes als Leiterin des
Hula-Hauses Herrscherin über diese Lustbarkeiten gewesen.
In solch einer Atmosphäre, wo die Gesetze Gottes und der
Menschen sowie der Vorsicht keine Anwendung finden und
wo sich benebelte Zungen lösen, eignete sie sich ihr Wissen
über Dinge an, über die sonst nicht einmal getuschelt wurde
und von denen kaum jemand etwas ahnte. Obwohl den altein-
gesessenen Bewohnern klar war, daß sie alles wissen mußte,
hütete sie ihre Zunge so gut, daß niemand sie je über die Zeiten
von Kalakauas Bootshaus oder über die Gelage mit den Offizieren der hier anlegenden Kriegsschiffe, mit den Diplomaten,

Ministern und Anwälten aus aller Herren Länder hatte klatschen hören.

So war Alice Akana mit fünfzig Jahren – vollgestopft mit historischem Sprengstoff, der, wenn er je zur Explosion käme, ausreichen würde, um das Gesellschafts- und Geschäftsleben der Inseln von Grund auf zu erschüttern –, die Leiterin des Hula-Hauses, die Geschäftsführerin der Tänzerinnen, die vor fürstlichen Persönlichkeiten, bei Luaus, Hausfesten, Poi-Abendessen und für neugierige Touristen tanzten, und sie war immer noch verschwiegen. Außerdem war sie mit ihren Fünfzig gesund und drall, dazu klein und beleibt nach Art der polynesischen Bauern, mit einer körperlichen Konstitution ohne organische Verschleißerscheinungen, die noch viele weitere Jahre versprach. Doch ausgerechnet mit Fünfzig verirrte sie sich, eher durch Zufall und aus Neugier, in Abel Ah Yos Erweckungsversammlung.

Nun war Abel Ah Yo, was seine Theologie und seine Wortgewandtheit betraf, eine ebenso vielschichtige Persönlichkeit wie Billy Sunday. Sein Stammbaum war noch weit vielschichtiger, denn er war zu einem Viertel Portugiese, einem Viertel Schotte, einem Viertel Hawaiianer und einem Viertel Chinese. Das religiöse Feuer, das in ihm brannte, loderte heißer und farbenfroher, als es eine einzige seiner vier Rassen entfacht haben könnte. Denn in ihm vereinten sich Umsicht und Schlauheit, Mutterwitz und Weisheit, Feinsinn und Ungehobeltes, Leidenschaft und Philosophie, der verzweifelt nach Erkenntnis ringende Geist und das bis zu den Knien im Morast der Realität steckende Allzumenschliche der vier grundverschiedenen Rassen, aus denen sich seine Person zusammensetzte. Dazu besaß er noch die dieser ganzen adretten Mischung innewohnende Gabe der Selbsttäuschung.

Was die Redekunst anging, hätte er Billy Sunday, den Meister der englischen Kraftausdrücke, um Meilen geschlagen. Denn in Abel Ah Yo steckten die Verben, Substantive, Adjektive und Metaphern von vier lebendigen Sprachen. Mit diesem munteren, kunterbunten Sprachengemisch verfügte er über ein unerschöpfliches Reservoir an Ausdrucksmöglichkeiten, das eine Myriade von Billy Sundays nicht hätte ausschöpfen können. Ohne bestimmte Rassenzugehörigkeit, ein Bastard par excellence, aus verschiedenartigen fremden Elementen zusammengestückelt, besaß Abel Ah Yo die besonderen Fähigkeiten der jeweiligen Beimischungen im höchsten Maße. Wie ein Chamäleon schwankte und changierte er eindrucksvoll zwischen den unterschiedlichsten Anteilen seiner Persönlichkeit hin und her, verblüffte durch frontalen Angriff, überraschte durch Vorstöße über die Flanken und umgarnte die schlichteren Gemüter, die in seine Erweckungsversammlung kamen, um ihm zu Füßen zu sitzen und sich an seiner Glut zu entzünden.

Abel Ah Yo glaubte an sich und die Mischung, aus der er bestand, so wie er auch der wirren Überzeugung war, daß Gott ihm ebenso glich wie jedem anderen Menschen auch, da er nicht nur der Gott eines Stammes, sondern der ganzen Welt war, also allen Rassen der Welt ähnlich sein mußte, selbst wenn er dadurch gescheckt aussähe. Und dieses Konzept funktionierte. Chinesen, Koreaner, Japaner, Hawaiianer, Puertoricaner, Russen, Engländer, Franzosen – Angehörige aller Rassen – knieten einträchtig nebeneinander vor seiner überarbeiteten Gottesausgabe.

Abel Ah Yo, der selbst im zarten Jugendalter zum Abtrünnigen der anglikanischen Kirche geworden war, hatte jahrelang unter der Vorstellung gelitten, ein Judas zu sein. Im Grunde seines Wesens gottesfürchtig, hatte er den Herrn verleugnet. Deshalb war er wie Judas. Judas wurde verdammt. Weshalb auch ihn, Abel Ah Yo, dieses Schicksal erwartete; aber er wollte nicht verdammt sein. Also wand und krümmte er sich, wie es nun einmal Menschenart ist, um der Verdammung zu entgehen. Es kam der Tag, als er den Ausweg fand. Die Lehrmeinung, daß Judas verdammt worden sei, beschloß er, verfälschte den Ratschluß Gottes, der vor allem für Gerechtigkeit stand. Judas war Gottes Diener gewesen, speziell von ihm ausgewählt, um eine besonders undankbare Aufgabe zu übernehmen. Deshalb war Judas, der stets Pflichtgetreue, ein Verräter im göttlichen Auftrag und also ein Heiliger. Ergo war er, Abel Ah Yo, eben durch seinen Abfall und Übertritt zu einer bestimmten Sekte, auch ein Heiliger und konnte jederzeit ohne Schwierigkeiten Gehör bei Gott finden.

Diese Theorie wurde zu einem der wichtigsten Dogmen seiner Lehre und war besonders dazu angetan, das Gewissen all der Abtrünnigen anderer Glaubensrichtungen zu erleichtern, die in der Verborgenheit ihres Unbewußten sonst unter Judas' Sündenlast zusammengebrochen wären. Für Abel Ah Yo war Gottes Plan so klar, als hätte er, Abel Ah Yo, ihn selbst aufgestellt. Alle würden am Ende gerettet werden, wenn es auch bei manchen länger dauern mochte als bei anderen und sie nur die hinteren Sitze zugewiesen bekämen. Der Platz des Menschen im ewig sich wandelnden Weltenchaos war festgelegt und vorherbestimmt – auch wenn dafür das Leugnen eines sich ewig wandelnden Chaos zum Beweis herzuhalten hatte. Denn das war ein bloßes Schreckgespenst der wirren Phantasie der Menschen. Und durch die eindringliche Kühnheit des Denkens und der Sprache, durch einen kraftvollen Slang, der mit seinem vertrauten Klang den direkten Zugang zur Gedankenwelt seiner Zuhörer eröffnete, verscheuchte er das Schreckgespenst aus ihren Köpfen, zeigte ihnen die liebevolle Klarheit des göttlichen Heilsplans und flößte ihnen dadurch heitere Gelassenheit und Seelenruhe ein.

Welche Chance hatte Alice Akana, selbst von reiner, unvermischter hawaiischer Abstammung, gegen seinen raffinierten, volkstümlich verbrämten, von vier Rassen erzeugten, mit Slang ausgerüsteten Angriff? Er wußte durch praktische Erfahrung beinahe ebensoviel wie sie über die Unberechenbarkeiten des Lebens und des Sündigens – da er in seiner Jugend als Sänger auf den Passagierschiffen zwischen Hawaii und Kalifornien und danach zu Wasser und zu Lande als Barkellner gearbeitet hatte, und zwar von San Franziscos Barbary Coast bis zu Heinie's

Tavern in Waikiki. Und tatsächlich hatte er eine Stelle als erster Barkellner in Honolulus Universitäts-Club aufgegeben, um zu seinen großen Erweckungspredigten aufzubrechen.

Als Alice Akana sich spottlustig dorthin verirrte, blieb sie, um zu Abel Ah Yos Erlöser zu beten, der ihrem praktischen Verstand als der vernünftigste Gott erschien, von dem sie je gehört hatte. Sie legte Geld in Abel Ah Yos Sammelteller, schloß das Hula-Haus, schickte die Tänzerinnen fort, damit sie auf umständlichere Weise ihren Lebensunterhalt verdienten, legte Festtagsfarben und -gewänder sowie die Blumengirlanden ab und kaufte eine Bibel.

Es war eine Zeit religiösen Eifers in den Armenvierteln Honolulus. Es war eine Bewegung des einfachen Volkes hin zu Gott. Leute von Rang und Namen waren eingeladen, kamen aber nie. Nur das dumme, das niedrige Volk kniete reuig auf der Büßerbank, die Leute gestanden ihre Schuld und Sündenlast ein, warfen sie ab und machten sich von all der Verwirrung frei, um fortan, gestützt auf den Arm von Abel Ah Yos Gott, wieder erhobenen Hauptes im Lichte der Sonne zu wandeln. Kurzum, Abel Ah Yos Erweckungsversammlung war eine Clearing-Stelle für Verfehlungen und Trübsal, wo Sünder von ihrer Last befreit und ihr Geist aufgeheitert und geheilt wurde.

Aber Alice war nicht glücklich. Ihre Last war nicht von ihr genommen worden. Zwar kaufte und verteilte sie Bibeln, spendete noch mehr Geld für den Kollektenteller, sang mit ihrer tiefen, herrlichen Altstimme bei allen Hymnen mit, wollte aber ihre Seele nicht erleichtern. Abel Ah Yo rang vergeblich mit ihr. Sie wollte nicht auf der Büßerbank niederknien, um die Dinge, die sie betrübten, auszusprechen – die schlimmen Geschichten über gute Freunde aus alten Zeiten. »Man kann nicht zwei Herren dienen«, sagte Abel Ah Yo zu ihr. »Die Hölle ist voll von Leuten, die es versucht haben. Ehrlichen und reinen Herzens mußt du deinen Frieden mit Gott machen. Nicht ehe du vor der versammelten Gemeinde Gott dein Herz offenbarst, kannst du der Erlösung teilhaftig werden. In der Zwischenzeit wirst du weiterhin an dem fressenden Krebsgeschwür der Sünde leiden, das du in dir trägst.«

Vom wissenschaftlichen Standpunkt hatte Abel Ah Yo recht, wenn er es auch nicht wußte und sich andauernd über die Wissenschaft lustig machte. Alice konnte nicht wieder wie ein unschuldiges Kind in das strahlende Gewand der Gnade Gottes gehüllt werden, bevor sie nicht all ihre Verderbtheiten, einschließlich derer, die sie mit anderen teilte, dadurch aus ihrer Seele getilgt hatte, daß sie sie aussprach. Nach Art der Protestanten mußte sie ihre Seele öffentlich entblößen, während es nach katholischem Ritus in der Intimität des Beichtstuhls geschieht. Das Ergebnis einer solchen Offenbarung würde Harmonie, Ruhe, Glück, Reinigung, Erlösung und ewiges Leben sein.

»Du hast die Wahl!« donnerte Abel Ah Yo. »Treue gegenüber Gott oder Treue gegenüber den Menschen.« Aber Alice konnte nicht wählen. Zu lange hatte sie ihre Zunge gehütet, um das Ansehen der Leute nicht zu gefährden. »Ich werde alles, was mich allein betrifft, beichten«, bot sie an. »Gott weiß, daß ich meiner Seele überdrüssig bin und sie gern wieder so rein hätte wie als kleines Mädchen in Kaneohe.«

»Doch der ganze verderbliche Einfluß auf deine Seele ging von anderen Seelen aus«, lautete Abel Ah Yos kompromißlose Antwort. »Wenn du eine Last trägst, wirf sie ab. Du kannst nicht eine Last tragen und gleichzeitig von ihr frei sein.«

»Ich will jeden Tag zu Gott beten, und das viele Male am Tag«, wandte sie ein. »Ich werde mich Gott in Demut nähern, mit Seufzern und Tränen. Ich will oft für den Gabenteller spenden, und ich will Bibeln kaufen, Bibeln, unendlich viele Bibeln.«

»Und Gott wird dir nicht gnädig sein«, entgegnete Gottes Sprachrohr. »Und du wirst müde und schwer beladen bleiben. Denn du wirst nicht deine ganze Schuld eingestanden haben, und erst wenn du alles ausgesprochen hast, wirst du davon befreit werden.«

»Diese Wiedergeburt ist schwierig«, seufzte Alice.

»Eine Wiedergeburt ist sogar noch schwieriger als eine Geburt.« Abel Ah Yo machte es ihr alles andere als leicht. »Erst wenn du wie ein kleines Kind wirst …«

»Wenn ich mir jemals alles von der Seele rede, dann wird es ein langer Bericht werden«, vertraute sie ihm an.

»Dann hast du um so mehr Grund dazu.«

Und so war die Situation völlig festgefahren, da Abel Ah Yo absolute Ergebenheit gegenüber Gott forderte und Alice Akana immer noch unschlüssig an den Randzonen des Paradieses herumflatterte.

»Du kannst darauf wetten, daß es eine große Enthüllung geben wird, wenn Alice erst einmal loslegt«, sagten die sich am Strand herumtreibenden und heruntergekommenen *Kamaainas* [Alteingesessenen] schadenfroh zueinander und schlürften ihren billigen Palm-Tree-Gin.

In den Clubs wurde einer möglichen Beichte größere Bedeutung beigemessen. Die jüngere Generation der Männer verkündete, daß sie sich um Plätze in der vorderen Reihe bemühen würde, während viele der älteren über Alices Bekehrung halbherzige, hohle Scherze machten. Ferner wurde Alice plötzlich von guten Freunden umschwärmt, die zwanzig Jahre lang vergessen hatten, daß sie überhaupt existierte.

Eines Nachmittags, als Alice, in der Hand die Bibel, gerade bei der Haltestelle Hotel und Fort in die elektrische Straßenbahn einsteigen wollte, befahl Cyrus Hodge, der Zuckerkommissionär und Magnat, seinem Chauffeur, neben ihr anzuhalten. Er komplimentierte sie in seine Limousine, opferte eine Dreiviertelstunde seiner Zeit und fuhr einen Umweg, um sie zu ihrem Ziel zu bringen.

»Welche Wohltat für meine schmerzenden Augen, dich zu sehen«, plapperte er los. »Wie die Jahre nur so fliegen! Du siehst gut aus. Du scheinst das Geheimnis ewiger Jugend zu kennen.«

Alice lächelte und sagte ihm ihrerseits in der wunderbaren, freundlichen polynesischen Art einige Nettigkeiten.

»Du meine Güte«, schwelgte Cyrus Hodge in Erinnerungen. »Ich war noch so ein junger Bursche in jenen Tagen!«

»Und was für ein Bursche«, lachte sie gutmütig.

»Doch nichts anderes im Kopf als die Tollheiten der Jugend.«

»Erinnerst du dich an die Nacht, als dein Fahrer sich betrank und dich im Stich gelassen hatte –«

»Schsch!« warnte er. »Dieser japanische Chauffeur hat einen Hochschulabschluß und kann besser Englisch als du oder ich. Ich glaube auch, daß er ein Spion seiner Regierung ist. Warum also sollten wir ihm etwas erzählen? Außerdem war ich ja noch so jung. Erinnerst du dich …?«

»Deine Wangen waren wie die Pfirsiche, die wir zogen, ehe sie von der aus den Mittelmeerländern eingeschleppten Fruchtfliege befallen wurden«, pflichtete Alice bei. »Ich glaube nicht, daß du dich damals öfter als einmal in der Woche rasieren mußtest. Du warst ein hübscher Junge. Erinnerst du dich nicht an den Hula, den wir dir zu Ehren komponierten, den –«

»Sch, sch!« brachte er sie zum Schweigen. »Das ist doch alles längst begraben und vergessen. Und es soll auch vergessen bleiben.«

Und sie bemerkte, daß in seinen Augen nichts mehr von der jugendlichen Treuherzigkeit war, die sie in Erinnerung hatte. Statt dessen blickten seine Augen sie scharf und fordernd an und wollten von ihr die Versicherung, daß sie seinen speziellen Anteil an dieser begrabenen Vergangenheit nicht wieder auferstehen ließ.

»Religion ist eine gute Sache für uns, nun da wir in die Jahre kommen«, erzählte ihr ein anderer alter Freund. Er baute gerade ein wunderbares Haus auf den Pacific Heights, hatte vor kurzem zum zweiten Mal geheiratet und war auf dem Weg zum Anleger, um seine beiden Töchter willkommen zu heißen, die soeben ihr Studium am Vassar College beendet hatten. »Wir brauchen die Religion in unserem Alter, Alice. Sie macht uns milder, toleranter und läßt uns die Schwächen anderer verzeihen, insbesondere die Schwächen der Jugend, der – der anderen, wenn sie sich amüsierten und nicht wußten, was sie taten.«

Er wartete gespannt.

»Ja«, sagte sie. »Wir sind alle geboren, um zu sündigen, und es ist schwer, aus der Sünde herauszukommen. Aber ich schaffe es, ich schaffe es schon.«

»Vergiß nicht, Alice, in jenen Tagen war ich immer ehrlich zu dir. Du und ich, wir hatten nie Streit miteinander.«

»Nicht einmal an jenem Abend, an dem du zu deinem einundzwanzigsten Geburtstag ein Luau gegeben und nach jedem Toast darauf bestanden hast, die Gläser kaputtzuwerfen. Aber natürlich bist du für den Schaden aufgekommen.«

»Großzügig aufgekommen«, machte er fast flehend geltend.

»Großzügig«, stimmte sie zu. »Ich konnte fast die doppelte Menge ersetzen, so daß ich beim nächsten Luau einhundertzwanzig Gedecke hatte, ohne einen Teller oder ein Glas ausleihen zu müssen. Lord Mainweather gab dieses Luau – du erinnerst dich an ihn.«

»Ich war mit ihm auf Wildschweinjagd in Mana«, nickte der andere zustimmend. »Wir haben dort ein Fest gefeiert, das zwei Wochen dauerte. Also Alice, wie du weißt, glaube ich, daß diese Sache mit der Religion in Ordnung ist, ohne Wenn und Aber. Nur, laß dich davon nicht völlig überwältigen. Und erzähle nichts über mich, wenn du dein Gewissen erleichterst. Was würden meine Töchter über die Geschichte mit den zerbrochenen Gläsern denken!«

»Ich hatte immer ein *Aloha* für dich, Alice«, versicherte ihr ein fettes, kahlköpfiges Senatsmitglied.

Und ein anderer, ein Rechtsanwalt und Großvater, bemerkte: »Wir waren immer Freunde, Alice. Und denk daran, wenn du juristische Beratung oder Beistand bei einer geschäftlichen Transaktion brauchst, so werde ich das für dich erledigen, umsonst, um unserer alten Freundschaft willen.«

Spät am Heiligen Abend kam ein Bankier zu ihr, mit schrecklich gerichtsmäßig aussehenden Kuverts in der Hand, die er ihr überreichte.

»Ganz zufällig«, erklärte er, »fand ich, als meine Leute nach Grundbüchern von Iapio Valley suchten, einen Hypothekenbrief über zweitausend Dollar, ausgestellt auf deinen Besitz dort – dieses Reisland, das an Ah Chun verpachtet war. Und meine Gedanken schweiften zurück in die Vergangenheit, als wir alle jung waren und ungestüm, ja etwas ungestüm, das stimmt. Und bei der Erinnerung an dich wurde mir warm ums Herz, und so habe ich, als ein Aloha, die ganze Geschichte für dich in Ordnung gebracht.«

Und auch von ihren eigenen Leuten wurde Alice nicht vergessen. Ihr Haus wurde ein Mekka für eingeborene Männer und Frauen, die gewöhnlich ihre Pilgerreise heimlich nach Einbruch der Dunkelheit antraten, stets ein Geschenk in den Händen – Tintenfisch frisch vom Riff, *Opihis* und *Limu*, Körbe voll Avocados, die ersten grünen Maiskolben zum Rösten von der Windseite Oahus, Mangos und Sternäpfel, rosafarbener feinster Taro, Spanferkel, Bananenpoi, Brotfrucht und Krabben, die am selben Tag im Pearl Harbor gefangen worden waren. Mary Mendana, die Frau des portugiesischen Konsuls, brachte sich bei ihr mit einer Bonbonniere für fünf Dollar und einem Mandarinumhang in Erinnerung, der beim Ausverkauf fünfundsiebzig Dollar gebracht hätte. Und Elvira Miyahara Makaena Yin Gap, die Frau von Yin Gap, dem reichen chinesischen Importeur, überreichte Alice persönlich zwei ganze Ballen Piña-Stoff von den Philippinen und ein Dutzend Paar Seidenstrümpfe.

Die Zeit verrann, und Abel Ah Yo kämpfte mit Alice um eine wahrhaft bußfertige Seele, während halb Honolulu boshaft oder besorgt auf den Ausgang wartete. Die Karnevalswoche war längst vorüber, Polo- und Pferderennen kamen und gingen, und die Feierlichkeiten für den Unabhängigkeitstag am vierten Juli standen vor der Tür, ehe Abel Ah Yo durch brutale Psychologie die Festung ihres Widerstandes zum Einsturz brachte. Zu diesem Zeitpunkt hielt er seine berühmte Erweckungspredigt, die als Abel Ah Yos Definition der Ewigkeit bezeichnet werden könnte. Natürlich hatte er, wie auch Billy Sunday das bei bestimmten Gelegenheiten tat, diese Definition irgendwo abgekupfert. Aber niemand auf den Inseln wußte es, und die

Wertschätzung, die er als Erweckungsprediger genoß, stieg um hundert Prozent.

So erfolgreich war seine Predigt an jenem Abend, daß er viele seiner Konvertiten abermals bekehrte, die um die Büßerbank herum niederfielen und stöhnten und sich zwischen Dutzenden von neuen, vom Pfingstfeuer erleuchteten Seelen nach vorn drängten. Zu ihnen gehörten eine halbe Kompanie von Negersoldaten des hier stationierten Fünfundzwanzigsten Infanterieregiments, ein Dutzend Reiter des Vierten Kavallerieregiments, die sich auf dem Weg zu den Philippinen befanden, ebensoviele betrunkene Besatzungsmitglieder von den Kriegsschiffen, mehrere Damen von Iwilei und die Hälfte des Gesindels, das sich am Strand herumtrieb.

Abel Ah Yo, der durch seine Rassenmischung ein feines Einfühlungsvermögen besaß und für den die menschliche Natur und viel mehr noch Alice Akana wie ein offenes Buch war, wußte einfach, was zu tun war, als er sich an diesem denkwürdigen Abend erhob und Gott, die Hölle und die Ewigkeit in Begriffen schilderte, die Alice Akana verstand. Denn ganz durch Zufall hatte er ihre Hauptschwäche entdeckt. Er fand heraus, daß ihr, die wie alle Polynesier eine glühende Naturverehrerin war, Erdbeben und Vulkanausbrüche Angst einjagten. Sie hatte früher einmal auf der Hauptinsel Hawaii Erschütterungen erlebt, bei denen die Grashütten, in denen sie schlief, über ihr zusammenstürzten, und sie hatte gesehen, wie Madame Pele rotglühende, flüssige Lava die Hänge des Mauna Loa hinabschleuderte und dadurch Fischteiche am Meeresufer zerstörte und Rinderherden, Dörfer und Menschen auf ihrer Feuerbahn verschlang.

In der vorhergehenden Nacht hatte ein leichtes Erdbeben Honolulu heimgesucht und Alice Akana eine schlaflose Nacht beschert. Und die Morgenzeitungen hatten berichtet, daß der Mauna Kea ausgebrochen sei und die Lava im großen Kilauea-Krater schnell stieg. So setzte sich Alice bei der Versammlung in ausgesprochen nervöser Verfassung auf einen der vorderen

Plätze, denn ihre Aufmerksamkeit war zwischen den Schrecken dieser Welt und den Freuden der künftigen ewigen Welt heftig hin- und hergerissen.

Und Abel Ah Yo erhob sich und legte seinen Finger auf den wundesten Punkt ihrer Seele. Indem er die Natur Gottes klischeehaft schilderte, das Klischee jedoch mit seiner Sprachbegabung in Pidgin-Englisch und Pidgin-Hawaiisch wieder lebendig machte, beschrieb Abel Ah Yo den Tag, an dem selbst die unendliche Geduld des Herrn ein Ende haben würde. Dann befähle er Petrus, sein Hauptbuch zu schließen, trüge Gabriel auf, alle Seelen vor Gericht zu zitieren, und riefe mit Donnerstimme »Welakahao!«.

Abel Ah Yos vermenschlichte Gottheit, die den modernen hawaiischen Slangausdruck Welakahao beim Weltuntergang donnert, ist ein gutes Beispiel für die sprachlichen Mittel dieses Erweckungspredigers. Welakahao heißt wörtlich »heißes Eisen«. Dieser Begriff wurde in der Eisenhütte Honolulus von den Hunderten hawaiischer Männer geprägt, die dort beschäftigt waren und darunter »mit Hochdruck arbeiten«, »vorwärtsmachen« verstanden, da das Eisen heiß und damit die Zeit gekommen war, es zu schmieden.

»Und der Herr rief ›Welakahao‹, und der Tag des Jüngsten Gerichtes begann und war *wikiwiki*, also schnell, vorüber, so mir nichts, dir nichts; denn Petrus war ein besserer Buchhalter als irgendeiner von der Waterhouse Trust Company Limited, und noch dazu stimmten seine Bücher.«

Geschwind trennte Abel Ah Yo die Schafe von den Böcken und schickte die letzteren in die Hölle hinab.

»Und nun«, fragte er, wobei wir seine Predigt notgedrungen auf hochdeutsch wiedergeben, »wie sieht es in der Hölle aus? Ach, meine Freunde, laßt mich kurz schildern, was ich mit meinen eigenen Augen hier auf Erden schon von den Möglichkeiten der Hölle erblickt habe. Ich war ein junger Mann, ein Knabe noch, und ich war in Hilo. Der Morgen begann mit einem Erdbeben. Den ganzen Tag über hörte das riesige Gebiet nicht auf zu zittern, bis starke Männer seekrank wurden und Frauen sich an die Bäume klammerten, um nicht umzufallen, und selbst dem Vieh der Boden unter den Füßen fortgerissen wurde. Mit eigenen Augen sah ich ein junges Kälbchen, das so von den Beinen kam. Es folgte eine Nacht unbeschreiblichen Grauens. Das Land bewegte sich wie ein Kanu in einem Kona-Sturm. Ein Säugling wurde von seiner liebenden Mutter zu Tode getrampelt, als sie aus dem einstürzenden Haus floh und dabei auf ihn trat.

Der Himmel über uns stand in Flammen. Wir lasen in unseren Bibeln im Schein dieses Feuers, und die Buchstaben waren gut zu entziffern. Dabei hatten diese Missionsbibeln immer einen zu kleinen Druck. Sechzig Kilometer von uns entfernt brach das Innerste der Hölle aus den hohen Gipfeln heraus, und ein roter Blutstrom aus geschmolzenen Gesteinsmassen ergoß sich ins Meer. Der Himmel eine einzige Feuersbrunst und eine unter unseren Füßen Hula tanzende Erde – das war ein zu schreckliches und erhabenes Schauspiel, um daran Gefallen zu finden. Wir konnten an nichts anderes mehr denken als an die dünne, Blasen werfende Erdschale zwischen uns und dem ewigen Feuer- und Schwefelsee und an Gott, den wir um Rettung anflehten. Unter uns befanden sich ernste und gottesfürchtige Seelen, die an Ort und Stelle ihren Pastoren versprachen, nicht nur ihren knappen Kirchenzehnten, sondern fünf Zehntel ihres gesamten Vermögens der Kirche zu geben, wenn nur der Herr sie zum Spenden am Leben lassen würde.

Und, meine Freunde, Gott errettete uns. Doch zuerst gab er uns einen Vorgeschmack dieser Hölle, die sich an jenem Jüngsten Tag für uns auftun wird, wenn er mit Donnerstimme ›Welakahao!‹ ruft. Wenn das Eisen heiß ist! Denkt daran! Wenn das Eisen heiß ist für die Sünder!

Am dritten Tag, nachdem sich alles etwas beruhigt hatte, machten sich mein Freund, der Prediger, und ich, die wir uns sicher in Gottes Hand wußten, auf den Weg hinauf zum Mauna Loa und blickten in den furchtbaren Kilauea-Krater. Wir starrten hinunter in den bodenlosen Abgrund zu dem Feuersee tief unter uns, der toste und mit brennender Gischt gekrönte Wellen schlug und Hunderte von Metern hohe Fontänen emporschleuderte, wie das Feuerwerk am vierten Juli, das ihr alle schon gesehen habt; und während der ganzen Zeit rangen wir mühsam nach Luft und waren ganz benommen von den aufsteigenden Rauch- und Schwefelschwaden.

Und ich sage euch, kein frommer Mensch konnte auf diese Szene hinunterblicken, ohne ein genaues Abbild des biblischen Höllenschlundes zu erkennen. Glaubt mir, das, was die Verfasser des Neuen Testaments schrieben, war nicht gelogen. Was mich betrifft, so waren meine Augen unverwandt auf das Schauspiel unter mir gerichtet, und ich stand stumm und zitternd vor der Gewalt, der Erhabenheit und der Schrecklichkeit Gottes des Allmächtigen – ganz gewärtig der Mittel seines Zorns und der ungenannten Greuel, die über die bis zuletzt Unbußfertigen, die ihre Sünden nicht bekannt und keinen Frieden mit dem Schöpfer gemacht haben, hereinbrechen werden.

Aber, meine Freunde, denkt ihr etwa, unsere dem Heidentum verfallenen Fremdenführer, unsere eingeborenen Diener, wären von einem solchen Schauspiel beeindruckt gewesen? Keineswegs. Der Teufel hatte sie im Griff. Gänzlich unbekümmert und gleichgültig hatten sie nur ihr Abendessen im Sinn, schwatzten über ihren rohen Fisch und streckten sich auf ihren Matten zum Schlafen aus. Kinder des Teufels waren sie, unempfänglich für die Schönheiten, die Erhabenheit und die entsetzliche Schrecklichkeit von Gottes Werken. Doch ihr, an die ich jetzt das Wort richte, seid keine Heiden. Was ist ein Heide? Er ist einer, der höheren Ideen und höheren Empfindungen gegenüber eine törichte Unbekümmertheit an den Tag legt. Wenn man sein Interesse wecken will, fordere man ihn nicht auf, in den Höllenschlund hinabzublicken, sondern offeriere ihm eine Kalebasse Poi, einen rohen Fisch oder lade ihn zu irgendwelchen niedrigen, gewöhnlichen und sinnenfrohen Vergnügungen ein. Ach, meine Freunde, wie verloren sind sie für alles, was die unsterbliche Seele erhöht! Doch der Prediger und ich, traurig und zutiefst von ihnen angewidert, blickten hinab in die Hölle. Ah, meine Freunde, es *war* die Hölle, die Hölle aus der Heiligen Schrift, die Hölle der ewigen Qualen für die Unwürdigen …«

Alice Akana befand sich in einer Exstase oder Hysterie des Schreckens. Sie murmelte zusammenhangslos vor sich hin: »O Herr, ich will neun Zehntel meines gesamten Besitzes spenden. Ich will alles spenden. Ich will sogar die zwei Ballen Piña-Tuch, den Mandarinumhang und das ganze Dutzend Seidenstrümpfe geben …«

Als sie wieder zuhören konnte, war Abel Ah Yo gerade dabei, seine berühmte Definition der Ewigkeit vom Stapel zu lassen.

»Die Ewigkeit ist lang, meine Freunde. Gott lebt, und deshalb lebt Gott in der Ewigkeit. Und Gott ist sehr alt. Die Höllenfeuer sind so alt und immerwährend wie Gott. Wie sonst könnte es immerwährende Qualen für jene Sünder geben, die von Gott am Jüngsten Tage in den Höllenschlund gestoßen werden, um für immer und ewig zu brennen? Oh, meine Freunde, euer Verstand ist zu klein – zu klein, um die Ewigkeit zu erfassen. Und doch ist es mir durch Gottes Gnade beschieden, euch eine Vorstellung von einem kleinen Stück Ewigkeit zu vermitteln.

Die Sandkörner am Strand von Waikiki sind so zahlreich wie die Sterne und noch zahlreicher. Kein Mensch kann sie zählen. Wenn er eine Million Leben hätte, um sie zu zählen, müßte er um noch mehr Zeit bitten. Nun stellen wir uns einen kleinen, niedlichen alten Hirtenstar mit einer gebrochenen Schwinge vor, der nicht fliegen kann. In Waikiki nimmt der flügellahme Hirtenstar ein Sandkorn in den Schnabel und hüpft und hüpft den ganzen Tag, viele Tage, die Strecke bis Pearl Harbor und läßt dieses eine Sandkorn aus seinem Schnabel in den Hafen fallen. Dann hüpft er den ganzen Tag und viele Tage lang den ganzen Weg zurück nach Waikiki, um noch ein Sandkorn zu holen. Und wieder hüpft er den ganzen Weg zurück nach Pearl Harbor. Und er macht das über Jahre, Jahrhunderte und Tausende und Abertausende von Jahrhunderten hinweg, bis schließlich kein einziges Sandkorn mehr am Strand von Waikiki übrigbleibt und Pearl Harbor mit Land aufgefüllt ist, auf dem Kokosnüsse und Ananas gedeihen. Und dann, meine Freunde, selbst dann *würde in der Hölle noch nicht einmal Sonnenaufgang sein*!«

Hier, angesichts der überwältigenden Wirkung einer so abrupten Klimax und unfähig, der unverfälschten Klarheit und Objektivität einer so kunstvollen Bemessung eines winzigen Stückchens Ewigkeit zu widerstehen, brach Alice Akanas geistiger Widerstand zusammen und löste sich in Luft auf. Sie erhob sich, wankte blind umher und sank bei der Büßerbank auf die Knie. Abel Ah Yo hatte seine Predigt zwar noch nicht zu Ende gebracht, aber er verstand sich auf die Psychologie der Massen und fühlte die Glut des pfingstlichen Feuers, das seine Zuhörer versengte. Er forderte seine Sänger zu einer mitreißenden Erweckungshymne auf und stieg hinunter, um inmitten der Halleluja rufenden Negersoldaten auf Alice Akana zuzuschreiten. Und ehe die Erregung nachzulassen begann, sanken neun Zehntel seiner Gemeinde und alle von ihm Bekehrten auf die Knie und beteten und schrien laut ein gewaltiges Quantum an Zerknirschung und Sünde hinaus.

Die Nachricht, daß Alice sich schließlich doch anschickte, in der Versammlung zu beichten, erreichte per Telefon fast gleichzeitig den Pacific- und den Universitäts-Club, und mit Privatwagen und Taxis überschwemmten jene, die Rang und Namen besaßen, zum ersten Mal Abel Ah Yos Erweckungsversammlung. Jenen, die zuerst gekommen waren, bot sich der seltsame Anblick von Hawaiianern, Chinesen und all den bunten Rassenmischungen des Schmelztiegels Hawaii, von Männern und Frauen, die durch die Ausgänge von Abel Ah Yos Bethaus verschwanden und sich fortschlichen. Doch es waren meist Männer, die sich davonstahlen, während jene, die blieben, mit begierigem Gesichtsausdruck an Alice Akanas Lippen hingen.

Nie zuvor war im ganzen nördlichen und südlichen Pazifik ein so schrecklicher und verdammungswürdiger Bericht über eine Gesellschaft erstattet worden wie der, den Alice Akana, die reuige Phryne von Honolulu, nun hören ließ.

»Ha!« hörten die zuerst Eingetroffenen sie sagen, nachdem sie schon die meisten der kleineren läßlichen Sünden, an die sie sich erinnerte, losgeworden war. »Ihr glaubt, dieser Mann, Stephen Makekau, sei der Sohn von Moses Makekau und Minnie Ah Ling und habe ein Recht auf die zweihundertundacht Dollar, die er jeden Monat von der Parke Richards Limited für die Verpachtung des Fischteiches an Bill Kong in Amana einstreicht. Dem ist nicht so. Stephen Makekau ist nicht der Sohn von Moses. Er ist der Sohn von Aaron Kama und Tillie Naone. Er wurde Moses und Minnie von Aaron und Tillie als Säugling geschenkt. Ich weiß es. Moses und Minnie und Aaron und Tillie sind bereits tot. Doch ich weiß es und kann es auch beweisen. Die alte Frau Poepoe lebt noch. Ich war dabei, als Stephen geboren wurde, und als er zwei Monate alt war, trug ich ihn selbst des Nachts als Geschenk zu Moses und Minnie, und die alte Frau Poepoe trug die Laterne. Dieses Geheimnis ist eine von meinen Sünden. Es hat mich von Gott ferngehalten. Jetzt bin ich davon befreit. Der junge Archie Makekau, der Rechnungen für die Benzingesellschaft eintreibt und an den Nachmittagen Baseball spielt und zuviel Gin trinkt, sollte diese zweihundertacht Dollar am Ersten jeden Monats von der Parke Richards Limited beziehen. Er wird alles für Gin und ein Automobil der Marke Ford verpulvern. Stephen ist ein guter Mensch. Archie taugt nichts. Auch ist er ein Lügner und hat bereits zwei Strafen auf dem Riff verbüßt, und zuvor war er in der Besserungsanstalt. Doch Gott verlangt die Wahrheit, und Archie wird das Geld bekommen und nur Unheil damit anrichten.«

Und auf diese Art und Weise kam Alice durch die Erfahrungen ihres langen, ereignisreichen Lebens vom Hundertsten ins Tausendste. Und Frauen vergaßen ebenso wie Männer, daß sie sich im Betsaal befanden, und manche Gesichter wurden von Gefühlsaufwallungen verfärbt, als ihre Besitzer zum erstenmal von den längst begrabenen Geheimnissen ihrer besseren Hälften erfuhren.

»Die Anwaltskanzleien werden morgen überfüllt sein.« MacIlwaine, der Chef der Kriminalpolizei, unterbrach das Notieren nützlicher Informationen gerade lange genug, um sich zu Colonel Stilton hinüberzubeugen und ihm diesen Satz ins Ohr zu flüstern.

Colonel Stilton grinste zustimmend, wenn auch dem Chef der Kriminalpolizei das Grimassenhafte dieser Heiterkeit nicht entging.

»Da gibt es einen Bankier in Honolulu. Ihr alle kennt seinen Namen. Er gehört durch seine Frau zur besten Gesellschaft. Er besitzt viele Aktien von General Plantations und Interisland.«

MacIlwaine erkannte das entstehende Porträt und unterdrückte ein Kichern.

»Sein Name ist Colonel Stilton. Am letzten Heiligen Abend kam er mit einem großen Aloha in mein Haus und überreichte mir Hypothekenbriefe im Wert von zweitausend Dollar, die auf mein Land in Iapio Valley ausgestellt und jetzt getilgt waren. Ja, weshalb hatte er wohl ein so großes Geld-Aloha für mich? Ich will es euch sagen …«

Und sie erzählte die Geschichte, richtete den Scheinwerfer auf frühere Transaktionen und politische Machenschaften, deren Ursprung stets im dunkeln geblieben war.

»Dies«, beschloß Alice die Episode, »lastete lange Zeit als Sünde auf meinem Gewissen und hielt meine Seele von Gott fern.

Und Harold Miles war zu jener Zeit Senatspräsident, und eine Woche später erwarb er drei Stadtgrundstücke in Pearl Harbor, strich sein Haus in Honolulu neu an und beglich seine alten Schulden in den Clubs. Dann war da auch das Ramsay-Haus in Honokiki, das der Besitzer testamentarisch dem Volk vermacht hatte, wenn die Regierung es instandhalten würde. Wenn jedoch die Regierung nach zwei Jahren noch nicht mit der Instandsetzung begonnen hätte, dann sollte es den Erben zufallen, die der alte Ramsay wie die Pest haßte. Nun, es fiel natürlich den Erben zu. Ihr Rechtsanwalt war Charley Middleton, und er wollte, daß ich die Sache mit den Leuten von der Regierung regle. Und ihre Namen waren –« Sechs Namen aus beiden Kammern der Legislative führte Alice auf und fügte hinzu: »Vielleicht bekamen danach alle ihre Häuser einen neuen Anstrich. Zum ersten Mal habe ich gesprochen. Mein Herz ist nun viel leichter und weicher. Es war mit einem Panzer aus Hausfarbe überzogen. Und da ist noch Harry Werther. Er war damals im Senat. Jeder sprach schlecht über ihn, und er wurde nie wiedergewählt. Doch sein Haus wurde nicht gestrichen. Er war anständig. Sein Haus ist, wie jeder weiß, bis zum heutigen Tag noch nicht gestrichen.

Da ist Jim Lokendamper. Er hat kein gutes Herz. Ich hörte ihn erst letzte Woche, genau hier vor euch allen, seine Sünden bekennen. Aber er sagte nicht alles, und er belog Gott. Ich belüge Gott nicht. Es ist eine große Beichte, aber ich werde mir alles von der Seele reden. Nun ist Azalea Akau, die dort drüben sitzt, seine Geliebte. Doch Lizzie Lokendamper ist seine Ehefrau. Vor langer Zeit empfand er ein großes Aloha für Azalea. Ihr glaubt, ihr Onkel, der nach Kalifornien auswanderte und dort starb, hinterließ ihr in seinem Testament die zweitausendfünfhundert Dollar, die sie bekam? Ihr Onkel hinterließ ihr nichts. Ich weiß es. Er starb ohne einen Pfennig, und John Lokendamper schickte achtzig Dollar für sein Begräbnis nach Kalifornien. Jim Lokendamper hatte ein Stück Land in Kohala, das er von der Tante seiner Mutter geerbt hatte. Lizzie, seine Ehefrau, wußte nichts davon. Deshalb verkaufte er es der Kohala-Graben-Gesellschaft und schenkte Azalea Akau die zweitausendfünfhundert –«

An dieser Stelle erhob sich Lizzie wie eine übermäßig gereizte Rachegöttin und stürzte sich, statt auf ihren Ehemann, der bereits die Flucht ergriffen hatte, wutentbrannt auf Azalea.

»Warte, Lizzie Lokendamper!« rief Alice. »Ich habe auch einiges über dich auf dem Herzen, was mich belastet, und noch einiges an Hausfarbe …«

Und als sie mit ihren Enthüllungen darüber, wie Lizzie zu

einem neuen Hausanstrich gekommen war, zu Ende war, geriet Azalea außer Rand und Band.

»Warte, Azalea Akau. Ich werde jetzt in deinem Fall mein Herz erleichtern. Und dabei geht es nicht um einen Hausanstrich. Den hat immer Jim bezahlt. Es ist deine neue Badewanne und die moderne Wasserleitung, die mir schwer auf der Seele liegen …«

Schlimmeres, viel Schlimmeres über alle möglichen Leute wußte Alice Akana zu berichten und berührte ebenso das Geschäfts-, Finanz- und Gesellschaftsleben der höheren Schichten wie auch die Angelegenheiten der einfachen Leute. Niemand stand hoch genug oder war zu tief gesunken, um ihr zu entgehen. Und nicht vor zwei Uhr morgens, vor einer Zuhörerschaft, die den Betsaal bis zum Bersten füllte, beendete sie die in alle Einzelheiten gehende Aufzählung der persönlichen Schandtaten, die sie den Bewohnern jener Stadt zur Last legen mußte, in der sie ihr ganzes Leben verbracht hatte. Gerade als sie aufhören wollte, fiel ihr noch etwas ein.

»Hah!« rümpfte sie die Nase. »Letzte Woche überschrieb ich Abel Ah Yo ein Grundstück, das einen Verkaufswert von achthundert Dollar hat, zur Deckung der laufenden Kosten und um mein Guthaben in Petrus' himmlischen Kassenbüchern zu vermehren. Woher ich dieses Grundstück habe? Ihr alle meint, daß Fleming Jason ein guter Mann ist. Aber er hat Dinger gedreht, die krummer waren als die Einfahrt zu Pearl Lochs, ehe die Regierung der Vereinigten Staaten den Kanal begradigte. Jetzt hat er ein Leberleiden, doch seine Krankheit ist ein Gottesurteil, und er wird als unaufrichtiger Mann sterben. Mr. Fleming Jason gab mir das Grundstück vor zweiundzwanzig Jahren, als sein Verkaufswert fünfunddreißig Dollar betrug. Weil sein Aloha für mich so groß war? Nein, außer Geld liebte er nichts und niemanden.

Hört zu. Mr. Fleming Jason lud eine große Sünde auf mich. Als Frank Lomiloli in meinem Haus war, voll mit Gin, für den Mr. Fleming Jason mir im voraus das Fünffache zahlte, brachte ich Frank Lomiloli dazu, seinen Namen unter den Verkaufsvertrag für seinen städtischen Grundbesitz zu setzen. Der Preis betrug hundert Dollar, obwohl das Grundstück damals sechshundert wert war. Inzwischen ist es auf zwanzigtausend gestiegen. Vielleicht möchtet ihr wissen, wo sich diese Parzelle befindet. Ich will es euch sagen und es mir von der Seele schaffen. Sie liegt an der King Street, wo jetzt der Come Again Saloon, die Garage der japanischen Taxicab Company, das Installationsgeschäft von Smith & Wilson und die Eisdiele Ambrosia in dem noch zwei Stockwerke höheren Addison Hotel stehen. Und alles ist aus Holz und immer gut gestrichen. Gestern haben sie wieder mit dem Malen begonnen. Doch diese Farbe wird nicht zwischen mir und Gott stehen. Mein Weg zum Himmel wird durch keine weiteren Farbtöpfe mehr verstellt.«

Die Morgen- und Abendzeitungen des folgenden Tages verhängten eine skandalöse Nachrichtensperre über die sensationellste Neuigkeit seit Jahren. Aber ganz Honolulu kicherte entsetzt über die geflüsterten, nicht immer völlig übertriebenen Darstellungen, die überall, wo sich zwei Einwohner Honolulus begegneten, die Runde machten.

»Unser Fehler«, sagte Colonel Chilton im Club, »war, daß wir nicht von Anfang an eine Sicherheitskommission eingesetzt haben, um Alices Seele im Auge zu behalten.«

Bob Cristy, einer von den jüngeren Inselbewohnern, brach in ein derart anzügliches und lautes Gelächter aus, daß man ihn nach dem Grund fragte.

»Oh, nichts Besonderes«, lautete seine Antwort. »Aber ich hörte auf meinem Weg hierher, daß der alte John Ward soeben wegen Trunkenheit und Erregung öffentlichen Ärgernisses sowie Widerstandes gegen einen Polizisten festgenommen worden ist. Und jetzt nimmt Abel Ah Yo das Polizeigericht aufs Korn. Er würde die Seele eines chronischen Trunkenboldes bestimmt liebend gern retten.«

Colonel Chilton sah Lask Finneston an, und beide schauten sie zu Gary Wilkinson. Er erwiderte ihren Blick.

»Der alte Strandräuber!« rief Lask Finneston. »Dieser betrunkene alte Taugenichts! Es war mir ganz entfallen, daß er noch lebt. Wunderbare Konstitution. Hat nie einen nüchternen Atemzug getan, außer wenn er Schiffbruch erlitten hatte, und war, solange ich an ihn denken kann, bei jeder Teufelei dabei. Er muß jetzt auf die Achtzig zugehen.«

»Er ist nicht weit davon entfernt«, nickte Bob Cristy. »Treibt sich immer noch am Strand herum, trinkt, wenn das Geld dafür reicht, und ist geistig noch ganz auf der Höhe, wenn er auch nicht mehr so flink auf den Beinen ist und eine Brille zum Lesen braucht. Und sein Gedächtnis funktioniert noch einwandfrei. Wenn dieser Abel Ah Yo ihn einfängt ...«

Gary Wilkinson räusperte sich, bevor er zu einer Rede ansetzte.

»Also, hier haben wir einen großartigen alten Mann«, sagte er. »Ein Überbleibsel einer längst vergangenen Ära. Es gibt nur noch wenige von seinem Schlag. Ein Pionier. Ein echter Kamaaina. Auf seine alten Tage nun hilflos und in den Händen der Polizei! Wir sollten etwas für ihn tun, in Anerkennung seiner treuen Verdienste um Hawaii. Seine alte Heimat ist, wie ich zufällig weiß, Sag Harbor. Er hat es seit mehr als einem halben Jahrhundert nicht mehr gesehen. Nun, weshalb sollten wir ihn morgen früh nicht damit überraschen, daß seine Strafe bezahlt ist und er eine Rückfahrkarte nach Sag Harbor und, sagen wir, die Kosten für eine Reise von einem Jahr geschenkt bekommt? Ich setze eine Kommission ein. Ich nominiere Colonel Chilton, Lask Finneston und, und mich ... Was den Vorsitz angeht, wer wäre da geeigneter als Lask Finneston, der den alten Herrn früher so gut kannte? Da es keine Einwände gibt, ernenne ich hiermit Lask Finneston zum Vorsitzenden der Kommission zur Beschaffung von Geldmitteln zur Begleichung der Polizeistrafe und der Unkosten einer Jahresreise für den edlen Pionier John Ward in Anerkennung seines aufopferungsvollen Lebens, das ganz dem Aufbau Hawaiis gewidmet war.«

Es gab keinen Widerspruch.

»Die Kommission wird sich nun zur geheimen Beratung zurückziehen«, erklärte Lask Finneston, der sich mit diesen Worten erhob und den Weg zur Bibliothek wies.

DER BUND DER ALTEN MÄNNER

Im Polizeigebäude ging es um Leben und Tod. Ein alter Mann vom Whitefish River, der unterhalb des Lake Laberge in den Yukon mündet, stand vor Gericht. Ganz Dawson war deswegen in Aufruhr, ebenso wie die Menschen am Yukon auf tausend Meilen flußauf oder flußab. Die land- und seeräuberischen Angelsachsen haben von alters her den besiegten Völkern ihr Gesetz aufgezwungen, und es war oft ein hartes Gesetz. Doch in Imbers Fall schien das Gesetz erstmals unzureichend und schwach. Mathematisch gesehen, konnte sich die Gerechtigkeit nicht in der Strafe ausdrücken, die man über ihn verhängen würde. Das Urteil stand schon vorher zweifelsfrei fest; es war die Todesstrafe, aber Imber hatte nur ein Leben, und was man ihm zur Last legte, besaß andere Größenordnungen.

In der Tat klebte das Blut so vieler Menschen an seinen Händen, daß sich die genaue Zahl der ihm zugeschriebenen Morde nicht mehr feststellen ließ. Wenn die Männer am Wegrand ihre Pfeife rauchten oder müßig am wärmenden Ofen standen, versuchten sie grob die Zahl derer zu schätzen, die durch ihn den Tod gefunden hatten. Es waren allesamt Weiße gewesen, und sie waren einzeln, zu zweit oder in Gruppen erschlagen worden. Und diese Morde waren so sinnlos und willkürlich gewesen, daß die Berittene Polizei lange vor einem Rätsel gestanden hatte, schon zu der Zeit, als es die Captains noch gab, und auch später noch, als die Claims Gewinne brachten und man einen Gouverneur aus Kanada schickte, um das Land für seinen Wohlstand zu besteuern.

Noch unbegreiflicher aber schien, daß Imber nach Dawson gekommen war, um sich zu stellen. Im späten Frühjahr, als sich der Yukon grollend unter seiner Eislast aufbäumte, kletterte der alte Indianer schwerfällig vom Uferpfad die Böschung hinauf und blieb blinzelnd auf der Hauptstraße stehen. Diejenigen, die ihn hatten kommen sehen, bemerkten, daß er schwach und unsicher auf den Beinen war und schwankend auf einen Holzstapel zuhielt, auf dem er sich niederließ. Dort saß er einen ganzen Tag lang und starrte auf die stetige Flut weißer Männer, die an ihm vorbeiwogte. Nicht wenige Gesichter wandten sich neugierig zur Seite, um seinen starren Blick aufzufangen, und mehr als einer ließ eine Bemerkung über den alten Siwash mit dem merkwürdigen Gesichtsausdruck fallen. Unzählige erinnerten sich nachträglich, daß ihnen diese fremdartige Gestalt gleich aufgefallen war, und beglückwünschten sich später zu ihrer Beobachtungsgabe.

Es blieb jedoch Dickensen, Little Dickensen vorbehalten, den Heldenpart in der Sache zu übernehmen. Little Dickensen war mit großen Träumen und einer Handvoll Bargeld ins Land gekommen. Doch seine Träume schmolzen mit seinem Geld dahin, und um sich die Passage für die Rückkehr in die Staaten zu verdienen, hatte er eine Stelle als Buchhalter bei der Maklerfirma Holbrook & Mason angenommen. Der Holzstoß, auf dem Imber saß, befand sich gegenüber dem Kontor von Holbrook & Mason. Bevor er zum Mittagessen ging, sah Dickensen den Indianer dort sitzen; als er zurückkam, blickte er aus dem Fenster, und der Indianer saß immer noch da.

Dickensen sah weiterhin hinaus, und auch er unterließ es später nicht, seine Beobachtungsgabe gebührend herauszustreichen. Er war eine romantische Natur, und der Geist der Indianerrasse der Siwash verkörperte sich für ihn in dem reglosen alten Heiden, der mit unbewegtem Blick die Invasion der Angelsachsen beobachtete. Die Zeit verstrich, aber Imber verharrte in seiner Haltung, zuckte mit keinem Muskel; und Dickensen dachte an den Mann, der einmal aufrecht auf seinem Schlitten auf der Hauptstraße gesessen hatte, während die Menschen links und rechts an ihm vorbeigingen. Sie hatten gemeint, er verschnaufe nur. Später, als sie ihn anfaßten, stellten sie fest, daß er steif und kalt war, mitten auf der belebten Straße erfroren. Um ihn für den Sarg zu strecken, war man gezwungen gewesen, ihn an ein Feuer zu schleifen, damit er etwas auftaute. Dickensen erinnerte sich mit Schaudern.

Später ging Dickensen auf die Straße hinaus, um eine Zigarre zu rauchen und ein bißchen frische Luft zu schnappen, und kurz darauf kam zufällig Emily Travis vorbei. Emily Travis war ein reizendes, zartes und ganz außergewöhnliches Geschöpf, und ob sie nun in London oder am Klondike weilte, sie warf sich in Schale, wie man das von der Tochter eines millionenschweren Bergbauingenieurs erwartete. Little Dickensen legte seine Zigarre auf einem Fensterbrett ab, wo er sie hinterher wiederfinden würde, und lüftete den Hut.

Sie plauderten etwa zehn Minuten miteinander, als Emily Travis mit einem Blick über Dickensens Schulter einen Schrekkensschrei ausstieß. Dickensen drehte sich neugierig um und erschrak ebenfalls. Imber hatte die Straße überquert und stand da, eine düstere, ausgehungerte Gestalt, den Blick fest auf das Mädchen geheftet.

»Was willst du?« fragte Little Dickensen mit dem falschen Schneid der Verängstigten.

Imber grummelte etwas und schritt unbeirrt auf Emily Travis zu. Mit den Augen tastete er aufmerksam und sorgfältig jeden Zentimeter ihrer Gestalt ab. Er schien sich ganz besonders für ihr seidiges braunes Haar und für die Farbe ihrer Wangen zu interessieren, die sanft aufgehaucht schien wie der samtige Schimmer auf einem Schmetterlingsflügel. Er ging um sie herum, betrachtete sie mit taxierendem Blick, als studiere er den Bau eines Pferdes oder die Linienführung eines Schiffs. Während er sie umkreiste, fiel sein Blick auf ihre Ohrmuschel. Gegen die untergehende Sonne leuchtete sie in einem duftigen Rosa, das er eingehend betrachtete. Dann wandte er sich wieder ihrem Gesicht zu und blickte ihr lange und eindringlich in die blauen Augen. Er brummte und legte eine Hand auf ihren Oberarm. Mit der anderen Hand hob er ihren Unterarm an und winkelte ihn wieder ab. Sein Gesicht drückte Abscheu und Verwunderung aus, und mit einem verächtlichen Grunzlaut ließ er den Arm wieder los. Dann murmelte er heiser etwas vor sich hin, kehrte ihr den Rücken zu und sprach Dickensen an.

Dickensen verstand ihn nicht, und Emily Travis lachte. Imber blickte stirnrunzelnd von einem zum anderen, doch sie schüttelten beide den Kopf. Er war gerade im Begriff sich abzuwenden, als Emily ausrief:

»He, Jimmy! Komm mal her!«

Jimmy kam von der anderen Straßenseite herüber. Er war ein dicker plumper Indianer, der wie ein Weißer gekleidet war und einen Sombrero trug wie ein Eldorado-König. Er sprach mit Imber, stockend und dann wieder mit einem plötzlichen Schwall von Gutturallauten. Jimmy war ein Sitkaindianer und kannte die Dialekte des Landesinneren nur ganz oberflächlich.

»Er ist vom Whitefish-Stamm«, sagte er zu Emily Travis. »Ich verstehe seine Sprache nicht gut. Er will den weißen Häuptling sehen.«

»Den Gouverneur«, schlug Dickensen vor.

Jimmy sprach weiter mit dem Whitefish-Indianer, und sein verblüfftes Gesicht wurde immer ernster.

»Ich glaube, er will zu Captain Alexander«, erklärte er. »Er sagt, er hat weißen Mann, weiße Frau, weißes Kind umgebracht, sehr viele weiße Menschen. Er will sterben.«

»Nicht ganz bei Trost, vermutlich«, sagte Dickensen.

»Was bedeutet das?« erkundigte sich Jimmy.

Dickensen bohrte bildhaft einen Finger in sein Hirn und versetzte ihn in drehende Bewegung.

»Vielleicht schon, vielleicht schon«, sagte Jimmy und wandte sich wieder Imber zu, der immer noch den Häuptling der Weißen sprechen wollte.

Ein Angehöriger der Berittenen Polizei (hier versah er seinen Dienst zu Fuß) trat zu ihnen, und man trug ihm Imbers Ansinnen vor. Er war ein strammer Kerl mit breiten Schultern, mächtigem Brustkorb und stämmigen Beinen, der auch den hochgewachsenen Imber noch um einen halben Kopf überragte. Er blickte mit festem Blick aus kühlen grauen Augen in die Welt, und seine Haltung verriet jene selbstverständliche Autorität, wie sie Abstammung und Tradition hervorbringen. Seine strahlende Männlichkeit wurde durch ein Übermaß an Jugendfrische unterstrichen – er war noch blutjung –, und seine glatten Wangen schienen so leicht zu erröten wie die eines jungen Mädchens.

Imber fühlte sich gleich zu ihm hingezogen. Seine Augen bekamen einen feurigen Glanz, als er die Narbe eines Säbelhiebs auf seiner Backe entdeckte. Mit welken Fingern strich er am Bein des Burschen entlang und betastete liebevoll die festen Wadenmuskeln. Mit dem Knöchel schlug er auf den breiten Brustkorb und befühlte die Muskelpakete, die seine Schultern wie ein Harnisch umschlossen. Neugierige Passanten hatten sich der Gruppe zugesellt – stämmige Bergleute, Pioniere und Grenzer, Nachkommen langbeiniger, breitschultriger Generationen. Imber sah einen nach dem anderen an und sagte dann ein paar Worte im Dialekt der Whitefish-Indianer.

»Was hat er gesagt?« fragte Dickensen.

»Er sagt, das sind richtige Männer, wie der Polizist«, dolmetschte Jimmy.

Little Dickensen war klein, und angesichts von Miss Travis bereute er seine Frage.

Der Polizist hatte Mitleid mit ihm und sprang in die Bresche. »Möglicherweise ist an seiner Geschichte etwas dran. Der Captain wird ihn verhören. Sag ihm, er soll mitkommen, Jimmy.«

Jimmy ließ sich zu einem weiteren Schwall von Kehllauten herbei. Imber grunzte zufrieden.

»Jimmy, frag' ihn noch, was er sagen wollte, als er meinen Arm angefaßt hat.«

Das war Emily Travis, und Jimmy stellte die Frage und erhielt Antwort.

»Er sagt, du bist nicht ängstlich«, sagte Jimmy.

Die Anwort gefiel Emily Travis.

»Er sagt, du bist kein *Skookum*, nicht kräftig, weich wie ein

Baby. Er könnte dich mit seinen Händen in kleine Stücke zerbrechen. Er findet es sehr komisch, daß du die Mutter von so großen, starken Männern wie dem Polizisten hier sein kannst.«

Emily Travis senkte die Augen nicht, aber ihre Wangen verfärbten sich dunkelrot. Little Dickensen errötete und war ganz verlegen. Der Polizist glühte jungenhaft.

»Gehen wir«, sagte er barsch und bahnte sich mit seinen Schultern einen Weg durch die Menge.

So kam es, daß Imber den Weg ins Polizeigebäude fand, in dem er freiwillig ein umfassendes Geständnis ablegte und das er nicht mehr verlassen sollte.

Imber wirkte sehr müde. In seinem Gesicht spiegelte sich die Erschöpfung, die Hoffnungslosigkeit und Alter mit sich bringen. Er ging gebeugt, und seine Augen waren ohne Glanz. Sein Haarschopf hätte weiß sein müssen, aber die Sonne und die Elemente hatten ihn so verbrannt und verwittert, daß er farblos, matt und wie tot herunterhing. Er nahm keinen Anteil an dem, was um ihn herum vorging. Die Menschen im überfüllten Gerichtssaal waren von weither gekommen, und das Raunen und Gemurmel der gedämpften Stimmen drang so bedrohlich an seine Ohren wie der grollende Widerhall des Meeres in tiefen Höhlen.

Er saß nahe an einem Fenster, und dann und wann ruhte sein apathischer Blick auf der trostlosen Szenerie dort draußen. Der Himmel war bedeckt, ein grauer Nieselregen fiel. Es war die Zeit des Yukon-Hochwassers. Das Eis war geschmolzen, und die Straßen waren überschwemmt. Auf der Hauptstraße herrschte ein reger Verkehr von Kanus und Stak-Booten mit ihren ruhelosen Passagieren. Er sah viele Boote von der Hauptstraße abbiegen und den überfluteten Exerzierplatz des Hauptquartiers ansteuern. Manchmal verschwanden sie unterhalb seines Fensters, und er hörte die Gefährte am Holz entlangschrammen und ihre Insassen durch die Fenster klettern. Darauf folgte ein Plätschern im Wasser, wenn sie durch den unteren Raum wateten und die Treppe heraufkamen. Schließlich erschienen sie in der Tür, den Hut in der Hand, mit triefenden Seemannsstiefeln und vergrößerten die Zahl der Anwesenden.

Und während sie ihre Blicke auf ihn hefteten und sich in grimmiger Vorfreude die Strafe ausmalten, die man über ihn verhängen würde, sah Imber sie an und sann über diese Leute nach, über ihr Gesetz, das niemals ruhte, sondern ununterbrochen wirkte, in guten wie in schlechten Zeiten, in Hungersnot und Überschwemmung, in Not und Schrecken und im Tode, und das wohl weiterwirken würde bis ans Ende der Tage.

Ein Mann klopfte energisch auf den Tisch, und die Gespräche wurden leiser und verstummten dann ganz. Imber sah den Mann an. Es war offenbar ein Mensch, der Macht ausübte, doch Imber ahnte, daß der Mann mit der kantigen Stirn, der an einem Tisch weiter hinten saß, das eigentliche Sagen hatte, und zwar auch gegenüber dem Mann, der geklopft hatte. Ein anderer Mann am gleichen Tisch erhob sich und begann das vorzulesen, was auf vielen dünnen Papieren stand. Bevor er ein neues Blatt anfing, räusperte er sich, und unten angekommen, feuchtete er seine Finger mit der Zunge an. Imber begriff nicht, was er redete, aber die übrigen verstanden ihn, und er bemerkte, daß es sie zornig machte, manchmal sogar sehr zornig, und einmal verwünschte ihn sogar ein Mann mit einsilbigen Schimpfwörtern, die geballt und giftig aus ihm herausbrachen, bis der Mann am Tisch ihn durch Klopfen zum Schweigen brachte.

Der Mann las unendlich lange. Sein eintöniger Singsang verleitete Imber zum Träumen, und er war noch tief versunken, als der Mann innehielt. Er hörte eine Stimme, die ihn in seiner eigenen Sprache anredete. Er erwachte und erkannte ohne Überraschung das Gesicht des Sohnes seiner Schwester, eines jungen Mannes, der vor Jahren fortgegangen war, um bei den Weißen zu leben.

»Du erinnerst dich nicht mehr an mich«, sagte er zur Begrüßung.

»Doch«, erwiderte Imber. »Du bist Howkan, der fortging. Deine Mutter ist tot.«

»Sie war eine alte Frau«, sagte Howkan.

Aber Imber hörte nicht mehr zu, und Howkan weckte ihn wieder, indem er ihm die Hand auf die Schulter legte.

»Ich werde dir berichten, was der Mann gesagt hat. Es ist die Geschichte deiner Schandtaten, wie du Narr sie Captain Alexander erzählt hast. Du sollst zuhören und sagen, ob sie wahr ist oder nicht. So lautet der Auftrag.«

Howkan war in der Missionsstation gewesen, wo man ihn lesen und schreiben gelehrt hatte. In seinen Händen hielt er die zahlreichen Blätter aus feinem Papier, die der Mann vorgelesen und ein Protokollant beschrieben hatte, als Imber durch den Mund Jimmys sein Geständnis vor Captain Alexander ablegte. Howkan begann zu lesen. Imber hörte eine Weile zu, bis er ihn verblüfft unterbrach.

»Das sind meine Worte, Howkan. Sie kommen von deinen Lippen, und doch haben deine Ohren sie nicht gehört.«

Howkan grinste selbstgefällig. Sein Haar war in der Mitte gescheitelt. »Nein, Imber, sie kommen von dem Papier. Meine Ohren haben nichts gehört. Sie kommen von dem Papier, gehen durch meine Augen in meinen Kopf und von dort durch meinen Mund zu dir. Das ist der Weg, den sie nehmen.«

»Das ist der Weg? Sie sind dort auf dem Papier?«

Imber senkte seine Stimme zu einem ehrfürchtigen Flüstern, während er das Papier zwischen Daumen und Zeigefinger knistern ließ und die Buchstaben anstarrte, die darauf gekritzelt waren. »Ein großer Zauber, Howkan, und du kannst Wunder tun.«

»Es ist nichts, es ist nichts«, antwortete der junge Mann beiläufig und voller Stolz. Er wählte willkürlich eine Stelle aus der Urkunde und las vor: *»In jenem Jahr, vor der Eisschmelze, kam ein alter Mann mit einem Jungen, der hinkte. Auch diese tötete ich, und der alte Mann machte großen Lärm –«*

»Es ist wahr«, unterbrach ihn Imber atemlos. »Er machte großen Lärm und wollte lange nicht sterben. Aber woher weißt du das, Howkan? Der Häuptling der weißen Männer hat es dir vielleicht erzählt? Niemand hat mich gesehen, und nur ihm habe ich es erzählt.«

Howkan schüttelte ungeduldig den Kopf. »Habe ich dir nicht gesagt, daß alles auf diesem Papier steht, du Narr?«

Imber betrachtete konzentriert die tintenbeschriebene Oberfläche. »Wie der Jäger den Schnee betrachtet und sagt: Erst gestern ist hier ein Kaninchen vorbeigekommen; hier beim Weidengebüsch blieb es stehen und horchte und hörte etwas und hatte Angst; und hier machte es kehrt; und hier rannte es sehr schnell, in großen Sätzen; und hier kam noch schneller und in noch größeren Sätzen ein Luchs; und hier, wo die Klauen sich tief in den Schnee gegraben haben, tat der Luchs einen ganz großen Satz; und hier schlug er zu, das Kaninchen unter sich, mit dem Bauch nach oben; und von hier führt nur die Spur des Luchses fort, nicht mehr die des Kaninchens – wie der Jäger die Abdrücke im Schnee betrachtet und sagt, auf diese Weise und so und hier, so schaust auch du auf das Papier und sagst, auf diese Weise und so und hier sind die Dinge, die der alte Imber getan hat?«

»Genau so«, sagte Howkan. »Und nun hör zu und halte deine Weiberzunge im Zaum, bis man dich auffordert zu reden.«

Danach las ihm Howkan sein Geständnis vor; es dauerte lange und Imber blieb nachdenklich und stumm. Am Ende sagte er:

»Es sind meine Worte, und es sind wahre Worte, doch ich bin alt geworden, Howkan, und ich besinne mich auf vergessene Dinge, die der Häuptling dort am Tisch besser erfahren sollte. Zuerst kam ein Mann über die Schneeberge, mit Fallen aus Eisen, um die Biber am Whitefish River zu fangen. Ihn habe ich erschlagen. Und vor langer Zeit kamen drei Männer, die Gold am Whitefish suchten. Ich habe auch sie erschlagen und sie den Vielfraßen überlassen. Und bei den Five Fingers war ein Mann mit einem Floß und viel Fleisch.«

Wenn Imber eine Pause machte, um sich zu erinnern, dann übersetzte Howkan, was er gesagt hatte, und der Schreiber schrieb es nieder. Der ganze Saal hörte sich jede dieser schmucklos erzählten kleinen Tragödien gleichmütig an, bis Imber von einem rothaarigen Mann berichtete, der schielte und den er mit einem bemerkenswerten Weitschuß getötet hatte.

»Verdammt«, sagte ein Mann, der vorn unter den Zuhörern stand. Er sagte das betroffen und traurig. Er hatte rote Haare. »Verdammt«, wiederholte er. »Das war mein Bruder Bill.« Und im Lauf der Verhandlung war in regelmäßigen Abständen dieses feierliche »Verdammt« im Gerichtssaal zu hören. Seine Freunde ließen ihn gewähren, und auch der Mann am Tisch rief ihn nicht zur Ordnung.

Imber ließ den Kopf wieder sinken, und seine Augen-wurden stumpf, als ob sich ein Schleier zwischen sie und die Welt geschoben hätte. Er träumte, wie nur das Alter von der gigantischen Vergeblichkeit der Jugend träumen kann.

Später weckte ihn Howkan mit den Worten:

»Steh auf, Imber. Man will von dir wissen, warum du diese Untaten begangen und die Leute erschlagen hast, und warum du schließlich hierhergereist bist, um dich dem Gesetz zu stellen.«

Imber erhob sich kraftlos und blieb schwankend stehen. Er begann leise, kaum hörbar zu murmeln, doch Howkan unterbrach ihn.

»Dieser alte Mann ist verrückt«, sagte er auf englisch zu dem Mann mit der kantigen Stirn. »Er redet närrisches Zeug, wie ein Kind.«

»Wir wollen uns anhören, was er da wie ein Kind von sich gibt«, antwortete der Mann. »Und wir wollen es Wort für Wort verfolgen. Hast du verstanden?«

Howkan hatte verstanden, und Imbers Augen glänzten, denn er hatte den Wortwechsel zwischen dem Sohn seiner Schwester und dem Mann, der die Macht ausübte, verfolgt. Und dann begann die Geschichte, das Epos eines Patrioten von bronzener Hautfarbe, das durchaus selbst wert war, für nachgeborene Generationen in Bronze gegossen zu werden. Die Zuhörer wurden eigenartig still, und der Mann mit der kantigen Stirn stützte seinen Kopf in die Hand und sann nach über seine Seele und die Seele seiner Rasse. Nur das dumpfe Murmeln von Imber war zu hören, das in gleichmäßigem Wechsel von der schrillen Stimme des Dolmetschers abgelöst wurde, und dazwischen, wie ein Glockenschlag, das erstaunte und nachdenkliche »Verdammt« des Rothaarigen.

»Ich bin Imber, vom Stamm der Whitefish-Indianer.« Das war jetzt die Übersetzung von Howkan, dessen barbarische Herkunft wieder Macht über ihn gewann und von dem die Kultur der Missionsschulen und der Lack der Zivilisation in dem Maße abblätterte, wie sich der urtümliche Ton und Rhythmus von Imbers Erzählung auf ihn übertrug. »Mein Vater war Otsbaok, ein starker Mann. Das Land war sonnenwarm und heiter, als ich ein Kind war. Die Menschen hungerten nicht nach fremden Dingen, hörten nicht auf neue Reden, und die Art ihrer Väter war auch ihre Art. Die Frauen gefielen den jungen Männern, und die jungen Männer betrachteten sie mit Befriedigung. Die Babies hingen an der Brust der Mütter, und ihre Hüften waren schwer von den Nachkommen des Stamms. Männer waren in jenen Tagen Männer. Im Frieden und im Überfluß, im Krieg und in der Hungersnot waren sie Männer.

Damals gab es mehr Fische im Wasser als heute, und mehr Fleisch in den Wäldern. Unsere Hunde waren Wölfe, mit dicken Pelzen, und Frost und Sturm konnten ihnen nichts anhaben. Und was für die Hunde galt, galt auch für uns, denn auch wir widerstanden dem Frost und dem Sturm. Und wenn die Pellys in unser Land kamen, dann erschlugen wir sie oder wurden selbst erschlagen. Denn wir Whitefish-Indianer waren Männer, und unsere Väter und Vorväter hatten gegen die Pellys gekämpft und so die Grenzen des Landes festgelegt.

Wie ich sagte, was für die Hunde galt, galt auch für uns. Eines Tages kam der erste weiße Mann. Er kroch auf Händen und Füßen im Schnee. Seine Haut war straff gespannt, und die Knochen schauten spitz darunter hervor. Einen solchen Menschen hat es bei uns noch nie gegeben, dachten wir und fragten uns, von welchem fremden Stamm, aus welchem Land er sein mochte. Er war schwach, sehr schwach, wie ein kleines Kind. Wir machten ihm Platz an unserem Feuer und gaben ihm warme Felle als Lager und fütterten ihn, wie man kleine Kinder füttert.

Und der Mann hatte einen Hund mitgebracht, dreimal so groß wie unsere und sehr schwach. Er hatte ein kurzes Fell, das nicht wärmte, und der Schwanz war erfroren, so daß die Spitze abfiel. Auch den fremden Hund fütterten wir, legten ihn ans Feuer und jagten unsere Hunde davon, die ihn sonst getötet hätten. Durch das Elchfleisch und die sonnengetrockneten Lachse kamen der Mann und der Hund wieder zu Kräften; und mit den wiederkehrenden Kräften wurden sie dick und dreist. Der Mann machte große Worte und lachte über die alten und die jungen Männer, und den jungen Frauen warf er kecke Blicke zu. Der Hund kämpfte mit unseren Hunden, und obwohl er ein kurzes Fell hatte und nicht abgehärtet war, tötete er drei von ihnen an einem Tag.

Als wir den Mann nach seinem Volk fragten, sagte er: ›Ich habe viele Brüder‹ und lachte dabei auf eine Weise, die uns nicht gefiel. Als er wieder zu Kräften gekommen war, verließ er uns, und mit ihm ging Noda, die Tochter des Häuptlings. Danach warf eine der Hündinnen Junge. Solche Welpen hatte es noch nie gegeben – mit großem Kopf, mächtigen Kinnbacken, kurzhaarig und hilflos. Ich erinnere mich noch genau an meinen Vater, Otsbaok, einen starken Mann. Sein Gesicht wurde dunkel vor Zorn über soviel Hilflosigkeit; er nahm einen Stein, und gleich noch mehrere, und dann war es vorbei. Zwei Sommer danach kam Noda zurück mit einem kleinen Jungen im Arm.

Und das war der Anfang. Es kam ein zweiter Weißer mit kurzhaarigen Hunden, die er bei uns ließ, als er fortging. Er nahm sechs unserer stärksten Hunde mit, die er bei Koo-So-Tee, dem Bruder meiner Mutter, gegen eine wunderbare Pistole eintauschte, die ganz schnell hintereinander sechsmal feuern konnte. Koo-So-Tee war sehr stolz auf seine Pistole und lachte über unsere Pfeile und Bögen. ›Weiberkram‹, nannte er sie und ging mit der Pistole fort, um den Grizzlybär zu jagen. Jetzt wissen wir, daß man ihn nicht mit einer Pistole jagen soll, aber woher sollten wir es damals wissen? Wie konnte Koo-So-Tee das wissen? Er war ein tapferer Mann, stellte den Bären und feuerte ganz schnell sechsmal auf ihn; der Bär brummte nur und zerschmetterte ihm die Brust wie eine Eierschale, und wie Honig aus dem Bienennest tropfte Koo-So-Tees Hirn auf den Boden. Er war ein guter Jäger gewesen, und es gab jetzt niemand mehr, der seiner Frau und den Kindern Fleisch brachte. Wir waren bitter enttäuscht: ›Was für den weißen Mann gut ist, ist nicht gut für uns.‹ Und das ist wahr. Es gibt viele dicke, weiße Männer, aber sie haben uns aufgezehrt und wir sind mager geworden.

Dann kam der dritte weiße Mann mit wundervoller Nahrung und anderen Dingen im Überfluß. Und er handelte uns unsere zwanzig stärksten Hunde ab. Auch nahm er zehn unserer jungen Jäger auf eine Reise mit, von der niemand wußte, wohin sie ging. Es heißt, sie sind im Schnee der eisigen Berge gestorben, wo noch kein Mensch gewesen ist, oder in den Hügeln des Schweigens, die hinter dem Ende der Welt liegen. Wie dem auch sei, die Hunde und die Männer hat keiner vom Whitefish-Volk wiedergesehen.

Mit den Jahren kamen mehr Weiße, und immer nahmen sie gegen Bezahlung und Geschenke junge Männer mit sich fort. Manchmal kamen die jungen Männer zurück und erzählten seltsame Dinge von den Gefahren und Entbehrungen im Land jenseits der Pellys, und manchmal kamen sie nicht zurück. Wir sagten: ›Wenn diese weißen Männer keine Todesangst kennen, dann deshalb, weil sie viele Leben haben; aber wir vom Volk der Whitefish sind nur wenige, und deswegen sollen keine jungen Männer mehr fortgehen.‹ Doch die jungen Männer verließen uns trotzdem und die jungen Frauen auch; da wurden wir sehr zornig.

Es ist wahr, wir aßen Mehl und Pökelfleisch und tranken Tee, und das war wirklich ein Genuß; nur, wenn wir keinen Tee mehr bekamen, dann stand es schlecht um uns; wir sprachen wenig und gerieten rasch in Zorn. Allmählich hungerten wir nach den Dingen, die wir von den Weißen im Tauschhandel bekamen. Handel! Handel! Immer nur Handel! In einem Winter verkauften wir unser Fleisch für Uhren, die nicht liefen, Taschenuhren, deren Werke defekt waren, für abgenutzte Feilen und Pistolen ohne Patronen, lauter wertloses Zeug. Dann kam eine Hungersnot, und wir hatten kein Fleisch, und vierzig unserer Leute starben, ehe der Frühling kam.

›Jetzt sind wir schwach‹, sprachen wir untereinander; ›die Pellys werden über uns herfallen und unser Land überfluten.‹ Aber den Pellys war es ergangen wie uns; sie waren zu kraftlos, um gegen uns zu kämpfen.

Mein Vater, Otsbaok, ein starker Mann, war jetzt alt und weise. Und er sprach zum Häuptling: ›Sieh, unsere Hunde taugen nichts mehr, sie haben weder ein dichtes Fell, noch sind sie kräftig, und sie sterben im Frost und wenn sie den Schlitten ziehen. Laß uns ins Dorf gehen und alle töten, nur die Wolfshunde nicht. In der Nacht lassen wir sie frei, damit sie sich mit den wilden Wölfen in den Wäldern paaren. So werden wir wieder starke Hunde mit dichtem Fell bekommen.‹

Man hörte auf sein Wort, und wir wurden bekannt für unsere Hunde, die besten im Land. Aber uns rühmte niemand. Denn unsere besten jungen Männer und Frauen waren fortgegangen, um die Weißen zu Land und zu Wasser in ferne Regionen zu begleiten. Die jungen Frauen kamen alt und gebrochen zurück, so wie Noda, oder sie kamen überhaupt nicht mehr. Und die jungen Männer kamen zurück und setzten sich für eine Weile an unser Feuer. Sie sprachen eine böse Sprache, benahmen sich schlecht, tranken üble Getränke und spielten Tag und Nacht. Eine große Unruhe erfüllte sie, bis die Weißen erneut kamen und sie wieder mit ihnen zu unbekannten Orten aufbrachen. Sie hatten Ehrgefühl und Achtung verloren, spotteten über die alten Bräuche und lachten den Häuptlingen und Schamanen ins Gesicht.

Wie ich sagte, wir Whitefish-Indianer waren ein schwaches

Volk geworden. Wir verkauften unsere warmen Häute und Felle für Tabak und Whisky und dünnes Baumwollzeug, das uns in der Kälte frösteln ließ. Wir bekamen den Husten; Männer und Frauen husteten und schwitzten in den langen Nächten, und auf der Jagd spuckten die Jäger Blut in den Schnee. Erst blutete der eine, dann der andere heftig aus dem Mund und starb. Die Frauen gebaren kaum noch Kinder, und die, die zur Welt kamen, waren schwach und kränklich. Die Weißen brachten uns andere Krankheiten, die wir nicht kannten und auf die wir uns nicht verstanden. Pocken und Masern nannten sie sie, und wir starben daran wie der Lachs im stillen Wasser, wenn die Laichzeit im Herbst vorüber und sein Leben überflüssig geworden ist.

Aber das Merkwürdige ist – die Weißen kommen zwar wie der Hauch des Todes, alles, was sie bringen, führt zum Tod, sie atmen den Tod, aber sie sterben nicht. Sie haben den Whisky, den Tabak, die kurzhaarigen Hunde; sie haben die vielen Krankheiten, die Pocken und Masern, den Husten und das Blutspukken; sie haben die weiße Haut, keine Widerstandskraft gegen Frost und Sturm; die Pistolen, die sechsmal sehr schnell hintereinander schießen und wertlos sind. Und doch werden sie fett und gedeihen trotz ihrer zahllosen Übel; ihre schwere Hand lastet auf dem ganzen Land, und sie treten seine Völker mit Füßen. Ihre Frauen sind zart wie Säuglinge, ganz zerbrechlich und werden doch nie gebrochen, sondern Mütter von Männern. Aus aller Zartheit und Krankheit und Schwäche kommt Kraft und Macht und Herrschaft. Vielleicht sind sie Götter, vielleicht Teufel. Ich weiß es nicht. Was weiß der alte Imber vom Volk der Whitefish-Indianer? Ich weiß nur, daß sie nicht zu begreifen sind, diese weißen Menschen, diese allgegenwärtigen Wanderer und Krieger.

Ich habe gesagt, das Fleisch in den Wäldern wurde immer knapper. Das Gewehr des weißen Mannes ist zwar sehr gut und tötet auf große Entfernung; aber was nützt ein Gewehr, wenn es keine Beute zu schießen gibt? Als ich ein Kind war, stand der

Elch auf jedem Hügel am Whitefish, und jedes Jahr kamen unzählige Karibus. Jetzt aber geht der Jäger vielleicht zehn Tage auf die Jagd, und kein Elch erfreut mehr sein Auge, und die Karibus sind ganz verschwunden. Das Gewehr ist nutzlos, sage ich, das auf weite Entfernung tötet, wenn es nichts zu töten gibt.

Ich, Imber, dachte über die Dinge nach und sah die Whitefish-Indianer und die Pellys und alle Stämme im Land zugrundegehen wie das Jagdwild in den Wäldern. Ich dachte lange nach. Ich sprach mit den Schamanen und den Alten, die weise waren. Ich suchte die Einsamkeit, damit der Lärm des Dorfs mich nicht störte, und aß kein Fleisch, damit mein Magen mich nicht belastete und meine Sinne nicht getrübt wurden. Lange saß ich schlaflos im Wald und wartete mit großen Augen auf das Zeichen, lauschte geduldig mit gespitzten Ohren auf das Wort, das kommen mußte. Ich wanderte allein in der Schwärze der Nacht zum Flußufer, wo der Wind stöhnte und das Wasser gurgelnd schluchzte, und wo ich Erleuchtung suchte bei den Geistern alter, längst dahingegangener und in den Bäumen hausender Schamanen.

Und schließlich, wie in einer Vision kamen mir die kurzhaarigen und widerwärtigen Hunde in den Sinn, und ich sah den Weg klar vor mir. Die Weisheit Otsbaoks, meines Vaters, der ein starker Mann war, hatte das Blut unserer Wolfshunde rein erhalten, und deswegen hatten sie immer noch ein warmes Fell und waren kräftige Zugtiere. Also ging ich ins Dorf zurück und hielt eine Rede vor unseren Männern. ›Sie sind ein Volk, diese weißen Menschen‹, sagte ich. ›Ein sehr großes Volk, und gewiß haben sie kein Fleisch mehr in ihrem Land, so daß sie zu uns kommen und neues Land für sich suchen. Aber sie machen uns schwach, bis wir sterben. Sie sind ein hungriges Volk. Unser Fleisch ist uns schon ausgegangen, und wenn wir leben wollen, dann sollten wir sie behandeln, wie wir ihre Hunde behandelt haben.‹

Und ich redete weiter und riet zum Kampf. Die Whitefish-Männer hörten mir zu, und die einen sagten dies und die anderen das, und wieder andere redeten nutzloses Zeug, doch keiner sprach von großen Taten und vom Krieg. Aber während die jungen Männer weich wie das Wasser waren und voller Furcht, beobachtete ich, wie die alten Männer schwiegen und ihre Augen immer wieder feurig glänzten. Und später, als das Dorf schlief und keiner es merkte, führte ich die alten Männer hinaus in den Wald und redete weiter zu ihnen. Jetzt waren wir einig und erinnerten uns an unsere Jugend, an das freie Land, die Zeiten des Überflusses, die Freude und den Sonnenschein.

Wir nannten uns Brüder, schworen zu schweigen und legten einen Eid ab, daß wir das Land von der Brut säubern wollten, die sich eingenistet hatte. Es ist klar, daß wir Narren waren, aber wie sollten wir das erkennen, wir alten Männer vom Volk der Whitefish?

Um den anderen Mut zu machen, handelte ich als erster. Ich hielt Wache am Yukon, bis ein Kanu herunterkam. Zwei weiße Männer saßen darin. Als ich mich am Ufer aufrichtete und eine Hand hob, änderten sie ihren Kurs und hielten auf mich zu. Und als der Mann im Bug den Kopf hob, um zu erfahren, was ich von ihm wollte, schwirrte mein Pfeil schon durch die Luft, durchbohrte seine Kehle und gab ihm die Antwort. Der zweite Mann, der achtern saß und das Paddel hielt, hatte das Gewehr schon halb angelegt, als der erste meiner drei Speerwürfe ihn traf.

›Das sind die ersten‹, sagte ich, als die alten Männer zu mir traten. ›Später werden wir die Alten aller Stämme um uns sammeln und uns danach mit den jungen Männern verbünden, die stark geblieben sind; dann wird unser Werk leicht werden.‹

Dann stießen wir die beiden Weißen in den Fluß. Das Kanu, das sehr gut gebaut war, steckten wir in Brand und warfen auch alle Dinge, die sich darin befanden, ins Feuer. Doch erst sahen wir uns die Sachen an. Es waren Lederbeutel, die wir mit unseren Messern aufschnitten. Es kamen lauter Papiere heraus, wie die, aus denen du vorgelesen hast, Howkan, mit Zeichen darauf, die uns erstaunten und die wir nicht verstehen konnten. Jetzt bin ich weise geworden und weiß, daß es die Rede von Menschen ist, wie du gesagt hast.«

Durch den Saal ging ein Wispern und Raunen, als Howkan mit der Übersetzung der Kanugeschichte fertig war, und einer meldete sich zu Wort und sagte: »Das war die 91er Post, die wurde von Peter James und Delaney transportiert. Matthew war ihnen am Laberge begegnet und hatte sie als letzter gesprochen.« Die Feder des Schreibers kratzte eifrig weiter über das Papier, und der Geschichte des Nordens wurde ein weiterer Absatz hinzugefügt.

»Es gibt nicht mehr viel zu sagen«, fuhr Imber langsam fort. »Es steht auf dem Papier dort, was wir getan haben. Wir waren alte Männer, und wir haben nicht begriffen. Selbst ich, Imber, verstehe immer noch nicht. Wir töteten aus dem Hinterhalt und töteten immer weiter, denn unser Alter hatte uns listig gemacht, und wir wußten, wie man ohne Hast schnell zum Ziel gelangt. Als weiße Männer mit bösen Blicken und schlimmen Worten zu uns kamen und sechs unserer jungen Männer in eisernen Fesseln abführten, erkannten wir, daß wir nicht mehr im nächsten Umkreis töten durften. Und so zogen wir alten Männer, einer nach dem anderen, den Fluß hinauf oder hinab in die Fremde. Es war eine kühne Tat. Wir waren alt und furchtlos, doch die Angst vor dem Unbekannten ist schrecklich für alte Menschen.

So töteten wir, ohne Hast, aber mit List. Wir erschlugen die Weißen auf dem Chilcoot und im Delta, von den Pässen bis zum Meer, wo immer sie einen Pfad suchten oder ein Lager aufschlugen. Sie starben zwar, aber es hatte keinen Sinn. Immer mehr kamen über die Berge, ihre Zahl wuchs unaufhörlich, während wir, weil wir alt waren, immer weniger wurden. Ich erinnere mich an das Lager eines Weißen am Caribou Crossing. Es war ein sehr kleiner weißer Mann, und drei von unseren Alten überraschten ihn im Schlaf. Am nächsten Tag fand ich sie alle vier. Nur der Weiße atmete noch, und er hatte noch soviel Luft, daß er mich gründlich verfluchte, ehe er starb.

So ging es weiter, hier der eine alte Mann, da der andere. Manchmal erreichte uns die Kunde von ihrem Tod erst lange danach, manchmal erreichte sie uns gar nicht. Die alten Männer der anderen Stämme waren schwach und furchtsam und wollten sich uns nicht anschließen. Wie ich gesagt habe, einer nach dem anderen, bis nur ich übriggeblieben war. Ich bin Imber, vom Whitefish-Volk. Mein Vater war Otsbaok, ein starker Mann. Es gibt keinen Whitefish-Stamm mehr. Von den Alten bin ich der letzte. Die jungen Männer und Frauen sind fortgegangen, manche sind zu den Pellys gezogen, manche zu den Salmons, und mehr noch zu den Weißen. Ich bin sehr alt und sehr müde, und weil es vergeblich ist, gegen das Gesetz zu kämpfen, wie du sagst, Howkan, bin ich gekommen, um mich ihm zu stellen.«

»Imber, du bist wahrhaftig ein Narr«, sagte Howkan.

Doch Imber träumte. Der Richter mit der kantigen Stirn träumte auch, und in einer mächtigen Vision sah er seine ganze Rasse vor sich, die eisenbeschlagen und gepanzert die Gesetzgeberin und Weltschöpferin unter den Geschlechtern der Menschen war. Er sah sie in flackernder Morgenröte jenseits finsterer Wälder und düsterer Meere erstehen, sah sie blutig und rot ihren strahlenden Zenit erreichen, sah den blutgetränkten Sand des verschatteten Hangs in die Nacht zurücksinken. Und das alles durchdrang das Gesetz, machtvoll und mitleidlos, gebieterisch und durch nichts zu beirren, größer als die menschlichen Staubkörnchen, die ihm gehorchten oder von ihm zerrieben wurden, so wie es auch größer war als er, dessen Herz ein mildes Urteil verlangte.

Der Zelteingang öffnete sich: aus dem reifbedeckten Wolfsgesicht, das sich hereinschob, blickten zwei sehnsüchtige Augen. »He! Chook! Siwash! Chook, du Satansbraten!« Die empörten Zeltinsassen protestierten im Chor. Mit einem Blechteller versetzte Bettles dem Hund einen heftigen Schlag, so daß er hastig den Rückzug antrat. Louis Savoy verschnürte die Zeltklappen wieder miteinander und, um ganz sicher zu gehen, beförderte er noch eine Bratpfanne mit dem Fuß von innen vor den Eingang. Dann wärmte er sich die Hände. Draußen war es eiskalt. Achtundvierzig Stunden zuvor war das Alkohol-Thermometer bei einer Minustemperatur von fünfundfünfzig Grad geplatzt, und seitdem hatte die schneidende Kälte unaufhörlich zugenommen. Man konnte nicht voraussagen, wann diese Kältewelle zu Ende gehen würde. Unter solchen Umständen ist es wenig empfehlenswert, sich ohne Not weit vom wärmenden Ofen zu entfernen oder mehr kalte Luft an sich heranzulassen, als man ohnehin einatmen muß. Manchmal wagt es doch jemand, und manchmal kühlen dann die Lungen aus. Das führt zu einem bösartigen, trockenen Husten, der besonders empfindlich auf gebratenen Speck reagiert. Irgendwann im Frühjahr oder Sommer muß dann eine Grube in den gefrorenen Boden geschmolzen werden. Darin verschwindet die Leiche eines Menschen, die man mit Moos bedeckt und in der Gewißheit dort liegen läßt, daß sie am Jüngsten Tag unversehrt aus ihrer eisigen Erstarrung auferstehen wird. Wer ein Skeptiker ist und die leibliche Auferstehung an diesem Schicksalstag bezweifelt, dem kann kein besseres Land zum Sterben empfohlen werden als das Klondikegebiet. Es wäre allerdings verfehlt, daraus zu schließen, es sei zum Leben ebensogut geeignet.

Draußen war es bitterkalt, aber übermäßig warm war es auch

drinnen nicht. Der einzige Gegenstand, den man als Möbelstück bezeichnen konnte, war der Ofen, und es war nicht zu übersehen, daß er sich bei den Männern besonderer Wertschätzung erfreute. Der Boden war zur Hälfte mit Fichtenzweigen ausgelegt; darüber lagen die Schlaffelle, darunter die winterliche Schneedecke. Der übrige Boden bestand aus festgetretenem Schnee, auf dem das Kochgeschirr und alle anderen Utensilien eines arktischen Lagers verstreut waren. Der Ofen war glühend heiß, aber kaum einen Meter davon entfernt lag ein Eisblock, so wie die Männer ihn aus dem gefrorenen Bach herausgeschnitten hatten – mit unverändert scharfen Kanten und genauso trocken. Der Druck der Kaltluft von außen preßte die Hitze im Innern nach oben. Unmittelbar über dem Ofen, dort wo das Rohr nach außen führte, blieb ein schmaler ringförmiger Bereich der Zeltleinwand trocken; ein dampfender Ring schloß sich an; dann folgte ein feuchter Ring, der Wasserperlen absonderte; das ganze restliche Zelt, Zeltwände ebenso wie Zeltdach, verschwand unter einer halbzolldicken Kruste von trockenem Reif.

»Au! Au!! Au!!!« Der bärtige junge Mann, der bleich und erschöpft in seinen Fellen schlief, stöhnte vor Schmerzen. Obwohl er nicht aufwachte, wurde sein Stöhnen immer lauter und qualvoller. Er versuchte, sich zitternd aufzurichten und es schüttelte ihn, als ob er sich in Nesseln gesetzt hätte.

»Rollt ihn auf den Bauch!« kommandierte Bettles. »Er hat Krämpfe.«

Ein halbes Dutzend willige Kameraden machte sich daraufhin mit erbarmungsloser Hilfsbereitschaft über ihn her und knetete, schlug und hämmerte auf ihm herum.

»Verdammter Trail«, brummte ihr Opfer, schleuderte die Felle beiseite und setzte sich auf. »Ich bin Querfeldeinrennen gelaufen, drei Jahre lang Abwehrspieler im Rugby gewesen, und ich hab' mich auf jede erdenkliche Weise abgehärtet. Und dann pilgere ich in dieses gottverlassene Land, nur um festzustellen, daß ich ein Weichling bin, der nicht einmal die simpelsten Voraussetzungen echter Mannhaftigkeit mitbringt!« Er rückte näher ans Feuer und rollte sich eine Zigarette. »Oh, ich will nicht jammern. Ich kann meine Medizin schon schlucken, keine Sorge; aber ich geniere mich so richtig. Hier sitze ich nach lächerlichen dreißig Meilen, alles tut mir weh, und ich bin so kaputt und steif wie irgendein Schlappschwanz aus der Stadt nach einem Fünf-Meilen-Marsch auf einer gemütlichen Landstraße. Das macht mich ganz krank. Hat jemand ein Zündholz für mich?«

»Deswegen brauchst du nicht gleich einen Koller zu kriegen, Junge.« Bettles reichte ihm das gewünschte Zündholz und wurde ganz väterlich. »Laß dir mal erst ein bißchen Zeit zum Eingewöhnen. Meine Güte, ich weiß doch noch, wie ich zum ersten Mal auf dem Trail war! Steif? Ich hab Zeiten erlebt, da brauchte ich zehn Minuten, um den Kopf vom Wasserloch zu heben und auf die Füße zu kommen – jedes einzelne Gelenk hat gekracht und wollt' sich ums Verrecken nicht rühren. Krampf? Ich war so verknotet, daß die im Lager 'nen halben Tag gebraucht haben, bis alles wieder an seinem Platz war. Du bist schon in Ordnung für'n Anfänger, und du hast die richtige Einstellung. Heute in einem Jahr, da läufst du uns alten Hasen allen davon. Und was am meisten für dich spricht, du hast nicht diese Neigung zu überflüssigem Fett, durch die schon mancher kräftige Kerl sich in Abrahams Schoß wiedergefunden hat, ehe er an der Reihe gewesen wäre.«

»Fett?«

»Genau. Die Leute mit den Muskelpaketen neigen dazu. Aber der Muskelprotz ist auf dem Trail nicht unbedingt der beste.«

»Noch nie davon gehört.«

»Noch nie gehört, was? Das ist Tatsache, klipp und klar, da geht kein Weg dran vorbei. So'n Kraftprotz ist gut für 'ne einzelne gewaltige Anstrengung, aber wenn's um Ausdauer geht, da kannste ihn vergessen. Ausdauer und so'n muskelbepackter Körper, die vertragen sich nun mal nicht. Wenn's wirklich drauf ankommt, die Zähne zusammenzubeißen und wie'n halbverhungerter Hund den Knochen nicht mehr loszulassen, dann braucht man die kleinen drahtigen Typen. Nee, mein Lieber, da sind die Muskelprotze keinen Pfifferling wert.«

»Wahr'aftig, nein!« mischte sich jetzt Louis Savoy ein. »Das ist kein, wie man sagt – Spaß. Isch kenne ein Mann, so groß wie ein Büffel. Es gab ein kleiner Mann, Lon McFane, der ist mit ihm gewesen bei Goldrausch am Sulphur Creek. Ihr kennt Lon McFane, der kleine Irländer mit die rote 'aare und grinst immer. Sie marschieren, marschieren, marschieren, ganz den Tag und die Nacht. Der große Mann, er wird sehr müde, legt sich immer in die Schnee. Der kleine Mann tretet der große Mann, und er weint wie ein *bébé*. Und der kleine Mann tretet und tretet und tretet, und endlisch, langer Zeit nachher, tretet der kleiner Mann der große Mann in meine 'ütte. Drei Tage später erst er kriescht aus meine Decke. Isch 'abe nie gesehen eine Frau wie der große Mann. Nie, nie. Er 'at ge'abt, was du nennst Fett. Das ist sischer.«

»Aber was ist dann mit Axel Gunderson?« warf Prince ein. Der tragische Tod des großen Skandinaviers hatte auf den Bergbauingenieur tiefen Eindruck gemacht. »Der liegt irgendwo da oben begraben.« Er machte eine Handbewegung, mit der er vage in den geheimnisvollen Osten wies.

»Der großartigste Mann, der je übers Meer gekommen ist und der mit seinem unbeugsamen Willen einen Elch zu Boden zwingen konnte«, ergänzte Bettles. »Aber er ist die Ausnahme, die die Regel bestätigt. Denk nur an seine Frau, Unga, – die wog grad hundert Pfund, nur drahtiges Fleisch und auch davon keine Unze zuviel. Sie setzte ihren Willen seinem Willen entgegen, und trotz allem, was ın ıhm steckte, war sıe doch ımmer noch stärker als er. Es gab nichts auf der ganzen Erde, darin und darunter, was sie nicht fertiggebracht hätte.«

»Aber sie liebte ihn«, gab der Ingenieur zu bedenken.

»Darum geht's nicht. Es –«

»Hört zu, Männer«, unterbrach ihn Sitka Charley, der auf der Vorratskiste saß. »Ihr habt vom überflüssigen Fett bei starken

Männern gesprochen, von der Unbeugsamkeit der Frauen und ihrer Liebe, und ihr habt die Wahrheit gesagt. Ich denke jetzt aber an Dinge, die geschehen sind, als das Land noch jung war und die Lagerfeuer so verstreut wie die Sterne am Himmel. Damals hatte ich mit einem Kraftprotz zu tun, mit überflüssigem Fett und mit einer Frau. Die Frau war klein; aber ihr Herz war größer als das hünenhafte Herz des Mannes, und sie war unbeugsam. Wir waren auf einem langen, anstrengenden Weg, bis zum Meer, und es war bitterkalt. Es lag tiefer Schnee und wir litten Hunger. Die Liebe der Frau war gewaltig – anders kann man es nicht sagen.«

Er machte eine Pause und schlug mit der Axt Eisstücke von dem großen Klotz herunter, der neben ihm lag. Er warf sie in die Goldpfanne auf dem Ofen, wo das Trinkwasser geschmolzen wurde. Die Männer rückten näher heran, und der von Krämpfen geplagte junge Mann suchte vergeblich, seinen steifen Gliedmaßen Erleichterung zu verschaffen.

»Männer, in meinen Adern fließt rotes Indianerblut, aber mein Herz gehört den Weißen. Das eine ist Schuld meiner Väter, das andere Verdienst meiner Freunde. Schon als Kind erkannte ich eine große Wahrheit. Ich erkannte, daß euch und Menschen eurer Art die Erde gegeben war, daß die Indianer nicht widerstehen konnten und wie das Karibu und der Bär in der Kälte untergehen müssen. So kam ich zu euch in die Wärme und setzte mich an eure Feuer, und so wurde ich dann einer der euren. Ich habe viel gesehen. Ich habe merkwürdige Dinge erlebt und gemeinsam mit vielen Männern vieler Rassen auf langen Reisen hart gekämpft. Deswegen messe ich den Wert der Taten, urteile über Menschen und denke über die Dinge wie ihr es tut. Wenn ich also über einen von eurer Art streng urteile, dann weiß ich, daß ihr es nicht falsch verstehen werdet. Und wenn ich über jemand vom Volk meiner Väter mit Hochachtung spreche, dann werdet ihr nicht sagen: ›Sitka Charley ist ein Indianer, in seinen Augen flackert ein böses Licht und seiner Zunge ist nicht zu trauen.‹ Habe ich recht?«

Aus dem Kreis seiner Zuhörer kam tiefkehliges und zustimmendes Brummen.

»Die Frau hieß Passuk. Ich hatte sie in einem ehrlichen Handel von ihrem Volk bekommen, das an der Küste wohnte und seinen Chilcat-Totempfahl am Ende eines Meeresarms aufgestellt hatte. Mein Herz schlug nicht schneller für diese Frau, und ich achtete nicht auf ihr Aussehen, denn sie blickte kaum auf, war schüchtern und ängstlich wie alle Mädchen, die man einem Fremden überläßt, den sie noch nie gesehen haben. Wie ich sagte, ich hatte in meinem Herzen keinen Platz für sie, weil ich eine große Reise unternehmen wollte und nur jemanden brauchte, der meine Hunde füttern und mir beim Paddeln helfen konnte, wenn ich auf den Flüssen fuhr. Eine Decke sollte für zwei reichen; so wählte ich Passuk.

Habe ich schon gesagt, daß ich im Dienst der Regierung stand? Wenn nicht, dann solltet ihr es jetzt wissen. Ich kam an Bord eines Kriegsschiffs, mit Schlitten, Hunden und Trockennahrung. Passuk begleitete mich. Wir fuhren nach Norden, bis wir an den Wintereis-Rand der Bering-See kamen. Dort setzte man uns an Land – mich, Passuk und die Hunde. Ich erhielt auch Geld von der Regierung, weil ich ihr Angestellter war, Karten von Ländern, die kein Mensch je zu Gesicht bekommen hatte, und Nachrichten. Die Nachrichten waren versiegelt und geschickt gegen die Witterungseinflüsse geschützt. Ich sollte sie den Walfängern im Polarmeer bringen, die im Eis bei der Makkenzie-Mündung festlagen. Es gibt keinen mächtigeren Strom als den Mackenzie – unseren Yukon, den Vater aller Flüsse, ausgenommen.

Das alles tut aber nichts zur Sache, denn meine Geschichte handelt nicht von den Walfängern oder dem Winter im Eis, den ich dort verbrachte. Später, als die Tage länger wurden und der Schnee eine Harschdecke hatte, kamen Passuk und ich in den Süden, in das Land am Yukon. Eine mühselige Reise, doch wir gingen der Sonne entgegen. Es war damals ein menschenleeres Land, und wir kämpften mit Stake und Paddel gegen die Strömung, bis wir Forty Mile erreichten. Es war gut, wieder weiße Gesichter zu sehen. Wir legten am Ufer an. Der folgende Winter war hart. Kälte und Dunkelheit senkten sich über uns, und der Hunger begleitete sie. Jedermann erhielt vom Agenten der Handelsgesellschaft vierzig Pfund Mehl und zwanzig Pfund Speck. Bohnen gab es nicht. Die Hunde heulten unaufhörlich, die Menschen wurden mager, ihre Gesichter fielen ein, kräftige Männer wurden schwach, und die Schwachen starben. Es gab auch viel Skorbut.

Eines Abends saßen wir im Warenlager, und die leeren Regale ließen uns die Leere im Magen noch stärker spüren. Im Schein des Feuers – Kerzen sparte man für diejenigen auf, die im Frühling noch leben würden – beratschlagten wir bedrückt, was zu tun sei. Die Versammlung beschloß, jemand müsse sich zum Meer aufmachen, um die Außenwelt von unserem Elend in Kenntnis zu setzen. Alle schauten auf mich, denn es war bekannt, daß ich weit herumgekommen war.

›Bis zur Haines-Missionsstation sind es siebenhundert Meilen‹, sagte ich, ›und jeder Zoll nur mit Schneeschuhen zu bewältigen. Gebt mir eure besten Hunde und die beste Verpflegung, dann bin ich bereit zu gehen. Passuk wird mich begleiten.‹

Alle stimmten zu. Doch dann stand jemand auf. Long Jeff, ein Yankee mit starken Knochen und starken Muskeln. Er gebrauchte auch starke Worte; er habe ebensoviel Erfahrung mit langen Fahrten; sagte er, er sei mit Schneeschuhen auf die Welt gekommen und mit Büffelmilch großgezogen worden. Er würde mit mir gehen, und falls ich auf dem Weg ums Leben käme, könne er der Station die Nachricht überbringen. Ich war jung und kannte die Yankees nicht. Woher sollte ich wissen, daß jemand, der den Mund aufreißt, dieses überflüssige Fett hat oder daß die Yankees, die große Taten vollbrachten, keine großen Worte machten? Wir nahmen uns also die besten Hunde, den besten Proviant und machten uns auf den Weg – Passuk, Long Jeff und ich.

Nun, ihr habt alle schon eine Spur im Neuschnee gelegt, einen

Schlitten gelenkt und seid vertraut mit gefrorenen Flüssen, auf denen sich aufgestaute Eismassen türmen. Ich werde deshalb nicht viel von unseren Mühen reden, außer, daß wir an manchen Tagen zehn Meilen vorwärtskamen, an anderen dreißig, aber meist eher nur zehn. Und der ausgesuchte Proviant war nicht gut genug, obgleich wir von Anfang an sparten. Auch die Hunde waren wenig wert; sie hielten sich nur mühsam auf den Beinen. Am White River wurden aus unseren drei Schlitten zwei. Dabei lagen erst zweihundert Meilen hinter uns. Aber es ging nichts verloren: die Hunde aus dem dritten Zuggeschirr wanderten in den Magen der übrigen.

Nicht eine Begegnung, keine Rauchfahne bis zum Pelly. Dort hatte ich mit zusätzlichem Proviant gerechnet. Ich hatte auch darauf gezählt, den jammernden und vom Weg entkräfteten Long Jeff dort zurücklassen zu können. Aber der dortige Handelsagent hatte einen rasselnden Atem, fiebrig glänzende Augen und sein Vorratslager war fast ausgeräumt. Er zeigte uns die leere Vorratskammer des Missionars und die hoch aufgeschichteten Steine, unter denen man ihn begraben hatte, um die Hunde fernzuhalten. Ein paar Indianer waren auch da, aber keine Säuglinge oder alten Männer, und man sah ihnen an, daß nur wenige bis zum Frühjahr überleben würden.

Wir zogen also weiter, mit leerem Magen und schwerem Herzen, vor uns bis zur Missionsstation am Meer ein halbes Tausend Meilen Schnee und Schweigen. Es war die Zeit der größten Dunkelheit, und mittags trat die Sonne nicht über den südlichen Horizont. Aber die aufgestauten Eismassen waren nicht mehr so hoch, und man kam besser voran. Deswegen trieb ich die Hunde unermüdlich an und fuhr von früh bis spät. Wie ich in Forty Mile gesagt hatte, war jeder Zoll mit Schneeschuhen zu bewältigen. Die Schuhe machten unsere Füße wund. Sie rissen auf und verschorften, aber sie heilten nie zu. Jeden Tag wurden die Schmerzen schlimmer, und morgens, wenn wir die Schuhe anlegten, weinte Jeff wie ein kleines Kind. Ich ließ ihn vor dem ersten, leichten Schlitten gehen und die Spur legen, aber um seine Füße zu schonen, stieg er aus den Schuhen. Dadurch trat er den Schnee nicht fest, und seine Mokassins machten tiefe Löcher, so daß die Hunde hineinfielen. Die Knochen schauten ihnen schon durch das Fell, und so etwas war schlecht für sie. Ich wies den Mann zurecht, und er versprach, sich zu bessern. Doch er hielt sein Versprechen nicht. Schließlich schlug ich ihn mit der Hundepeitsche, und danach kamen die Hunde nicht mehr ins Stolpern. Weil er Schmerzen hatte und die Neigung zum Fett, war er wie ein Kind.

Aber zurück zu Passuk. Sie kochte, während der Mann am Feuer lag und heulte; am Morgen half sie die Schlitten anspannen, am Abend spannte sie die Hunde aus. Sie war es, die unsere Hunde am Leben hielt. Immer wieder ging sie mit den Schneeschuhen voraus und trat den Weg fest. Passuk – was soll ich sagen? – ich nahm es ganz selbstverständlich hin, daß sie diese Dinge erledigte; ich dachte nicht weiter darüber nach. Ich hatte ja anderes zu tun, und außerdem war ich noch jung und kannte die Frauen kaum. Erst nachträglich begann ich zu begreifen.

Der Mann wurde nutzlos. Die Hunde hatten kaum noch Kraft, aber er ließ sich heimlich auf dem Schlitten mitziehen, wenn er zurückblieb. Passuk war bereit, den einen Schlitten zu übernehmen, so daß er nichts mehr zu tun hatte. Am nächsten Morgen gab ich ihm seinen gerechten Nahrungsanteil und ließ ihn allein weitergehen. Die Frau und ich brachen das Lager ab, packten die Schlitten und spannten die Hunde vor. Gegen Mittag, wenn die Sonne uns falsche Hoffnungen machte, überholten wir ihn dann; auf seinen Backen waren die Tränen gefroren. Am Abend schlugen wir das Lager auf, legten seinen Anteil an der Verpflegung auf die Seite und richteten ihm seine Schlafstelle. Wir ließen ein großes Feuer brennen, damit er uns nicht übersah. Stunden später kam er dann angehumpelt, aß seine Mahlzeit unter Stöhnen und Seufzen und ging schlafen. Dieser Mann war nicht krank. Er war nur müde und erschöpft vom Weg und vom Hunger geschwächt. Passuk und ich waren ebenso erschöpft und ebenso geschwächt, doch wir taten die

Arbeit, und er tat nichts. Er hatte eben die Anlage zum Fett, von der unser Freund Bettles sprach. Er erhielt immer seinen gerechten Anteil an der Verpflegung.

Eines Tages begegneten wir zwei Schatten, die in der Stille unterwegs waren. Es waren Weiße, ein Mann und ein junger Bursche. Auf dem Laberge-See hatte das Eis nachgegeben, und der größte Teil ihrer Ausrüstung war versunken. Jeder von beiden hatte eine Decke über die Schultern geworfen. Abends machten sie ein Feuer und kauerten darüber bis zum Morgen. Sie hatten ein bißchen Mehl, das sie in warmes Wasser rührten und tranken. Der Mann zeigte mir acht Tassen Mehl – mehr hatten sie nicht, und Pelly, wo die Menschen schon verhungerten, noch zweihundert Meilen entfernt. Sie erzählten noch, daß weiter hinten ein Indianer komme; sie hätten alles gerecht aufgeteilt, aber er habe nicht Schritt halten können. Ich glaubte nicht, daß sie gerecht geteilt hatten, sonst wäre er nicht zurückgeblieben. Verpflegung konnte ich ihnen nicht geben. Sie versuchten, einen Hund zu stehlen, den dicksten – auch er war ganz abgemagert –, doch ich hielt ihnen meine Pistole unter die Nase und scheuchte sie fort. Sie torkelten wie Betrunkene durch die Stille fort in Richtung Pelly.

Inzwischen hatten wir noch einen Schlitten und drei Hunde, die nur noch Haut und Knochen waren. Wenn man wenig Brennholz hat und nur ein kleines Feuer, dann wird die Hütte kalt. So ging es auch uns. Wenn man wenig zu essen hat, dann hat der Frost ein leichtes Spiel; unser Gesicht wurde so schwarz von den Erfrierungen, daß die eigene Mutter uns nicht wiedererkannt hätte. Die Füße waren völlig wund. Beim Aufbruch brach mir vor Anstrengung der Schweiß aus, weil ich den Schmerzensschrei beim Anlegen der Schneeschuhe unterdrükken wollte. Passuk sagte keinen Ton und ging nach vorn, um die Spur festzutreten. Der Mann heulte laut auf.

Der Thirty Mile River hatte eine schnelle Strömung, die das Eis von unten her auswusch, so daß viele Luftlöcher, Spalte und Stellen mit offenem Wasser entstanden. Eines Tages holten wir den Mann ein, als er gerade Rast machte; er war am Morgen wie üblich vorausgegangen. Zwischen uns lag offenes Wasser. Er war auf dem Randeis weitergegangen, das für den Schlitten zu schmal war. Wir suchten uns eine Eisbrücke. Passuk war leicht und betrat sie als erste. Sie hielt eine lange Stange in der Hand, für den Fall, daß sie einbrach. Da sie wenig wog und die Schuhe groß waren, gelangte sie sicher hinüber. Dann rief sie die Hunde. Sie hatten weder Stange noch Schuhe und brachen ein. Die Strömung wirbelte sie unter das Eis. Ich hielt den Schlitten am hinteren Ende fest, bis die Riemen rissen und die Hunde verschwunden waren. Sie hatten nur noch wenig Fleisch auf den Knochen; immerhin hatte ich sie noch als Verpflegung für eine Woche einkalkuliert, und nun waren sie verloren.

Am nächsten Morgen wurde der Proviant gedrittelt, so wenig es war. Ich sagte Long Jeff, er könne mit uns gehen oder auch nicht, ganz wie er wollte; wir beabsichtigten nämlich, ohne schweres Gepäck schneller voranzukommen. Daraufhin zeterte und jammerte er über seine wunden Füße und seine anderen Beschwerden und sagte grobe Dinge über das, was man einem Kameraden schuldig sei. Passuks Füße waren ebenso wund wie meine – wunder als seine, denn wir hatten uns mit den Hunden abgemüht. Long Jeff schwor, er würde lieber sterben, als sich noch einmal aufzuraffen.

Also holte sich Passuk einen Pelzmantel und ich einen Topf und eine Axt; wir wollten gerade aufbrechen, als Passuk die Portion des Mannes ins Auge fiel, und sie sagte: ›Es ist nicht recht, gute Verpflegung an einen Säugling zu verschwenden. Es ist besser, er stirbt.‹ Ich schüttelte den Kopf und sagte nein – ein Weggefährte bleibt immer ein Weggefährte. Daraufhin sprach sie von den Männern in Forty Mile; es seien viele und gute Männer und sie vertrauten darauf, daß ich ihnen im Frühjahr Verpflegung bringen würde. Als ich bei meinem Nein blieb, riß sie mir unversehens die Pistole aus dem Halfter, und Long Jeff fand sich in Abrahams Schoß wieder, wie unser Freund Bettles sagt, bevor er an der Reihe gewesen wäre. Ich tadelte Passuk, doch sie bedauerte nichts und hatte auch keine Gewissensbisse. In meinem Innersten wußte ich, daß sie recht hatte.«

Sitka Charley machte eine Pause und warf zwei Stück Eis in die Pfanne. Die Männer schwiegen. Kalte Schauer liefen ihnen über den Rücken, während die Hunde draußen in der Kälte winselnd und heulend ihrem Elend Ausdruck verliehen.

»Tag für Tag passierten wir die Rastplätze, wo die beiden Geistergestalten im Schnee geschlafen hatten, und wir wußten, daß wir für solche Lager noch dankbar sein würden, ehe wir das Meer erreichten. Dann begegneten wir dem Indianer – noch eine Geistergestalt, die dem Pelly zustrebte. Sie hätten nicht ehrlich geteilt, der Mann und der Bursche, sagte er, und er hatte seit drei Tagen kein Mehl mehr. Jeden Abend kochte er in seinem Napf Teile seiner Mokassins und aß sie anschließend. Viel war nicht mehr übrig. Er war ein Küstenindianer und Passuk, die seine Sprache sprach, dolmetschte, was er erzählte. Er war fremd im Yukon-Gebiet, aber er wollte zum Pelly. Wie weit war es? Noch zwei Nächte? Zehn? Einhundert? – er wußte es nicht, aber er wollte zum Pelly. Zur Umkehr war es zu spät; er konnte nur noch weitermarschieren.

Er bat nicht um Verpflegung, weil er sehen konnte, daß auch wir zu wenig hatten. Passuk schaute den Mann an und dann mich, als ob sie unschlüssig sei – wie ein Rebhuhn, das seine Brut in Gefahr sieht. Deswegen sagte ich zu ihr: ›Diesem Mann hat man übel mitgespielt. Soll ich ihm einen Teil von unserem Proviant überlassen?‹ Ich sah ihre Augen in plötzlicher Freude aufleuchten. Dann blickte sie lange erst den Mann und darauf mich an. Ihre Züge verhärteten sich, und sie sagte: ›Nein. Das Salzwasser ist noch weit, und der Tod wartet überall. Es ist besser, wenn er diesen Fremden holt als meinen Mann Charley.‹ Also ging der Mann weiter in das Schweigen hinein, dem Pelly entgegen.

An diesem Abend hat Passuk geweint. Ich hatte sie noch nie weinen sehen. Es lag auch nicht am Rauch des Feuers, denn wir hatten trockenes Brennholz. Ich konnte mir nicht erklären, warum sie traurig war und dachte, der trostlose Weg und die Schmerzen hätten ihr Herz schwach werden lassen.

Das Leben ist voller Geheimnisse. Ich habe viel darüber nachgedacht, aber mit jedem Tag wird es nur noch geheimnisvoller. Warum gibt es diese Sehnsucht nach dem Leben? Bei diesem Spiel können wir nicht gewinnen. Leben heißt mühselige Arbeit und qualvolles Leid, bis das Alter uns in die Knie zwingt, das Feuer erlischt und wir das Spiel verloren geben. Das Leben ist hart. Das Neugeborene tut seinen ersten Atemzug mit einem Schmerzensschrei, der alte Mann haucht sein Leben unter Schmerzen aus; die Tage dazwischen sind erfüllt von Kummer und Sorge. Und doch kämpft der Mensch bis zum letzten Moment und schaut noch über die Schulter dem Leben nach, während er schon strauchelnd dem Tod in die offenen Arme fällt. Der Tod ist ein Wohltäter. Nur das Leben, nur die Dinge des Lebens schmerzen. Aber wir lieben das Leben und hassen den Tod. Es ist ein großes Rätsel.

Passuk und ich sprachen kaum in den folgenden Tagen. In der Nacht lagen wir im Schnee wie Tote, und wie Tote gingen wir am nächsten Morgen weiter. Alles um uns herum war tot. Es gab keine Schneehühner, keine Eichhörnchen, keine Schneehasen – nichts. Der Fluß blieb stumm unter seiner weißen Decke. In den Bäumen war der Saft erstarrt. Und es wurde kalt, so kalt wie jetzt. In der Nacht wurden die Sterne größer, kamen ganz nah heran und tanzten funkelnd vor unseren Augen. Am Tag verwirrten uns die Nebensonnen, bis wir die eine Sonne nicht mehr erkannten und die ganze Luft blitzte und funkelte und der Schnee zu Diamantenstaub wurde. Es fehlte alle Wärme, kein Laut war zu hören, nur die bittere Kälte und das Schweigen umgaben uns. Ich sagte es schon, wir gingen wie Tote, im Traum, ohne Zeitgefühl. Doch immer hielten wir auf das Meer zu, es zog unsere Seelen dorthin, unsere Füße nahmen nur diesen Weg. Wir schlugen unser Lager am Tahkeena auf und bemerkten es nicht. Unsere Augen erblickten Whitehorse und erkannten es nicht. Unsere Füße erklommen die Steige im Canyon, aber sie spürten sie nicht. Wir nahmen nichts wahr. Wir stürzten oft auf dem Weg, aber immer mit dem Gesicht zum Meer.

Unser letzter Proviant ging zur Neige. Passuk und ich hatten ehrlich geteilt, doch sie stürzte häufiger, und am Caribou Crossing war sie am Ende ihrer Kräfte. Am Morgen blieben wir gemeinsam unter der Decke liegen statt aufzubrechen. Ich wollte mit Passuk den Tod erwarten, Hand in Hand, denn ich war erwachsen geworden und hatte die Liebe einer Frau kennengelernt. Außerdem waren es bis zur Missionsstation noch achtzig Meilen, und dazwischen reckte der mächtige Chilcoot sein sturmgepeitschtes Haupt weit über die Waldgrenze. Aber Passuk zog mein Ohr an ihre Lippen, damit ich ihre leise Stimme hören konnte. Nun, da sie nichts mehr fürchten mußte, gestand sie mir ihre Liebe und sprach von vielen Dingen, die ich nicht begriff.

Sie sagte: ›Du bist mein Mann, Charley, und ich bin dir eine gute Frau gewesen. Jeden Tag und ohne zu klagen habe ich dir das Feuer gemacht, dein Essen bereitet, deine Hunde gefüttert, das Paddel geführt oder die Spur gelegt. Ich habe auch nicht davon gesprochen, daß es in der Hütte meines Vaters wärmer war oder am Chilcat mehr zu essen gab. Wenn du geredet hast, hab ich dir zugehört. Wenn du befohlen hast, habe ich gehorcht. Ist es nicht so, Charley?‹

Und ich antwortete: ›Ja, so ist es.‹

Sie sagte: ›Als du zum ersten Mal zum Chilcat kamst, hast du mich nicht angesehen, sondern mich gekauft wie einen Hund. Du hast mich fortgeführt, und mein Herz hielt für dich nur Abneigung, Bitterkeit und Angst bereit. Doch das ist lange her. Du warst freundlich zu mir, Charley, wie ein guter Mann freundlich zu seinem Hund ist. Dein Herz war kalt und hatte keinen Platz für mich; aber wie in allen Dingen warst du auch zu mir immer gerecht. Ich stand an deiner Seite, als du kühne Taten vollbracht und große Unternehmungen geführt hast. Ich habe dich mit Männern anderer Herkunft verglichen und gesehen, daß du einen Ehrenplatz unter ihnen einnahmst. Dein Rat war weise, deine Rede wahrhaftig. Ich wurde so stolz auf dich, daß du allen Platz in meinem Herzen einnahmst und ich an nichts mehr dachte als an dich. Du warst wie die goldglänzende Mitsommersonne, die den Himmel umrundet, ohne unterzugehen. Wohin ich auch schaute, ich sah nur dieses Gestirn. Doch dein Herz blieb kalt, Charley, und ich fand keinen Platz darin.‹

Ich sagte: ›Du hast recht. Es war kalt, und ich hatte keinen Platz für dich. Aber das ist jetzt vorbei. Jetzt ist mein Herz wie der Schnee im Frühling, wenn die Sonne zurückgekommen ist. Die Erstarrung löst sich, das Eis schmilzt, man hört das Wasser wieder plätschern, die Pflanzen sprießen und die Bäume knospen. Die Rebhühner kollern, die Rotkehlchen singen; es ist ein richtiges Konzert, Passuk, weil die Kraft des Winters gebrochen ist und ich die Liebe einer Frau erfahren habe.‹

Sie lächelte und zog mich näher zu sich heran. ›Ich bin glücklich‹, sagte sie. Danach legte sie den Kopf auf meine Brust und lag lange still, kaum hörbar atmend. Dann flüsterte sie: ›Mein Weg geht hier zu Ende; ich bin müde. Aber erst muß ich dir noch etwas erzählen. Vor langer Zeit, als ich noch ein Kind war, spielte ich allein auf den Fellen in der Hütte meines Vaters. Die Männer waren auf der Jagd, und die Frauen und Jungen schafften das Fleisch ins Dorf. Es war Frühling, und ich war allein. Ein großer Braunbär, der gerade hungrig aus seinem Winterschlaf erwacht war und dessen Fell über dem mageren Leib Falten warf, schob brummend seinen Kopf in die Hütte. Mein Bruder kam mit dem ersten beuteleladenen Schlitten herbeigeeilt. Mit glühenden Stöcken aus dem Feuer kämpfte er gegen den Bären; die Hunde, die noch angeschirrt waren, fielen über ihn her. Es gab einen großen Kampf und viel Getöse. Sie purzelten in das Feuer, die Fellbündel wurden zerrissen, die Hütte fiel zusammen. Aber am Schluß lag der Bär tot am Boden; er hatte meinem Bruder Finger abgebissen und ihm seine Krallen durchs Gesicht gezogen. Hast du bemerkt, daß der Indianer auf dem Weg zum Pelly an seinem Fausthandschuh keinen Däumling hatte, als er die Hände über unserem Feuer wärmte? Er war mein Bruder.

Ich habe gesagt, er solle nichts von unserer Verpflegung bekommen. Und ohne Verpflegung ging er hinaus in das Schweigen.‹

Das, meine Freunde, war Passuks Liebe. Sie starb im Schnee am Caribou Crossing. Es war eine große Liebe, denn sie hat ihren Bruder verleugnet für einen Mann, der sie auf entbehrungsreichen Wegen zu einem bitteren Ende führte. So groß war ihre Liebe, daß sie sich sogar selbst verleugnete. Ehe ihre Augen sich schlossen, nahm sie meine Hand und führte sie unter ihren Parka aus Eichhörnchenfell. An ihrer Hüfte befand sich ein wohlgefüllter Beutel, der das Rätsel löste, warum sie ihre Kräfte verlassen hatten. Tag für Tag hatten wir bis zum letzten Bissen alles gerecht geteilt, und Tag für Tag hatte sie ihren Anteil nur zur Hälfte gegessen. Die andere Hälfte verschwand in diesem Beutel.

Sie sagte: ›Hier endet Passuks Weg; aber dein Weg, Charley, geht noch viel weiter, über den großen Chilcoot, hinunter zur Missionsstation und zum Meer. Er führt dich immer weiter, in das Licht vieler Sonnen, durch unbekannte Länder und über fremde Gewässer. Er führt dich viele Jahre lang zu Ehre, großem Ruhm, in die Hütten vieler und guter Frauen, aber nie zu einer größeren Liebe, als es die Liebe Passuks war.‹

Ich wußte, daß sie die Wahrheit sprach. Doch ich war wie von Sinnen, warf den vollen Beutel fort und schwor, daß auch mein Weg hier zu Ende sei, bis sie schließlich mit Tränen in den Augen sagte: ›Sitka Charley ist immer einen ehrenvollen Weg gegangen und hat nie sein Wort gebrochen. Vergißt er jetzt hier am Caribou Crossing, was Ehre ist, und spricht unnütze Worte? Hat er die Männer in Forty Mile vergessen, die ihm ihren besten Proviant und ihre besten Hunde gaben? Er soll aufstehen, die Schneeschuhe anlegen und gehen, damit Passuk weiter stolz sein darf.‹

Als kein Leben mehr in ihr war, stand ich auf, nahm den wohlgefüllten Proviantbeutel wieder an mich, legte die Schneeschuhe an und taumelte los. Meine Knie zitterten, mein Kopf drehte sich, meine Ohren dröhnten und vor meinen Augen tanzten kleine Flammen. Vergessenes aus meiner Kindheit stieg wieder in mir auf. Es war das Potlach-Fest: ich saß an vollen Töpfen, sang und tanzte zu den Liedern der Männer und Mädchen und dem Dröhnen der Walroßpauken. Passuk hielt mich bei der Hand und ging an meiner Seite. Wenn ich am Weg einschlafen wollte, weckte sie mich. Wenn ich strauchelte und stürzte, richtete sie mich wieder auf. Wenn ich in den tiefen Schnee abirrte, führte sie mich auf den Pfad zurück. Wie ein Mensch im Wahn, der Trugbilder sieht und dessen Gedanken der Rausch verwirrt hat, so kam ich zur Missionsstation am Meer.«

Sitka Charley öffnete den Zelteingang. Es war Mittag. Im Süden, gerade oberhalb des Henderson-Gebirges, schwebte die kalte Sonnenscheibe. Zu beiden Seiten flammten Nebensonnen. Die Luft war ein Gespinst von glitzerndem Frost. Im Vordergrund, neben dem Weg, stieß ein Wolfshund mit vor Kälte gesträubtem Fell die lange Schnauze in den Himmel und heulte auf.

LEB WOHL, JACK

Hawaii ist schon ein merkwürdiges Fleckchen Erde. Die Gesellschaftsordnung scheint mir gewissermaßen aus den Fugen geraten zu sein. Nicht, daß es nicht korrekt zuginge. Fast wird dabei des Guten zuviel getan. Aber dennoch stehen die Dinge irgendwie kopf. Die allerexklusivste Schicht bildet dort der »Missionarsklüngel«. Wenn man erfährt, daß auf Hawaii der unscheinbare, nach Märtyrertum strebende Missionar zuoberst an der Tafel der Geldaristokratie sitzt, ist man zunächst doch ziemlich überrascht. Aber es ist so. Die bescheidenen Neuengländer, die im dritten Jahrzehnt des neunzehnten Jahrhunderts hier landeten, kamen mit dem hehren Vorsatz, die wahre Religion, die Verehrung des einzig echten und nicht zu verleugnenden Gottes zu lehren. Und so viel Erfolg hatten sie damit sowie mit dem Versuch, dem Kanaken die Zivilisation beizubringen, daß er nach der zweiten oder dritten Generation praktisch ausgestorben war. Während ersteres die Frucht der Verkündigung des Evangeliums darstellte, war letzteres die Frucht der Lenden der Missionare (ihrer Söhne und Enkel) und hatte die Besitznahme der Inseln selbst – des Grund und Bodens, der Häfen, der Städte und der Zuckerrohrplantagen – im Gefolge. Der Missionar, der gekommen war, das Brot des Lebens zu bringen, blieb, um sich den ganzen heidnischen Festschmaus einzuverleiben.

Doch das ist nicht das Merkwürdige an Hawaii, auf das ich eingangs anspielte. Man kann nur nicht über hawaiische Angelegenheiten berichten, ohne die Missionare zu erwähnen. So stammt auch Jack Kersdale, der Mann, von dem ich erzählen wollte, von den Missionaren ab. Das heißt, von seiten seiner Großmutter. Sein Großvater war der alte Benjamin Kersdale, ein Yankee-Händler, der in den frühen Tagen den Grundstock für seine erste Million mit dem Verkauf von billigem Whisky

165

und Wacholderschnaps verdiente. Da haben wir noch eine merkwürdige Geschichte. Die alten Missionare und die alten Händler waren Todfeinde, denn ihre Interessen standen ja im Widerspruch zueinander. Ihre Kinder jedoch setzten sich darüber hinweg, heirateten einander und teilten die Inseln unter sich auf.

Das Leben auf Hawaii ist ein Lied. Wie Stoddard es in seinem »Hawaii Noi« ausdrückte:

»Dein Leben ist Musik – o Schicksal mach' die Noten lang!
Eilande werden Verse und das Ganze ein Gesang.«

Und er hatte recht. Fleisch hat dort die Farbe des Goldes. Jede eingeborene Frau eine sonnengereifte Juno, jeder Mann ein bronzegetönter Apoll. Sie singen und tanzen, und alle sind mit Blumen geschmückt und bekränzt. Und die Weißen, die nicht zu dem gestrengen »Missionarsklüngel« gehören, ergeben sich dem Klima und der Sonne und sind, so viel sie auch zu tun haben mögen, stets dazu aufgelegt, zu tanzen, zu singen und sich Blumen hinter das Ohr und ins Haar zu stecken. Jack Kersdale war einer von ihnen. Er hatte wahrhaftig alle Hände voll zu tun. Er war mehrfacher Millionär. Er war Zuckerkönig, Kaffeepflanzer, Pionier bei der Gummigewinnung, Viehzüchter und Förderer von drei Vierteln aller neuen Unternehmen, die auf den Inseln gestartet wurden. Er war auf allen Gesellschaften zu finden, verkehrte in den Clubs, segelte eine Yacht, war Junggeselle und darüber hinaus ein so gutaussehender Mann, daß er von den Müttern heiratsfähiger Töchter entsprechend hofiert wurde. Außerdem hatte er seinen Universitätsabschluß in Yale gemacht, und sein Kopf war mit mehr wichtigen Statistiken und wissenswerten Einzelheiten über Hawaii vollgestopft als der jedes anderen Inselbewohners, den ich kennengelernt habe. Er bewältigte ein ungeheures Arbeitspensum, und doch sang und tanzte er und steckte sich mit der gleichen Begeisterung Blumen ins Haar wie nur irgendeiner von den Müßiggängern.

Er war mutig und hatte bereits zwei Duelle ausgefochten – beide Male aus politischen Gründen –, als er kaum mehr als ein unreifer Jüngling war, der seine ersten Schritte in die Politik wagte. Tatsächlich spielte er bei der letzten Revolution, als das eingeborene Herrscherhaus gestürzt wurde, eine überaus ehrenvolle und tapfere Rolle, und er konnte damals nicht älter als sechzehn gewesen sein. Ich betone ausdrücklich, daß er kein Feigling war, damit man die späteren Ereignisse besser verstehen kann. Ich habe ihn auf der Zureitkoppel der Haleakala-Ranch gesehen, als er einen vierjährigen Wildfang bezwang, der zwei Jahre lang von Tempskys besten Cowboys getrotzt hatte. Und noch etwas muß ich erzählen. Es war unten in Kona – oder vielmehr oben, denn die Leute von Kona haben etwas dagegen, in weniger als dreihundert Metern Höhe zu wohnen. Wir befanden uns alle auf dem *Lanai*, der Veranda von Doktor Goodhues Bungalow. Ich unterhielt mich gerade mit Dottie Fairchild, als es geschah. Ein großer Tausendfüßler – er war achtzehn Zentimeter lang, denn wir haben ihn später gemessen – fiel von dem Pergolabalken über uns genau in ihre Frisur. Ich muß gestehen, daß ich von dem scheußlichen Anblick wie gelähmt war. Ich konnte mich nicht rühren. Mein Verstand setzte aus. Dort, keinen Schritt von mir entfernt, ringelte sich das häßliche, giftige Ungeheuer in ihrem Haar. Jeden Augenblick drohte es auf ihre entblößten Schultern zu fallen – wir waren gerade vom Abendessen herausgekommen.

»Was ist da?« fragte sie und wollte sich mit der Hand an den Kopf fassen.

»Nicht!« rief ich. »Nicht!«

»Aber was ist es denn?« wiederholte sie und bekam es langsam mit der Angst zu tun, da sie die Angst in meinen Augen und auf meinen stammelnden Lippen las.

Durch meinen Ausruf wurde Kersdale auf uns aufmerksam. Er warf uns einen flüchtigen Blick zu, mit dem er gleichwohl die ganze Situation erfaßte. Dann schlenderte er zu uns herüber.

»Bitte bewegen Sie sich nicht, Dottie«, sagte er ruhig.

Er zögerte nicht einen Moment, überstürzte aber auch nichts und beging keinen Fehler.

»Erlauben Sie«, sagte er.

Und mit einer Hand ergriff er ihren Schal und zog ihn fest um ihre Schultern, so daß der Tausendfüßler nicht in ihr Mieder fallen konnte. Mit der anderen Hand – der rechten – faßte er in ihr Haar, packte das widerwärtige Scheusal so nah wie möglich hinter dem Kopf und hielt es fest zwischen Daumen und Zeigefinger, als er es aus ihrem Haar entfernte. Es war ein so furchtbarer und heldenhafter Anblick, wie man ihn sich nur wünschen konnte. Mich überlief es kalt. Der Tausendfüßler, achtzehn Zentimeter krabbelnder Beine, wand, drehte und krümmte sich um seine Hand, schlang den Leib um Kersdales Finger, grub die Beine in seine Haut und zerkratzte ihn, als er versuchte, sich zu befreien. Das Tier biß ihn zweimal – ich habe es gesehen –, wenngleich er den Damen versicherte, daß er nicht verletzt sei, als er es auf den Weg fallen ließ und im Kies tottrat. Doch ich sah ihn fünf Minuten später im Sprechzimmer, wo Dr. Goodhue die Wunden aufschnitt und mit Kaliumpermanganat spülte. Am nächsten Morgen war Kersdales Arm so dick wie ein Faß, und es dauerte drei Wochen, ehe die Schwellung zurückging.

All das hat nichts mit meiner Geschichte zu tun, aber ich konnte nicht umhin, es zu erzählen, um zu zeigen, daß Jack Kersdale alles andere als ein Feigling war. Es war der schönste Beweis von Beherztheit, den ich je gesehen habe. Er zuckte nicht mit der Wimper. Das Lächeln wich nicht von seinen Lippen. Und er fuhr mit Daumen und Zeigefinger so unbekümmert in Dottie Fairchilds Haar, als handelte es sich um eine Dose mit gesalzenen Mandeln. Und doch sollte ich es erleben, wie dieser Mann von einer Angst gepackt wurde, die tausendmal schrecklicher war als meine Angst angesichts dieses sich windenden Scheusals in Dottie Fairchilds Frisur, das über ihren Augen und dem Ausschnitt ihres Mieders baumelte.

Ich interessierte mich für Lepra, und wie über jedes andere die Insel betreffende Thema, besaß Kersdale auch hierüber umfassende Kenntnisse. Tatsächlich war die Lepra eines seiner Steckenpferde. Er war ein glühender Verfechter der Kolonie von Molokai, wo alle Aussätzigen der Inseln isoliert wurden. Unter den Eingeborenen gab es viele von Demagogen geschürte und emotionsgeladene Diskussionen über die Grausamkeiten auf Molokai, wo Männer und Frauen nicht nur von Freunden und Familie getrennt waren, sondern in aufgezwungener Isolation bis zu ihrem Tode leben mußten. Es gab keine Begnadigung, keine Revision des Urteils. »Laßt alle Hoffnung fahren«, stand über dem Tor von Molokai geschrieben.

»Ich sage Ihnen, sie sind dort glücklich«, behauptete Kersdale mit Nachdruck. »Und es geht ihnen unendlich viel besser als ihren Freunden und Verwandten anderswo, denen nichts fehlt. Diese Horrorgeschichten über Molokai sind nur dummes Zeug. Ich kann Sie durch ein beliebiges Krankenhaus oder Elendsviertel einer großen Weltstadt führen und Ihnen tausendmal Schlimmeres zeigen. Der lebendige Tod! Die Geschöpfe, die einst Menschen waren! Alles Unsinn! Sie sollten diese lebenden Toten einmal bei ihrem Pferderennen am vierten Juli, dem Jahrestag der Unabhängigkeitserklärung, sehen. Einige von ihnen haben Boote. Einer besitzt sogar eine motorgetriebene Barkasse. Sie haben nichts anderes zu tun, als sich zu amüsieren. Nahrung, Unterkunft, Kleidung, ärztliche Betreuung, alles wird gestellt. Sie sind die Schutzbefohlenen des Staates. Das Klima ist viel besser als in Honolulu, und die Landschaft ist großartig. Ich selbst hätte nichts dagegen, den Rest meiner Tage dort zu verbringen. Es ist ein herrliches Fleckchen Erde.«

So sprach Kersdale über die fröhlichen Aussätzigen. Er fürchtete sich nicht vor der Lepra. Das waren seine eigenen Worte, und er sagte auch, daß die Chance, diese Krankheit zu bekommen, für ihn oder jeden anderen Weißen nicht einmal eins zu einer Million stünde, wenn er auch später einräumte, daß einer seiner Schulfreunde, Alfred Starter, sich angesteckt habe, nach Molokai geschickt worden und dort gestorben sei.

»Wissen Sie, in alten Zeiten«, erklärte Kersdale, »gab es noch keinen sicheren Lepratest. Irgend etwas Ungewöhnliches oder Abnormes an einem Menschen genügte damals, um ihn nach Molokai zu deportieren. Die Folge war, daß Dutzende von Leuten dorthin gebracht wurden, die ebensowenig vom Aussatz befallen waren wie Sie oder ich. Doch solch ein Irrtum kommt jetzt nicht mehr vor. Die Tests der Gesundheitsbehörde sind unfehlbar. Das Komische daran ist, daß sie damals, als dieser Test erfunden wurde, sofort nach Molokai fuhren und ihn anwandten und dabei eine ganze Reihe von Leuten entdeckten, die keine Lepra hatten. Diese wurden dann sofort von der Insel gebracht. Ob es sie froh stimmte wegzukommen? Beim Verlassen der Kolonie jammerten sie noch schlimmer als an jenem Tag, als sie von Honolulu aus dorthin verfrachtet worden waren. Einige weigerten sich zu gehen und mußten wirklich dazu gezwungen werden. Einer von ihnen heiratete sogar eine Aussätzige im letzten Krankheitsstadium und schrieb dann ergreifende Briefe an die Gesundheitsbehörde, in denen er gegen seine Ausweisung mit der Begründung protestierte, daß niemand so gut wie er für seine arme alte Frau sorgen könne.«

»Was ist das für ein unfehlbarer Test?« fragte ich.

»Der bakteriologische Test. Da kann sich niemand herausmogeln. Doktor Hervey – er ist unser Experte, müssen Sie wissen – hat ihn hier als erster angewandt. Er ist ein wahrer Zauberkünstler. Er weiß mehr über Lepra als jeder andere Sterbliche, und falls man je ein Heilmittel dafür finden sollte, dann wird er der Entdecker sein. Der Test selbst ist ganz einfach. Es ist ihnen gelungen, den Leprabazillus zu isolieren und genau zu untersuchen. Jetzt erkennen sie ihn, sobald sie ihn sehen. Sie brauchen nichts weiter zu tun, als dem Verdächtigen ein Stückchen Haut abzuschnipseln und es dem bakteriologischen Test zu unterziehen. Ein Mensch ohne irgendwelche sichtbare Symptome kann voll von Leprabazillen sein.«

»Dann ist es also möglich, daß es in uns jetzt davon wimmelt, ohne daß wir die leiseste Ahnung haben?« meinte ich.

Kersdale zuckte mit den Achseln und lachte.

»Wer weiß das schon? Die Inkubationszeit beträgt sieben Jahre. Wenn Sie irgendwelche Zweifel haben, dann gehen Sie zu Doktor Hervey. Er wird Ihnen ein Stückchen Haut abschnipseln und sofort Bescheid geben.«

Später machte er mich mit Dr. Hervey bekannt, der mich mit Berichten der Gesundheitsbehörde und Broschüren zu diesem Thema überhäufte und mich mit nach Kalihi, der Aufnahmestation von Honolulu, hinausnahm, wo die Verdächtigen untersucht und erwiesenermaßen Leprakranke bis zur Überführung nach Molokai festgehalten werden. Diese Deportationen fanden etwa einmal im Monat statt. Die Aussätzigen wurden dann nach den letzten Abschiedsgrüßen an Bord eines kleinen Dampfers, der *Noeau*, gebracht und in die Kolonie abtransportiert.

Eines Nachmittags, ich saß gerade im Klub und schrieb Briefe, kam Jack Kersdale herein.

»Sie habe ich gesucht«, war seine Begrüßung. »Ich werde Ihnen den traurigsten Aspekt der ganzen Geschichte zeigen – das Wehklagen der Leprakranken, wenn sie nach Molokai abfahren. Die *Noeau* wird sie in ein paar Minuten an Bord nehmen. Aber ich warne Sie, lassen Sie sich nicht von Ihren Gefühlen überwältigen. So echt ihr Kummer auch sein mag, so würden sie doch in einem Jahr noch viel schlimmer jammern, falls die Gesundheitsbehörde versuchen sollte, sie wieder von Molokai fortzubringen. Wir haben gerade noch Zeit für einen Whisky-Soda. Ich habe eine Kutsche draußen. Wir sind in weniger als fünf Minuten am Kai unten.«

Wir fuhren also zum Kai. Etwa vierzig unglückselige Geschöpfe hockten mit ihren Matten, Decken und den verschiedensten Gepäckstücken auf der Landungsbrücke. Die *Noeau* war gerade angekommen und machte an einem Leichter fest, der zwischen ihr und dem Kai lag. Ein gewisser Mr. McVeigh, der Vorsteher der Kolonie, beaufsichtigte das Einschiffen, und ihm wurde ich vorgestellt, wie auch Dr. Georges, einem der Ärzte der Gesundheitsbehörde, dem ich bereits in Kalihi begegnet war. Die Aussätzigen waren eine traurige Schar. Die Gesichter der meisten sahen grauenvoll aus – zu schrecklich, um sie zu beschreiben. Aber hier und da bemerkte ich recht gut aussehende Menschen ohne sichtbare Anzeichen der grausamen Krankheit. Ein kleines weißes Mädchen fiel mir auf, nicht älter als zwölf, mit blauen Augen und goldblondem Haar. Auf einer Wange jedoch war die typische Leprabeule zu sehen. Auf meine Bemerkung hin, wie traurig und fremd sie sich unter den braunhäutigen Kranken fühlen mußte, antwortete Dr. Georges: »Ach, ich denke nicht. Es ist ein glücklicher Tag in ihrem Leben. Sie kommt aus Kauai. Ihr Vater ist ein Scheusal. Und jetzt, wo die Krankheit bei ihr zum Ausbruch gekommen ist, soll sie zu ihrer Mutter in die Kolonie fahren. Ihre Mutter wurde vor drei Jahren dorthin geschickt – ein sehr schlimmer Fall.«

»Man kann nicht immer nach dem Äußeren gehen«, erklärte Mr. McVeigh. »Dieser Mann dort, dieser große Kerl, der so blühend aussieht, als fehlte ihm nicht das geringste, von dem weiß ich zufällig, daß er ein offenes Geschwür am Fuß und am Schulterblatt hat. Und da sind noch andere – dort, sehen Sie die Hand des Mädchens, das eine Zigarette raucht. Sehen Sie ihre verkrümmten Finger. Das ist die mit Schmerzunempfindlichkeit einhergehende Krankheitsform. Sie befällt die Nerven. Man könnte ihr die Finger mit einem stumpfen Messer abschneiden oder auf einer Muskatreibe abhobeln, und sie würde überhaupt nichts dabei spüren.«

»Ja, aber die schöne Frau dort«, fuhr ich fort; »ihr kann doch unmöglich etwas fehlen. Sie sieht einfach zu wundervoll und blendend aus.«

»Ein trauriger Fall«, erwiderte Mr. McVeigh über die Schulter hinweg, da er sich bereits abgewandt hatte, um mit Kersdale den Kai hinunterzugehen.

Sie war eine schöne Frau und eine reinblütige Polynesierin. Nach meiner dürftigen Kenntnis dieser Rasse und ihrer Typen mußte ich zu dem Schluß kommen, daß sie von einem alten Häuptlingsgeschlecht abstammte. Sie konnte nicht älter als drei- oder vierundzwanzig sein. Ihre Gestalt und ihre Proportionen waren prachtvoll, und sie begann eben erst die üppigen Formen der Frauen ihrer Rasse auszubilden.

»Es war für uns alle ein Schlag«, erzählte Dr. Georges. »Sie meldete sich noch dazu freiwillig. Niemand hatte eine Ahnung. Aber irgendwie hat es sie erwischt. Wir waren alle sehr betroffen, das versichere ich Ihnen. Wir haben jedoch dafür gesorgt, daß es nicht in die Presse kommt. Niemand außer uns und ihrer Familie weiß, was aus ihr geworden ist. Ja, wenn Sie irgend jemanden in Honolulu nach ihr fragen würden, so würde er Ihnen antworten, sie sei zur Zeit wohl in Europa. Sie hat darum gebeten, daß wir nichts darüber verlauten ließen. Armes Mädchen, sie besitzt soviel Stolz.«

»Aber wer ist sie?« wollte ich wissen. »So wie Sie von ihr sprechen, muß sie zweifellos eine bekannte Persönlichkeit sein.«

»Haben Sie je von Lucy Mokunui gehört?« fragte er.

»Lucy Mokunui?« wiederholte ich, und irgendwie kam mir der Name bekannt vor. Ich schüttelte den Kopf. »Wenn mir der Name schon begegnet ist, dann muß er mir wieder entfallen sein.«

»Nie von Lucy Mokunui gehört! Der hawaiischen Nachtigall! Ach ja, verzeihen Sie. Sie sind ja ein *Malahini*, und man kann von Ihnen nicht erwarten, daß Sie sie kennen. Also, Lucy Mokunui war der Liebling von Honolulu – von ganz Hawaii eigentlich.«

»Sie sagen, war«, unterbrach ich ihn.

»Und das meine ich auch. Es ist vorbei mit ihr.« Er zuckte mitleidig die Achseln. »Ein Dutzend Haoles – Verzeihung, Weiße – haben irgendwann einmal ihr Herz an sie verloren. Und ich zähle dabei nicht die große Masse. Das Dutzend Männer, das ich meine, waren Haoles von Rang und Namen.

Sie hätte den Sohn des Oberrichters heiraten können, wenn sie gewollt hätte. Sie finden sie schön, nicht wahr? Aber Sie sollten sie erst singen hören. Die wundervollste eingeborene Sängerin auf ganz Hawaii. Ihre Kehle ist pures Silber und eingeschmolzener Sonnenschein. Wir beteten sie an. Sie machte ihre erste Tournee durch Amerika mit der Royal Hawaiian Band. Danach hat sie allein noch zwei Rundreisen gemacht und Konzerte gegeben.«

»Ah!« rief ich aus. »Jetzt erinnere ich mich. Ich habe sie vor zwei Jahren im Konzertsaal des Bostoner Symphonieorchesters gehört. Das ist sie also. Jetzt erkenne ich sie.«

Eine tiefe Traurigkeit lastete plötzlich auf mir. Das Leben war etwas so Nichtiges, bestenfalls. Zwei kurze Jahre nur, und dieses herrliche Geschöpf, auf dem Gipfel ihres wunderbaren Erfolges, gehörte jetzt zu der Schar der Aussätzigen, die auf ihre Deportation nach Molokai warteten. Die Verse Henleys kamen mir in den Sinn:

»Der arme alte Vagabund rechtfertigt seine armen alten
Schwären;
Das Leben, mein ich, ist nur Schmach und Pfuscherei.«

Mich schauderte vor meiner eigenen Zukunft. Wenn dieses furchtbare Schicksal Lucy Mokunui traf, was würde dann mein Los sein – oder das der anderen? Mir war sehr wohl bewußt, daß wir mitten im Leben vom Tod umfangen sind. Aber vom lebendigen Tod umfangen zu sein, zu sterben und doch nicht tot, eines von diesen Geschöpfen zu sein, die einst Männer, ja, und Frauen waren wie Lucy Mokunui, der Inbegriff aller Reize Polynesiens und obendrein eine Künstlerin und von der Männerwelt angebetet – ich fürchte, ich muß meine Bestürzung verraten haben, denn Doktor Georges beeilte sich, mir zu versichern, daß sie in der Kolonie alle sehr zufrieden seien.

Es war alles zu unbegreiflich, zu schrecklich. Ich konnte ihren Anblick nicht ertragen. Nicht weit entfernt, hinter einem von einem Polizisten bewachten Seil standen die Verwandten und Freunde der Leprakranken. Sie durften nicht näher herankommen. Es gab keine letzten Umarmungen, keine Abschiedsküsse. Sie konnten sich nur noch etwas zurufen – letzte

Botschaften, letzte Liebesworte, letzte wiederholte Anweisungen. Und die hinter dem Seil blickten mit angestrengter, schrecklicher Unverwandtheit hinüber. Zum letzten Mal würden sie die Gesichter ihrer Lieben sehen, denn sie waren lebende Tote, die auf dem Begräbnisschiff zum Friedhof Molokai geschafft wurden.

Doktor Georges gab den Befehl, und die unglücklichen Geschöpfe kamen mühsam auf die Beine und wankten langsam unter der Last ihres Gepäcks zu dem Leichter und an Bord des Dampfers. Es war ein Leichenzug. Auf einmal fing das Wehklagen hinter dem Seil an. Es ließ einem das Blut in den Adern gerinnen, es war herzzerreißend. Nie zuvor hatte ich solches Klagen vernommen, und ich hoffe, nie wieder so etwas zu hören. Kersdale und McVeigh standen noch am anderen Ende des Piers und waren in ein ernstes Gespräch vertieft – über Politik natürlich, denn beide waren mit Herz und Seele dabei. Als Lucy Mokunui an mir vorbeiging, betrachtete ich sie verstohlen. Sie war wirklich schön. Auch nach unserem Maßstab war sie schön – eine dieser seltenen Blumen, wie sie nur einmal in vielen Generationen erblühen. Und von allen Frauen war gerade sie dazu verurteilt, nach Molokai zu gehen. Wie eine Königin schritt sie über den Leichter geradewegs an Bord und nach achtern auf das offene Deck, wo sich die Aussätzigen an der Reling drängten und jetzt ihren Lieben am Ufer zujammerten.

Die Leinen wurden losgeworfen, und die *Noeau* entfernte sich langsam vom Pier. Das Wehklagen wurde stärker. Welcher Kummer, welche Verzweiflung! Ich hatte gerade beschlossen, nie wieder der Abfahrt der *Noeau* beizuwohnen, als McVeigh und Kersdale zurückkehrten. Kersdales Augen sprühten, und seine Lippen konnten ein erfreutes Lächeln nicht ganz unterdrücken. Offenbar war ihre politische Unterredung ganz zu seiner Zufriedenheit verlaufen. Das Absperrungsseil war nun gelöst worden, und die wehklagenden Verwandten drängten sich jetzt rechts und links von uns auf der Landungsbrücke.

»Das ist ihre Mutter«, flüsterte Doktor Georges und deutete

auf eine alte Frau neben mir, die hin- und herschwankte und mit tränenblinden Augen auf die Reling des Dampfers starrte. Ich bemerkte, daß Lucy Mokunui ebenfalls weinte. Plötzlich hörte sie auf und blickte zu Kersdale herüber. Dann streckte sie mit dieser anbetungswürdigen, sinnlichen Geste, mit der Olga Nethersole ihr Publikum gleichsam umfängt, die Hände aus. Und mit ausgebreiteten Armen rief sie:

»Leb wohl, Jack! Leb wohl!«

Er hörte den Ruf und sah zu ihr hin. Nie wurde ein Mensch von so vernichtender Furcht übermannt. Er taumelte auf dem Steg, sein Gesicht wurde weiß bis zu den Haarwurzeln, und er schien einzuschrumpfen und in seinen Kleidern zusammenzufallen. Er warf die Hände empor und stöhnte: »Mein Gott! Mein Gott!« Dann bekam er sich mit großer Anstrengung wieder in die Gewalt.

»Leb wohl, Lucy! Leb wohl!« rief er.

Und er blieb auf dem Kai stehen und winkte ihr mit beiden Händen zu, bis die *Noeau* schon weit fort war und die an der Achterreling aufgereihten Gesichter verschwammen und ihre Konturen verloren.

»Ich dachte, Sie wüßten es«, sagte McVeigh, der ihn neugierig beobachtet hatte. »Gerade Sie hätten es doch wissen müssen. Ich dachte, daß Sie deshalb hier wären.«

»Jetzt weiß ich es«, entgegnete Kersdale mit ungeheurem Ernst. »Wo ist der Wagen?«

Schnell ging er – rannte beinahe – zu ihm hin. Ich mußte selbst fast laufen, um mit ihm Schritt zu halten.

»Fahr zu Doktor Hervey«, befahl er dem Kutscher. »Fahr so schnell du kannst.«

Keuchend und nach Luft ringend ließ er sich in den Sitz fallen. Sein Gesicht war noch bleicher geworden. Er hatte die Lippen zusammengepreßt, und der Schweiß stand ihm auf Stirn und Oberlippe. Er schien von einer entsetzlichen Todesangst gepackt.

»Um Gottes willen, Martin, laß die Pferde laufen!« brach es

plötzlich aus ihm heraus. »Gib ihnen die Peitsche! – Hörst du? – Gib ihnen die Peitsche!«

»Sie werden durchgehen, Sir«, wandte der Kutscher ein. »Und wenn schon«, erwiderte Kersdale. »Ich werde deine Geldbuße zahlen und die Sache mit der Polizei regeln. Gib's ihnen. So ist es recht. Schneller! Schneller!«

»Und ich habe nichts gewußt, nichts gewußt«, murmelte er, als er auf den Sitz zurücksank und sich mit zitternden Händen den Schweiß abwischte.

Die Kutsche schüttelte uns durch, schwankte und bog in so rasendem Tempo um die Ecken, daß eine Unterhaltung unmöglich war. Und es gab ja auch nichts zu sagen. Aber immer wieder hörte ich ihn murmeln: »Und ich habe nichts gewußt, ich habe nichts gewußt.«

DAS GESETZ DES LEBENS

Der alte Koskoosh hörte begierig zu. Obwohl er sein Augenlicht schon seit langem verloren hatte, war sein Gehör immer noch scharf, und das leiseste Geräusch drang zu dem noch glimmenden Verstand, der hinter der runzeligen Stirn hauste, auch wenn er die Dinge dieser Welt nicht mehr schaute. Ah! das war Sit-cum-to-ha, die mit schriller Stimme die Hunde verwünschte, während sie sie mit Püffen und Schlägen vor den Schlitten spannte. Sit-cum-to-ha war die Tochter seiner Tochter, aber sie war zu beschäftigt, um einen Gedanken an ihren greisen Großvater zu verschwenden, der dort allein im Schnee saß, hilflos und verloren. Das Lager mußte abgebrochen werden. Der Lange Weg wartete, und der kurze Tag ließ sich nicht aufhalten. Das Leben rief sie, und die Pflichten des Lebens, nicht der Tod. Und er stand jetzt an der Schwelle des Todes.

Bei diesem Gedanken überwältigte den alten Mann für einen Augenblick die Angst, und er streckte seine zitternde Hand aus, um mit bebenden Fingern über das kleine Bündel trockenen Holzes zu streichen, das neben ihm lag. Nachdem er sich so vergewissert hatte, daß es auch wirklich da war, zog er die Hand wieder in den Schutz der abgeschabten Pelze zurück und horchte erneut auf seine Umgebung. Das unwillige Krachen fast steifgefrorener Tierfelle verriet ihm, daß man das mit Elchhäuten gedeckte Wigwam des Häuptlings abgebrochen hatte und eben dabei war, es für den Transport zusammenzupacken und zusammenzupressen. Der Häuptling war sein Sohn, robust und kräftig, der Führer seiner Stammesgenossen und ein gewaltiger Jäger. Während die Frauen sich mit der Lagerausrüstung abplagten, tadelte er laut ihre Langsamkeit. Der alte Koskoosh lauschte aufmerksam. Es war das letzte Mal, daß er diese Stimme hören würde. Jetzt war Geehows Wigwam an der Reihe. Und

jetzt Tuskens! Sieben, acht, neun; nur das Zelt des Medizin-
manns konnte noch stehen. Da! Nun machten sie sich auch daran zu schaffen. Er konnte hören, wie der Medizinmann ächzte,
als er es auf den Schlitten lud. Ein Kind wimmerte, und eine
Frau beruhigte es wieder durch ihren sanften, kehligen Singsang. Der kleine Koo-tee, dachte der alte Mann, ein quengeliges
Kind und nicht sehr kräftig. Vielleicht würde er bald sterben,
und sie würden eine Grube in die getrorene Tundra brennen
und Steine darüber häufen, um die Vielfraße fernzuhalten. Nun,
was machte das schon für einen Unterschied? Ein paar Jahre
Leben bestenfalls, und ebensoviele davon mit leerem wie mit
vollem Magen. Und am Ende wartete der Tod, unersättlich, un-
ersättlicher als sie alle.

Was war das? Ach, die Männer verschnürten die Schlitten und
zogen die Riemen stramm. Er, der nicht mehr hören würde,
hörte ihnen zu. Klatschend fuhren die Peitschenhiebe zwischen
die Hunde. Wie sie jaulen! Wie sie die Arbeit hassen und den
Trail! Jetzt setzten sie sich in Marsch. Ein Schlitten nach dem
anderen rückte hinaus in die Stille. Sie waren fort. Sie waren aus
seinem Leben geglitten, und der letzten, bitteren Stunde sah er
allein entgegen. Nein. Schnee knirschte unter einem Mokassin;
jemand stand neben ihm; eine Hand legte sich liebevoll auf sein
Haupt. Es war gut von seinem Sohn, das zu tun. Er erinnerte
sich an die Söhne anderer Alter, die nicht verweilten, wenn der
Stamm fortzog. Doch sein Sohn hatte es getan. Seine Gedanken
verloren sich in der Vergangenheit, bis die Stimme des jungen
Mannes ihn zurückholte.

»Ist es gut so?« fragte er.

Und der alte Mann antwortete: »Es ist gut.«

»Neben dir ist das Holz«, fuhr der Jüngere fort, »und das
Feuer brennt hell. Der Morgen ist grau, und die Kälte hat nach-
gelassen. Bald wird es schneien. Es schneit schon jetzt.«

»Ja, es schneit schon jetzt.«

»Unsere Leute haben keine Ruhe. Ihre Lasten sind schwer,
und ihr Bauch ist eingefallen vom langen Fasten. Der Weg ist
weit, und sie eilen. Ich gehe jetzt. Ist es gut?«

»Es ist gut. Ich bin wie das welke Blatt vom letzten Jahr, das nur noch lose an seinem Stengel sitzt. Der erste Windhauch, und ich falle ab. Meine Stimme ist die einer alten Frau. Meine Augen können den Füßen den Weg nicht mehr weisen, meine Füße sind schwer, und ich bin müde. Es ist gut.«

Er neigte ergeben das Haupt, bis er den Schnee nicht mehr aufknirschen hörte und wußte, daß er seinen Sohn nicht mehr zurückrufen konnte. Hastig griff seine Hand nach dem Holz. Nun, am Ende, waren eine Handvoll Holzscheite das Maß seines Lebens. Stück für Stück würden sie das Feuer nähren, und gerade so, Stück für Stück, würde der Tod näherschleichen. Wenn das letzte Scheit seine Wärme verströmt hatte, dann würde der Frost seine Kräfte zum Angriff sammeln. Erst würden die Füße erliegen, dann die Hände; langsam würde die Taubheit von den Gliedern zum Rumpf wandern. Sein Kopf würde ihm auf die Knie sinken, und er würde ruhen. Es war einfach. Alle Menschen müssen sterben.

Er beklagte sich nicht. Das Leben war so, und es war gerecht. Bei seiner Geburt war er der Erde nahe gewesen, nahe der Erde hatte er sein Leben verbracht, und ihr Gesetz war ihm vertraut. Es war das Gesetz alles Lebendigen. Die Natur war dem Fleisch nicht wohlgesonnen. Jenes konkrete Einzelding, das man ein Individuum nennt, kümmerte sie nicht. Ihre Sorge galt der Spezies, der Rasse. Koskooshs roher Verstand war einer noch tiefergehenden Abstraktion nicht fähig, aber dieses Prinzip hatte er begriffen. Er sah es in allen Formen des Lebens verkörpert. Der aufsteigende Saft, die grüne, schwellende Weidenknospe, das fallende gelbe Blatt – die ganze Geschichte war darin enthalten. Nur eine Pflicht erlegte die Natur dem einzelnen auf. Wenn er sie nicht erfüllte, so starb er. Wenn er sie erfüllte, dann war es ebenso: er starb. Die Natur war gleichgültig; es gab genug, die der Pflicht gehorchten, und nur der ewige Gehorsam zählte in dieser Sache, nicht die Gehorsamen. Koskooshs Stamm war sehr alt. Die alten Männer, die er als Knabe gekannt hatte, hatten wieder alte Männer gekannt. Also war es richtig, daß der Stamm lebte, ein Zeichen für den Gehorsam aller, die ihm angehörten, bis weit zurück in die versunkene Vergangenheit, zu Ahnen, deren Gräber nicht einmal die Erinnerung bewahrte. Sie zählten nicht; ihr Leben war Episode. Sie waren vergangen wie Wolken am sommerlichen Himmel. Auch er war Episode, würde vergehen. Die Natur kümmerte sich nicht darum. Sie gab dem Leben ein einziges Ziel und ein Gesetz. Das Ziel des Lebens war es, sich fortzupflanzen, das Gesetz war der Tod. Eine Jungfrau war schön anzuschauen, ihre festen Brüste und ihre Kraft, ihr federnder Gang und das Feuer in ihren Augen. Aber ihre Aufgabe stand ihr noch bevor. Das Feuer in ihren Augen strahlte heller, ihr Schritt wurde rascher, bald ging sie keck mit den jungen Männern um, bald war sie wieder schüchtern, und ihre eigene Unruhe teilte sich ihnen mit. Und immer schöner anzuschauen war sie, bis ein Jäger es nicht länger aushalten konnte und sie zu sich in sein Wigwam nahm, damit sie ihm das Essen bereitete, die schweren Arbeiten tat und Mutter seiner Kinder wurde. Und mit den Nachkommen verging ihre Schönheit. Ihre Bewegungen wurden müde und schleppend, ihre Augen matt und trüb, und nur die Kleinen schmiegten sich noch freudig an das welke Gesicht des alten Weibs am Feuer. Ihre Pflicht war getan. Nur noch eine kleine Weile, und bei dem ersten Kneifen des Hungers, oder auf der ersten langen Wanderung, würde man sie zurücklassen, gerade wie ihn, im Schnee mit einem kleinen Haufen Brennholz. So wollte es das Gesetz.

Behutsam legte er ein Stück Holz auf das Feuer und nahm seine Betrachtungen wieder auf. Es war überall das gleiche, in allen Dingen. Die Mücken verschwanden mit dem ersten Frost. Das kleine Eichhörnchen verkroch sich, um zu sterben. Mit dem Alter wurde der Hase langsam und schwerfällig und entkam seinen Feinden nicht mehr. Auch der große Bär wurde dann plump und blind und reizbar, bis ihn am Ende eine Handvoll kläffender Huskies zu Boden riß. Er erinnerte sich, wie er in einem Winter seinen eigenen Vater oben am Klondike verlassen hatte, in dem Winter, bevor der Missionar mit seinen geschwätzigen Büchern und seinen Medizinschachteln kam. Viele Male hatte Koskoosh sich in der Erinnerung an diese Schachteln die Lippen geleckt, wenngleich sie jetzt nicht mehr feucht werden sollten. Der »Schmerztöter« war besonders gut gewesen. Doch eigentlich war der Mann eher lästig gefallen, denn er brachte kein Fleisch ins Lager und griff beim Essen so herzhaft zu, daß die Jäger murrten. Aber oben auf den Bergen am Mayo bekam er Lungenentzündung, und die Hunde hatten später die Steine weggeschoben und um seine Knochen gerauft.

Koskoosh legte noch einmal ein Scheit aufs Feuer und ließ seine Gedanken tiefer in die Vergangenheit schweifen. Da war die Große Hungersnot, als die alten Männer mit leerem Magen am Feuer hockten und Halbvergessenes aus alter Zeit erzählten: wie der Yukon einmal drei Winter lang frei dahingeströmt sei, dafür aber drei Sommer vereist war. Damals hatte er seine Mutter verloren. Im Sommer waren die Lachse ausgeblieben, und der Stamm hatte alle Hoffnung auf den Winter und das Kommen der Karibus gesetzt. Der Winter kam, aber nicht die Karibus. Niemals hatte sich dergleichen ereignet, auch nicht im Leben der Ältesten. Aber die Karibus kamen nicht, und es war das siebte Jahr, die Hasen hatten sich nicht vermehrt, und die Hunde waren bloß Haut und Knochen. Und in der langen Dunkelheit wimmerten die Kinder und starben, so wie die Frauen und die alten Männer; nicht einer von zehn Stammesangehörigen sah die Sonne wieder, als sie im Frühling zurückkehrte. Das war eine Hungersnot gewesen!

Doch auch Zeiten der Fülle hatte er erlebt, als ihnen das Fleisch unter den Händen verdarb und die Hunde fett wurden und zu nichts mehr zu gebrauchen waren, weil sie so vollgefressen waren – Zeiten, in denen sie das Jagdwild leben ließen und die Frauen so fruchtbar wurden, daß in den Wigwams die Kinder beiderlei Geschlechts übereinanderkrabbelten. Da wurden die Männer von Übermut gepackt, gruben alte Streitigkeiten aus und zogen über die Wasserscheiden nach Süden, um die Pellys zu töten und nach Westen, um an den verloschenen Feuern der Tananas zu sitzen. Er erinnerte sich, daß er als Knabe in einer Zeit des Überflusses erlebte, wie die Wölfe einen Elch rissen. Zing-ha lag neben ihm im Schnee und schaute zu – Zing-ha, der später zum geschicktesten Jäger wurde und dann am Ende in ein Luftloch auf dem Yukon einbrach. Sie fanden ihn einen Monat später, so wie er herausgekrochen und auf halbem Wege steifgefroren war.

Aber der Elch. Zing-ha und er waren an jenem Tag hinausgegangen, um Jäger zu spielen wie ihre Väter. In einem Flußbett waren sie auf die frische Spur eines Elchs gestoßen, zusammen mit den Spuren zahlreicher Wölfe. »Ein altes Tier«, sagte Zing-ha, der die Zeichen schneller zu lesen wußte – »ein altes Tier, das mit der Herde nicht mehr mithält. Die Wölfe haben ihn von seinen Brüdern abgeschnitten, und sie werden nicht mehr von ihm ablassen.« Und so war es. Das war ihre Art. Tag und Nacht, ohne Unterlaß, würden sie ihm knurrend nachsetzen, nach seinem Maul schnappen, ihm bis zum Ende auf den Fersen bleiben. Wie jetzt Zing-ha und ihn der Blutrausch packte! Der letzte Akt würde das Zuschauen lohnen.

Flink nahmen sie die Spur auf, und selbst er, Koskoosh, der kein scharfes Auge hatte und ein schlechter Fährtenleser war, hätte ihr blind folgen können, so breit war sie. Die Jagd spielte sich schon dicht vor ihnen ab, auf Schritt und Tritt kündeten frische Zeichen von der grimmigen Tragödie. Nun langten sie dort an, wo sich der Elch zum Kampf gestellt hatte. In einem Kreis von drei Manneslängen Durchmesser war der Schnee aufgewühlt und zertrampelt. In der Mitte sah man die tiefen Hufspuren des Wildes und rundherum die leichteren Fußabdrücke der Wölfe. Ein paar hatten sich auf der Seite liegend ausgeruht, während ihre Artgenossen das Opfer bedrängten. Ihr ausgestreckter Körper zeichnete sich so vollkommen im Schnee ab, als hätten sie sich eben erst erhoben. Einen Wolf hatte der Elch bei einem blindwütigen Ausfall zu Boden geworfen und totgetrampelt. Ein paar blankgenagte Knochen legten Zeugnis davon ab.

Sie hielten erneut auf ihren Schneeschuhen an, als sie den zweiten Kampfplatz erreichten. Hier hatte sich das große Tier verzweifelt gewehrt. Der Schnee zeugte davon, daß es zweimal zu Boden gerissen wurde und zweimal die Angreifer abgeschüttelt hatte und wieder auf die Beine gekommen war. Dieser Elch hatte längst seine Aufgabe erfüllt, aber dennoch war ihm das Leben lieb. Zing-ha sagte, es sei ganz ungewöhnlich, daß ein Elch, der schon am Boden lag, wieder hochkam; aber dieser hatte es zweifellos geschafft. Der Medizinmann würde ein Zeichen und Wunder darin sehen, wenn sie es ihm berichteten.

Und dann kamen sie zu der Stelle, wo der Elch versucht hatte, die Uferböschung zu erklimmen und in den Wald zu entkommen. Aber seine Widersacher hatten ihn von hinten angefallen, bis er sich aufgebäumt hatte, zurückgestürzt war und dabei zwei Wölfe im Schnee erdrückt hatte. Offenbar stand das Ende nun unmittelbar bevor, denn ihre Genossen hatten sie nicht angerührt. In geringem Abstand folgten dann noch zwei Stellen, an denen der Kampf nur kurz gewährt hatte und die sie rasch hinter sich ließen. Die Spur war nun rot gefärbt, und der ausholende Schritt des großen Tiers wurde kurz und fahrig. Dann hörten sie den ersten Kampfeslärm – nicht den tiefen, kehligen Chor der jagenden Meute, sondern das abgerissene, kurzatmige Bellen, das vom Nahkampf kündete und vom Verbeißen. Auf dem Bauch und gegen den Wind schob Zing-ha sich durch den Schnee, und daneben er, Koskoosh, der in späteren Jahren Stammeshäuptling werden sollte. Gemeinsam drückten sie die Zweige einer jungen Fichte beiseite und spähten nach vorn. Was sie erblickten, war das Ende.

Wie alle Eindrücke der Jugend haftete auch dieses Bild noch frisch in seinem Gedächtnis, und seine trüben Augen nahmen den Schlußakt noch mit der gleichen Eindringlichkeit wahr wie damals. Das erstaunte den alten Koskoosh, denn in den Zeiten, die darauf folgten, hatte er als Führer der Männer und Oberhaupt im Rat große Taten vollbracht; sein Name war zum Schrecken der Pellys geworden, ganz zu schweigen von dem fremden Weißen, den er im offenen Kampf, Messer gegen Messer, getötet hatte.

Lange sann er über die Zeit seiner Jugend nach, bis das Feuer heruntergebrannt war und der Frost beißender wurde. Dieses Mal legte er zwei Scheite nach und maß an dem schwindenden Rest ab, wie lange er das Leben noch würde festhalten können. Wenn Sit-cum-to-ha doch nur ihren Großvater nicht vergessen und ein größeres Bündel gesammelt hatte, dann wären ihm mehr Stunden geblieben. Es wäre ein Leichtes für sie gewesen. Aber sie war schon immer ein sorgloses Kind gewesen und hatte in dem Augenblick aufgehört, ihre Ahnen zu ehren, als Biber, der Sohn von Zing-has Sohn, ein Auge auf sie geworfen hatte. Nun, was tat das schon? Hatte er sich als unbesonnener junger Mann nicht ebenso verhalten? Eine Weile lauschte er in die Stille. Vielleicht erbarmte sich sein Sohn und kam mit den Hunden zurück, um den Vater mit dem Stamm dorthin ziehen zu lassen, wo die Karibus fett und zahlreich waren.

Er horchte angestrengt und sein umgetriebener Geist fand für einen Augenblick Ruhe. Nichts rührte sich, gar nichts. Er allein atmete inmitten des großen Schweigens. Es war sehr einsam. Horch! Was war das? Ihn schauderte. Ein vertrautes, langgezogenes Heulen erfüllte plötzlich die Leere, und es war ganz nahe. Dann stand das Bild des Elchs – des alten Elchbullen – vor seinen erloschenen Augen, wie er mit zerfleischten Flanken, blutüberströmt, mit wirrer Mähne und dem großen ausladenden Geweih matt am Boden lag und bis zum Ende zuckte. Er sah die blitzschnellen grauen Leiber, die glühenden Augen, die heraushängenden Zungen und die geifernden Fänge. Und er sah, wie sich der Kreis unerbittlich immer weiter schloß, bis nichts mehr blieb als ein einziger schwarzer Fleck im zerstampften Schnee.

Eine kalte Schnauze stieß gegen seine Wange, und bei dieser Berührung tat seine Seele einen großen Satz zurück in die Gegenwart. Hastig zog er ein brennendes Scheit aus dem Feuer. Die ererbte Angst vor dem Menschen ließ die Bestie noch einmal zurückschrecken, aber mit einem langgedehnten Aufheulen rief sie ihre Artgenossen. Sie antworteten gierig, und bald umgab ihn ein Kreis von grauen, sprungbereiten Gestalten mit triefenden Lefzen. Der alte Mann hörte, wie er sich immer weiter zusammenzog. Verzweifelt schwenkte er das glühende Holz und Schnüffeln verwandelte sich in Knurren. Doch vertreiben ließen sich die hechelnden Bestien nicht. Erst schob sich der eine Wolf über die Brust Stück für Stück nach vorn, um darauf die Hinterläufe nachzuziehen, dann der zweite, dann der dritte; nicht einer aber wich zurück. Warum sollte er sich ans Leben klammern, fragte er sich und ließ das glühende Holz zu Boden fallen. Zischend erlosch die Glut. Die Antwort war ein verstörtes Knurren, aber der Kreis hielt stand. Noch einmal hatte Koskoosh den alten Elchbullen bei seinem letzten Kampf vor Augen, und müde ließ er sein Haupt auf die Knie sinken. Welchen Sinn hatte es noch? War es nicht das Gesetz des Lebens?

IN EINEM FERNEN LAND

Wenn ein Mensch in ein fernes Land reist, muß er bereit sein, viele Dinge, die er gelernt hat, zu vergessen und sich andere zur Gewohnheit zu machen, die Voraussetzung für das Leben in dem neuen Land sind; er muß die alten Ideale und die alten Götter verleugnen und nicht selten die Grundsätze, nach denen er sein Verhalten bis dahin ausgerichtet hat, geradezu umkehren. Wer die proteische Fähigkeit der Anpassung besitzt, dem mag das Neuartige dieser Veränderungen sogar Vergnügen bereiten; doch jene, die die ausgefahrenen Gleise ihrer Lebensbahn noch nie verlassen haben, empfinden den Druck der fremden Umgebung als unerträglich und reiben sich seelisch und körperlich an den neuen Fesseln wund, die sie nicht verstehen. Das führt zu Reaktionen und Gegenreaktionen, die mannigfaches Übel und Unglück erzeugen. Der Mensch, der sich nicht in die neuen Bahnen findet, tut gut daran, in seine Heimat zurückzukehren; wenn er zu lange zaudert, ist es sein Tod.

Wer den Annehmlichkeiten einer alten Zivilisation den Rükken kehrt, um der ungezähmten Jugend, der urtümlichen Einfachheit des hohen Nordens die Stirn zu bieten, dessen Erfolg steht in umgekehrtem Verhältnis zu Zahl und Art unabänderlicher Gewohnheiten. Wenn er ein geeigneter Kandidat ist, wird er bald herausfinden, daß materielle Güter weniger wichtig sind. Das Feinschmecker-Menü gegen grobe Kost, den festen Lederschuh gegen den weichen, formlosen Mokassin, das Federbett gegen ein Ruhelager im Schnee eintauschen zu müssen, das ist letzten Endes ein Leichtes. Der entscheidende Moment kommt erst, wenn es darum geht, zu den Dingen, und insbesondere zu seinen Mitmenschen, die rechte innere Einstellung zu finden. An die Stelle der äußerlichen Höflichkeit des normalen Lebens muß er jetzt Selbstlosigkeit, Nachsicht und Toleranz treten lassen. So, und nur so kann er die unschätzbare Perle wahrer Kameradschaft erringen. Er muß nicht »danke« sagen; er muß es meinen, ohne seinen Mund aufzutun, und es beweisen, indem er in gleicher Münze zurückzahlt. Kurz, er muß die Tat statt des Wortes, den Geist statt des Buchstabens sprechen lassen.

Als die Welt widerhallte vom Lockruf des arktischen Golds, das die tiefsten Sehnsüchte der Menschen weckte, da hing Carter Weatherbee seinen auskömmlichen Beruf als Buchhalter an den Nagel, übergab seiner Frau die Hälfte seiner Ersparnisse und kaufte sich mit der anderen Hälfte eine Ausrüstung. Er hatte nichts Romantisches in seinem Wesen – die Sklaverei der kaufmännischen Welt hatte das alles erstickt; er war bloß die endlose Schinderei leid und bereit, in der Aussicht auf entsprechenden Gewinn große Risiken einzugehen. Wie viele andere Narren hielt er es nicht für nötig, den erprobten Routen der Pioniere des Nordens zu folgen, sondern machte sich im Frühjahr in aller Eile auf den Weg nach Edmonton; und dort schloß er sich zum Unglück seiner Seele einer Gruppe anderer Männer an.

An dieser Gruppe war nichts Ungewöhnliches außer ihren Plänen. Auch ihr Ziel war wie das aller anderen Teams das Gebiet um den Klondike. Aber die Route, die sie sich ausgesucht hatten, um das Ziel zu erreichen, verschlug den verwegensten Eingeborenen den Atem, die doch von klein auf mit den Fährnissen des Nordwestens aufgewachsen waren. Selbst Jacques Baptiste, Sohn einer Chippewafrau und eines vom rechten Glauben abgefallenen *Voyageur* (er hatte seinen ersten Schrei in einer Hirschfellhütte nördlich des 65. Breitengrades getan und mit Wonne den rohen Talg gelutscht, den man ihm zur Beruhigung in den Mund schob), selbst er war überrascht. Zwar trat er in ihren Dienst und erklärte sich sogar bereit, bis zum ewigen Eis mit ihnen zu reisen, aber wann immer man ihn um Rat fragte, schüttelte er in böser Vorahnung den Kopf.

Percy Cuthferts Unstern war offenbar im Aszendenten, denn auch er schloß sich dieser Gruppe von Argonauten an. Er war ein ganz gewöhnlicher Mann, dessen Kultur so weit reichte wie sein Bankkonto, und das war nicht zu verachten. Er hatte keinen Grund, sich auf ein solches Abenteuer einzulassen – nicht den geringsten, außer daß er an Gefühlsüberschwang litt. Er verwechselte das mit wahrem Abenteuergeist. Das ist vielen Menschen so gegangen, und auch sie machten damit einen verhängnisvollen Fehler.

Nach der ersten Eisschmelze sah man die Expedition dem abgehenden Eis des Elk River folgen. Es war eine imposante Flotte, denn ihre Ausrüstung war stattlich und dazu gehörte ein wenig vertrauenerweckender Troß von Halbblut-*Voyageurs* mit Kind und Kegel. Tagaus, tagein leisteten sie Schwerarbeit in ihren Booten und Kanus, schlugen sich mit Moskitos und anderen Plagegeistern herum, schwitzten und fluchten an den Portagen. Solche Schinderei legt das Innerste des Menschen frei, und ehe noch der Athabasca-See im Süden zurückblieb, hatte jeder Teilnehmer dieser Unternehmung seinen wahren Charakter enthüllt.

Die Drückeberger und ewigen Nörgler waren Carter Weatherbee und Percy Cuthfert. Alle übrigen zusammengenommen klagten weniger als einer von ihnen. Nicht einmal meldeten sie sich freiwillig für die unzähligen kleinen Arbeiten im Lager. Brauchte man einen Eimer Wasser, sollte noch ein Armvoll Brennholz gehackt, das Geschirr gespült und abgetrocknet, ein plötzlich und unbedingt benötigtes Teil in der Ausrüstung gesucht werden, dann entdeckten diese beiden verweichlichten Sprößlinge der Zivilisation unweigerlich in eben diesem Moment einen verstauchten Fuß oder eine Blase, die dringender Pflege bedurften. Als erste verschwanden sie am Abend trotz einer Vielzahl von noch unerledigten Aufgaben in den Zelten; als letzte kamen sie am Morgen wieder zum Vorschein, wenn alles schon marschfertig hätte sein sollen, ehe man sich ans Frühstücken machte. Als erste griffen sie bei den Mahlzeiten zu, als letzte halfen sie bei der Zubereitung; als erste schnappten sie sich eine der seltenen Delikatessen; als letzte dämmerte ihnen, daß sie sich den Anteil eines anderen einverleibt hatten. Wenn sie angestrengt rudern sollten, dann kippten sie bei jedem Schlag verstohlen das Blatt und ließen es anschließend von der Fahrt, die das Boot machte, wieder nach oben treiben. Sie glaubten, kein Mensch bemerke so etwas; aber ihre Gefährten verwünschten sie insgeheim und fingen an, sie zu hassen, während Jacques Baptiste aus seiner Verachtung kein Hehl machte und sie von früh bis spät beschimpfte. Nur war Jacques Baptiste auch kein Gentlemen.

Am Großen Sklavensee besorgten sie sich Hudson-Bay-Hunde, und nun versanken die Boote mit der zusätzlichen Last von getrocknetem Fisch und Pemmikan bis zum Dollbord im Wasser. Die schnelle Strömung des Mackenzie trug sie mitten hinein in den Great Barren Ground. Jede vielversprechende ›Ader‹ wurde genauestens untersucht, aber der goldhaltige ›pay-dirt‹ blieb ein immer weiter nach Norden tanzendes Irrlicht. Am Großen Bärensee begannen die *Voyageurs*, von der weitverbreiteten Furcht vor dem Unbekannten übermannt, der Gruppe den Rücken zu kehren. Als sie bei Fort of Good Hope gegen die bockige Strömung antreidelten, die sie vorher so trügerisch schnell mit sich fortgerissen hatte, gab sich der letzte und tapferste von ihnen geschlagen. Nur Jacques Baptiste blieb noch übrig. Hatte er nicht geschworen, er werde sie auf ihrer Reise sogar bis zum ewigen Eis begleiten?

Jetzt suchten sie regelmäßig Rat bei den unzuverlässigen Karten, die sich hauptsächlich auf Erzählungen und Gerüchte stützten. Sie wußten, daß die Zeit drängte, denn die Sonne hatte den nördlichen Wendepunkt bereits überschritten, und der Winter trat seinen Marsch nach Süden an. Sie folgten dem Ufer der Mackenzie-Mündung und fuhren von dort in den Little Peel River ein. Jetzt begann eine mühsame Reise stromaufwärts, und den beiden Versagern erging es schlimmer denn je. Treidelleine und Stake, Paddel und Tragegurt, Stromschnellen und Portagen – diese Torturen lehrten den einen, das große Risiko aus tiefstem Herzen zu verabscheuen, und brannten dem anderen einen

Abenteuerroman ein, wie ihn das Leben schreibt. Eines Tages probten sie den Aufstand, und als Jacques Baptiste sie unflätig beschimpfte, bäumten sie sich auf, wie auch ein Wurm das gelegentlich tut. Doch das Halbblut verprügelte die beiden und schickte sie blutig und mit blauen Flecken an ihre Arbeit zurück. Es war für beide das erste Mal, daß man sie körperlich mißhandelte.

Im Quellgebiet des Little Peel ließen sie ihre Boote zurück und verbrachten das Sommerende damit, die Portage über die Mackenzie-Wasserscheide zum West Rat River zu bewältigen. Das war ein kleiner Zufluß zum Porcupine, der seinerseits in den Yukon mündet, wo dieser mächtige Verkehrsweg des Nordens sich am Polarkreis nach Südwesten wendet. Den Wettlauf mit dem Winter hatten die Männer jedoch verloren, und eines Tages machten sie ihre Flöße an dickem Randeis fest und schafften ihre Sachen eilig an Land. In dieser Nacht staute das Flußeis mehrmals auf und geriet dann wieder in Bewegung; am nächsten Morgen aber war der Fluß endgültig im Winterschlaf.

»Wir können nicht mehr als vierhundert Meilen vom Yukon entfernt sein«, stellte Sloper fest, nachdem er die Daumennagelbreiten mit Hilfe des Kartenmaßstabs umgerechnet hatte. Der Kriegsrat, in dem die beiden Versager eine Meisterleistung im Jammern geboten hatten, ging gerade auf sein Ende zu.

»Da war mal ein Hudson Bay Posten. Wird jetzt nicht mehr benutzt.« Jacques Baptists Vater war in alten Tagen in der Gegend unterwegs gewesen und hatte übrigens ein paar erfrorene Zehen opfern müssen.

»Herrgottsakrament!« rief nun ein anderer aus der Gruppe aus. »Keine Weißen?«

»Kein Weißer in Sicht«, bestätigte Sloper feierlich, »aber von dort aus sind es nur noch fünfhundert Meilen den Yukon hinauf bis Dawson. Macht ungefähr tausend von hier.«

Weatherbee und Cuthfert stöhnten im Chor. »Wie lange werden wir dafür brauchen, Baptiste?«

Das Halbblut rechnete einen Augenblick lang. »Wenn wir

schuften wie die Teufel und keiner ausfällt, zehn-zwanzig-drei-ßig-vierzig-fünfzig Tage. Wenn diese Säuglinge mitkommen« (er zeigte auf die Versager), »weiß ich nicht. Vielleicht kommen wir an, wenn die Hölle zufriert; vielleicht auch nicht.«

Die Arbeit an Schneeschuhen und Mokassins wurde eingestellt. Jemand rief den Namen eines abwesenden Mitglieds der Gruppe, das aus einer alten Blockhütte in der Nähe des Lagerfeuers trat und sich zu ihnen gesellte. Das Blockhaus war eines jener Rätsel, die die ungeheure Weite des Nordens hütete. Kein Mensch hätte sagen können, wann oder von wem es gebaut worden war. Ein Doppelgrab im Freien, auf dem sich die Steine türmten, barg vielleicht das Geheimnis dieser Pfadfinder. Aber wer hatte die Steine aufeinandergeschichtet?

Der Augenblick der Entscheidung war gekommen. Jacques Baptiste, der ein Zuggeschirr flickte, unterbrach seine Tätigkeit und pflockte den widerstrebenden Hund an. Der Koch bat in stummem Protest um Aufschub, warf eine Handvoll Speck in einen brutzelnden Bohnentopf und wandte sich dann den anderen zu. Sloper erhob sich. Sein Äußeres stand in lächerlichem Kontrast zum gesunden Aussehen der beiden Versager. Er war schwach und von gelblicher Hautfarbe, so wie er einem südamerikanischen Fieberloch entronnen war. Nach einer bis jetzt nicht unterbrochenen Flucht quer durch die Klimazonen der Erde konnte er immer noch Schwerstarbeit unter Männern leisten. Er wog wahrscheinlich keine neunzig Pfund, sein Jagdmesser inbegriffen, und seine grauen Haare verrieten, daß er die Lebensmitte schon überschritten hatte. Weatherbees und Cuthferts unverbrauchte jugendliche Muskeln waren zehnmal so leistungsfähig wie seine; doch auf einem einzigen Tagesmarsch konnte er sie am Boden zerstört hinter sich lassen. Den ganzen Tag schon hatte er seine kräftigeren Gefährten dazu angespornt, einen Marsch zu wagen, der ihnen tausend Meilen der härtesten Entbehrungen bescheren würde, die sich ein Mensch vorstellen kann. Er verkörperte die Unruhe seiner Rasse, und eine Mischung von teutonischer Zähigkeit, rascher Auffassungsgabe und der Tatkraft des Yankee sorgte dafür, daß sich der Geist den Körper gefügig hielt.

»Wer dafür ist, daß wir mit den Hunden weitermarschieren, sobald das Eis fest ist, soll mit ›Ja‹ antworten.«

»Ja!« Acht Stimmen ertönten – sie sollten noch eine Spur von Verwünschungen auf vielen hundert leidvollen Meilen hinter sich lassen.

»Neinstimmen?«

»Nein!« Zum ersten Mal waren die beiden Versager in etwas anderem einig als der bloßen Verfolgung persönlicher Vorteile.

»Und was macht ihr nun?« fragte Weatherbee herausfordernd.

»Mehrheitsrecht! Mehrheitsrecht!« verlangten die übrigen lautstark.

»Ich weiß wohl, daß die Expedition ohne euch scheitern muß«, antwortete Sloper liebenswürdig. »Ich könnte mir allerdings auch vorstellen, daß wir es notfalls allein schaffen, wenn wir uns richtig ins Zeug legen. Was meint ihr dazu, Leute?«

Die Zustimmung erfolgte außerordentlich prompt.

»Aber hört mal«, brachte Cuthfert ängstlich vor, »was soll dann aus mir werden?«

»Kommst du denn nicht mit?«

»N-nein.«

»Dann tu, was du willst. Wir werden dir keine Vorschriften machen.«

»Wenn du mich fragst, ich könnt’ mir denken, daß du dich mit Mamas Liebling da schon arrangierst.« Dieser Beitrag kam aus dem Mund eines schwerfälligen Weststaatlers, der dabei mit dem Finger auf Weatherbee deutete. »Wenn jemand kochen und Holz holen muß, fragt er bestimmt erstmal dich, was du so vorhast.«

»Dann betrachten wir die Sache also als geregelt«, sagte Sloper abschließend. »Wir brechen morgen auf, auch wenn wir das erste Lager schon nach fünf Meilen aufschlagen – einfach damit alles marschbereit ist und uns noch rechtzeitig einfallen kann, was wir vergessen haben.«

Die Schlitten glitten knirschend auf ihren stahlbewehrten Kufen durch den Schnee, und die Hunde machten sich vor Anstrengung ganz flach im Zuggeschirr, in das sie hineingeboren werden, um darin zu sterben. Jacques Baptiste blieb neben Sloper stehen, um noch einen letzten Blick auf die Blockhütte zu werfen. Aus dem Abzug des Yukon-Ofens stieg eine klägliche Rauchfahne. Die beiden Versager beobachteten sie von der Türschwelle aus.

Sloper legte dem anderen die Hand auf die Schulter.

»Jacques Baptiste, hast du schon mal von den Kilkenny-Katzen gehört?«

Das Halbblut schüttelte den Kopf.

»Weißt du, mein Guter, die Kilkenny-Katzen haben miteinander gekämpft, bis weder Haut noch Haar noch Jammerschrei übrig war. Verstehst du? – bis rein gar nichts mehr übrig war. Diese beiden Männer hier arbeiten nicht gern. Sie werden nicht arbeiten. Das wissen wir. Sie werden in dieser Hütte den ganzen Winter über allein sein – ein mächtig langer, dunkler Winter. Kilkenny-Katzen – alles klar?«

Der Franzose in Baptiste zuckte die Achseln, der Indianer in ihm schwieg. Sein Schweigen allerdings war beredt, voller Vorahnung.

Das Leben in der Blockhütte ließ sich zunächst gut an. Durch den beißenden Spott ihrer Kameraden waren sich Weatherbee und Cuthfert ihrer gegenseitigen Verantwortung bewußt geworden; für zwei gesunde Männer gab es zudem gar nicht viel zu tun. Und daß sie nun der grausamen Peitsche, dem Schreckensregiment des Halbbluts entronnen waren, ließ sie erlöst aufatmen. Anfangs versuchte einer den anderen zu übertreffen, und sie erledigten kleine Pflichten mit einer Hingabe, daß ihren ehemaligen Gefährten, die jetzt auf dem langen Trail Leib und Seele einer Zerreißprobe aussetzten, die Augen übergegangen wären.

Sie waren völlig sorgenfrei. Der Wald, der auf drei Seiten bis an die Hütte heranreichte, war ein unerschöpfliches Holzlager.

Nur wenige Schritte vor ihrer Tür hielt der Porcupine seinen Winterschlaf, und durch ein Loch in seinem Winterpelz sprudelte kristallklares und schmerzhaft kaltes Wasser. Aber bald fanden sie selbst daran etwas auszusetzen. Das Loch fror hartnäckig immer wieder zu und zwang sie so zu mancher Plackerei, wenn sie das Eis aufhacken mußten. Die unbekannten Erbauer der Hütte hatten die seitlichen Balken nach hinten überstehen lassen, um dort ein Vorratslager unterzubringen. Hier bewahrten sie den überwiegenden Teil ihres Proviants auf. Die Menge hätte für dreimal mehr gereicht. Doch die meisten Lebensmittel sollten Kraft und Ausdauer stärken, nicht den Gaumen kitzeln. Für zwei normale Menschen war auch reichlich Zucker vorhanden; aber diese beiden waren wie die Kinder. Sie entdeckten schon bald die Vorzüge von gründlich gesüßtem, heißem Wasser und tränkten ihre Pfannkuchen verschwenderisch mit dem schweren, süßen Sirup, in den sie auch ihre Brotrinden tauchten. Kaffee und Tee, vor allem aber die Trockenfrüchte rissen zusätzliche Lücken im Zuckervorrat. Bei ihrer ersten Auseinandersetzung ging es denn auch um den Zucker. Und wenn zwei Menschen, die völlig aufeinander angewiesen sind, anfangen zu streiten, dann ist das eine sehr ernste Sache.

Weatherbee diskutierte leidenschaftlich gern über Politik, während Cuthfert, der eher dazu geneigt hatte, seine Dividende einzustreichen und das Allgemeinwohl sich selbst zu überlassen, das Thema entweder ignorierte oder aber verblüffende Sentenzen von sich gab. Doch war der Buchhalter zu beschränkt, um raffinierte Formulierungen angemessen zu würdigen, und es wurmte Cuthfert, daß er sein Pulver umsonst verschoß. Er hatte sich daran gewöhnt, seine Umgebung durch Brillanz zu blenden, und daß ihm dafür nun das Publikum fehlte, setzte ihm arg zu. Er empfand es als persönliche Kränkung und machte unterbewußt seinen begriffsstutzigen Partner dafür verantwortlich.

Außer der puren Existenz verband sie nichts miteinander – sie hatten keinen einzigen Berührungspunkt. Weatherbee war ein Buchhalter, der sein Leben lang die Nase nicht aus dem Büro gesteckt hatte; Cuthfert war ein studierter Mann, hatte in der Ölmalerei dilettiert und auch einiges zu Papier gebracht. Der eine war ein Mann aus dem Volk, der sich für etwas Besseres hielt, der andere ein Gentleman und sich dessen durchaus bewußt. Wie man sieht, kann einer ein Gentleman sein, ohne auch nur einen Funken Kameradschaftsgeist zu besitzen. Der Buchhalter war so sinnenfroh wie der andere feingeistig, und seine umständlich erzählten Liebesabenteuer, die vorwiegend seiner Einbildung entstammten, empfand der übersensible Geistesmensch wie übelriechende Gase aus der Kloake. Nach seiner Ansicht war dieser Mensch ein widerwärtiger Banause, der in den Schweinestall gehörte, und das ließ er ihn durchaus wissen; umgekehrt bekam er zu hören, er sei ein schlappes Muttersöhnchen und überhaupt ein ordinärer Mensch. Weatherbee hätte beim besten Willen die Bedeutung von ›ordinär‹ nicht definieren können; aber das Wort erfüllte seinen Zweck, was letzten Endes doch die Hauptsache im Leben ist.

Stundenlang sang Weatherbee sentimentale Lieder, jede dritte Note einen Halbton zu tief, während Cuthfert vor Wut heulte, bis er es nicht mehr aushielt und nach draußen in die Kälte flüchtete. Der scharfe Frost ließ einen längeren Aufenthalt im Freien nicht zu, und die kleine Hütte drängte sie auf einem Raum von etwa drei mal dreieinhalb Metern zusammen, samt Betten, Ofen, Tisch und dem ganzen Rest. Die bloße Gegenwart des einen empfand der andere als persönliche Beleidigung, und immer länger und intensiver schwiegen sie sich an. Gelegentlich ließen sie sich zu einem bösen Blick oder einer Grimasse hinreißen, obgleich sie darauf achteten, sich in solchen Phasen gegenseitig völlig zu ignorieren. Und insgeheim fragten sich beide, wie Gott den anderen jemals habe erschaffen können.

Da sie wenig zu tun hatten, wurde ihnen die Zeit unerträglich lang. Das machte sie nur noch tatenloser. Sie vermochten sich aus der physischen Lethargie kaum mehr zu befreien, so daß schon die kleinste tägliche Pflicht Widerwillen auslöste. Eines

Morgens, als Weatherbee an der Reihe war, das gemeinsame Frühstück zuzubereiten, rollte er sich aus den Decken und zündete erst das Talglicht und dann das Feuer an. Das Wasser in den Kesseln war gefroren, und in der Hütte war kein Waschwasser vorhanden. Ihm war das gleich. Er ließ es auftauen, während er schon den Speck in Streifen schnitt und sich der verhaßten Aufgabe zuwandte, Brot zu backen. Cuthfert hatte ihn mit halbgeschlossenen Lidern beobachtet. Es kam zu einer Auseinandersetzung, in der sie sich gegenseitig zum Teufel wünschten und am Ende darauf einigten, daß in Zukunft jeder für sich selbst kochen sollte. Eine Woche später verzichtete auch Cuthfert auf die Morgenwäsche, ohne deswegen die mit unsauberen Händen zubereitete Mahlzeit mit geringerem Appetit zu verzehren. Weatherbee grinste. Von diesem Augenblick an legten sie die alberne Gewohnheit, sich zu waschen, endgültig ab.

Als der Vorrat an Zucker und anderen Luxusgütern zur Neige ging, begannen sie zu fürchten, sie könnten um ihren gerechten Anteil betrogen werden, und damit ihnen ja nichts entging, stopften sie sich sinnlos voll. Die Luxusgüter litten unter diesem Wettstreit der Gefräßigkeit ebenso wie die Männer selbst. Ohne frisches Gemüse und körperliche Betätigung wurden sie blutarm, und ein widerwärtiger purpurroter Ausschlag überzog ihren Körper. Doch sie weigerten sich, diese Warnung ernstzunehmen. Daraufhin begannen Muskeln und Gelenke anzuschwellen, wobei sich das Fleisch schwarz verfärbte, während Mund, Zahnfleisch und Lippen ausbleichten. Statt durch ihr Elend zusammenzufinden, verfolgten sie mit Genuß jedes neue Symptom der Gegenseite, während der Skorbut fortschritt.

Sie achteten nicht mehr auf ihr Äußeres oder auf Grundregeln des Anstands. Die Hütte verwandelte sich in einen Schweinestall, und kein einziges Mal wurden die Betten gemacht oder die Unterlage aus Kiefernzweigen erneuert. Allerdings konnten sie nie so lange unter der Decke bleiben, wie sie es sich gewünscht hätten, denn der Frost war unerbittlich und das Feuer verbrauchte viel Holz. Kopf- und Barthaare wurden lang und struppig, und ihre Kleidung hätte einen Lumpensammler angeekelt. Doch ihnen war es gleich. Sie waren krank, und kein Mensch bekam sie zu Gesicht. Außerdem tat jede Bewegung weh.

Zu all dem kam eine neue Schwierigkeit hinzu – die Angst des Nordens. Diese Angst ist das gemeinsame Kind der Großen Kälte und des Großen Schweigens und wird in der Dunkelheit des Monats Dezember geboren, wenn die Sonne endgültig hinter dem südlichen Horizont verschwindet. Sie reagierten unterschiedlich darauf, gemäß ihrer jeweiligen Natur. Weatherbee wurde ein Opfer plumpen Aberglaubens und versuchte nach Kräften, die Geister wiederaufererstehen zu lassen, die draußen in den beiden Gräbern ruhten. Es ließ ihn nicht mehr los, und in seinen Träumen kamen sie aus der Kälte herein, kuschelten sich zu ihm unter die Decke und erzählten ihm von den Mühen und Entbehrungen vor ihrem Tod. Er schrak vor ihren klammen Körpern zurück, wenn sie sich an ihn schmiegten und ihre eiskalten Glieder um ihn schlangen; und wenn sie dann von zukünftigen Ereignissen flüsterten, hallte die Hütte wider von seinen Schreckensschreien. Cuthfert verstand das nicht – denn sie sprachen nicht mehr miteinander –, und wenn er so aus dem Schlaf gerissen wurde, griff er regelmäßig nach dem Revolver. Er saß dann aufrecht und vor Anspannung zitternd im Bett und hielt die Waffe auf den nichtsahnenden Träumer gerichtet. Cuthfert glaubte, der Mann verliere den Verstand, und fürchtete um sein Leben.

Seine eigene Krankheit nahm weniger offensichtliche Formen an. Der unbekannte Baumeister, der die Hütte Balken für Balken zusammengefügt hatte, hatte am Firstbalken eine Wetterfahne befestigt. Cuthfert bemerkte, daß sie immer nach Süden wies, und da ihn eines Tages ihr hartnäckiges Festhalten an dieser Richtung empörte, drehte er sie auf Osten. Er behielt sie gespannt im Auge, aber kein Lüftchen regte sich. Dann richtete er sie nach Norden aus und schwor sich, sie nicht mehr anzurühren, bis tatsächlich Wind aufkam. Doch die unirdische Ruhe der Luft beklemmte ihn, und er stand oft mitten in der Nacht auf, um nachzusehen, ob die Fahne sich bewegt hatte – zehn Grad hätten ihn völlig zufriedengestellt. Aber nein, dort oben stand sie so unwandelbar fest wie das Schicksal. Seine Phantasie spielte verrückt, bis die Fahne zum Fetisch wurde. Manchmal blickte er in die Richtung, die sie anzeigte, und starrte in die trostlose Weite, bis seine Seele in einem Meer der Angst schwamm. Er versenkte sich in das Unsichtbare und Unbekannte, und fühlte, wie ihn die Last der Ewigkeit zu zermalmen drohte. Alles im Nordland hatte diese zermalmende Wirkung – das Fehlen von Leben und Bewegung; die Dunkelheit; der auf dem Land lastende, unendliche Frieden; die geisterhafte Stille, die jeden Herzschlag wie ein frevelhaftes Echo zurückwarf; der majestätische Wald, der etwas Furchtbares, Unaussprechliches zu hüten schien, das weder mit Worten noch mit Gedanken zu fassen war.

Die Welt mit ihren geschäftigen Menschen und großen Unternehmungen, die er erst vor kurzer Zeit verlassen hatte, war in weite Ferne gerückt. Gelegentlich drängten sich Erinnerungen auf – an Märkte, Galerien, Straßen voller Menschen, an Abendkleider und gesellschaftliche Ereignisse, an anständige Männer und liebe Frauen aus seinem Bekanntenkreis – doch es waren blasse Erinnerungen an ein Leben auf irgendeinem fremden Planeten, das Jahrhunderte zurücklag. Dieses Wahngebilde war die Wirklichkeit. Wenn er so unter der Wetterfahne stand und gebannt in den Polarhimmel blickte, dann konnte er sich beim besten Willen nicht vorstellen, daß es tatsächlich ein Südland gab, wo in eben diesem Augenblick hektisches Leben und Treiben herrschte. Es gab kein Südland, keine Menschen, die von Frauen geboren wurden, kein Geben und Nehmen in der Ehe. Hinter dem düsteren Horizont erstreckten sich riesige Einöden und dahinter noch riesigere Einöden. Sonnige Länder und der betäubende Duft von Blumen existierten nicht. Das waren bloß alte Träume vom Paradies. Die Sonnenländer des Westens und die Gewürzländer des Ostens, das lächelnde Arkadien und die

Inseln der Seligen – haha! Sein Gelächter lief wie ein Riß durch die Leere, und der ungewohnte Laut bestürzte ihn. Es gab keine Sonne. Dies war das Universum, tot und kalt und dunkel, und er war sein einziger Bewohner. Weatherbee? In solchen Augenblicken zählte Weatherbee nicht. Ein Caliban, ein monströses Phantom, mit dem man ihn für Äonen zusammengekettet hatte, eine Strafe für ein vergessenes Verbrechen.

Er lebte mit dem Tod unter Toten, im Gefühl seiner eigenen Nichtigkeit, jeder Kraft beraubt, zermalmt von der teilnahmslosen Übermacht schlummernder Jahrtausende. Die Größenordnung der Dinge entsetzte ihn. Alles hatte Teil an diesem Übermaß, nur er nicht, – der völlige Stillstand von Wind und Bewegung, die Unermeßlichkeit der schneebedeckten Wildnis, die Höhe des Himmels und die Tiefe des Schweigens. Diese Wetterfahne – wenn sie sich doch nur rühren würde. Wenn es einen Donnerschlag täte oder der Wald in Flammen aufginge. Wenn der Himmel sich aufrollen würde wie Papier, wenn der Jüngste Tag hereinbräche – irgend etwas, irgend etwas! Aber nein, nichts regte sich; von allen Seiten rückte das Schweigen vor, und die Angst des Nordens umklammerte mit eiskalter Hand sein Herz.

Einmal stieß er, wie ein zweiter Robinson Crusoe, am Flußrand auf eine Fährte – eine kaum wahrnehmbare Spur auf der verharschten Oberfläche, die ein Schneehase dort hinterlassen hatte. Es war eine Offenbarung. Es gab Leben im Nordland. Er wollte dem Tier folgen, es betrachten, sich daran freuen. Er vergaß seine geschwollenen Muskeln und stürmte in ekstatischer Vorfreude durch den tiefen Schnee. Der Wald verschluckte ihn, das kurze mittägliche Dämmerlicht verschwand; doch er setzte seine Suche fort, bis sich die Erschöpfung bemerkbar machte und er hilflos im Schnee zusammensackte. Er verwünschte stöhnend seine Torheit und erkannte die Spur als Ausgeburt seiner Phantasie. Spät in der Nacht schleppte er sich auf allen vieren in die Hütte zurück; er hatte Erfrierungen im Gesicht, und seine Füße waren merkwürdig taub. Weatherbee grinste boshaft und machte keine Anstalten ihm zu helfen. Er stach sich mit Nadeln in die Zehen und ließ sie am Ofen auftauen. Eine Woche später setzte der kalte Brand ein.

Der Buchhalter hatte allerdings seine eigenen Probleme. Die Toten stiegen nun häufiger aus ihren Gräbern und ließen ihn kaum noch allein, ganz gleich ob er schlief oder wachte. Inzwischen wartete er schon mit Schaudern auf sie und konnte nie an dem Doppelgrab vorbeigehen, ohne daß es ihm kalt den Rücken hinunterlief. Eines Nachts besuchten sie ihn im Schlaf und trugen ihm eine Arbeit auf. In namenlosem Entsetzen erwachte er mitten zwischen den Steinhaufen und stürzte zurück in die Blockhütte. Er mußte jedoch eine Weile draußen gelegen haben, denn nun hatte auch er Erfrierungen im Gesicht und an den Füßen.

Manchmal geriet er außer sich, weil ihn die Geister nicht mehr in Ruhe ließen; dann tanzte er in der Hütte herum, teilte dort Axthiebe aus, wo doch nichts als Luft war, und zerschmetterte alles, was sich in Reichweite befand. Wenn solch ein gespenstischer Kampf stattfand, verkroch Cuthfert sich in seine Decken und ließ ihn mit gespanntem Revolver nicht aus den Augen, jederzeit bereit, ihn niederzuschießen, sollte er ihm zu nahe kommen. Einmal jedoch nahm Weatherbee den auf sich gerichteten Revolver wahr, als sein Wahn nachließ. Sein Mißtrauen war erwacht, so daß auch er jetzt um sein Leben bangte. Von nun an behielten sie sich gegenseitig immer im Auge und fuhren erschreckt herum, wenn einer hinter dem anderen vorbeiging. Die ständige Angst wurde zur Zwangsvorstellung, die sie auch noch im Schlaf beherrschte. In stillschweigendem Einverständnis ließen sie die Lampe nachts brennen und sorgten für reichlichen Vorrat an zerlassenem Fett, ehe sie sich schlafen legten. Schon die kleinste Bewegung des einen schreckte den anderen aus dem Schlaf, und nicht selten begegneten sie dann schon einem wachsamen Blick, während sie zitternd und mit dem Finger am Abzug unter ihren Decken lagen.

Die Angst des Nordens, die seelische Belastung und die verheerenden Folgen der Krankheit führten dazu, daß sie jede Ähnlichkeit mit Menschen verloren und aussahen wie wilde, gehetzte und verzweifelte Tiere. Wangen und Nasen waren infolge der Erfrierungen schwarz geworden. Die abgestorbenen Zehen fielen am ersten und zweiten Glied ab. Jede Bewegung verursachte Schmerzen, aber der Ofen war unersättlich und forderte von ihrem siechen Körper einen qualvollen Tribut. Tag für Tag verlangte er nach Nahrung – sein Pfund Fleisch, gewissermaßen – und sie schleppten sich in den Wald, um auf den Knien Holz zu schlagen. Auf der Suche nach Reisig krochen sie einmal nichtsahnend von entgegengesetzten Seiten in dichtes Unterholz. Plötzlich, ohne Vorwarnung, starrten sich zwei Totenköpfe an. Ihr Leiden hatte sie so entstellt, daß eine Identifizierung ausgeschlossen war. Kreischend vor Angst sprangen sie auf und jagten auf ihren verstümmelten Gliedmaßen davon; vor dem Eingang zur Blockhütte fielen sie zu Boden, verkrallten sich ineinander und zerkratzten sich gegenseitig wie Besessene, ehe sie ihren Irrtum erkannten.

Manchmal kamen sie wieder zu Verstand, und in einem solchen Moment der Vernunft hatten sie den Zuckervorrat, diesen ständigen Zankapfel, in zwei Hälften geteilt. Eifersüchtig hütete jeder seinen eigenen Beutel im Vorratslager, denn sie hatten nur noch ein paar Tassen voll übrigbehalten und jedes Vertrauen verloren. Eines Tages machte Cuthfert einen Fehler. Fast unfähig, sich zu bewegen, kroch er zum Vorratslager; ihm war übel vor Schmerzen, alles verschwamm vor seinen Augen, und er verwechselte Weatherbees Beutel mit dem eigenen.

Es war gerade Anfang Januar, als sich dieser Vorfall ereignete. Die Sonne hatte ihren südlichen Tiefpunkt vor einiger Zeit durchschritten und warf nun stolz zur Mittagszeit Streifen von gelbem Licht an den nördlichen Himmel. Am Tag nach seinem Versehen mit dem Zucker fühlte sich Cuthfert seelisch und körperlich besser. Kurz vor Mittag, als sich die Dunkelheit aufhellte, schleppte er sich ins Freie, um das flüchtige Glühen am Himmel zu genießen, das für ihn ein Vorgeschmack des wiederkehrenden Tageslichts war. Weatherbee fühlte sich auch etwas erholt und kroch neben ihn. Unter der bewegungslosen Wetterfahne setzten sie sich im Schnee auf und warteten.

Die Stille des Todes umgab sie. Wenn in anderen Breiten die Natur solche Stimmungen hervorbringt, ist die Luft erfüllt von gedämpfter Erwartung, vom Horchen auf die winzige Stimme, die die Melodie wieder aufnimmt. Anders im Norden. Die beiden Männer hatten Ewigkeiten in dieser geisterhaften Stille gelebt. Die Lieder der Vergangenheit waren ihnen entfallen; die der Zukunft wollten sich nicht einstellen. Diese unirdische Stille war schon immer dagewesen – das regungslose Schweigen der Unendlichkeit.

Sie blickten unverwandt nach Norden. In ihrem Rücken, hinter den aufragenden Bergen im Süden, stieg die Sonne in den Zenith eines anderen Himmels. Als einzige Betrachter dieser mächtigen Leinwand beobachteten sie, wie ein scheinbares Morgengrauen sich langsam am Himmel ausbreitete. Ein mattes Licht begann aufzuglimmen und zu glühen. Es gewann an Intensität und färbte sich nacheinander rotgelb, purpurrot und schließlich safrangelb. Es wurde so strahlend, daß Cuthfert überzeugt war, dahinter müsse die Sonne erscheinen – durch ein Wunder ging die Sonne im Norden auf! Plötzlich, ohne Vorwarnung oder ein langsames Erlöschen, war das Bild wie fortgewischt. Der Himmel war farblos. Das Licht hatte sich aus dem Tag davongestohlen. Halb aufschluchzend holten sie Luft. Aber siehe da – in der Luft schimmerten und funkelten Frostpartikel und dort, Richtung Norden auf dem Schnee, zeichnete sich die Wetterfahne in vagen Umrissen ab. Ein Schatten! Ein Schatten! Es war exakt zwölf Uhr. Hastig warfen sie den Kopf herum. Dort schaute ein goldener Rand über die schneebedeckte Bergschulter, lächelte ihnen einen Augenblick lang zu und versank wieder.

Als sie sich anschauten, hatten sie Tränen in den Augen. Eine eigentümlich weiche Stimmung überwältigte sie. Sie fühlten sich unwiderstehlich zueinander hingezogen. Die Sonne kam zurück. Sie würde morgen zu ihnen kommen und am nächsten Tag und am übernächsten. Jedesmal würde sie etwas länger bei ihnen bleiben, und es gab eine Zeit, wo sie Tag und Nacht am Himmel stehen und überhaupt nicht mehr hinter dem Horizont versinken würde. Es würde nicht mehr Nacht werden. Sie würde den Eispanzer des Winters zerbrechen; Wind würde aufkommen, und die Wälder würden rauschen; das Land würde in der herrlichen Sonne baden, das Leben sich erneuern. Hand in Hand würden sie diesem furchtbaren Traum den Rücken kehren und zurück in das Südland gehen. Sie taumelten blind voran, und ihre Hände fanden sich – ihre jammervollen, verstümmelten Hände, die unter den Fäustlingen aufgeschwollen und entstellt waren.

Doch die Verheißung sollte sich nicht erfüllen. Das Nordland ist das Nordland, und die Seelen der Menschen folgen hier eigenartigen Regeln, die andere Menschen, die nicht in ferne Länder gereist sind, niemals verstehen werden.

Eine Stunde später schob Cuthfert das Brotblech in den Ofen und fragte sich, was die Chirurgen nach seiner Rückkehr wohl mit seinen Füßen anstellen würden. Die Heimat schien jetzt weniger fern zu sein. Er hörte Weatherbee im Vorratslager kramen. Urplötzlich stieß der wilde Verwünschungen aus, die erschreckend abrupt in Schweigen übergingen. Cuthfert hatte seinen Zuckerbeutel gestohlen. Immer noch hätte alles anders kommen können, wenn nicht die beiden Toten aus ihrem steinernen Grab gestiegen und ihm die Schimpfworte in der Kehle steckengeblieben wären. Sie führten ihn ganz sanft vom Vorratslager fort, dessen Tür er zu schließen vergaß. Das war die Erfüllung; jetzt mußte vollbracht werden, was sie ihm im Traum zugeflüstert hatten. Sie geleiteten ihn sanft, ganz sanft zum Holzstoß und legten ihm die Axt in die Hände. Darauf halfen sie ihm, die Tür zur Blockhütte aufzustoßen, und er war überzeugt, daß sie sie hinter ihm zudrückten – jedenfalls hörte er, wie sie zuschlug und der Riegel herunterklappte. Er wußte auch, daß sie draußen, gleich hinter der Tür, darauf warteten, daß er seine Pflicht tat.

»Carter! Carter, was ist los?«

Percy Cuthfert war zutiefst erschrocken, als er sah, wie ihn der andere anschaute, und hastig verschanzte er sich hinter dem Tisch.

Carter Weatherbee folgte ihm, ohne Hast und ohne Gefühlsbewegung. In seinem Gesicht spiegelte sich weder Mitleid noch Erregung, vielmehr lag die gleichmütige Geduld eines Menschen darin, der eine bestimmte Arbeit zu tun hat und sie systematisch in Angriff nimmt.

»Sag doch, was los ist?«

Der Buchhalter sprang zurück, um ihm den Fluchtweg zur Tür abzuschneiden, gab aber noch immer keinen Ton von sich.

»Hör zu, Carter, hör zu! Laß uns reden. Komm, sei vernünftig.«

Der Geistesmensch dachte jetzt blitzschnell nach und bereitete sich innerlich auf einen Ausfall in Richtung Bett vor, wo seine Smith & Wesson lag. Während er den Wahnsinnigen scharf im Auge behielt, rollte er sich rückwärts auf die Schlafstelle und griff gleichzeitig nach der Pistole.

»Carter!«

Der Revolver entlud sich direkt vor Weatherbees Gesicht, aber er schwang seine Waffe und machte noch einen Satz vorwärts. Die Axt fuhr tief in den unteren Teil der Wirbelsäule, und Percy Cuthfert spürte, wie jedes Gefühl aus seinen Beinen wich. Dann lag der Buchhalter auf ihm und umklammerte mit schwachem Griff sein Kehle. Als ihn die Axt traf, hatte Cuthfert die Pistole fallen lassen, und jetzt fingerte er in den Decken nach ihr, während er keuchend nach Luft rang. Dann erinnerte er sich. Er fuhr mit einer Hand hoch zum Gürtel des Buchhalters, wo das Messer in der Scheide steckte; mit dieser letzten Umarmung kamen sich die beiden noch einmal sehr nah.

Percy Cuthfert fühlte, wie seine Kräfte schwanden. Der untere Teil seines Körpers war nutzlos geworden. Die träge Masse von Weatherbees Leichnam erdrückte ihn. Er war gefangen wie ein Bär in der Falle. In der Hütte verbreitete sich ein vertrauter

Geruch, und er wußte, daß das Brot anbrannte. Aber war das nicht gleichgültig? Er würde es nicht mehr brauchen. Und der ganze Vorrat von sechs Tassen Zucker – hätte er diese Entwicklung vorausgesehen, dann hätte er in den letzten paar Tagen nicht so gespart. Ob sich die Wetterfahne wohl jemals drehen würde? Vielleicht tat sie es gerade in diesem Augenblick. Warum denn nicht? Hatte er heute nicht die Sonne gesehen? Er würde nachschauen. Nein, jede Bewegung war unmöglich. Er hätte nicht gedacht, daß der Buchhalter so schwer war.

Wie schnell die Blockhütte auskühlte! Das Feuer war gewiß ausgegangen. Die Kälte drang herein. Es mußte schon unter Null sein; an der Innenseite der Tür kroch das Eis hoch. Er konnte es nicht sehen, aber die inzwischen gesammelte Erfahrung erlaubte ihm, von der Temperatur in der Hütte auf das Fortschreiten der Vereisung zu schließen. Die untere Angel mußte schon ganz weiß sein. Würde ihre Geschichte jemals erzählt werden? Wie würden seine Freunde sie wohl aufnehmen? Höchstwahrscheinlich lasen sie bei einer Tasse Kaffee davon und diskutierten darüber im Club. Er sah sie lebhaft vor sich. »Der arme alte Cuthfert«, würden sie murmeln, »war doch irgendwie ein guter Kerl.« Er würde über die Lobreden lächeln und weitergehen, um ein türkisches Bad aufzusuchen. Es waren dieselben Leute auf der Straße wie immer. Eigentümlich, daß sie seine Elchleder-Mokassins und die zerrissenen dicken Wollsocken nicht bemerkten. Er würde sich einen Wagen nehmen. Und eine Rasur nach dem Bad konnte nicht schaden. Nein; erst würde er essen. Steak, Kartoffeln und Gemüse – wie frisch alles war! Und was war das? Honig in rauhen Mengen, tropfend und bernsteinfarben! Aber warum brachten sie nur soviel davon? Haha! Das konnte er doch nicht schaffen! Schuhputzen gefällig? Aber gewiß doch. Er stellte seinen Fuß auf den Kasten. Der Schuhputzer sah ihn verwirrt an; er erinnerte sich, daß er Mokassins trug und ging hastig weiter.

Horch! Da drehte sich doch bestimmt die Wetterfahne. Nein; bloß so ein Singen in seinem Ohr. Mehr war es nicht – bloß ein

Singen. Jetzt war das Eis bestimmt schon über den Riegel hinaufgekrochen. Wahrscheinlich sogar schon über die obere Angel. In den mit Moos verstopften Ritzen zwischen den Firstbalken zeigten sich kleine Reifinseln. Wie langsam sie sich vergrößerten! Nein; doch nicht so langsam. Dort war jetzt noch eine, und dahinten noch eine. Zwei-drei-vier; sie entstanden so schnell, daß man nicht mehr mitzählen konnte. Dort stießen schon zwei zusammen. Jetzt kam eine dritte dazu. Es waren gar keine Inseln mehr. Sie waren zu einer Fläche zusammengewachsen.

Nun, er würde Gesellschaft haben. Wenn Gabriel je das Schweigen des Nordens brach, dann würden sie gemeinsam, Hand in Hand, vor den Großen Weißen Thron treten. Und Gott würde sie richten, Gott würde sie richten!

Percy Cuthfert schloß die Augen und schlief ein.

KOOLAU, DER AUSSÄTZIGE

Weil wir krank sind, nehmen sie uns unsere Freiheit. Wir haben die Gesetze befolgt. Wir haben nichts Unrechtes getan. Und doch wollen sie uns ins Gefängnis stecken. Denn Molokai ist ein Gefängnis. Das wißt ihr. Nehmt Niuli dort, seine Schwester wurde vor sieben Jahren nach Molokai geschickt. Seither hat er sie nicht mehr gesehen. Und er wird sie auch nie wiedersehen. Sie muß dort bleiben, bis sie stirbt. Das ist nicht ihr Wille. Es ist auch nicht Niulis Wille. Es ist der Wille der weißen Männer, die das Land beherrschen. Und wer sind diese weißen Männer?

Wir wissen es. Wir haben es von unseren Vätern und den Vätern unserer Väter. Sie kamen wie die Lämmer und machten schöne Worte. Sie hatten allen Grund dazu, denn wir waren viele, und wir waren stark, und alle Inseln gehörten uns. Wie gesagt, sie machten schöne Worte. Sie waren von zweierlei Art. Die einen baten uns um Erlaubnis, um unsere gütige Erlaubnis, uns das Wort Gottes zu predigen. Die anderen baten um Erlaubnis, um unsere gütige Erlaubnis, Handel zu treiben. Das war der Anfang. Heute gehören alle Inseln ihnen, alles Land, alles Vieh – alles gehört ihnen. Die, die das Wort Gottes, und die, die das Evangelium des Rums verkündeten, haben sich zusammengetan und sind große Häuptlinge geworden. Sie leben wie Könige in Häusern mit vielen Zimmern, mit Unmengen von Dienern, die für sie sorgen. Sie, die nichts hatten, besitzen jetzt alles, und wenn ihr oder ich oder irgendein Eingeborener hungrig ist, so lachen sie höhnisch und sagen: ›Nun, warum arbeitest du nicht? Es gibt doch die Plantagen.‹«

Koolau hielt inne. Er hob eine Hand, und mit knotigen, verkrümmten Fingern nahm er den flammendroten Hibiskuskranz ab, der sein schwarzes Haar krönte. Der Mond tauchte die Landschaft in silbernes Licht. Es war eine friedliche Nacht, wenn auch seine Zuhörer, die um ihn herumsaßen, wie die übel zugerichteten Überlebenden einer Schlacht aussahen. Sie hatten Löwengesichter. Hier gähnte in einem Gesicht ein Loch, wo eine Nase hätte sein sollen, dort zeigte ein Armstumpf, wo eine Hand abgefallen war. Sie waren Männer und Frauen außerhalb der menschlichen Gesellschaft, alle dreißig, denn das Zeichen des Tieres war ihnen aufgedrückt worden.

Mit Blumenkränzen geschmückt saßen sie in der von Wohlgerüchen erfüllten, klaren Nacht, ihre Lippen brachten seltsame Laute hervor, und aus ihren Kehlen löste sich nach Koolaus Rede zustimmendes heiseres Gekrächze. Einst waren diese Geschöpfe Männer und Frauen gewesen. Doch nun waren sie keine Männer und Frauen mehr. Sie waren Ungeheuer – von Angesicht und Gestalt groteske Karikaturen alles Menschlichen. Sie waren schrecklich verstümmelt und entstellt und sahen aus wie Wesen, die jahrtausendelang in der Hölle gefoltert worden waren. Ihre Hände, sofern sie welche besaßen, glichen Harpyienkrallen. Ihre Gesichter waren die Ausrutscher und Verirrungen eines wahnsinnigen Gottes, der an der Maschinerie des Lebens herumgespielt und sie dabei verunstaltet und deformiert hatte. Hier und da sah man Züge, die der wahnsinnige Gott zur Hälfte ausgelöscht hatte, und eine Frau weinte heiße Tränen aus zwei entsetzlichen Höhlen, wo einst Augen gewesen waren. Einige hatten Schmerzen und stöhnten aus tiefer Brust. Andere husteten, daß es klang, als würde Stoff zerrissen. Zwei waren schwachsinnig und glichen eher riesigen Mißgeburten von Affen, so daß im Vergleich mit ihnen ein Affe geradezu als Engel erschien. Sie schnitten Grimassen und plapperten im Mondlicht unter Kränzen welk herabhängender goldener Blüten. Einer, dessen aufgetriebenes Ohrläppchen wie ein Fächer bis auf seine Schulter hing, hob eine herrliche orange- und scharlachrote Blume auf und schmückte damit sein monströses Ohr, das bei jeder Bewegung hin und her pendelte.

Und über diese Geschöpfe war Koolau König. Und dies war sein Königreich – eine blumenüberwucherte Schlucht mit Felsvorsprüngen und Klippen, von denen das Meckern wilder Ziegen erscholl. Auf drei Seiten ragten schroffe, mit phantastischen Vorhängen aus tropischen Pflanzen geschmückte Wände empor, durchbohrt von Höhleneingängen – den Felsbehausungen der Untertanen Koolaus. Auf der vierten Seite tat sich ein ungeheurer Abgrund auf, in dessen Tiefe man die Gipfel kleinerer Bergspitzen und Felsen sehen konnte, an deren Fuß die Brandung des Pazifiks rauschte und schäumte. Bei gutem Wetter konnte ein Boot am felsigen Strand landen, der den Zugang zum Kalalau-Tal bildete, aber es mußte schon sehr gutes Wetter sein. Und ein kaltblütiger Bergsteiger konnte wohl vom Strand zum Kalalau-Tal hinaufklettern, zu dieser Schlucht zwischen den Bergkuppen, wo Koolau herrschte; aber ein solcher Bergsteiger mußte schon sehr kaltblütig sein, und er mußte auch die Steige der wilden Ziegen kennen. Ein Wunder war es, daß diese Menge von menschlichen Wracks, die das Volk Koolaus bildeten, imstande gewesen sein sollte, ihr hilfloses Elend auf den schwindelerregenden Ziegenpfaden zu diesem unzugänglichen Ort zu schleppen.

»Brüder«, begann Koolau.

Aber eine der Fratzen schneidenden, affenartigen Karikaturen stieß ein wildes und irres Geheul aus, und Koolau wartete, während das schrille Gelächter von den Felswänden hin- und hergeworfen wurde und in der Ferne und der nächtlichen Stille widerhallte.

»Brüder, ist es nicht seltsam? Uns gehörte das Land, und seht, das Land gehört uns nicht mehr. Was haben diese Verkünder des Wortes Gottes und des Evangeliums des Rums uns für das Land gegeben? Hat einer von euch einen Dollar, auch nur einen einzigen Dollar für das Land erhalten? Und doch gehört es ihnen, und zum Dank sagen sie uns, daß wir auf dem Land, ihrem Land, arbeiten können und daß das, was wir mit Mühe und Plage erzeugen, ihnen gehören soll. Doch früher brauchten wir nicht zu arbeiten. Und wenn wir krank werden, nehmen sie uns auch noch unsere Freiheit.«

»Wer brachte uns die Krankheit, Koolau?«, fragte Kiloliana, ein magerer, sehniger Mann mit einem Gesicht, das so sehr dem eines lachenden Fauns glich, daß man fast erwartete, seine Beine in gespaltenen Hufen enden zu sehen. Gespalten waren seine Füße tatsächlich, aber die Furchen rührten von großen Geschwüren und bläulicher Fäulnis her. Und doch war er, Kiloliana, der verwegenste Kletterer von allen, der Mann, der jeden Ziegenpfad kannte und der Koolau und sein unglückseliges Gefolge in die Schlupfwinkel von Kalalau geführt hatte.

»Das ist eine gute Frage«, erwiderte Koolau. »Weil wir die riesigen Zuckerrohrfelder nicht abernten wollten, auf denen einst unsere Pferde weideten, brachten sie chinesische Sklaven übers Meer. Und mit ihnen kam die chinesische Krankheit – an der wir jetzt leiden und deretwegen sie uns auf Molokai einsperren möchten. Wir sind auf Kauai geboren. Wir waren auch auf den anderen Inseln, einige hier, andere dort, auf Oahu, Maui, Hawaii, in Honolulu. Und doch sind wir immer wieder nach Kauai zurückgekehrt. Und warum sind wir zurückgekommen? Das muß doch seinen Grund haben. Weil wir Kauai lieben. Wir sind hier geboren. Wir haben hier gelebt. Und hier werden wir sterben – es sei denn – es sei denn – es gibt Feiglinge unter uns. Die können wir nicht gebrauchen. Die passen besser nach Molokai. Und wenn solche unter uns sind, so sollen sie nicht bleiben. Morgen landen die Soldaten am Strand. Laßt die Furchtsamen zu ihnen hinuntergehen. Dann werden sie schnell nach Molokai geschickt. Wir anderen aber werden hierbleiben und kämpfen. Doch wißt, daß wir nicht sterben werden. Wir haben Gewehre. Ihr kennt die schmalen Pfade, auf denen einer hinter dem anderen kriechen muß. Ich, Koolau, der ich einst Cowboy auf Niihau war, kann einen solchen Pfad allein gegen tausend Mann verteidigen. Hier ist Kapalei, der einst über Menschen zu Gericht gesessen hat und ein angesehener Mann war, jetzt aber eine gejagte Ratte ist wie ihr und ich. Hört ihn an. Er ist weise.«

Kapalei erhob sich. Einst war er Richter gewesen. Er hatte die

Universität in Punahou besucht. Er hatte mit Fürsten und Häuptlingen und den hohen Repräsentanten fremder Mächte, die die Interessen der Händler und Missionare schützten, an einer Tafel gespeist. Das war Kapalei gewesen. Jetzt aber war er, wie Koolau gesagt hatte, eine gejagte Ratte, eine Kreatur außerhalb des Gesetzes, so tief im Morast menschlichen Grauens versunken, daß er sowohl über dem Gesetz als auch unter ihm stand. Sein Gesicht besaß keine Züge mehr, außer den klaffenden Öffnungen und den lidlosen Augen, die unter haarlosen Brauen brannten.

»Wir wollen niemandem Ärger machen«, begann er. »Wir verlangen nur, daß man uns in Frieden läßt. Lassen sie uns aber nicht in Frieden, dann sollen sie ihren Ärger bekommen und haben sich das selbst zuzuschreiben. Meine Finger sind nicht mehr da, wie ihr seht.« Er hielt seine Handstümpfe hoch, damit es alle sehen konnten. »Aber das Glied eines Daumens ist mir noch geblieben, und mit dem kann ich einen Gewehrabzug ebenso sicher betätigen, wie früher mit dem verlorenen Nachbarfinger. Wir lieben Kauai. Laßt uns hier leben oder hier sterben, aber laßt uns nicht ins Gefängnis von Molokai gehen. Es ist nicht unsere Krankheit. Wir haben nicht gesündigt. Die Männer, die das Wort Gottes und das Evangelium des Rums predigten, brachten die Krankheit mit den Kulis, die das gestohlene Land bearbeiten. Ich bin Richter gewesen. Ich kenne das Gesetz und die Gerechtigkeit, und ich sage euch, daß es Unrecht ist, einem Mann das Land zu stehlen, ihm die chinesische Krankheit anzuhängen und dann diesen Mann auf Lebenszeit ins Gefängnis zu sperren.«

»Das Leben ist kurz, und die Tage sind voller Schmerzen«, sagte Koolau. »Laßt uns trinken und tanzen und so glücklich wie möglich sein.«

Aus einer der Felsenhöhlen wurden Kalebassen gebracht und herumgereicht. Sie waren mit dem scharfen Destillat aus den Wurzeln der Ti-Pflanze gefüllt; und als das flüssige Feuer sie durchströmte und ihnen zu Kopf stieg, vergaßen sie, daß sie einst Männer und Frauen gewesen waren, denn sie wurden es wieder. Das Geschöpf, das heiße Tränen aus offenen Augenhöhlen weinte, verwandelte sich wirklich in eine lebensvolle Frau, als sie die Saiten eines Ukulele zupfte und einem wilden Liebeswerben ihre Stimme lieh, wie es einst aus den dunklen Tiefen eines vorzeitlichen Urwaldes aufgestiegen sein mochte. Sogar die Luft schwang mit bei ihrem unwiderstehlichen und verführerischen Gesang. Auf einer Matte tanzte Kiloliana nach dem Rhythmus des Liedes, das die Frau sang. Was er tanzte, war unverkennbar. Liebe sprach aus all seinen Bewegungen, und zu ihm gesellte sich eine Frau, deren volle Hüften und üppige Brüste ihr von der Krankheit zerfressenes Gesicht Lügen straften, und tanzte mit ihm. Es war ein Tanz lebender Leichname, denn in ihren verwesenden Körpern liebte und sehnte sich immer noch das Leben. Unentwegt sang die Frau, deren blinde Augen heiße Tränen weinten, ihr Liebeslied, unentwegt gaben die Tanzenden in der warmen Nacht ihrer Liebe Ausdruck, unentwegt kreisten die Kalebassen, bis in jedem Hirn die Maden der Erinnerung und des Verlangens sich zu regen begannen. Und mit der Frau auf der Matte tanzte ein schlankes junges Mädchen, dessen Gesicht schön und unversehrt war. Die verkrümmten Arme jedoch, die sich hoben und senkten, zeigten die Verwüstungen der Krankheit. Und abseits tanzten die beiden Idioten, plappernd und seltsame Laute ausstoßend, grotesk und phantastisch ihr Zerrbild der Liebe, so wie sie selbst durch das Leben zu Zerrbildern geworden waren.

Doch abrupt brach das Liebeslied der Frau ab, die Kalebassen wurden gesenkt, und die Tänzer hielten inne, während alle in den Abgrund über dem Meer blickten, wo eine Rakete wie ein bleiches Phantom in der mondhellen Nacht aufflackerte.

»Das sind die Soldaten«, sagte Koolau. »Morgen wird es zum Kampf kommen. Es ist gut, wenn wir jetzt schlafen, um gerüstet zu sein.«

Die Aussätzigen gehorchten und krochen zu ihren Felsenlagern, bis nur noch Koolau übrigblieb, der mit dem Gewehr über den Knien reglos im Mondlicht saß und seinen Blick nicht von den tief unten am Strand anlegenden Booten abwendete.

Der obere Teil des Kalalau-Tales war ein gut gewählter Zufluchtsort. Mit Ausnahme von Kiloliana, der die Schleichwege über die Steilwände kannte, konnte kein Mensch in die Schlucht gelangen, ohne einen messerscharfen Grat zu überqueren. Dieses Wegstück war etwa neunzig Meter lang, und seine breiteste Stelle betrug höchstens dreißig Zentimeter. Zu beiden Seiten gähnte der Abgrund. Ein Fehltritt, und man stürzte rechts oder links in den Tod. Doch wem es geglückt war, mit heiler Haut hinüberzugelangen, der fand sich in einem Paradies auf Erden wieder. Ein Meer von Vegetation überflutete die Landschaft, ergoß seine grünen Wogen von Wand zu Wand, troff in üppigen Rankenmassen von den Klippenrändern herab und schleuderte eine Gischt von Farnen und Luftwurzeln in die unzähligen Risse und Spalten. In den vielen Monaten von Koolaus Herrschaft hatten er und seine Gefolgsleute gegen dieses Pflanzenmeer angekämpft. Der erstickende Dschungel mit seinem Blütengewirr war von wildwachsenden Bananen, Orangen und Mangos zurückgedrängt worden. Auf kleinen Lichtungen gedieh wilde Pfeilwurz; auf Steinterrassen, die mit mühsam zusammengekratzter Erde aufgefüllt waren, wurden Taro und Melonen angebaut, und auf jedem freien Fleckchen, wohin die Sonne drang, gab es die mit goldgelben Früchten beladenen Papaya-Bäume.

Koolau war aus dem tiefergelegenen Tal in der Nähe des Strandes hierher abgedrängt worden. Und sollte er auch von diesem Zufluchtsort vertrieben werden, dann kannte er Schluchten in dem Gewirr der Bergspitzen weiter landeinwärts, wohin er seine Untertanen führen und wo er sich niederlassen konnte. Und jetzt lag er da, sein Gewehr neben sich, und spähte durch ein verfilztes Laubgeflecht zu den Soldaten am Strand hinunter. Er bemerkte, daß sie große Geschütze bei sich hatten, die das Sonnenlicht wie Spiegel reflektierten. Der messerscharfe Paß lag genau vor ihm. Auf dem Pfad, der zu ihm hinaufführte, konnte er winzige Punkte kriechen sehen. Er wußte, daß es nicht das Militär, sondern die Polizei war. Hatte sie keinen Erfolg, dann würden sich die Soldaten einmischen.

Liebevoll strich er mit seiner verkrüppelten Hand über den Gewehrlauf und vergewisserte sich, daß das Visier sauber war. Er hatte als Jäger auf Niihau schießen gelernt, und seine Fertigkeiten als Scharfschütze blieben auf dieser Insel unvergessen. Als die Menschenpunkte sich näher heranarbeiteten und größer wurden, schätzte er die Entfernung, die Abdrift durch den Wind, der im rechten Winkel zur Schußlinie wehte, und die Wahrscheinlichkeit ab, über Ziele, die so weit unterhalb seines Standortes lagen, hinwegzuschießen. Aber er feuerte nicht. Erst als sie den Anfang des Passes erreicht hatten, machte er sich bemerkbar. Er zeigte sich ihnen nicht, sondern redete aus dem Dickicht heraus.

»Was wollt ihr?« fragte er.

»Wir wollen Koolau, den Aussätzigen«, antwortete der Mann, der die eingeborenen Polizisten anführte, er selbst ein blauäugiger Amerikaner.

»Ihr müßt umkehren«, sagte Koolau.

Er kannte den Mann, einen Hilfssheriff, denn er war es gewesen, der ihn von Niihau vertrieben, über ganz Kauai bis zum Kalalau-Tal und aus dem Tal bis in die Schlucht gejagt hatte.

»Wer bist du?« fragte der Sheriff.

»Ich bin Koolau, der Aussätzige«, lautete die Antwort.

»Dann komm heraus. Du wirst gesucht. Tot oder lebendig. Es sind tausend Dollar auf deinen Kopf ausgesetzt. Du kannst uns nicht entkommen.«

Koolau lachte laut in seinem Dickicht.

»Komm heraus!« befahl der Sheriff, erhielt aber nur Schweigen zur Antwort.

Er beriet sich mit seinen Polizisten, und Koolau sah, daß sie ihn überrumpeln wollten.

»Koolau«, rief der Sheriff, »Koolau, ich komme jetzt rüber, um dich zu holen.«

»Dann schau dir vorher die Sonne und das Meer und den Himmel genau an, denn das wird das letzte Mal sein, daß du sie siehst.«

»Schon gut, Koolau«, sagte der Sheriff beschwichtigend. »Ich weiß, daß du ein erstklassiger Schütze bist, aber du wirst mich doch nicht erschießen. Ich habe dir nie ein Unrecht zugefügt.«

Koolau in seinem Gebüsch brummte nur.

»Ich sage, du weißt doch, daß ich dir nie ein Unrecht zugefügt habe, nicht wahr?« beharrte der Sheriff.

»Du tust mir Unrecht, wenn du versuchst, mich ins Gefängnis zu stecken«, war die Antwort. »Und du tust mir Unrecht, wenn du versuchst, dir die tausend Dollar zu holen, die auf meinen Kopf ausgesetzt sind. Wenn dir dein Leben lieb ist, dann bleib, wo du bist.«

»Ich muß rüberkommen und dich holen. Es tut mir leid. Aber es ist meine Pflicht.«

»Du wirst sterben, bevor du herüberkommst.«

Der Sheriff war kein Feigling. Dennoch war er unschlüssig. Er starrte in den Abgrund zu beiden Seiten und ließ seinen Blick den messerscharfen Grat entlangwandern, den er überqueren mußte. Dann traf er seine Entscheidung.

»Koolau«, rief er.

Aber das Dickicht blieb stumm.

»Schieß nicht, Koolau. Ich komme jetzt.«

Der Sheriff drehte sich um und gab den Polizisten einige Anweisungen, dann machte er sich auf den gefährlichen Weg. Er ging langsam. Es war, als balanciere er auf einem gespannten Seil. Außer der Luft hatte er nichts, woran er sich festhalten konnte. Das Lavagestein unter seinen Füßen bröckelte ab, und auf beiden Seiten polterten die losgebrochenen Stücke in die Tiefe. Die Sonne brannte auf ihn nieder, und sein Gesicht war schweißgebadet. Immer weiter rückte er vor, bis er die Mitte erreicht hatte.

»Halt!« befahl Koolau aus dem Dickicht. »Noch einen Schritt weiter, und ich schieße.«

Der Sheriff blieb stehen und suchte schwankend das Gleichgewicht zu bewahren, als er über dem Abgrund balancierte. Sein Gesicht war zwar blaß, aber sein Blick drückte Entschlossenheit aus. Er fuhr mit der Zunge über seine trockenen Lippen, ehe er sprach:

»Koolau, du wirst mich nicht erschießen. Ich weiß, daß du es nicht tun wirst.«

Er setzte sich wieder in Bewegung. Die Kugel wirbelte ihn halb herum. Auf seinem Gesicht lag ein Ausdruck ungläubigen Erstaunens, als er den Boden unter den Füßen verlor. Er versuchte sich zu retten, indem er sich mit seinem Körper quer über den Felsgrat warf; doch im selben Augenblick spürte er, daß sein Ende gekommen war. Im nächsten Moment war der messerscharfe Kamm verwaist. Dann folgte der Sturmangriff, fünf Polizisten liefen im Gänsemarsch mit bewundernswerter Sicherheit auf dem Grat entlang. Im gleichen Augenblick eröffneten die übrigen Männer des Trupps das Feuer auf das Dickicht. Es war Wahnsinn. Fünfmal drückte Koolau ab, so schnell, daß seine Schüsse wie ein Rattern klangen. Er wechselte seinen Standort, duckte sich tief unter den Kugeln, die durch die Büsche pfiffen, und sah hinaus. Vier Polizisten waren wie der Sheriff abgestürzt. Der fünfte lag quer über dem Kamm und lebte noch. Auf der anderen Seite standen die übrigen Polizisten und feuerten nicht mehr. Auf dem nackten Fels gab es keine Hoffnung für sie. Ehe sie hinuntergeklettert wären, hätte Koolau auch noch den letzten Mann abschießen können. Aber er tat es nicht, und nach kurzer Beratung zog einer der Überlebenden sein weißes Unterhemd aus und schwenkte es als Fahne. Von einem zweiten gefolgt, arbeitete er sich auf dem Grat bis zu seinem verwundeten Kameraden vor. Koolau rührte sich nicht, sondern sah zu, wie sie sich langsam zurückzogen und wieder zu kleinen Punkten wurden, während sie in das tiefergelegene Tal hinabstiegen.

Zwei Stunden später beobachtete Koolau von einem anderen Gebüsch aus einen Polizeitrupp, der den Aufstieg von der entgegengesetzten Seite des Tales aus versuchte. Er sah die wilden Ziegen vor den Männern fliehen, als sie immer höher kletterten, bis er schließlich an seinem eigenen Verstand zu zweifeln begann und nach Kiloliana schickte, der zu ihm ins Dickicht gekrochen kam.

»Nein, dort gibt es keinen Weg«, sagte Kiloliana.

»Und die Ziegen?« fragte Koolau.

»Sie kommen aus dem angrenzenden Tal, aber sie können nicht herüberklettern. Es gibt keinen Weg. Diese Männer sind nicht klüger als die Ziegen. Sie werden sich vielleicht zu Tode stürzen. Behalten wir sie im Auge.«

»Es sind tapfere Männer«, sagte Koolau. »Behalten wir sie im Auge.«

Seite an Seite lagen sie zwischen den Purpurwinden, während die gelben Blüten des Hau-Baumes auf sie herabrieselten, und beobachteten die winzigen Figuren, die sich bergauf quälten, bis es passierte und drei von ihnen ins Rutschen kamen, über einen Felsvorsprung schlitterten und senkrecht etwa hundertfünfzig Meter in die Tiefe stürzten.

Kiloliana kicherte.

»Jetzt werden sie uns nicht mehr belästigen«, sagte er.

»Sie haben Geschütze«, entgegnete Koolau. »Noch haben die Soldaten nicht eingegriffen.«

Am schläfrigen Nachmittag lagen die meisten Aussätzigen in tiefem Schlummer in ihren Felslöchern. Koolau, das frischgereinigte und schußbereite Gewehr auf den Knien, döste im Eingang zu seiner Höhle. Das Mädchen mit dem verkrümmten Arm lag unten im Gebüsch und bewachte den schmalen Paß. Plötzlich gab es eine Detonation am Strand; Koolau schreckte auf und war hellwach. Im nächsten Augenblick zerfetzte es die Luft auf unfaßbare Weise. Das furchtbare Geräusch machte ihm Angst. Es war, als hätten alle Götter das Himmelszelt mit ihren Händen gepackt und rissen es entzwei, so wie eine Frau ein Stück Baumwollstoff auseinandertrennt. Doch es war ein so ungeheures Reißen, und es kam rasch näher. Koolau sah besorgt nach oben, als erwarte er, etwas zu sehen. Da explodierte die Granate in der Felswand über ihnen in einer schwarzen Rauchfontäne. Gestein wurde abgesprengt, und die Felsbrocken stürzten bis zum Fuß des Kliffs hinunter.

Koolau wischte sich mit der Hand über die schweißnasse Stirn. Er war furchtbar mitgenommen. Noch nie hatte er Granatfeuer erlebt, und dies war schrecklicher als alles, was er sich vorgestellt hatte.

»Eins«, sagte Kapahei, dem es plötzlich einfiel, mitzuzählen.

Eine zweite und eine dritte Granate flogen heulend über die Felswand hinweg und explodierten außer Sichtweite. Kapahei zählte systematisch mit. Die Aussätzigen versammelten sich auf dem freien Platz vor ihren Höhlen. Anfangs waren sie sehr verängstigt, als aber die Granaten immer wieder über ihre Köpfe hinwegflogen, beruhigten sie sich und begannen das Schauspiel zu bewundern. Die beiden Idioten kreischten vor Vergnügen und führten bei jeder Granate, die über ihnen die Luft zerschnitt, groteske Tänze auf. Koolau wurde langsam wieder zuversichtlicher. Es war noch keinerlei Schaden angerichtet worden. Offenbar konnten sie so große Geschosse auf solche Entfernung nicht mit der Genauigkeit eines Gewehrschusses ins Ziel bringen.

Doch dann änderte sich die Situation. Die Granaten fielen kürzer. Eine explodierte unten in dem Dickicht bei dem schmalen Paß. Koolau erinnerte sich an das Mädchen, das dort auf Wache lag und rannte hinunter, um nachzusehen. Der Rauch stieg noch aus den Büschen auf, als er hineinkroch. Er war verblüfft. Die Zweige waren geborsten und abgebrochen. Wo das Mädchen gelegen hatte, war jetzt ein Loch im Boden. Das Mädchen selbst war zerfetzt worden. Die Granate war direkt über ihr explodiert.

Nachdem Koolau zuerst hinuntergespäht und sich vergewissert hatte, daß sich keine Soldaten über den Paß wagten, rannte er zu den Höhlen zurück. Während der ganzen Zeit rauschten, winselten, heulten die Granaten vorbei, und das Tal dröhnte und hallte von den Detonationen wider. Als er in die Nähe der Höhlen kam, sah er die beiden Idioten, die herumtollten und sich dabei mit ihren Fingerstümpfen bei der Hand hielten. Noch während Koolau lief, sah er eine schwarze Rauchsäule dicht neben den Schwachsinnigen vom Boden aufsteigen. Sie wurden durch die Explosion auseinandergeschleudert. Der eine blieb reglos liegen, doch der andere schleppte sich auf seinen Händen zur Höhle. Seine Beine schleiften nutzlos nach, und das Blut strömte aus seinem Körper. Er schien in Blut gebadet zu sein und winselte wie ein junger Hund, als er weiterkroch. Die, übrigen Aussätzigen waren mit Ausnahme Kapaheis in die Höhlen geflüchtet.

»Siebzehn«, sagte Kapahei. »Achtzehn«, fügte er hinzu.

Diese letzte Granate war genau in eine der Höhlen eingedrungen. Die Explosion hatte zur Folge, daß sich alle Höhlen wieder leerten. Doch aus dieser einen kam niemand mehr heraus. Koolau kroch durch den beißenden, stechenden Qualm hinein. Drinnen lagen vier fürchterlich verstümmelte Leichen. Eine von ihnen war die blinde Frau, deren endlose Tränen erst jetzt versiegt waren.

Draußen fand Koolau seine Leute in panischer Angst vor; sie waren schon im Begriff, den Ziegenpfad hinaufzuklettern, der aus der Schlucht in das Gewirr von Bergen und Klüften führte. Der verwundete Idiot, der leise vor sich hin wimmerte und sich kraftlos mit den Händen über den Boden schleppte, versuchte, ihnen zu folgen. Doch bei dem ersten Steilstück der Felswand überwältigte ihn seine Hilflosigkeit, und er fiel zurück.

»Es wäre besser, ihn zu töten«, sagte Koolau zu Kapahei, der immer noch am selben Platz saß.

»Zweiundzwanzig«, antwortete Kapahei. »Ja, es wäre das Beste, ihn zu töten. Dreiundzwanzig – vierundzwanzig.«

Der Idiot wimmerte durchdringend, als er das Gewehr auf sich gerichtet sah. Koolau zögerte, dann ließ er die Waffe sinken.

»Es fällt mir schwer«, meinte er.

»Du bist ein Narr, sechsundzwanzig, siebenundzwanzig«, sagte Kapahei. »Komm, ich zeig's dir.«

Er stand auf und näherte sich der verwundeten Kreatur mit einem schweren Felsbrocken in der Hand. Als er den Arm hob, um zuzuschlagen, explodierte eine Granate genau über ihm. Sie befreite ihn so von der Notwendigkeit, die Tat auszuführen, und machte gleichzeitig dem Mitzählen ein Ende.

Koolau war allein in der Schlucht. Er sah zu, wie die letzten seiner Leute ihre verkrüppelten Leiber über den Bergkamm schleppten und verschwanden. Dann drehte er sich um und ging zu dem Dickicht hinunter, wo das Mädchen getötet worden war. Das Granatfeuer hielt unvermindert an, aber er blieb, denn tief unten konnte er die Soldaten heraufklettern sehen. Eine Granate explodierte sechs Meter von ihm entfernt. Er preßte sich flach auf den Boden und hörte den Splitterhagel über seinen Körper hinwegsausen. Ein Schauer von Hau-Blüten regnete auf ihn herab. Er hob den Kopf, um zu dem Pfad hinunterzuspähen und seufzte. Er fürchtete sich sehr. Gewehrkugeln hätten ihn nicht geängstigt, doch dieses Granatfeuer war schrecklich. Jedesmal, wenn ein Geschoß vorbeipfiff, durchfuhr ihn ein Schaudern, und er duckte sich; aber jedesmal hob er wieder den Kopf, um den Pfad zu beobachten.

Schließlich hörte der Beschuß auf. Das, so nahm er an, lag daran, daß die Soldaten immer näher kamen. Im Gänsemarsch krochen sie den Pfad entlang, und er versuchte, sie zu zählen, bis er durcheinander geriet. Auf alle Fälle waren es mindestens um die hundert – und alle hatten es auf Koolau, den Aussätzigen, abgesehen. Er fühlte einen Anflug von Stolz in sich aufsteigen. Mit Kriegsgeschütz und Gewehren, Polizeiaufgebot und Soldaten jagten sie ihn, und er war nur ein einzelner Mann, ein verkrüppeltes Wrack von einem Mann obendrein. Sie boten tausend Dollar für ihn, tot oder lebendig. In seinem ganzen Leben hatte er nicht so viel Geld besessen. Dieser Gedanke war bitter. Kapahei hatte recht gehabt. Er, Koolau, hatte nie etwas Böses getan. Nur weil die Haoles Arbeitskräfte brauchten, um das gestohlene Land zu bestellen, hatten sie die chinesischen Kulis hergebracht, und mit ihnen war die Krankheit gekommen. Und weil er sich mit dieser Krankheit angesteckt hatte, war er auf einmal tausend Dollar wert – die aber nicht ihm gehören sollten. Es war sein wertloser Kadaver, sein von der Krankheit zerfressener oder von einer explodierenden Granate zerrissener Körper, der all das Geld aufwog.

Als die Soldaten den schmalen Grat erreichten, fühlte er sich versucht, sie zu warnen. Doch dann fiel sein Blick auf die Leiche des gemordeten Mädchens, und er schwieg. Als sich sechs auf die Felsspitze gewagt hatten, eröffnete er das Feuer. Und er hörte auch nicht auf, als der Grat gesäubert war. Er leerte sein Magazin, füllte und leerte es wieder. Er schoß immer weiter. Alles Unrecht, das ihm widerfahren war, loderte in seinem Gehirn auf, und er raste vor Rachedurst. Den ganzen Ziegenpfad entlang feuerten die Soldaten, und obwohl sie flach auf der Erde lagen und hinter den Bodenwellen Deckung suchten, boten sie sich ihm dar wie Zielscheiben. Kugeln pfiffen und schlugen um ihn herum ein, und hier und da surrte ein Querschläger durch die Luft. Eine Kugel hinterließ eine Furche in seiner Kopfhaut, und eine zweite streifte das Schulterblatt, ohne ihn nennenswert zu verletzen.

Es war ein Massaker, bei dem nur ein einziger Mann tötete. Die Soldaten begannen sich zurückzuziehen und versuchten, ihre Verwundeten zu bergen. Während Koolau sie einzeln abschoß, nahm er den Geruch von verbranntem Fleisch wahr. Er sah sich erst um und entdeckte dann, daß es seine eigenen Hände waren. Das Gewehr war heiß geworden. Die Lepra hatte die meisten Nerven in seinen Händen zerstört. Zwar verbrannte sein Fleisch, und er roch es auch, doch er fühlte nichts.

Er lag im Dickicht und lächelte, bis ihm die Kanonen einfielen. Zweifellos würden sie wieder auf ihn zielen, und diesmal genau auf das Gebüsch, von wo aus er das Unheil angerichtet hatte. Kaum hatte er seine Stellung gewechselt und sich in einen geschützten Winkel hinter einem kleinen Felsvorsprung zurückgezogen, weil dort, wie er bemerkt hatte, keine Granaten einschlugen, da setzte das Bombardement wieder ein. Er zählte die Geschosse. Noch weitere sechzig wurden in die Schlucht gefeuert, bevor die Geschütze schwiegen. Das kleine Fleckchen Erde war von den Explosionen ganz durchlöchert worden, und es schien unmöglich, daß irgendein Geschöpf das überlebt haben könnte. Der Ansicht waren auch die Soldaten, denn unter der sengenden Nachmittagssonne kletterten sie wieder den Ziegenpfad herauf. Und wieder wurde ihnen der Übergang über den messerscharfen Grat verwehrt, und wieder mußten sie den Rückzug zum Strand antreten.

Noch zwei Tage lang hielt Koolau den Paß, obwohl sich die Soldaten damit begnügten, Granaten in sein Versteck zu feuern. Dann erschien Pahau, ein aussätziger Junge, auf der Felswand am Ende der Schlucht und rief zu ihm hinunter, daß Kiloliana, als er Ziegen jagte, damit sie etwas zu essen bekämen, abgestürzt und dabei umgekommen sei und daß die Frauen sich fürchteten und nicht wüßten, was sie tun sollten. Koolau rief den Jungen zu sich herunter und ließ ihn mit einem Reservegewehr zurück, um den Grat zu bewachen. Er fand seine Leute entmutigt vor. Die meisten von ihnen waren zu hilflos, um sich unter solch widrigen Umständen selbst mit Nahrung zu versorgen, und alle hatten Hunger. Er wählte zwei Frauen und einen Mann aus, bei denen die Krankheit noch nicht soweit fortgeschritten war, und schickte sie zur Schlucht zurück, um Nahrungsmittel und Matten zu holen. Den übrigen sprach er Mut und Trost zu, bis selbst die Schwächsten dabei halfen, einfache Schutzhütten zu bauen.

Doch jene, die Nahrung holen sollten, kamen nicht zurück, und so machte er sich wieder auf den Weg in die Schlucht. Als er zum Rand der Felswand kam, gingen ein halbes Dutzend Gewehre auf einmal los. Eine Kugel brachte ihm eine Fleischwunde an der Schulter bei, und seine Wange wurde von einem Steinsplitter aufgerissen, als eine zweite Kugel gegen die Felswand prallte. In dem Augenblick, in dem das alles geschah und er zurücksprang, sah er, daß es in der Schlucht von Soldaten nur so wimmelte. Seine eigenen Leute hatten ihn verraten. Das Granatfeuer war zu schrecklich gewesen, und sie hatten dem Gefängnis von Molokai den Vorzug gegeben.

Koolau zog sich zurück und schnallte einen seiner schweren Patronengürtel ab. Zwischen den Felsen liegend, wartete er, bis sich Kopf und Schultern des ersten Soldaten deutlich abzeichneten, ehe er abdrückte. Das geschah zweimal, und dann tauchte nach einer Pause anstatt eines weiteren Oberkörpers eine weiße Fahne über dem Rand der Felswand auf.

»Was willst du?« fragte er.

»Ich will dich, wenn du Koolau, der Aussätzige, bist«, lautete die Antwort.

Koolau vergaß, wo er war, er vergaß alles, als er dalag und sich über die seltsame Hartnäckigkeit dieser Haoles wunderte, die ihren Willen durchsetzen wollten, und wenn der Himmel darüber einstürzte. Ja, sie würden ihn allen Menschen und allen Dingen aufzwingen und selbst den Tod dafür in Kauf nehmen. Er konnte einfach nicht umhin, sie wegen dieses Willens zu bewundern, der stärker als das Leben war und der alles ihrem Gebot unterwarf. Er war von der Aussichtslosigkeit seines Kampfes überzeugt. Diesem furchtbaren Willen der Haoles konnte man sich nicht widersetzen. Und wenn er tausend Mann tötete, so würden sie doch am Ende so zahlreich werden wie der Sand am Meer und ihn weiter verfolgen. Sie wußten nie, wann sie besiegt waren. Das war ihr Fehler und zugleich ihre Stärke. Das war es, was seiner eigenen Rasse fehlte. Jetzt wurde ihm klar, wie diese Handvoll von Evangelisten Gottes und des Rums das Land erobert hatten. Weil sie …

»Nun, was hast du zu sagen? Wirst du mitkommen?«

Es war die Stimme des unsichtbaren Mannes unter der Fahne. Wie jeder Haole steuerte er ohne Umschweife direkt auf das einmal gesetzte Ziel zu.

»Laß uns darüber reden«, sagte Koolau.

Kopf und Schultern kamen zum Vorschein, dann sein ganzer Körper. Er war ein blauäugiger junger Mann von fünfundzwanzig, mit glattrasiertem Gesicht, schlank und schmuck in seiner Hauptmannsuniform. Er kam näher, bis ihm Halt geboten wurde, und setzte sich dann in etwa vier Metern Entfernung nieder. »Du hast Mut«, sagte Koolau erstaunt. »Ich könnte dich wie eine Fliege töten.«

»Nein, das könntest du nicht«, kam die Antwort.

»Warum nicht?«

»Weil du ein Mann bist, Koolau, wenn auch einer von der schlimmen Sorte. Ich kenne deine Geschichte. Du tötest nur auf faire Art.«

Koolau knurrte, aber insgeheim freute es ihn.

»Was habt ihr mit meinen Leuten gemacht?« wollte er wissen. »Mit dem Jungen, den beiden Frauen und dem Mann?«

»Sie haben sich ergeben, wozu ich dich jetzt auch auffordere.«

Koolau lachte ungläubig.

»Ich bin ein freier Mensch«, verkündete er. »Ich habe nichts Unrechtes getan. Ich verlange nur, daß man mich in Frieden läßt, das ist alles. Ich habe als freier Mensch gelebt, und ich will als freier Mensch sterben. Ich werde mich nicht ergeben.«

»Dann sind deine Leute klüger als du«, entgegnete der junge Hauptmann. »Sieh nur – dort kommen sie.«

Koolau drehte sich um und sah den Rest seiner Schar näherwanken. Stöhnend und seufzend schleppten sie ihr Elend an ihm vorbei – ein gespenstischer Zug. Koolau waren noch bittere Augenblicke beschieden, denn im Vorbeigehen überschütteten sie ihn mit Verwünschungen und Beschimpfungen; und das keuchende alte Weib, das den Zug beschloß, blieb stehen, streckte ihre dürren Harpyienkrallen aus, wiegte knurrend ihren Totenschädel hin und her und stieß einen Fluch aus. Einer nach dem andern überquerte den Kamm und ergab sich den in Deckung gegangenen Soldaten.

»Du kannst dich jetzt zurückziehen«, sagte Koolau zu dem Hauptmann. »Ich werde mich nie ergeben. Das ist mein letztes Wort. Leb wohl.«

Der Hauptmann verschwand hinter dem Felsen bei seinen Soldaten. Gleich darauf hob er ohne Parlamentärsflagge die Mütze auf seiner Säbelscheide in die Höhe, und Koolaus Kugel durchschlug sie. An diesem Nachmittag beschossen sie ihn vom Strand aus mit Granaten, und als er sich in die hochgelegenen, unzugänglichen Schlupfwinkel weiter oben zurückzog, folgten ihm die Soldaten.

Sechs Wochen lang jagten sie ihn von einem Versteck zum andern, über die Vulkangipfel und die Ziegenpfade entlang. Als er sich im Lantanendschungel verbarg, bildeten sie Reihen von Treibern und hetzten ihn wie ein Kaninchen durch das Guavengestrüpp. Aber immer wieder wechselte er die Richtung, schlug Haken und entwischte ihnen. Sie konnten ihn nicht in die Enge treiben. Kamen sie ihm zu nahe, stellte sein zuverlässiges Gewehr den gebührenden Abstand wieder her, und sie trugen ihre Verwundeten den Ziegenpfad hinunter zum Strand. Zuweilen feuerten auch sie, wenn sein brauner Körper sich für einen Augenblick im Unterholz zeigte. Einmal erwischten ihn fünf von ihnen auf einem ungeschützten Ziegenpfad zwischen den Verstecken. Sie schossen ihre Gewehre auf ihn leer, während er hinkend den schwindelerregenden Steig emporkletterte. Danach fanden sie Blutspuren und wußten, daß er verletzt war. Nach sechs Wochen gaben sie auf. Soldaten und Polizei kehrten nach Honolulu zurück, und das Kalalau-Tal wurde ganz ihm überlassen, wenngleich sich von Zeit zu Zeit Kopfgeldjäger dorthin wagten und in ihr Verderben rannten.

Zwei Jahre später verkroch sich Koolau zum letzten Mal in einem Dickicht und legte sich zwischen Ti-Blättern und wilden Ingwerblüten nieder. Als freier Mann hatte er gelebt, und als freier Mann starb er. Ein leichter Nieselregen setzte ein, und er zog eine zerlumpte Decke über seine verstümmelten Gliederreste. Sein Körper war mit einem Mantel aus Ölzeug bedeckt. Quer über die Brust legte er sich sein Mausergewehr und wischte zärtlich die Feuchtigkeit vom Lauf. Die Hand, mit der er das tat, besaß keinen einzigen Finger mehr, um abzudrücken.

Er schloß die Augen, denn an der Schwäche in seinem Körper und dem benommenen Aufruhr, der in seinem Gehirn herrschte, erkannte er, daß sein Ende nahte. Wie ein wildes Tier hatte er sich zum Sterben in einem Versteck verkrochen. Nur halb bei Bewußtsein und ziellos umherschweifend, durchlebte er in Gedanken noch einmal die Zeit als junger Mann auf Niihau. Während das Leben erlosch und das Tropfen des Regens in seinen Ohren immer schwächer wurde, schien es ihm, als sei er gerade dabei, Pferde zuzureiten, als bockten und bäumten sich die wilden Hengstfüllen unter ihm, der mit unter dem Pferdebauch zusammengebundenen Steigbügeln ritt, oder als jagten sie wie verrückt in der Zureitkoppel umher und scheuchten die Cowboys, die helfen wollten, über das Gatter. Im nächsten Augenblick sah er sich – und es schien ihm ganz natürlich – die wilden Bullen auf den Hochlandweiden verfolgen, sie mit dem Lasso einfangen und ins Tal bringen. Wieder brannten der Schweiß und der Staub des Brandpferchs in seinen Augen und stachen ihm in die Nase.

Seine ganze fröhliche, unversehrte Jugend stand vor ihm auf, bis die bohrenden Schmerzen der nahen Auflösung ihn in die Wirklichkeit zurückbrachten. Er hob seine verstümmelten Hände und starrte sie verwundert an. Aber wie? Warum? Warum mußte die Unversehrtheit seiner ungezügelten Jugend sich in so etwas verwandeln? Dann erinnerte er sich, und einen Augenblick lang war er wieder Koolau, der Aussätzige. Seine Lider sanken müde herab, und seine Ohren nahmen das Geräusch der Regentropfen nicht länger wahr. Ein anhaltendes Zittern überfiel seinen Körper. Dann hörte auch das auf. Er hob den Kopf ein wenig, aber der fiel zurück. Dann öffneten sich die Augen und schlossen sich nicht wieder. Sein letzter Gedanke galt seinem Mausergewehr, und er preßte es mit seinen zusammengelegten, fingerlosen Händen an die Brust.

NAM-BOK, DER LÜGNER

Eine Bidarka, nicht wahr? Schau! Eine Bidarka, und ein Mann, der nicht mit dem Paddel umgehen kann!«

Die alte Bask-Wah-Wan erhob sich auf ihre Knie, zitternd vor Schwäche und Spannung, und blickte hinaus auf das Meer.

»Nam-Bok war immer schon ungeschickt mit dem Paddel.« Sie schirmte die Augen gegen die Sonne ab, starrte über das silberglänzende Wasser und verlor sich in Erinnerungen, während sie weiterplapperte. »Nam-Bok war schon immer ungeschickt. Ich weiß noch …«

Aber die Frauen und Kinder lachten laut, mit freundlichem Spott, und ihre Stimme wurde immer leiser, bis sie schließlich nur noch lautlos die Lippen bewegte.

Koogah hob sein graues Haupt von seiner Schnitzarbeit und folgte ihrem Blick. Das Boot hielt auf den Strand zu, wenn es nicht schwankend aus dem Kurs lief. Sein Insasse paddelte mit mehr Kraft als Geschicklichkeit und folgte im Zick-Zack-Kurs dem Weg des größten Widerstandes. Koogah beugte sich wieder über seine Arbeit und ritzte die Rückenflosse eines Fischs, der in keinem Meer zu Hause war, in den Walroßzahn zwischen seinen Oberschenkeln.

»Es ist gewiß der Mann aus dem Nachbardorf«, sagte er schließlich, »der sich bei mir erkundigen wollte, wie man schnitzt. Es ist ein ungeschickter Mann. Er wird es nie lernen.«

»Es ist Nam-Bok«, wiederholte die alte Bask-Wah-Wan. »Kenne ich meinen Sohn etwa nicht?« fuhr sie mit schriller Stimme fort. »Ich sage noch einmal, das ist Nam-Bok.«

»Das behauptest du jetzt seit vielen Sommern«, wies sie eine der Frauen nachsichtig zurecht. »Immer wenn das Meer eisfrei war, hast du dort gesessen und den ganzen Tag lang Ausschau gehalten. Und bei jedem Boot, das zufällig vorbeikam, hast du gesagt: ›Das ist Nam-Bok.‹ Nam-Bok ist tot, Bask-Wah-Wan, und die Toten kommen nicht zurück. Sie können nicht zurückkommen.«

»Nam-Bok!« rief die alte Frau so laut, daß alle im Dorf zusammenfuhren und sie anschauten.

Sie kam nur mühsam auf die Füße und eilte auf zittrigen Beinen den Sandstrand hinunter. Sie stolperte über einen Säugling, der in der Sonne lag; seine Mutter tröstete ihn, als er zu weinen anfing, und schimpfte hinter der alten Frau her, die keine Notiz davon nahm. Die Kinder rannten vor ihr zum Strand hinunter, und als der Mann in der Bidarka näherkam und mit einem seiner unbeholfenen Paddelschläge das Boot fast zum Kentern brachte, folgten ihnen auch die Frauen. Koogah ließ den Walroßzahn fallen und ging ihnen nach, wobei er sich schwer auf seinen Stock stützte. Den Schluß bildeten die Männer, die in Zweier- und Dreiergruppen heranschlenderten.

Die Bidarka stellte sich quer und wäre in der Brandung fast vollgeschlagen, wenn nicht ein nackter Junge ins Wasser gelaufen wäre, um sie auf den Sand zu ziehen. Der Mann stand auf und sah die vor ihm aufgereihten Dorfbewohner fragend an. Von seinen breiten Schultern hing lose ein bunter, schmutziger und abgetragener Pullover, und um den Hals hatte er nach Matrosenart ein rotes Baumwolltuch geknotet. Eine Schiffermütze auf dem Kopf, kurzgeschnittene Haare, eine feste Baumwollhose und derbe Schuhe rundeten das Erscheinungsbild ab.

Dennoch wurde er bestaunt, denn diese einfachen Fischer vom Yukon-Delta, die ihr Leben im Angesicht der Bering-See verbrachten, hatten bisher nur zwei Weiße zu Gesicht bekommen – den Regierungsbeauftragten für die Volkszählung und einen verirrten Jesuitenpriester. Die Weißen hatten um das Gebiet immer einen weiten Bogen gemacht, denn der Stamm war arm und hatte weder Goldfunde noch Pelze zu bieten. Zudem hatte der Yukon an seiner Mündung jahrtausendelang Sedimente aus dem Binnenland Alaskas abgelagert und in diesem Küstenstrich das Wasser so seicht gemacht, daß die Schiffe schon außer Sichtweite der Küste strandeten. Die Seefahrer mieden die sumpfige Region mit ihren weit ins Landesinnere reichenden Meeresarmen und den ausgedehnten Inselgruppen, und so war den einheimischen Fischern der Kontakt mit der Welt der Weißen bisher verwehrt geblieben.

Koogah, der Knochenschnitzer, trat überstürzt den Rückzug an, stolperte über seinen Stock und fiel hin. »Nam-Bok!« schrie er und strampelte verzweifelt, um wieder auf die Füße zu kommen. »Nam-Bok, den der Sturm auf das Meer getrieben hat, ist zurückgekommen!«

Männer und Frauen schreckten vor dem Fremden zurück, und die Kinder suchten Schutz in ihrer Nähe. Nur Opee-Kwan blieb tapfer, wie es sich für den Häuptling des Dorfes ziemte. Er trat auf den Neuankömmling zu und musterte ihn lange und eingehend.

»Es *ist* Nam-Bok«, sagte er schließlich. Als die Frauen merkten, daß er fest davon überzeugt war, brachen sie in ängstliches Wehklagen aus und wichen noch weiter zurück.

Die Lippen des Fremden zuckten, und unter der braunen Haut geriet sein Kehlkopf in heftige Bewegung, während er nach Worten rang.

»Doch, doch, es ist Nam-Bok«, krächzte Bask-Wah-Wan, die mit zusammengekniffenen Augen zu ihm hinaufsah. »Ich habe schon immer gesagt, Nam-Bok kommt zurück.«

»Ja, Nam-Bok ist zurückgekommen.« Dieses Mal sprach Nam-Bok selbst, während er aus dem Boot stieg und dann mit einem Fuß am Strand und einem im Boot stehenblieb. Wieder bewegte sich sein Kehlkopf heftig auf und ab, als er nach vergessenen Worten suchte. Was dabei herauskam, klang fremdartig, und die Kehllaute begleitete er mit einem Zischen. »Ich grüße euch«, sagte er, »meine Brüder aus der Zeit, bevor ich euch mit dem ablandigen Wind verließ.«

Er setzte den zweiten Fuß an Land. Opee-Kwan machte eine abwehrende Handbewegung.

»Du bist tot, Nam-Bok«, sagte er.

Nam-Bok lachte. »Ich bin wohlgenährt.«

»Tote sind nicht wohlgenährt«, räumte Opee-Kwan ein. »Du mußt es gut getroffen haben, aber es ist sonderbar. Kein Mensch kann sich mit dem ablandigen Wind verbünden und nach langen Jahren wiederkommen.«

»Ich bin wiedergekommen«, erwiderte Nam-Bok einfach.

»Dann bist du vielleicht ein Geist des Nam-Bok, den es einmal gab. Geister kommen wieder.«

»Ich bin hungrig. Geister essen nicht.«

Doch Opee-Kwan zweifelte und strich sich ratlos über die Stirn. Nam-Bok war ähnlich verwirrt, und als er die Fischer der Reihe nach musterte, fühlte er, daß er nicht willkommen war. Männer und Frauen flüsterten miteinander. Die Kinder versteckten sich ängstlich hinter den Erwachsenen, und die Hunde strichen mit gesträubtem Fell argwöhnisch schnüffelnd um ihn herum.

»Ich habe dich geboren, Nam-Bok, und dich an meiner Brust trinken lassen, als du ein Säugling warst«, sagte Bask-Wah-Wan mit dünner Stimme und trat näher. »Ob du nun ein Geist bist oder nicht, ich werde dir jetzt zu essen geben.«

Nam-Bok machte Anstalten, auf sie zuzugehen, aber ein allgemeines ängstliches und bedrohliches Murren hielt ihn zurück. Er sagte etwas in einer fremden Sprache, das sich anhörte wie »Verdammt« und fuhr dann fort: »Ich bin kein Geist, sondern ein Mensch.«

»Wer soll das wissen, wenn es um Geheimnisse des Lebens geht?« Die Frage Opee-Kwans war halb an ihn selbst, halb an seine Stammesgenossen gerichtet. »Wir leben, und einen Atemzug später leben wir nicht mehr. Wenn der Mensch ein Geist werden kann, kann nicht der Geist ein Mensch werden? Nam-Bok hat gelebt, aber lebt nicht mehr. Das wissen wir. Aber wir wissen nicht, ob dieser hier Nam-Bok oder der Geist des Nam-Bok ist.«

Nam-Bok räusperte sich und gab dann Antwort. »Vor langer, langer Zeit, Opee-Kwan, ging der Vater deines Vaters fort und kam nach vielen Jahren wieder. Ihm hat man den Platz am Feuer auch nicht verwehrt. Es heißt …« Er legte eine bedeutsame Pause ein, und die Zuhörer hingen an seinen Lippen. »Es heißt«, wiederholte er ganz bewußt, um die rechte Wirkung zu erzielen, »daß seine *klooch* Sipsip, sein Weib, ihm nach seiner Rückkehr zwei Söhne gebar.«

»Aber er ist nicht mit dem ablandigen Wind verschwunden«, hielt Opee-Kwan ihm entgegen. »Er ging ins Landesinnere, und natürlich kann man an Land weiter und immer weiter gehen.«

»Auch auf dem Meer ist das möglich. Doch das bringt uns nicht weiter. Es heißt auch …, der Vater deines Vaters habe von merkwürdigen Dingen erzählt, die ihm zu Gesicht gekommen seien.«

»Ja, er hat merkwürdige Sachen erzählt.«

»Auch ich habe Merkwürdiges zu erzählen«, verkündete Nam-Bok listig. Und als sie unschlüssig wurden, fuhr er fort: »Und Geschenke habe ich auch.«

Er holte aus dem Boot einen wunderbaren bunten Schal und legte ihn seiner Mutter um die Schultern. Die Frauen seufzten bewundernd auf, und die alte Bask-Wah-Wan strich mit der Hand über das farbenfrohe Gewebe, befühlte es und summte in kindlichem Entzücken vor sich hin.

»Er hat etwas zu erzählen«, brummte Koogah. »Und Geschenke hat er auch«, stimmte eine der Frauen ein.

Opee-Kwan merkte, daß seine Leute ganz begierig waren, und außerdem plagte ihn selbst die Neugier auf jene unerhörten Geschichten. »Wir haben viele Fische gefangen«, sagte er salomonisch, »und Tran im Überfluß. Komm also, Nam-Bok, und nimm an unserem Festmahl teil.«

Zwei von den Männern wuchteten das Boot auf die Schultern und trugen es zum Feuer. Nam-Bok ging neben Opee-Kwan, und die übrigen folgten ihnen nach, bis auf die Frauen, die noch etwas verweilten, um den Schal zu befühlen und zu betasten.

Beim Festschmaus wurde wenig gesprochen, auch wenn man immer wieder den Sohn von Bask-Wah-Wan mit verstohlenen

Blicken bedachte. Das setzte ihn in Verlegenheit – allerdings nicht, weil er ein schüchterner Mensch war, sondern weil ihm der Gestank von Robbenfett den Appetit genommen hatte und er unbedingt vermeiden wollte, daß man es merkte.

»Iß, du bist hungrig«, forderte Opee-Kwan ihn auf. Nam-Bok machte die Augen zu und tauchte mit der Hand in den großen Topf von stinkendem Fisch.

»Nur zu, du brauchst dich nicht zu schämen. Die Robben sind dieses Jahr zahlreich gewesen, und kräftige Männer sind immer hungrig.« Mit diesen Worten tunkte Bask-Wah-Wan ein besonders ekelerregendes Stück Lachs in das Öl und reichte den fetttriefenden Fisch liebevoll an ihren Sohn weiter.

Als sein Magen erste Alarmsignale aussandte, weil er inzwischen weniger robust war als in alten Zeiten, stopfte Nam-Bok verzweifelt eine Pfeife und begann zu rauchen. Die anderen aßen geräuschvoll weiter und beobachteten ihn dabei. Nur wenige hätten sich rühmen können, nähere Bekanntschaft mit diesem kostbaren Kraut gemacht zu haben; es war nur gelegentlich durch Tauschhandel mit weiter nördlich lebenden Eskimos in geringen Mengen und dazu noch in minderer Qualität bis zu ihnen vorgedrungen. Koogah, der neben ihm saß, gab zu verstehen, daß er gegen einen Zug aus der Pfeife nichts einzuwenden hätte, und schob das Mundstück aus Bernstein zwischen zwei Bissen in den tranigen Mund. Nam-Bok hielt sich mit zitternder Hand den Magen und lehnte die Rückgabe der Pfeife dankend ab. Koogah dürfe sie behalten, sagte er, denn er habe sie ihm ohnehin zum Geschenk machen wollen. Das fand den Beifall der übrigen Tischgäste, die sich die Finger leckten.

Opee-Kwan erhob sich. »Unser Festmahl ist jetzt beendet, Nam-Bok, und wir würden gern hören, was du Merkwürdiges zu berichten hast.«

Die Fischerleute klatschten in die Hände, nahmen ihre Arbeit wieder auf und spitzten die Ohren. Die Männer fertigten Speere an oder schnitzten in Elfenbein, während die Frauen das Fett von der Innenseite der Robbenfelle kratzten und sie geschmeidig machten oder mit Tiersehnen Stiefel aus Seehundsfell zusammennähten. Nam-Bok ließ das Bild auf sich wirken, doch fehlte ihm der Zauber, den es in seinen Erinnerungen ausgestrahlt hatte. In den Jahren seiner Wanderschaft hatte er immer davon geträumt, und jetzt, wo es Wirklichkeit war, fühlte er sich enttäuscht. Es war ein schäbiges, dürftiges Leben, dachte er, nicht mit dem zu vergleichen, das er inzwischen gewohnt war. Er würde ihnen schon ein wenig die Augen öffnen, und bei dem Gedanken leuchteten seine eigenen auf.

»Brüder«, begann er mit der Selbstgefälligkeit des Menschen, der von seinen großen Taten erzählen will, »es war im Spätsommer vor vielen, vielen Sommern, als ich euch verließ. Das Wetter war damals ganz so, wie es sich jetzt entwickelt. Ihr wißt alle noch, wie die Möwen flach über das Wasser jagten und der Wind so heftig aufs Meer hinausblies, daß ich mit dem Boot nicht mehr dagegen ankam. Ich schnürte die Abdeckung der Bidarka um meinen Leib, damit sie nicht voll Wasser lief, und kämpfte die ganze Nacht mit dem Sturm. Am Morgen sah ich kein Land – nur das Meer –, und der Wind vom Land ließ nicht nach und trug mich immer weiter fort. Dreimal graute der Morgen, und nie sah ich Land; der Wind gab mich nicht frei.

Als der vierte Tag anbrach, war ich wie wahnsinnig. Ich konnte mein Paddel nicht mehr ins Wasser tauchen, weil ich nichts gegessen hatte; alles drehte sich um mich, denn auch den Durst konnte ich nicht stillen. Aber das Meer wütete nicht mehr, ein sanfter Südwind strich über die Wellen. Als ich um mich schaute, entdeckte ich etwas, das mich glauben ließ, ich sei wirklich verrückt.«

Nam-Bok machte eine Pause, um Fischreste zwischen den Zähnen zu entfernen. Die Männer und Frauen hatten ihre Arbeit sinken lassen und streckten gebannt den Kopf vor.

»Es war ein Kanu, ein großes Kanu. Wenn man aus allen Kanus, die ich in meinem Leben gesehen habe, ein einziges Kanu zusammensetzen würde, so wäre es immer noch kleiner als dieses gewesen.«

Man hörte ungläubige Ausrufe, und Koogah, ein Mann in hohen Jahren, schüttelte den Kopf.

»Wenn jede Bidarka wie ein Sandkorn wäre«, fuhr Nam-Bok unbeirrt fort, »und die Bidarkas so zahlreich wie die Sandkörner an unserem Strand, dann würden sie zusammen noch immer nicht so groß sein wie das Kanu, das ich am Morgen des vierten Tages erblickte. Es war ein sehr großes Kanu, und sie nannten es *Schoner*. Ich sah dieses Wunderding, diesen großen Schoner, und er kam auf mich zu. Es waren Menschen darauf –«

»Halt, Nam-Bok!« Opee-Kwan unterbrach ihn. »Was für Menschen waren das? Große Menschen?«

»Nein, Menschen wie du und ich.«

»Kam das Kanu schnell auf dich zu?«

»Ja.«

»Es war hoch, und die Männer waren klein.« Opee-Kwan verkündete seine Prämissen im Brustton der Überzeugung. »Und diese Männer arbeiteten mit langen Paddeln?«

Nam-Bok grinste. »Sie hatten keine Paddel«, sagte er.

Seine Zuhörer rissen den Mund auf, und es wurde totenstill. Opee-Kwan lieh sich Koogahs Pfeife aus und tat nachdenklich einige Züge. Eine von den jüngeren Frauen kicherte erregt und erntete strafende Blicke.

»Sie hatten keine Paddel?« fragte Opee-Kwan leise und gab die Pfeife zurück.

»Der Südwind kam von hinten«, erklärte Nam-Bok.

»Aber man treibt nur langsam vor dem Wind.

»Der Schoner hatte Flügel – so.« Er zeichnete die Umrisse von Masten und Segeln in den Sand. Die Männer umringten ihn und studierten die Zeichnung. Es ging ein heftiger Wind, und zur besseren Veranschaulichung spannte er den Schal seiner Mutter auf, bis er sich blähte wie ein Segel. Bask-Wah-Wan wehrte sich schimpfend, wurde vom Wind aber doch ein Stück fortgeschoben und landete außer Atem in einem Haufen Treibholz am Strand. Die Männer grunzten verständnisinnig, doch Koogah warf plötzlich sein weises Haupt zurück.

»Haha!« lachte er. »Eine alberne Sache, dieses große Kanu! Eine höchst alberne Sache! Ein Spielball der Wellen! Wohin der Wind weht, da muß es hin. Kein Mensch, der darin fährt, kann seinen Landeplatz im voraus nennen, denn immer reist er mit dem Wind, und der Wind weht ihn überall hin, doch keiner weiß, wo er ankommt.«

»So ist es«, ergänzte Opee-Kwan feierlich. »Vor dem Wind ist es einfach, aber gegen den Wind muß man kämpfen. Da diese Männer keine Paddel hatten, konnten sie gar nicht gegen den Wind angehen.«

»Das hatten sie auch gar nicht nötig«, rief Nam-Bok ärgerlich. »Der Schoner fuhr auch gegen den Wind.«

»Was sagtest du doch gleich, trieb den Sch-Sch-Schoner an?« fragte Koogah, wobei er das fremdartige Wort wie eine Hürde mit Vorsicht überwand.

»Der Wind«, erwiderte Nam-Bok ungeduldig.

»Dann fuhr der Sch-Sch-Schoner also mit dem Wind gegen den Wind.« Der alte Koogah gab sich keine Mühe, den spöttischen Seitenblick zu Opee-Kwan hinüber zu verbergen, und setzte dann hinzu, während das Gelächter im Kreis der Zuhörer immer lauter wurde: »Der Wind kommt von Süden und treibt den Schoner nach Süden. Der Wind bläst gegen den Wind. Er bläst gleichzeitig in die eine und in die andere Richtung. Es ist ganz einfach. Wir verstehen das jetzt, Nam-Bok. Wir verstehen es gut.«

»Du bist ein Dummkopf.«

»Deine Lippen sprechen wahr«, antwortete Koogah demütig. »Ich habe lange gebraucht, um eine einfache Sache zu begreifen.«

Nam-Boks Züge hatten sich verfinstert, und es brach ein Schwall von Worten aus ihm heraus, die sie noch nie gehört hatten. Die Arbeit an Knochen und Häuten wurde wieder aufgenommen, aber nun blieben Nam-Boks Lippen verschlossen; er hütete sich, Dinge auszusprechen, die ihm keiner glauben würde.

»Dieser Sch-Sch-Schoner«, fragte Koogah unbeeindruckt weiter, »war er aus einem Baum gemacht?«

»Er war aus vielen Bäumen gemacht«, gab Nam-Bok kurz angebunden zurück. »Er war sehr groß.«

Trotzig verstummte er wieder, und Opee-Kwan stieß Koogah mit dem Ellenbogen an. Der schüttelte staunend den Kopf und sagte dann zögernd: »Es ist wirklich sehr merkwürdig.«

Nam-Bok schnappte nach dem Köder. »Das ist noch gar nichts«, sagte er hochmütig, »ihr solltet erst einmal den *Dampfer* sehen. Was ein Sandkorn im Vergleich zur Bidarka ist, die Bidarka im Vergleich zum Schoner, das ist der Schoner im Vergleich zum Dampfer. Außerdem besteht der Dampfer aus Eisen, ganz aus Eisen.«

»Nein, nein, Nam-Bok«, rief der Häuptling aus, »wie ist das möglich? Eisen sinkt immer auf den Grund. Denn schau, ich habe vom Häuptling des Nachbardorfs ein Eisenmesser getauscht, und gestern ist es mir aus der Hand geglitten und tief, tief im Meer versunken. Alles gehorcht einem Gesetz. Es gibt nichts, das ihm nicht gehorcht. Das wissen wir. Und außerdem wissen wir, daß alle Dinge gleicher Art dem gleichen Gesetz gehorchen und daß alles Eisen seinem Gesetz folgt. Nimm also deine Worte zurück, Nam-Bok, damit wir dich noch achten können.«

»Es ist so, wie ich sagte«, wiederholte Nam-Bok hartnäckig. »Der Dampfer besteht aus Eisen, und er sinkt nicht.«

»Nein, nein, das ist unmöglich.«

»Ich habe es mit eigenen Augen gesehen.«

»Es widerspricht der Natur der Dinge.«

»Aber sag, Nam-Bok«, unterbrach Koogah, der fürchtete, dieser werde nicht weiter erzählen, »sag, wie diese Menschen den Weg über das Wasser finden, wenn kein Land zu sehen ist.«

»Die Sonne zeigt ihnen den Weg.«

»Aber wie?«

»Zur Mittagsstunde nimmt der Häuptling des Schoners einen Gegenstand in die Hand und schaut durch dieses Ding zur

Sonne. Dann läßt er die Sonne vom Himmel zum Rand der Erde hinabsteigen.«

»Das ist ein böser Zauber!« rief Opee-Kwan aus, den dieser Frevel entsetzte. Die Männer erhoben voller Schrecken die Hände und die Frauen stöhnten. »Das ist böser Zauber. Es ist nicht gut, die Sonne irrezuführen, denn sie vertreibt die Nacht und bringt uns die Robben, den Lachs und die Wärme.«

»Und wenn schon«, sagte Nam-Bok trotzig. »Ich habe selbst durch das Ding geschaut und die Sonne vom Himmel steigen lassen.«

Die Nähersitzenden rückten eilig von ihm ab, und eine Frau verbarg das Gesicht des Kindes an ihrer Brust, um es vor seinem bösen Blick zu schützen.

Koogah versuchte, ihn wieder zum Erzählen zu bringen. »Aber am Morgen des vierten Tages, Nam-Bok, als der Sch-Sch-Schoner dir nachfuhr?«

»Ich hatte keine Kraft mehr und konnte ihnen nicht entkommen. Sie holten mich an Bord, flößten mir Wasser ein und gaben mir gute Dinge zu essen. Meine Brüder, ihr habt zweimal einen weißen Mann gesehen. Diese Männer waren alle Weiße, und es waren so viele, wie ich Finger und Zehen habe. Als ich sah, wie freundlich sie waren, faßte ich mir ein Herz und beschloß, mir alles einzuprägen, was ich sah und davon zu berichten. Sie lehrten mich ihre Arbeit und gaben mir zu essen und einen Platz zum Schlafen.

Tag für Tag fuhren wir über das Meer, und jeden Tag holte der Häuptling die Sonne am Himmel herunter, damit sie ihm verriet, wo wir uns befanden. Wenn das Wasser ruhig war, jagten wir Robben, und ich war sehr erstaunt, weil sie immer Fleisch und Fett fortwarfen und nur das Fell behielten.«

Opee-Kwans Lippen zuckten heftig, und er war im Begriff, diese Verschwendung zu tadeln, als Koogah ihm mit einem Rippenstoß bedeutete zu schweigen.

»Nach langer Arbeit und als die Sonne verschwunden war und der Frost hereinbrach, lenkte der Mann den Schoner nach

Süden. Tagelang fuhren wir immer nach Süden und Osten, ohne Land zu sehen, und kamen in die Nähe des Dorfs, aus dem die Männer stammten –«

»Woher wußten sie das?« fragte Opee-Kwan, der sich nicht mehr beherrschen konnte. »Es war doch kein Land in Sicht.«

Nam-Bok funkelte ihn wütend an. »Habe ich nicht gesagt, daß ihr Häuptling die Sonne vom Himmel herabholte?«

Koogah besänftigte ihn wieder, und Nam-Bok fuhr fort.

»Wie ich sagte, wir waren in der Nähe ihres Dorfes angekommen, als ein mächtiger Sturm losbrach. In der Nacht trieben wir hilflos im Meer und wußten nicht, wo wir uns befanden –«

»Gerade hast du gesagt –«

»Schweig, Opee-Kwan! Du bist ein Dummkopf und verstehst nichts. In dieser Nacht trieben wir also hilflos im Meer, als ich durch den tobenden Sturm das Geräusch der Brandung hörte. Und dann liefen wir mit einem schrecklichen Krachen auf und ich schwamm im Wasser. Die Küste war felsig, mit einem einzigen kleinen Sandstrand auf viele Meilen. Und das Schicksal wollte es, daß ich die Hände in den Sand grub, um mich aus der Brandung an Land zu ziehen. Die anderen Männer müssen an den Felsen zerschmettert worden sein, denn es kam keiner mehr an Land außer ihrem Häuptling, und auch ihn erkannte ich nur an dem Ring, den er trug.

Bei Tagesanbruch war vom Schoner keine Spur zu entdecken, und ich ging landeinwärts, um Menschen zu sehen und etwas zu essen zu finden. Ich kam an ein Haus, wo man mich aufnahm und mir zu essen gab. Ich hatte ihre Sprache gelernt, und die Weißen waren alle sehr freundlich. Ihr Haus war größer als alle Häuser, die wir oder unsere Vorväter jemals gebaut haben.«

»Was für ein mächtiges Haus«, sagte Koogah, der seine Zweifel hinter der Maske des Erstaunens versteckte.

»Und für seinen Bau hat man sicher viele Bäume verwendet«, ergänzte Opee-Kwan, der den Wink verstanden hatte.

»Ach, das ist noch gar nichts.« Nam-Bok zuckte verächtlich die Achseln. »Was unsere Häuser im Vergleich zu jenem sind, das war jenes im Vergleich zu denen, die ich noch zu sehen bekam.«

»Und diese Menschen sind nicht groß?«

»Nein, es sind Menschen wie du und ich«, antwortete Nam-Bok. »Ich hatte mir einen Gehstock gemacht, und weil ich euch von allem erzählen wollte, machte ich für jede Person, die in dem Hause wohnte, eine Kerbe in meinen Stock. Ich blieb viele Tage dort und arbeitete. Sie gaben mir *Geld* dafür – ihr kennt es nicht, aber es ist eine sehr gute Sache.

Eines Tages machte ich mich von dort auf den Weg weiter landeinwärts. Auf meinem Weg traf ich viele Menschen und machte nun kleinere Kerben, damit alle Platz hätten. Dann traf ich auf etwas Merkwürdiges. Am Boden befand sich eine Eisenstange, so dick wie mein Arm, und einen guten Schritt davon entfernt noch eine weitere –«

»Dann warst du ein reicher Mann«, stellte Opee-Kwan fest. »Denn Eisen ist mehr wert als alles in der Welt. Man hätte viele Messer daraus machen können.«

»Nein, die Stangen gehörten mir nicht.«

»Du hast sie gefunden; es war dein Recht, sie zu behalten.«

»Nein, denn die Weißen hatten sie dort hingelegt. Außerdem waren sie so lang, daß kein Mensch sie wegtragen könnte – so lang, daß ich ihr Ende nicht sehen konnte.«

»Nam-Bok, das ist sehr viel Eisen«, warnte ihn Opee-Kwan vorsorglich.

»Das stimmt. Ich konnte es kaum glauben, obwohl ich es doch mit meinen eigenen Augen sah. Aber ich konnte meine Augen nicht Lügen strafen. Und als ich die Eisen betrachtete, da hörte ich …« Er wandte sich unvermittelt dem Häuptling zu. »Opee-Kwan, du hast den Seelöwen im Zorn brüllen hören. Stell dir nur so viele Seelöwen vor, wie es Wellen im Meer gibt, und dann stell dir vor, daß sie alle zusammen einen großen Seelöwen ergeben; so wie ein solcher Seelöwe brüllen würde, so brüllte das Ding, das ich hörte.«

Die Fischerleute stießen Ausrufe der Verwunderung aus, und

Opee-Kwan sperrte den Mund auf und vergaß, ihn wieder zu schließen.

»In der Ferne sah ich ein Ungeheuer, groß wie tausend Wale. Es war einäugig und spuckte Rauch aus, und es schnaubte mit schrecklichem Getöse. Ich hatte Angst und lief zitternd auf dem Weg zwischen den Eisenstangen davon. Aber das Ungeheuer folgte mir so schnell wie der Wind, und ich sprang über die Eisenstangen, als ich seinen Atem heiß in meinem Nacken spürte …«

Opee-Kwan klappte den Unterkiefer wieder hoch. »Und – und dann, Nam-Bok?«

»Dann sauste es auf den Eisenstangen vorbei, ohne mir etwas zu tun. Als meine Beine mich wieder trugen, da war es schon verschwunden. Es ist dort eine ganz gewöhnliche Sache. Nicht einmal die Frauen und Kinder haben Angst davor. Die Männer lassen diese Ungeheuer für sich arbeiten.«

»Wie wir unsere Hunde für uns arbeiten lassen?« fragte Koogah mit einem skeptischen Augenzwinkern.

»Ja, wie wir unsere Hunde arbeiten lassen.«

»Und wie züchten sie diese – diese Dinge?« erkundigte sich Opee-Kwan.

»Sie werden nicht gezüchtet. Die Männer fertigen sie geschickt aus Eisen, geben ihnen Steine zu fressen und Wasser zu trinken. Der Stein wird zu Feuer, das Wasser zu Dampf, und diesen Dampf atmen sie durch ihre Nüstern, und –«

»Genug, genug, Nam-Bok«, unterbrach Opee-Kwan. »Erzähl uns von anderen Wunderdingen. Dies macht uns müde, weil wir es nicht verstehen.«

»Ihr versteht es nicht?« fragte Nam-Bok verzweifelt.

»Nein, wir verstehen es nicht«, antworteten die Männer und Frauen im Chor. »Wir können es nicht verstehen.«

Nam-Bok dachte an eine Dreschmaschine, an Maschinen, in denen man Bilder lebender Menschen sah, und an solche, aus denen die Stimmen von Menschen kamen; und er wußte, daß sie es nie begreifen würden.

»Darf ich denn wagen zu erzählen, wie ich auf diesem eisernen Ungeheuer durch das Land geritten bin?« fragte er verbittert.

Opee-Kwan glaubte ihm nicht, gab sich auch keine Mühe, es zu verbergen, und breitete resigniert die Arme aus. »Sprich weiter, sag, was du willst. Wir hören.«

»Ich ritt also auf dem Ungeheuer und mußte dafür mit Geld bezahlen –«

»Du sagtest doch, es wird mit Steinen gefüttert.«

»Ich sagte auch, du Dummkopf, daß Geld etwas ist, wovon du nichts verstehst. Ich ritt also auf dem Ungeheuer durch das Land, durch viele Dörfer, bis ich in ein großes Dorf an einer Meeresbucht gelangte. Die Hausdächer ragten bis zu den Sternen am Himmel, die Wolken berührten sie, und überall rauchte es. Das Dorf brauste wie das Meer, und so viele Menschen gab es dort, daß ich meinen Stock fortwarf und die Kerben darauf vergaß.«

»Wenn du kleine Kerben gemacht hättest«, rügte ihn Koogah, »dann könntest du uns jetzt berichten.«

Nam-Bok fuhr wutentbrannt zu ihm herum. »Wenn ich kleine Kerben gemacht hätte! Hör zu, Koogah, du Knochenschnitzer! Hätte ich kleine Kerben gemacht, dann hätten sie weder auf diesem noch auf zwanzig Stöcken Platz gehabt – nein, auf dem Treibholz aller Strände zwischen diesem Dorf und dem nächsten nicht! Und wenn ihr samt Frauen und Kindern zwanzigmal so zahlreich wärt und jeder von euch zwanzig Hände hätte und jeder einen Stock und ein Messer, dann hätte das immer noch nicht für die Kerben gereicht, so viele Menschen waren es und so schnell kamen und gingen sie.«

»So viele Menschen kann es auf der ganzen Welt nicht geben«, hielt Opee-Kwan ihm entgegen, denn er war wie betäubt, und sein Verstand faßte solche Zahlen nicht.

»Was weißt du schon von der ganzen Welt und ihrer Größe?« fragte Nam-Bok zurück.

»Aber so viele Menschen können nicht an einem Ort leben.«

»Wer bist du, daß du sagen könntest, was möglich oder unmöglich ist?«

»Es ist doch sonnenklar, daß es nicht so viele Menschen an einem Ort geben kann. Ihre Kanus würden das Meer verstopfen, und jeden Tag könnten sie alle Fische aus dem Meer holen, ohne satt zu werden.«

»Das möchte man glauben«, sagte Nam-Bok abschließend, »und doch war es so. Mit eigenen Augen habe ich es gesehen und meinen Stock fortgeworfen.« Er gähnte ausgiebig und stand auf. »Ich bin weit gepaddelt. Der Tag war lang, und ich bin müde. Jetzt will ich schlafen, und morgen sprechen wir weiter von den Dingen, die ich gesehen habe.«

Bask-Wah-Wan trippelte ihm ängstlich voraus, zwar voller Stolz, aber auch eingeschüchtert von ihrem wunderbaren Sohn. Sie führte ihn in ihren Iglu und richtete ihm den Schlafplatz zwischen schmierigen, übelriechenden Fellen. Die Männer blieben am Feuer sitzen und hielten Rat, wobei sie viel miteinander raunten und flüsterten.

Eine Stunde verstrich, dann noch eine, während Nam-Bok schlief und die Diskussion am Feuer weiterging. Die Abendsonne neigte sich dem Nordwesten zu und stand um elf Uhr nachts fast genau im Norden. In diesem Augenblick verließen der Häuptling und der Knochenschnitzer den Rat der Männer und weckten Nam-Bok. Er blinzelte sie verschlafen an und drehte sich auf die andere Seite. Opee-Kwan packte seinen Arm und rüttelte ihn freundlich, aber bestimmt wach.

»Komm, Nam-Bok, steh auf!« befahl er. »Es ist Zeit.«

»Noch ein Festmahl?« rief Nam-Bok aus. »Nein, ich bin nicht hungrig. Eßt allein weiter und laßt mich schlafen.«

»Es ist Zeit zum Aufbruch!« donnerte Koogah.

Opee-Kwan sprach weniger erregt. »Du hast mit mir in der Bidarka gesessen, als wir noch Kinder waren«, sagte er. »Unsere erste Robbenjagd haben wir gemeinsam gemacht, und gemeinsam holten wir die Lachse aus der Falle. Und du hast mich ins Leben zurückgeholt, Nam-Bok, als das Wasser über mir zusammenschlug und mich unter die schwarzen Felsen zog. Wir haben gemeinsam gehungert und gefroren und haben unter einem Fell geschlafen. Und wegen dieser Dinge und der Freundschaft, die mich mit dir verbunden hat, bekümmert es mich sehr, daß du als ein so schrecklicher Lügner zurückgekehrt bist. Wir können dich nicht verstehen, und unser Kopf dreht sich, wenn du diese Dinge erzählst. Das ist nicht gut, und wir haben lange miteinander beraten. So schicken wir dich jetzt fort, damit unser Geist klar und gesund bleibt und nicht durch unerklärliche Dinge in Verwirrung gestürzt wird.«

»Die Dinge, von denen du erzählst, sind Schemen.« Koogah nahm den Faden auf. »Sie kommen aus einer Geisterwelt, und dorthin mußt du sie wieder zurückbringen. Deine Bidarka ist bereit, und die Stammesbrüder warten. Sie können nicht schlafen, ehe du nicht fort bist.«

Nam-Bok war verstört, aber er hörte auf die Stimme des Häuptlings.

»Wenn du Nam-Bok bist«, sagte Opee-Kwan, »dann bist du ein ungeheuerlicher Lügner; wenn du der Geist des Nam-Bok bist, dann sprichst du von Geistern. Es ist nicht gut, daß Lebende davon Kunde haben. Wir glauben, das große Dorf, von dem du gesprochen hast, ist das Dorf aller Geister. Dort flattern die Seelen der Toten herum. Sie sind zahlreich, wir Lebenden sind wenige. Die Toten kehren nicht zurück. Sie sind noch niemals zurückgekehrt – nur du allein mit deinen Wundergeschichten. Es ist nicht recht, daß die Toten zurückkehren, und wenn wir es zulassen, stößt uns vielleicht großes Unheil zu.«

Nam-Bok kannte seinen Stamm gut genug, um zu wissen, daß der Beschluß des Rates unumstößlich war. So ließ er es zu, daß man ihn ans Wasser führte, in die Bidarka setzte und ihm das Paddel in die Hand drückte. Draußen über dem Meer ertönte der Schrei einer verirrten Wildgans, und die Wellen schlugen matt und hohl an den Strand. Land und Wasser waren in fahles Zwielicht getaucht, und im Norden glomm hinter blutroten Nebelstreifen eine verwaschene Mitternachtssonne. Die Möwen flogen flach über das Wasser. Der Wind wehte scharf und kalt aufs Meer hinaus und führte dunkle Wolkentürme heran, die stürmisches Wetter verhießen.

»Aus dem Meer bist du gekommen«, sprach Opee-Kwan mit beschwörender Stimme, »und jetzt gehst du zurück ins Meer. Die Dinge sind wieder im Gleichgewicht und gehorchen ihren Gesetzen.«

Bask-Wah-Wan humpelte bis an die Wasserlinie und rief: »Ich segne dich, Nam-Bok, denn du hast dich an mich erinnert.«

Doch Koogah schob die Bidarka ins Meer hinaus, riß ihr den Schal von den Schultern und warf ihn ins Boot.

»Es ist kalt in den langen Nächten«, jammerte sie, »und der Frost nagt an den alten Gliedern.«

»Das Ding ist ein Schatten«, erwiderte der Knochenschnitzer, »und Schatten wärmen nicht.«

Nam-Bok erhob sich im Boot, damit man seine Stimme hören konnte. »Bask-Wah-Wan, meine Mutter!« rief er. »Höre die Worte deines Sohns Nam-Bok. In seiner Bidarka ist Platz für zwei, und er möchte, daß du ihn begleitest. Seine Reise geht an einen Ort, wo es Fisch und Tran im Überfluß gibt. Der Frost kommt nicht an diesen Ort, das Leben ist leicht, und Dinge aus Eisen tun die Arbeit von Männern. Willst du mit mir kommen, Bask-Wah-Wan?«

Sie stand einen Augenblick unschlüssig da, während die Bidarka schnell forttrieb. Dann rief sie mit hoher, zittriger Stimme zurück: »Ich bin alt, Nam-Bok. Ich werde bald zu den Schatten hinabwandeln. Doch ich will nicht vor meiner Zeit gehen. Ich bin alt, Nam-Bok. Ich habe Angst.«

Ein Sonnenstrahl brach jetzt durch das matt schimmernde Dunkel über dem Wasser und hüllte das Boot und seinen Insassen in goldroten Glanz. Die Fischerleute wurden still, und man hörte nichts als den Wind vom Land und das Kreischen der tief-fliegenden Möwen.

CHUN AH CHUN

Es war nichts Auffallendes an der äußeren Erscheinung Chun Ah Chuns. Er war, wie die meisten Chinesen, ziemlich klein, hatte die für Chinesen typischen schmalen Schultern und ihren hageren Körper. Der Durchschnittstourist, der ihn zufällig auf den Straßen Honolulus sah, würde ihn für einen freundlichen kleinen Chinesen, vermutlich den Besitzer einer gutgehenden Wäscherei oder Schneiderwerkstatt gehalten haben. Was Freundlichkeit und Wohlstand angeht, wäre das Urteil richtig, aber trotzdem nicht ganz zutreffend gewesen, denn Ah Chun war nicht weniger freundlich als wohlhabend, nur – wie wohlhabend er tatsächlich war, darüber wußte kein Mensch auch nur annähernd Bescheid. Es war zwar allgemein bekannt, daß er enorm reich sein mußte, aber in seinem Fall stand die Bezeichnung »enorm« nur als Symbol für das Unbekannte.

Ah Chun hatte kluge Äuglein, schwarze, glänzende Knöpfe, und so winzig, daß sie Bohrlöchern glichen. Aber sie standen weit auseinander und wurden von einer Stirn überwölbt, die ganz offensichtlich die Stirn eines Denkers war. Denn Ah Chun hatte seine Probleme, und er hatte sie sein ganzes Leben lang gehabt. Trotzdem hatte er sich deswegen nie Sorgen gemacht. Er war von seinem Wesen her ein Philosoph, und seine innere Ausgeglichenheit blieb bestehen, ob er nun Kuli oder Multimillionär und Herr über viele Menschen war. Er führte stets ein von heiterem Gleichmut, seelischer Harmonie und Ruhe bestimmtes Leben, das weder durch Glück noch durch Unglück erschüttert werden konnte. Alle Dinge wendeten sich bei ihm zum Guten, ob es die Schläge des Aufsehers in den Zuckerrohrfeldern waren oder der Preisverfall auf dem Zuckermarkt, als diese Felder schon ihm gehörten. Und so meisterte er von dem festverankerten Fels seiner sicheren Zufriedenheit aus schwierige Aufgaben, wie sie nur wenige Menschen, und fraglos kein anderer chinesischer Bauer, zu lösen haben.

Und genau das war er – ein chinesischer Bauer, dazu geboren, sein Leben lang wie ein Tier auf den Feldern zu rackern, aber vom Schicksal ausersehen, den Feldern zu entkommen wie der Prinz im Märchen. Ah Chun erinnerte sich nicht an seinen Vater, einen kleinen Bauern in der Gegend von Kanton, auch nicht an seine Mutter, die starb, als er sechs Jahre alt war. Doch an seinen angesehenen Onkel erinnerte er sich gut, denn ihm hatte er von seinem sechsten bis zu seinem vierundzwanzigsten Lebensjahr als Sklave gedient. Aus diesem Dasein floh er dann, indem er sich drei Jahre lang als Kuli verdingte, um für fünfzig Cents am Tag auf den Zuckerrohrplantagen Hawaiis zu arbeiten.

Ah Chun war ein aufmerksamer Beobachter. Er nahm Kleinigkeiten wahr, die unter Tausenden kein einziger je bemerkte. Drei Jahre lang arbeitete er auf den Feldern, danach verstand er mehr vom Zuckerrohranbau als die Aufseher oder selbst der Inspektor, und dieser wiederum wäre erstaunt gewesen über die Kenntnisse, die der schmächtige Kuli über die Verarbeitungsvorgänge in der Mühle besaß. Aber Ah Chun studierte nicht nur die Zuckerverarbeitung. Er versuchte herauszufinden, wie manche es fertigbrachten, selbst Besitzer von Zuckermühlen und Plantagen zu werden. Zu einem Schluß gelangte er bald, nämlich daß man nicht durch seiner eigenen Hände Arbeit reich wurde. Das wußte er genau, denn er selbst hatte sich zwanzig Jahre lang abgerackert. Leute, die reich wurden, wurden es durch die Arbeit der Hände anderer. Der Mann war am reichsten, der die größte Anzahl seiner Mitmenschen für sich schuften ließ.

Als sein Kontrakt abgelaufen war, steckte Ah Chun daher seine Ersparnisse in ein kleines Importgeschäft und tat sich mit einem gewissen Ah Yung zusammen. Das Unternehmen wurde schließlich die große Firma »Ah Chun & Ah Yung«, die mit allem, von indischer Seide und Ginseng bis hin zu Guano-Inseln und Briggs für die Arbeiterwerber, Handel trieb. In der Zwischenzeit verdingte Ah Chun sich als Koch. Er war ein guter Koch, und nach drei Jahren war er der bestbezahlte Küchenchef von Honolulu. Seine Zukunft war gesichert, und er war ein Narr, das aufzugeben, wie Dantin, sein Arbeitgeber, ihm sagte; aber Ah Chun wußte selbst am besten, was er wollte, und dafür wurde er ein dreifacher Narr geheißen und erhielt, zusätzlich zu dem Lohn, der ihm zustand, noch ein Geschenk von fünfzig Dollar.

Die Firma von Ah Chun & Ah Yung blühte und gedieh. Ah Chun brauchte nicht mehr als Koch zu arbeiten. Es waren Zeiten wirtschaftlichen Aufschwungs auf Hawaii. Zuckerrohr wurde im großen Stil angebaut, und dazu benötigte man Arbeitskräfte. Ah Chun witterte seine Chance und verlegte sich auf die Einfuhr von Arbeitern. Er brachte Tausende von kantonesischen Kulis nach Hawaii, und sein Reichtum begann zu wachsen. Er legte das Geld an. Seine schwarzen Knopfaugen entdeckten dort gute Geschäfte, wo andere Leute nur den Bankrott sahen. Für ein Butterbrot kaufte er einen Fischteich, der ihm später fünfhundert Prozent Gewinn einbrachte und der den ersten Schritt zur Monopolisierung des Fischhandels von Honolulu darstellte. Er trat weder öffentlich in Erscheinung, noch spielte er in der Politik eine Rolle oder mischte bei Revolutionen mit, sah aber Ereignisse klarer und früher voraus als selbst die Männer, die die Dinge dann in Gang brachten. Vor seinem geistigen Auge erschien Honolulu als eine moderne Stadt mit elektrischer Beleuchtung, und das zu einer Zeit, als es sich noch verwahrlost und versandet auf einem öden, aus dem Wasser ragenden Korallenriff ausbreitete. Also kaufte er Land. Er erwarb Grundstücke von Kaufleuten, die schnell Bargeld brauchten, von mittellosen Eingeborenen, von den in Saus und Braus lebenden Söhnen von Händlern, von Witwen und Waisen und von den Aussätzigen, die nach Molokai deportiert wurden. Und irgendwie stellte es sich im Lauf der Zeit heraus, daß die Grundstücke, die er erstanden hatte, für Warenhäuser, Bürogebäude oder Hotels benötigt wurden. Er pachtete und mietete, verkaufte und kaufte und verkaufte wieder.

Aber er befaßte sich auch mit anderen Dingen. Er setzte sein Vertrauen und sein Geld auf Kapitän Parkinson, den Renegaten, auf den sich keiner verlassen mochte. Und Parkinson unternahm geheimnisvolle Fahrten auf der kleinen *Vega*. Ah Chun sorgte für Parkinson bis zu seinem Tode, und Jahre später staunte ganz Honolulu, als die Nachricht durchsickerte, daß die Guano-Inseln Drake und Acorn für eine dreiviertel Million an die britische Phosphatgesellschaft verkauft worden waren. Dann folgten die fetten, einträglichen Tage unter König Kalakaua, als Ah Chun dreihunderttausend Dollar für die Opiumkonzession zahlte. Wenn er auch eine Drittelmillion für das Drogenmonopol berappen mußte, so war es doch eine gute Investition, denn von den Dividenden kaufte er die Kalalau-Plantage, die ihm wiederum siebzehn Jahre lang dreißig Prozent Gewinn einbrachte und die er dann schließlich für eineinhalb Millionen abstieß.

Es war vor Zeiten unter den Kamehamehas, daß er seinem eigenen Land als Konsul diente – ein Amt, das nicht ganz unrentabel war, und es geschah unter Kamehameha IV., daß er seine Staatsangehörigkeit wechselte und ein Bürger Hawaiis wurde, um Stella Allendale heiraten zu können, die selbst eine Untertanin dieses braunhäutigen Königs war, obwohl mehr angelsächsisches als polynesisches Blut in ihren Adern floß. Tatsächlich waren die Anteile der verschiedenen Rassen in ihr so verdünnt, daß sie nach Achteln oder Sechzehnteln berechnet werden mußten. Zu einem Sechzehntel hatte sie das Blut ihrer Urgroßmutter Paahao in sich – der Prinzessin Paahao, denn sie stammte von der Königsfamilie ab. Stella Allendales Urgroßvater war ein gewisser Kapitän Blunt gewesen, ein englischer Abenteurer, der in den Dienst Kamehamehas I. getreten und selbst zu einem Tabu-Häuptling ernannt worden war. Ihr Großvater war ein Walfängerkapitän aus New Bedford, während durch ihren eigenen Vater eine schwache Beimischung italienischen und portugiesischen Bluts, die auf seinen eigenen englischen Stammbaum aufgepfropft worden war, dazukam.

Dem Gesetz nach eine Hawaiianerin, hatte Ah Chuns Ehefrau jedoch mehr von jeder der drei anderen Nationalitäten in sich.

Und diesem bunten Durcheinander fügte Ah Chun noch die mongolische Mischung hinzu. So waren also seine Kinder, die er mit Frau Ah Chun zeugte, zu einem Zweiunddreißigstel Polynesier, zu einem Sechzehntel Italiener, einem Sechzehntel Portugiesen, zur Hälfte Chinesen und zu elf Zweiunddreißigstel Engländer und Amerikaner. Es könnte gut sein, daß Ah Chun nicht geheiratet haben würde, hätte er die wundervolle Familie voraussehen können, die dieser Verbindung entsproß. Wundervoll war sie in vielerlei Hinsicht. Erstens durch ihre Größe. Er hatte fünfzehn Söhne und Töchter, größtenteils Töchter. Die Söhne wurden zuerst geboren, drei an der Zahl, und darauf folgte, ohne Unterbrechung, ein rundes Dutzend Mädchen. Die Mischung war ausgezeichnet. Sie erwies sich nicht nur als fruchtbar, denn die gesamte Nachkommenschaft war ausnahmslos gesund und ohne Fehl und Tadel. Doch das Verblüffendste an der Familie war ihre Schönheit. Alle Mädchen waren schön – von einer zarten, ätherischen Schönheit. Die runden Linien der Mama Ah Chun schienen Papa Ah Chuns kantige Hagerkeit zu mildern, so daß die Töchter zwar gertenschlank, aber nicht dürr, wohlgeformt, aber nicht mollig waren. Jeder ihrer Gesichtszüge wies einen leichten asiatischen Einschlag auf, der aber vom alten England, Neuengland und südlichen Europa beeinflußt und überdeckt wurde. Keiner, der sie sah, hätte ohne Kenntnis der näheren Umstände den starken Anteil chinesischen Blutes in ihren Adern vermutet; doch andererseits konnte kein Beobachter, nachdem er eingeweiht war, die chinesischen Merkmale übersehen.

Als Schönheiten waren die Ah Chun Mädchen etwas Neues, nie zuvor Dagewesenes. Sie glichen nichts und niemandem so sehr, wie sie einander glichen, und doch unterschieden sie sich deutlich voneinander. Man konnte sie nicht miteinander verwechseln. Andererseits wiederum erinnerte einen die blauäugige und blonde Maud sofort an Henrietta, eine Brünette mit olivfarbenem Teint, großen, sehnsuchtsvollen, dunklen Augen und blauschwarzem Haar. Diese leichte Ähnlichkeit, die bei ihnen allen vorhanden war und jede Andersartigkeit wieder ausglich, war der Beitrag Ah Chuns. Er hatte gleichsam den Malgrund geliefert, auf dem die miteinander vermischten Muster der Rassen aufgetragen worden waren. Ihm war das feinknochige chinesische Gerüst zu verdanken, dem dann die Feinheiten und Raffinessen angelsächsischen, romanischen und polynesischen Fleisches aufmodelliert wurden.

Frau Ah Chun hatte ihre eigenen Ideen, die Ah Chun respektierte, die er jedoch unterdrückte, sobald sie seiner persönlichen philosophischen Ruhe abträglich waren. Sie war von Jugend an gewohnt gewesen, auf europäische Art zu leben. Nun gut. Ah Chun gab ihr ein Herrenhaus im europäischen Stil. Später, als seine Söhne und Töchter groß genug waren, um eine eigene Meinung zu äußern, baute er den Bungalow, ein geräumiges, weitläufiges Gebäude, ebenso schlicht wie großzügig. Und im Lauf der Zeit entstand auf dem Tantalus ein Berghaus, in das sich die Familie zurückziehen konnte, wenn der »ungesunde« Wind aus dem Süden wehte. Und am Strand von Waikiki errichtete er ein Haus auf einem riesigen Grundstück, dessen Lage so gut gewählt war, daß er später, als es die Regierung der Vereinigten Staaten für Festungsanlagen zwangsenteignete, dafür mit einer immensen Summe entschädigt wurde. In allen Häusern gab es Billard-, Rauch- und Gästezimmer im Überfluß, denn die wundervolle Nachkommenschaft Ah Chuns legte Wert auf großzügige Gastlichkeit. Die Ausstattung war von extravaganter Schlichtheit. Königliche Summen wurden dafür ausgegeben, ohne daß die Einrichtung – dank des kultivierten Geschmacks der Nachkommenschaft – protzig wirkte.

Ah Chun hatte es bei ihrer Erziehung an nichts fehlen lassen. Achte nicht auf die Kosten, hatte er in den alten Tagen zu Parkinson gesagt, als dieser lustlose Seemann keine Veranlassung sah, die *Vega* seetüchtig zu machen. »Du segelst den Schoner, ich zahle die Rechnungen.« Und ebenso hielt er es mit seinen

Söhnen und Töchtern. Es war ihre Sache gewesen, sich eine gute Bildung anzueignen, um die Kosten brauchten sie sich nicht zu kümmern. Harold, der Erstgeborene, hatte in Harvard und Oxford studiert, Albert und Charles hatten denselben Studiengang in Yale absolviert. Und die Töchter, von der ältesten bis hinunter zur jüngsten, hatten sich im Mills Seminar in Kalifornien auf ihr Studium am Vassar, Wellesley oder Bryn Mawr College vorbereitet. Auf ihren eigenen Wunsch hin holten sich einige den letzten Schliff in Europa. Und aus der ganzen Welt kehrten Ah Chuns Söhne und Töchter zu ihm zurück, um ihm mit Anregungen und Ratschlägen bei der stilgerechten Ausschmückung seiner prächtigen Wohnsitze zur Seite zu stehen. Ah Chun selbst zog den üppigen Glanz orientalischer Prachtentfaltung vor; aber er war ein Philosoph und sah ein, daß der Geschmack seiner Kinder nach westlichem Maßstab der richtige war.

Natürlich kannte man seine Nachkommen nicht unter dem Namen Ah Chun. So wie er sich vom einfachen Kuli zum Multimillionär entwickelt hatte, so hatte sich auch sein Name entwickelt. Mama Ah Chun hatte ihn A'Chun buchstabiert, doch ihre klügeren Sprößlinge ließen das Apostroph weg und schrieben ihn Achun. Ah Chun hatte nichts dagegen. Die Schreibweise seines Namens beeinträchtigte seine Bequemlichkeit oder seine philosophische Ruhe nicht im geringsten. Außerdem war er nicht stolz. Als sich jedoch seine Kinder zu einem gestärkten Hemd mit steifem Kragen und einem Gehrock für ihn verstiegen, störten sie seine Bequemlichkeit und Ruhe sehr wohl. Ah Chun wollte nichts davon wissen. Er zog die locker fallenden Gewänder Chinas vor, und sie konnten ihn weder durch gutes Zureden noch durch massives Drängen dazu bewegen, sich anders zu kleiden. Sie versuchten es auf beide Arten, und gerade bei der zweiten Methode versagten sie aufs Kläglichste. Nicht umsonst waren sie in Amerika gewesen. Sie hatten gelernt, welche Wirkung ein von einer gewerkschaftlich organisierten Arbeiterschaft ausgeübter Boykott hat, und nun boykottierten sie ihn, ihren Vater Chun Ah Chun, in seinem eigenen Haus, und

Mama Achun unterstützte und ermutigte sie dabei auch noch. Doch Ah Chun war zwar mit der westlichen Kultur nicht vertraut, kannte sich aber sehr gut mit den westlichen Arbeitsbedingungen aus. Selbst ein großer Arbeitgeber, war er solchen Taktiken durchaus gewachsen. Er veranlaßte sofort die Aussperrung seines aufrührerischen Nachwuchses und seiner abtrünnigen Ehefrau. Er entließ die große Dienerschar, verriegelte seine Ställe, verschloß seine Häuser und zog ins Royal Hawaiian Hotel, dessen größter Aktionär er zufällig war. Die Familie suchte bestürzt und aufgeregt reihum bei Freunden Unterschlupf, während Ah Chun in aller Ruhe seine zahlreichen Geschäfte abwickelte, die lange Pfeife mit dem winzigen Silberkopf rauchte und über das Problem seiner wundervollen Nachkommenschaft nachsann.

Dieses Problem brachte ihn jedoch nicht aus seiner Ruhe. Er wußte in seiner philosophischen Seele, daß er es lösen würde, sobald die Zeit dafür reif war. Unterdessen erteilte er seiner Familie die Lektion, daß er trotz seiner Nachgiebigkeit doch der absolute Herrscher über das Geschick der Achuns war. Die Familie hielt eine Woche durch, kehrte dann aber, zusammen mit Ah Chun und der großen Dienerschaft, wieder in den Bungalow zurück. Und von da an gab es keinerlei Debatten mehr, wenn es Ah Chun einfiel, seinen prachtvollen Salon im blauseidenen Gewand, mit wattierten Pantoffeln und schwarzem, mit einem roten Knopf verzierten Seidenkäppchen zu betreten, oder wenn er auf einer der breiten Veranden oder im Herrenzimmer mitten unter den Zigaretten und Zigarren rauchenden Offizieren und Zivilisten lieber an seiner langen, schlanken Pfeife mit dem Silberkopf zog.

Ah Chun hatte in Honolulu eine einzigartige Stellung inne. Obwohl er nicht am Gesellschaftsleben teilnahm, war er doch überall gern gesehen. Abgesehen von seinen Besuchen bei den chinesischen Kaufleuten der Stadt, ging er niemals aus. Doch er empfing gerne Gäste und war stets der Mittelpunkt seines Haushalts und führte den Vorsitz an der Tafel. Obgleich als chinesischer Bauer geboren, herrschte bei ihm doch eine von Kultur und Eleganz erfüllte Atmosphäre, die nirgendwo auf den Inseln überboten wurde. Auch gab es niemanden, der zu stolz gewesen wäre, über seine Schwelle zu treten und seine Gastfreundschaft zu genießen. Vor allem herrschte im Achunschen Bungalow ein tadelloser Ton. Zudem besaß Ah Chun Macht. Und schließlich war Ah Chun ein Ausbund der Tugend und ein ehrlicher Geschäftsmann. Trotz der Tatsache, daß die Geschäftsmoral auf den Inseln an sich schon höher war als auf dem Festland, übertraf Ah Chun die Geschäftsleute von Honolulu noch an Gewissenhaftigkeit und unbeugsamer Redlichkeit. Es hieß allgemein, daß sein Wort ebenso gut sei wie ein von ihm signierter Schuldschein. Man brauchte, um ihn zu verpflichten, keineswegs seine Unterschrift. Er brach sein Wort nie. Zwanzig Jahre, nachdem Hotchkiss von der Hotchkiss-Morterson-Gesellschaft gestorben war, fand man unter verlegten Papieren einen kurzen Vermerk über ein Darlehen an Ah Chun von dreißigtausend Dollar. Das war zu einer Zeit gewesen, als Ah Chun Geheimer Rat bei Kamehameha II. war. In der Geschäftigkeit und dem Tumult dieser Blütezeit, dieser Tage des großen Geldes, war die Sache dem Gedächtnis Ah Chuns entfallen. Es gab keinen Schuldschein, keine rechtsgültigen Dokumente, doch er beglich den Hotchkiss-Erben ihre Forderung vollständig und zahlte noch freiwillig die Zinseszinsen, die den ursprünglichen Betrag lächerlich gering erscheinen ließen. Ebenso ging es, als er für das unselige Kakiku-Kanalisierungsprojekt zu einer Zeit eine mündliche Garantieerklärung abgab, als selbst der Vorsichtigste sich nicht träumen ließ, daß eine Bürgschaft nötig sei. »Er unterschrieb einen Scheck über mehr als zweihunderttausend, ohne mit der Wimper zu zucken, meine Herren, ohne mit der Wimper zu zucken«, berichtete der Sekretär dieses bankrotten Unternehmens, den man in der fast aussichtslosen Hoffnung, etwas über Ah Chuns Absichten in Erfahrung zu bringen, vorgeschickt hatte. Zu all dem und vielen ähnlichen Fällen, in denen er sein Wort gehalten hatte, kam noch, daß es kaum einen angesehenen Mann auf den Inseln gab, dem Ah Chun nicht bei irgendeiner Gelegenheit finanzielle Unterstützung gewährt hätte.

Kein Wunder, daß ganz Honolulu beobachtete, wie sich seine wundervolle Familie zu einem umfassenden Problem auswuchs, und man ihn insgeheim bedauerte, denn keiner konnte sich vorstellen, wie er damit fertigwerden wollte. Aber Ah Chun sah das Problem klarer als alle anderen. Niemand wußte so gut wie er selbst, in welchem Maße er als Fremder in seiner eigenen Familie lebte. Und die Familienangehörigen ahnten es nicht einmal. Er erkannte, daß für ihn kein Platz mehr war inmitten der wunderbaren Saat seiner Lenden, und er blickte voraus auf die Jahre, die ihm noch blieben, und wußte, daß er ihnen immer fremder werden würde. Er begriff seine Kinder nicht. Ihre Unterhaltung drehte sich um Dinge, die ihn nicht interessierten und von denen er nichts verstand. Die Kultur des Westens war an ihm vorbeigegangen. Er war Asiate bis in die letzte Faser, was wiederum bedeutete, daß er ein Heide war. Ihr Christentum war für ihn reiner Humbug. Aber all das würde er als etwas Unwesentliches und Unbedeutendes beiseite gewischt haben, hätte er sich nur in die jungen Leute selbst hineinversetzen können. Sagte Maud zum Beispiel, daß der Haushalt im Monat dreißigtausend kostete – so verstand er das, wie er auch Alberts Bitte um fünftausend Dollar verstand, mit denen er den Schoner *Muriel* kaufen und Mitglied des hawaiischen Jachtclubs werden wollte. Doch es waren ihre indirekteren, komplizierteren Wünsche und Denkweisen, die ihn verwirrten. Er entdeckte bald, daß die Gedankenwelt jedes Sohnes und jeder Tochter ein geheimes Labyrinth war, in das vorzudringen er nie hoffen durfte. Immer wieder stieß er auf die Wand, die den Osten vom Westen trennt. Er fand keinen Zugang zu ihrer Seele, und daher wußte er, daß auch sie keinen Zugang zu seiner Seele fanden.

Außerdem stellte er fest, daß er sich mit zunehmendem Alter immer mehr zu seiner eigenen Rasse hingezogen fühlte. Die starken Gerüche des Chinesenviertels waren aromatische Düfte für ihn. Er sog sie voller Wohlbehagen ein, wenn er durch die Straßen ging, führten sie ihn doch in Gedanken in die engen, winkeligen Gassen Kantons zurück, wo es von buntem Leben und Treiben nur so wimmelte. Er bedauerte, daß er seinen Zopf abgeschnitten hatte, um Stella Allendale in der Zeit vor ihrer Hochzeit zu gefallen, und erwog ernsthaft, ob er sich nicht den Schädel rasieren und einen neuen Zopf wachsen lassen sollte. Die Speisen, die sein hochbezahlter Chefkoch ihm bereitete, konnten seinen Gaumen nicht auf dieselbe Weise kitzeln wie die eigenartigen Gerichte in dem stickigen Restaurant unten im Chinesenviertel. Ein halbes Stündchen lang mit zwei oder drei alten chinesischen Freunden zu rauchen und zu plaudern bereitete ihm viel mehr Vergnügen, als den Vorsitz bei den üppigen und eleganten Abendeinladungen zu führen, für die sein Haus berühmt war und bei denen die Spitzen der amerikanischen und europäischen Gesellschaft, Herren und Damen nebeneinander, an seiner langen Tafel saßen – die Damen mit Juwelen geschmückt, die in dem gedämpften Licht auf ihren weißen Dekolletés und Armen funkelten, die Herren im Abendanzug. Und alle plauderten und lachten über Themen und scherzhafte Bemerkungen, die zwar nicht unbedingt böhmische Dörfer für ihn waren, ihn aber nicht interessierten und auch nicht amüsierten.

Aber das Problem war nicht nur sein Gefühl des Fremdseins und sein immer größer werdender Wunsch, zu seinen chinesischen Fleischtöpfen zurückzukehren. Da war auch noch sein Reichtum. Er hatte sich auf ein friedliches Alter gefreut. Er hatte schließlich schwer gearbeitet. Dafür sollte er eigentlich mit Ruhe und Frieden belohnt werden. Aber er wußte, daß ihm bei einem so ungeheuer großen Vermögen Ruhe und Frieden nicht zuteil werden würde. Dafür gab es bereits gewisse Anzeichen und Hinweise. Ähnliche Schwierigkeiten hatte er früher schon mitbekommen. Da war sein alter Arbeitgeber, Dantin, dessen Kinder ihn durch ordentlichen Gerichtsbeschluß des Verfügungsrechts über seinen Besitz beraubt hatten, indem sie ihn unter Vormundschaft stellen ließen. Ah Chun wußte, und wußte sehr wohl, daß man Dantin, wäre er ein armer Mann gewesen, für zurechnungsfähig genug gehalten hätte, um seine eigenen Angelegenheiten zu regeln. Und der alte Dantin hatte nur drei Kinder und eine halbe Million, während er, Chun Ah Chun, fünfzehn Kinder und, keiner außer ihm wußte, wieviele Millionen besaß.

»Unsere Töchter sind schöne Frauen«, sagte er eines Abends zu seiner Gattin. »Es gibt doch so viele junge Männer. Das Haus ist immer voll davon. Meine Zigarrenrechnungen sind sehr hoch. Weshalb kommt es nie zu einer Hochzeit?«

Mama Achun zuckte die Schultern und schwieg abwartend.

»Frauen sind Frauen, und Männer sind Männer – es ist schon seltsam, daß es nie eine Hochzeit gibt. Vielleicht mögen die jungen Männer unsere Töchter nicht.«

»Ach doch, sie mögen sie schon«, entgegnete Mama Achun, »aber weißt du, sie können nicht vergessen, daß du der Vater deiner Töchter bist.«

»Und doch hast du vergessen, wer mein Vater war«, meinte Ah Chun ernst. »Alles, was du von mir verlangt hast, war, daß ich meinen Zopf abschneide.«

»Die jungen Männer sind etwas anspruchsvoller, als ich es war, nehme ich an.«

»Was ist das Größte auf der Welt?« fragte Ah Chun scheinbar zusammenhanglos.

Mama Achun überlegte einen Augenblick und erwiderte dann: »Gott.«

Er nickte. »Es gibt Götter und Götter. Einige sind aus Papier, einige aus Holz, andere aus Bronze. Ich benutze einen kleinen im Büro als Briefbeschwerer. Im Bishop-Museum gibt es viele Götter aus Korallen- und Lavagestein.«

»Aber es gibt nur einen Gott«, erklärte sie bestimmt, und ihre volle Figur straffte sich angriffslustig.

Ah Chun bemerkte das Gefahrensignal und wich aus.

»Was ist denn größer als Gott?« fragte er. »Ich werde es dir sagen. Es ist das Geld. In meinem Leben habe ich mit Juden und Christen, Mohammedanern und Buddhisten und mit kleinen schwarzen Männern von den Salomonen und aus Neuguinea, die ihren Gott, in Ölpapier eingewickelt, bei sich trugen, Geschäfte gemacht. Sie hatten alle verschiedene Götter, diese Menschen, aber alle beteten sie das Geld an. Da ist dieser Captain Higginson. Henrietta scheint ihm zu gefallen.«

»Er wird sie nie heiraten«, gab Mama Achun zurück. »Er wird es bis zum Admiral bringen, bevor er das Zeitliche segnet –«

»Konteradmiral«, warf Ah Chun ein. »Ja, ich weiß. Das werden sie, wenn sie ihren Abschied nehmen.«

»Seine Familie in den Vereinigten Staaten ist sehr vornehm. Sie würden wohl nicht einverstanden sein, wenn er ... wenn er nicht ein amerikanisches Mädchen heiraten würde.«

Ah Chun klopfte die Asche aus seiner Pfeife und stopfte ihren silbernen Kopf gedankenvoll mit einer kleinen Portion Tabak. Er zündete sie an und rauchte zu Ende, ehe er sich äußerte.

»Henrietta ist die Älteste. Am Tag ihrer Hochzeit werde ich ihr dreihunderttausend Dollar geben. Das wird diesen Captain Higginson und seine vornehme Familie schon für sie einnehmen. Sieh zu, daß er es erfährt. Ich überlasse das dir.«

Und Ah Chun blieb sitzen und rauchte weiter, und in den aufsteigenden Rauchkringeln sah er das Gesicht und die Figur von Toy Shuey Gestalt annehmen – von Toy Shuey, dem Mädchen für alles im Haus seines Onkels in dem kantonschen Dorf, dessen Arbeit nie endete und das für die Arbeit eines ganzen Jahres einen Dollar erhielt. Und er sah sich selbst als jungen Mann in den Tabakschwaden, als den jungen Mann, der sich achtzehn Jahre lang auf dem Feld seines Onkels für nur wenig mehr abgeplagt hatte. Und jetzt gab er, Ah Chun, der Bauer, seiner Tochter eine Mitgift von dreihunderttausend Jahren solcher Plackerei. Und sie war nur eine von einem Dutzend Töchtern. Dieser Gedanke machte ihn nicht besonders stolz. Es kam ihm plötzlich in den Sinn, was für eine komische, launenhafte

Welt das war, und er kicherte laut und schreckte dadurch Mama Achun aus einer Träumerei auf, die sich, wie er wußte, in den verborgensten Winkeln ihres Inneren, wohin er nie vorgedrungen war, abspielte.

Ah Chuns Versprechen machte heimlich die Runde, und es wurde überall darüber geflüstert. Und Captain Higginson vergaß seine Karriere als Konteradmiral und seine vornehme Familie und heiratete die dreihunderttausend Dollar und ein gebildetes, kultiviertes Mädchen, das zu einem Zweiunddreißigstel polynesischer, einem Sechzehntel italienischer, einem Sechzehntel portugiesischer, elf Zweiunddreißigstel englischer und amerikanischer und zur Hälfte chinesischer Abstammung war.

Ah Chuns Freigebigkeit verfehlte ihre Wirkung nicht. Seine Töchter wurden plötzlich standesgemäße und begehrte Partien. Clara war die nächste, aber als der Verwaltungschef formell um ihre Hand anhielt, ließ Ah Chun ihn wissen, daß er warten müsse, bis er an die Reihe käme, daß Maud die Älteste sei und zuerst verheiratet werden müsse. Es war eine kluge Politik. Die ganze Familie hatte auf einmal ein lebhaftes Interesse daran, Maud unter die Haube zu bringen, was ihr nach drei Monaten mit Ned Humphreys, dem Einwanderungskommissar der Vereinigten Staaten, glückte. Sowohl er als auch Maud beklagten sich, denn die Mitgift betrug nur zweihunderttausend. Ah Chun erklärte, daß er sich anfangs nur so freigebig gezeigt habe, um das Eis zu brechen, und daß seine Töchter jetzt nichts anderes erwarten könnten, als billiger wegzugehen.

Auf Maud folgte Clara, und danach gab es innerhalb von zwei Jahren in dem Bungalow eine nicht abreißende Reihe von Hochzeiten. In der Zwischenzeit war Ah Chun nicht untätig geblieben. Eine Geldanlage nach der anderen wurde gekündigt. Er verkaufte seine Anteile an vielen Unternehmen, und Schritt für Schritt, um nicht einen plötzlichen Preisverfall auf dem Markt zu verursachen, trennte er sich von seinem großen Grundbesitz. Bei der letzten Transaktion indessen verursachte er doch noch einen Preissturz und verkaufte mit Verlust. Der Grund für diese Eile waren die Gewitterwolken, die er bereits am Horizont aufziehen sah. Als Lucille verheiratet war, dröhnte schon der Widerhall von Streit und Eifersüchteleien in seinen Ohren. Die Luft war erfüllt von Intrigen und Gegenintrigen, um seine Gunst zu gewinnen und ihn gegen den einen oder anderen oder alle außer einem seiner Schwiegersöhne einzunehmen. Und all das trug nicht gerade zu dem Frieden und der Ruhe bei, die er sich für sein Alter gewünscht hatte.

Er beschleunigte seine Bemühungen. Seit langer Zeit stand er mit den führenden Banken in Schanghai und Makao in Briefwechsel. Jeder abgehende Dampfer hatte seit mehreren Jahren Zahlungsanweisungen zugunsten eines gewissen Chun Ah Chun zur Einlage in diesen fernöstlichen Banken mitgenommen. Die Beträge wurden jetzt größer. Seine beiden jüngsten Töchter waren noch nicht verheiratet. Er wartete nicht, sondern gab jeder eine Mitgift von Hunderttausend, die in der Bank von Hawaii hinterlegt wurden, Zinsen brachten und auf den Hochzeitstag warteten. Albert übernahm die Firma Ah Chun & Ah Yung, Harold, der Älteste, entschloß sich dazu, sich mit einer Viertelmillion in England niederzulassen, Charles, der Jüngste, bekam Hunderttausend, einen gesetzlichen Vormund und einen Kursus in einem Keeley-Institut. Mama Achun erhielt den Bungalow, das Berghaus auf dem Tantalus und eine neue Villa am Meer, anstelle derjenigen, die Ah Chun an die Regierung verkauft hatte. Außerdem bekam Mama Achun noch eine halbe Million, die solide angelegt war.

Ah Chun war jetzt bereit, den Kern des Problems anzugehen. Eines schönen Morgens, als die Familie beim Frühstück saß – er hatte dafür gesorgt, daß alle seine Schwiegersöhne und Töchter anwesend waren – verkündete er, daß er in das Land seiner Vorfahren zurückkehren werde. In einer hübschen kleinen Predigt legte er dar, daß er für seine Familie in ausreichendem Maß Vorsorge getroffen hätte, und stellte verschiedene Regeln auf, die sie, da sei er sicher, sagte er, in die Lage versetzen würden, in

Frieden und Harmonie miteinander zu leben. Auch gab er seinen Schwiegersöhnen geschäftliche Ratschläge, predigte die Vorzüge eines mäßigen Lebens und sicherer Geldanlagen und ließ sie von seinem umfassenden Wissen über die industriellen und geschäftlichen Verhältnisse in Hawaii profitieren. Dann verlangte er nach seinem Wagen, fuhr in Begleitung der weinenden Mama Achun zu dem pazifischen Postdampfer hinunter und hinterließ panische Bestürzung im Bungalow. Captain Higginson forderte ungestüm eine gerichtliche Verfügung. Die Töchter vergossen ausgiebig Tränen. Einer ihrer Ehemänner, ein ehemaliger Bundesrichter, zweifelte an Ah Chuns Geisteszustand und eilte zu den zuständigen Behörden, um ihn überprüfen zu lassen. Er kehrte mit der Information zurück, daß Ah Chun am Tag zuvor vor der Kommission erschienen war, eine Untersuchung verlangt und sie glänzend bestanden hatte. Es war nichts zu machen, und so fuhren sie zum Hafen hinunter und sagten dem kleinen Mann Lebewohl, der ihnen vom Promenadendeck aus zum Abschied zuwinkte, als der große Dampfer durch das Korallenriff Kurs aufs offene Meer nahm.

Aber der kleine alte Mann fuhr nicht nach Kanton. Er kannte sein eigenes Land und die Erpressungen der Mandarine zu gut, um sich mit dem ansehnlichen Vermögen, das ihm noch geblieben war, dorthin zu wagen. Er reiste nach Makao. Nun hatte Ah Chun lange die Macht eines Königs ausgeübt und besaß auch die Autorität eines Königs. Als er in Makao an Land ging und sich in die Rezeption eines der größten europäischen Hotels begab, um sich in die Gästeliste einzutragen, klappte ihm der Portier das Buch vor der Nase zu. Chinesen wurden nicht aufgenommen. Ah Chun ließ den Direktor holen und wurde auch von ihm von oben herab abgefertigt. Er fuhr weg, kam aber zwei Stunden später wieder. Er ließ den Portier und den Direktor rufen, gab ihnen ein Monatsgehalt und entließ sie. Er hatte das Hotel gekauft und bezog dort während der vielen Monate, in denen sein prächtiger Palast am Stadtrand gebaut wurde, die schönste Suite. In der Zwischenzeit erhöhte er mit der ihm eigenen unvermeidlichen Tüchtigkeit die Einkünfte seines großen Hotels von drei auf dreißig Prozent.

Die Schwierigkeiten, vor denen Ah Chun geflüchtet war, begannen schon bald. Einige Schwiegersöhne hatten das Geld schlecht angelegt, andere brachten die Achunsche Mitgift mit einem verschwenderischen Lebensstil durch. Nachdem sie sich nicht mehr an Ah Chun wenden konnten, richteten sie ihre Aufmerksamkeit auf Mama Achun und die halbe Million, und dadurch gewannen ihre Gefühle füreinander nicht gerade an Wärme. Die Rechtsanwälte wurden dick und fett bei den Bemühungen, Treuhandverträge auf ihre Hieb- und Stichfestigkeit hin abzuklopfen. Die Gerichte Hawaiis konnten sich vor Klagen, Nebenklagen und Gegenklagen kaum mehr retten. Auch die Strafkammer entging dieser Prozeßflut nicht. Es gab wütende Zusammenstöße, bei denen harte Worte fielen und noch härtere Schläge ausgeteilt wurden. Es wurden sogar Blumentöpfe geworfen, um den Worten, die hin- und herflogen, noch mehr Gewicht zu verleihen. Und es kam wiederum zu Verleumdungsklagen, die sich durch die verschiedenen Instanzen schleppten und ganz Honolulu mit den Enthüllungen der Zeugen in Atem hielten.

In seinem Palast raucht unterdessen Ah Chun, von allen ihm teuren Köstlichkeiten des Orients umgeben, friedlich sein Pfeifchen und lauscht dem Tumult von jenseits des Ozeans. Mit jedem Postdampfer geht ein auf einer amerikanischen Schreibmaschine in fehlerlosem Englisch getippter Brief von Makao nach Honolulu, in dem Ah Chun mit goldenen Worten und Ratschlägen seine Familie ermahnt, in Eintracht und Harmonie miteinander zu leben. Was ihn selbst angeht, so hat er mit der Sache nichts mehr zu tun und ist darüber sehr froh. Er hat Frieden und Ruhe erlangt. Dann und wann kichert er und reibt sich die Hände, und seine kleinen schwarzen Schlitzäugelchen blinzeln heiter bei dem Gedanken an diese seltsame Welt. Denn von seinem ganzen Dasein und seiner Philosophie ist ihm das eine geblieben – die Überzeugung, daß dies schon eine sehr komische Welt ist.

DER WITZ DES PORPORTUK

El-Soo war in der Missionsstation aufgewachsen. Ihre Mutter war gestorben, als sie noch ein kleines Kind war, und Schwester Alberta hatte sie eines schönen Sommermorgens den Flammen der Verdammnis entrissen, sie in die Holy Cross-Missionsstation gebracht und der Fürsorge Gottes anempfohlen. El-Soo war reinrassige Indianerin, und doch übertraf sie alle Indianerinnen, die zur Hälfte oder zu einem Viertel weißes Blut in sich hatten. Die guten Schwestern hatten noch nie mit einem Mädchen zu tun gehabt, das so gelehrig und gleichzeitig so lebhaft war.

El-Soo war flink, geschickt und intelligent; vor allem aber war sie wie Feuer, ein brennendes Lebenslicht, eine flammende Persönlichkeit, die Willenskraft, Liebenswürdigkeit und Wagemut in sich vereinte. Ihr Vater war Häuptling, und sein Blut rann in ihren Adern. Gehorsam war für sie ein Teil einer gegenseitigen Übereinkunft. Gerechter Ausgleich war ihr ein leidenschaftliches Bedürfnis, und vielleicht hatte sie deswegen eine so außerordentliche Begabung für Mathematik.

Aber auch auf anderen Gebieten tat sie sich hervor. Sie lernte Englisch besser sprechen und schreiben als jedes andere Mädchen in der Mission. Sie sang auch von allen Mädchen am besten, denn sie legte ihren Sinn für Harmonie und Ausgleich hinein. Sie war eine Künstlernatur, und ihr inneres Feuer drängte nach schöpferischer Betätigung. Wäre sie von Geburt an unter günstigeren Umständen aufgewachsen, dann hätte sie sich der Literatur oder Musik zugewendet.

Statt dessen war sie El-Soo, Tochter des Klakee-Nah, eines Indianerhäuptlings, und sie lebte in der Missionsstation Holy Cross, wo es keine Künstler gab, sondern nur Schwestern mit reinen Herzen, die sich um Sauberkeit und Rechtschaffenheit und um das Heil der Seele in den himmlischen Gefilden sorgten.

Die Jahre gingen dahin. Mit acht Jahren war sie in die Station gekommen; nun war sie sechzehn, und die Schwestern hatten sich bereits mit ihren Ordensoberen in Verbindung gesetzt, damit El-Soo ihre Ausbildung in den Vereinigten Staaten abschließen könnte, als ein Mann aus ihrem Stamm in der Station eintraf, um mit ihr zu sprechen. El-Soo war einigermaßen entsetzt von seinem Aussehen. Er war schmutzig, eine Art Caliban, von Natur aus häßlich, mit einem Haarschopf, der noch nie einen Kamm gesehen hatte. Er betrachtete sie mißbilligend und lehnte es ab, sich zu setzen.

»Dein Bruder ist tot«, sagte er schroff.

El-Soo war nicht sonderlich schockiert. Sie erinnerte sich kaum an ihren Bruder. »Dein Vater ist ein alter Mann und allein«, fuhr der Bote fort. »Sein Haus ist groß und leer, und er möchte deine Stimme hören und dich anschauen.«

An ihn erinnerte sie sich wohl – Klakee-Nah, der Häuptling des Dorfes, Freund der Missionare und Händler, ein großgewachsener Mann von riesiger Kraft, mit liebenswürdigen Augen und gebieterischem Auftreten, das von barbarischer Herrscherwürde zeugte.

»Sag ihm, ich werde kommen«, war El-Soos Antwort.

Zur großen Verzweiflung der Schwestern kehrte die den Flammen der Verdammnis Entrissene eben dorthin zurück. Alle Beschwörungen waren vergeblich. Es kam zu Auseinandersetzungen, Ermahnungen und Tränen. Schwester Alberta unterrichtete El-Soo sogar über ihren Plan, sie in die Vereinigten Staaten zu schicken. El-Soo blickte mit weit aufgerissenen Augen in die goldene Zukunft, die sich da vor ihr auftat, und schüttelte den Kopf. Vor ihren Augen stand noch ein anderes Bild. Es war die mächtige Biegung des Yukon an der Tana-naw-Station, mit der Mission St. Georg auf der einen Seite, dem Handelsposten auf der anderen und in der Mitte dazwischen das Indianerdorf und ein ganz bestimmtes geräumiges Blockhaus, in dem ein von seinen Sklaven umsorgter alter Mann lebte.

Auf zweimal tausend Meilen kannten alle Bewohner des Yukonufers das große Blockhaus, den alten Mann und die Sklaven, die für ihn da waren; auch die Schwestern wußten wohl von dem Haus, den endlosen Festlichkeiten und ausgelassenen Gelagen. Und so flossen die Tränen, als El-Soo von Holy Cross Abschied nahm.

Nach ihrer Ankunft im Dorf gab es ein großes Reinemachen in dem Haus. Klakee-Nah, selbst von gebieterischem Wesen, protestierte gegen die Bestimmtheit seiner jungen Tochter; aber dann träumte er weiter den barbarischen Traum von glänzender Pracht, ging fort und lieh sich tausend Dollar vom alten Porportuk, dem reichsten Indianer am Yukon. Auch beim Handelsposten machte Klakee-Nah hohe Schulden. El-Soo erneuerte das geräumige Haus. Sie verlieh ihm frischen Glanz, während Klakee-Nah die alten Traditionen der Gastfreundschaft und der Festlichkeiten pflegte.

Für einen Yukon-Indianer war das alles ungewöhnlich, aber Klakee-Nah war ein ungewöhnlicher Indianer. Er war nicht nur gastfreundlich im Übermaß, sondern als Häuptling, und weil er viel Geld erworben hatte, konnte er sich das auch leisten. In den Anfängen des Handels war er für seine Leute eine Autoritätsperson gewesen und hatte mit den Handelsgesellschaften der Weißen gewinnbringende Geschäfte gemacht. Später hatte er gemeinsam mit Porportuk Gold am Koyokukfluß gefunden. Klakee-Nah war von Geburt und Erziehung her ein Aristokrat, Porportuk ein Bourgeois, und Porportuk hatte ihm seinen Anteil an der Goldmine abgekauft. Porportuk begehrte nichts anderes, als in mühsamer Arbeit Reichtümer anzuhäufen. Klakee-Nah kehrte zurück in sein großes Haus und machte sich daran, sie zu verschwenden. Jeder kannte Porportuk als den reichsten Indianer in Alaska. Klakee-Nah galt als der weißeste. Porportuk war Geldverleiher und Wucherer. Klakee-Nah war ein Anachronismus – ein Relikt aus dem Mittelalter, ein Held in der Schlacht und beim Schlemmen, glücklich bei Wein und Gesang.

El-Soo gewöhnte sich an das große Haus und alles, was dazu gehörte, so rasch, wie sie sich auch in der Missionsstation eingelebt hatte. Sie versuchte nicht, ihren Vater zu bessern und seine Schritte himmelwärts zu lenken. Gewiß tadelte sie ihn, wenn er übermäßig trank, aber sie dachte dabei an seine Gesundheit und an den sicheren Gang auf festem Boden.

Der Eingang zu dem geräumigen Haus stand jedem offen. Bei dem ständigen Kommen und Gehen gab es keinen ruhigen Moment. Die Deckenbalken des großen Wohnraums dröhnten vom Lärm der Gelage und des Gesangs. Am Tisch saßen Männer aus aller Welt und Häuptlinge ferner Stämme – Engländer und Kolonisten, hagere Yankee-Händler und rundliche Angestellte der großen Handelsgesellschaften, Cowboys aus dem Westen, Seefahrer, Jäger und Hundetreiber aus aller Herren Länder.

El-Soo atmete die Luft einer kosmopolitischen Welt. Sie sprach Englisch ebensogut wie ihre Muttersprache, und sie sang englische Balladen und Lieder. Sie kannte das indianische Zeremoniell und die aussterbenden Bräuche. Wenn es nötig wurde, wußte sie die Kleider der Tochter eines Stammeshäuptlings zu tragen. Meistens jedoch kleidete sie sich nach Art der weißen Frauen. Die Handarbeit in der Mission und ihr künstlerisches Talent waren nicht verloren. Sie trug ihre Kleider wie eine weiße Frau, und sie nähte sich Kleider, die man so tragen konnte.

Auf ihre Art war sie ebenso ungewöhnlich wie ihr Vater. Als einzige Indianerin war sie den verschiedenen weißen Frauen in Tana-naw Station sozial ebenbürtig. Als einzige Indianerin erhielt sie mehrere ehrenhafte Heiratsanträge. Und als einzige Indianerin wurde sie nie von irgendeinem weißen Mann beleidigt.

Denn El-Soo war schön – schön nicht wie eine weiße Frau und auch nicht wie Indianerfrauen. Ihre Schönheit war unabhängig von äußeren Merkmalen, sie war das Ergebnis des Feuers, das in ihr brannte. Der Zuschnitt ihres Gesichts und ihre Züge waren klassisch indianisch. Sie besaß das schwarze Haar und die schöne bronzene Hautfarbe, die dunklen Augen, kühn und strahlend, scharf wie funkelnder Stahl, und stolz; sie hatte auch die schmale Adlernase mit den dünnen, bebenden Nasenflügeln, die hohen Backenknochen, die nicht weit auseinanderstanden, und die schmalen, doch nicht allzu dünnen Lippen. Aber durch alles hindurch und über alles hinaus drang diese Flamme – dieses undefinierbare Etwas, ein Feuer, das ihr Innerstes ausmachte, das warm in ihren Augen glühte oder hell loderte, das ihre Wangen überzog, die Nasenflügel weitete, das sie im Zorn die Lippen schürzen ließ und diese auch dann noch heiß durchpulste, wenn sie gelassen war.

Und El-Soo hatte Witz – selten von verletzender Schärfe, aber doch rasch im Aufspüren harmloser Schwächen. Ihr spöttischer Verstand schlug aus allem seine Funken, und von überallher antwortete ihr Gelächter. Dennoch stand sie nie im Mittelpunkt des Geschehens. Das ließ sie nicht zu. Das geräumige Haus und alles, wofür es stand, gehörte ihrem Vater; durch dieses Haus schritt bis zum Ende seine Heldengestalt – der Hausherr, Zeremonienmeister und Gebieter. Zwar nahm sie ihm, als ihn die Kräfte allmählich verließen, immer mehr Verpflichtungen ab, doch nach außen hin regierte er weiter. Auch wenn er an der Tafel einschlummerte, eine Ruine der Zechlust, blieb er scheinbar Herr der Lage.

Durch das geräumige Haus schritt auch die unheilvolle Gestalt des Porportuk, kopfschüttelnd, in kühler Mißbilligung; denn er zahlte für alles. Nicht daß er tatsächlich gezahlt hätte, schließlich berechnete er Zinsen in erschreckender Höhe, und Jahr für Jahr verleibte er sich weitere Besitztümer Klakee-Nahs ein. Einmal machte er den Versuch, El-Soo für die verschwenderische Haushaltsführung ins Gebet zu nehmen – zu einem Zeitpunkt, als Klakee-Nahs Reichtum schon fast gänzlich in seinen Besitz übergegangen war –, aber für einen weiteren Versuch dieser Art fehlte ihm dann der Mut. El-Soo war nämlich aristokratisch wie ihr Vater, verachtete das Geld wie er und hatte ein ebenso empfindliches Ehrgefühl.

Porportuk lieh ihnen widerwillig weiter sein Geld, und in goldenen Strömen floß es davon. Zu einem war El-Soo fest entschlossen – ihr Vater sollte sterben, wie er gelebt hatte. Er sollte keinen Abstieg erleben, keine Einschränkung der Festlichkeiten und der verschwenderischen Gastfreundschaft. Wenn die Nahrung knapp wurde, dann kamen wie in alten Tagen die Indianer seufzend zu dem großen Haus und gingen zufrieden wieder davon. Wenn die Nahrung knapp wurde und kein Geld vorhanden war, lieh man es sich von Porportuk, und die Indianer gingen immer noch zufrieden davon. Wie die Aristokraten aus anderer Zeit und an anderen Orten der Welt hätte El-Soo sagen können: nach mir die Sintflut. In ihrem Fall war die Sintflut Porportuk. Mit jeder neuen Summe, die er ihnen lieh, betrachtete er sie um so begehrlicher und spürte, wie alte Leidenschaften in ihm erwachten.

Aber El-Soo hatte keine Augen für ihn. Sie hatte auch keine Augen für die Weißen, die sie in der Mission mit Ring und Bibel und vor einem Geistlichen heiraten wollten. Denn in Tana-naw Station lebte ein junger Mann, Akoon, von ihrem Blut, aus ihrem Stamm, aus ihrem Dorf. In ihren Augen war er stark und schön, ein großer Jäger und sehr arm, weil er viel und weit gewandert war; in allen unbekannten Gegenden und Einöden war er gewesen; nach Sitka war er gereist und in die Vereinigten Staaten; er hatte den Kontinent bis zur Hudson Bay in beiden Richtungen durchquert und war als Robbenfänger auf einem Schiff nach Sibirien und Japan gefahren.

Als er aus Klondike zurückkehrte, nachdem man dort Gold gefunden hatte, kam er wie gewohnt in das große Haus, um dem alten Klakee-Nah zu berichten, was er gesehen hatte. Dort sah er zum ersten Mal El-Soo, die drei Jahre zuvor aus der Mission gekommen war. Daraufhin ging Akoon nicht mehr auf Wanderschaft. Er schlug das Angebot aus, für zwanzig Dollar am Tag als Lotse auf einem großen Dampfschiff zu arbeiten. Er jagte ein wenig und angelte ein wenig, entfernte sich aber nie weit von Tana-naw Station, und er weilte oft und lange in dem großen Haus. El-Soo verglich ihn mit vielen Männern, und er gefiel ihr. Er sang Lieder für sie und war voll glühender Leidenschaft, bis ganz Tana-naw Station wußte, daß er sie liebte. Porportuk lächelte bloß böse und gab weiter Geld, damit man das große Haus im alten Stil weiterführen konnte.

Dann kam Klakee-Nahs letztes Gelage. Er saß an der Festtafel, in der Kehle den Tod, der sich nicht im Wein ertränken ließ. Lachen, Scherzen und Singen erfüllte den Raum, und Akoon erzählte eine Geschichte, daß die Decke davon widerhallte. An dieser Tafel gab es weder Seufzer noch Tränen. Es war recht so, daß Klakee-Nah starb, wie er gelebt hatte; niemand wußte das besser als El-Soo, die eine Künstlernatur war wie er. Die ganze lärmende Gesellschaft saß beisammen wie immer, und wie in alten Zeiten waren auch drei Seeleute darunter, Überlebende einer Schiffsbesatzung von vierundsiebzig Mann, die auf ihrem Marsch durch die Arktis Erfrierungen davongetragen hatten. Hinter Klakee-Nah standen vier alte Männer, die letzten überlebenden Sklaven seiner Jugend. Mit wäßrigen Augen sahen sie darauf, daß seine Wünsche erfüllt wurden, mit steifen Fingern schenkten sie ihm nach oder klopften ihm auf den Rücken, wenn der Tod sich meldete und Klakee-Nah hustete oder nach Luft schnappte.

Es wurde ein wüster Abend, und als die Stunden in lärmendem Gelächter verstrichen, machte sich der Tod in Klakee-Nahs Kehle immer ungeduldiger bemerkbar. Klakee-Nah ließ jetzt Porportuk holen. Porportuk kam aus der Kälte vor der Tür und blickte tadelnd auf das Fleisch und den Wein, für die er bezahlt hatte. Als er jedoch an der Reihe geröteter Gesichter entlang bis zum anderen Ende der Tafel schaute und El-Soos Gesicht sah, blitzte in seinen Augen etwas auf, und für eine Sekunde verschwand die Mißbilligung daraus.

Man machte ihm Platz an Klakee-Nahs Seite und stellte ihm ein Glas hin. Klakee-Nah füllte es eigenhändig mit feurigem Trunk. »Trink!« schrie er. »Ist es nicht gut?«

Das Getränk trieb Porportuk die Tränen in die Augen, während er zustimmend nickte und mit den Lippen schmatzte.

»Wann hast du in deinem eigenen Haus jemals dergleichen getrunken?« fragte Klakee-Nah.

»Ich leugne nicht, daß dieser Trunk meiner alten Kehle gut tut«, gab Porportuk zur Antwort und zögerte, die Worte auszusprechen, die seinen Gedanken zu Ende geführt hätten.

»Aber er kostet zuviel«, brüllte Klakee-Nah, indem er den Satz für ihn vollendete.

Porportuk wand sich unter dem Gelächter, das alle an der Tafel ansteckte. In seinen Augen funkelte ein böses Feuer. »Wir sind gleichaltrig und zusammen aufgewachsen«, sagte er. »Aber in deiner Kehle sitzt der Tod. Ich bin noch gesund und kräftig.« Unter den versammelten Gästen rumorte es bedrohlich. Klakee-Nah hustete in einem Erstickungsanfall, und die alten Sklaven klopften ihm auf den Rücken. Keuchend kam er wieder zu sich und erhob die Hand, um die aufbegehrenden Gäste zum Schweigen zu bringen.

»Du hast dir das eigene Herdfeuer nicht gegönnt, weil dir das Brennholz zu teuer war!« rief er aus. »Du hast dir das Leben vergällt. Es war dir zu teuer, und du wolltest den Preis nicht zahlen. Dein Leben gleicht einer Hütte, in der das Feuer erloschen ist und die Decken am Boden fehlen.« Er bedeutete einem Sklaven, sein Glas nachzufüllen, und hielt es empor. »Aber ich habe gelebt. Ich habe die Wärme des Lebens gespürt, wie du sie nie gespürt hast. Gewiß wirst du lange leben. Aber die kalten Nächte, die ein Mensch zitternd durchwacht, sind die längsten. Meine Nächte waren kurz, doch mein Schlaf war warm.«

Er leerte sein Glas. Vergeblich versuchte ein Sklave mit zitternder Hand, es aufzufangen, ehe es klirrend zu Boden fiel. Klakee-Nah sank keuchend zurück und sah mit wohlgefälligem Lächeln, wie die übrigen Zecher ihr Glas an die Lippen hoben. Auf ein Zeichen bemühten sich zwei Sklaven, ihn in seinem Stuhl wieder aufzurichten. Doch sie waren schwach, und sein Körper war mächtig; die alten Männer wankten unter der Last, als sie ihm aufhalfen.

»Aber wir wollen nicht davon reden, wie man ein Leben führt«, fuhr Klakee-Nah fort. »Du und ich, Porportuk, wir haben heute anderes zu bereden. Schulden sind Mißgeschicke, und mein Mißgeschick betrifft uns beide. Was ist mit meiner Schuld, und wie groß ist sie?«

Porportuk kramte in seinem Beutel und zog eine Auflistung hervor. Er nippte an seinem Glas und begann. »Da ist die Rechnung vom August 1889 über dreihundert Dollar. Die Zinsen wurden nie bezahlt. Die Rechnung des nächsten Jahres beläuft sich auf fünfhundert Dollar. Sie wurde zwei Monate später in die folgende Rechnung über eintausend Dollar übernommen. Dann existiert eine Rechnung –«

»Was sollen mir alle einzelnen Posten!« rief Klakee-Nah ungeduldig. »Mein Kopf dreht sich und alles darin mit ihm. Das Ganze! Die runde Summe! Wie hoch ist sie?«

Porportuk konsultierte seine Unterlagen. »15 967 Dollar und 75 Cents«, las er penibel ab.

»Runde es auf 16 000 Dollar auf«, sagte Klakee-Nah großzügig. »Ungerade Zahlen bringen nie etwas Gutes. Und jetzt – deswegen habe ich dich holen lassen – schreib mir eine neue Rechnung über 16 000 Dollar, die ich unterzeichnen werde. Die Zinsen sind mir gleichgültig. Berechne sie so hoch, wie du willst, zahlbar im nächsten Leben, wo ich dich am Feuer des Großen Vaters aller Indianer wiedersehen werde. Dann soll die Rechnung bezahlt werden. Das verspreche ich dir. Klakee-Nah hat sein Wort gegeben.«

Porportuk wirkte verblüfft, und der Raum hallte von lautem Gelächter wider. Klakee-Nah hob die Hände. »Nein«, rief er aus, »das ist kein Scherz. Ich spreche in ehrlicher Absicht. Deswegen habe ich dich rufen lassen. Schreib mir die Rechnung aus.«

»Ich mache keine Geschäfte mit dem nächsten Leben«, gab Porportuk zögernd zur Antwort.

»Gedenkst du etwa nicht, mich vor dem Großen Vater wiederzusehen?« fragte ihn Klakee-Nah und setzte dann hinzu: »Ich werde gewiß dort sein.«

»Ich mache keine Geschäfte mit dem nächsten Leben«, wiederholte Porportuk verdrießlich. Der sterbende Mann betrachtete ihn mit unverhohlenem Erstaunen.

»Ich weiß nichts vom nächsten Leben«, erklärte Porportuk. »Ich wickle alle meine Geschäfte in diesem Leben ab.«

Klakee-Nahs Gesicht hellte sich auf. »Das kommt davon, wenn man nachts in der Kälte schläft«, lachte er. Dann überlegte er eine Weile und sagte schließlich: »Du mußt in diesem Leben bezahlt werden. Mir ist noch dieses Haus geblieben. Nimm es, und steck den Schuldschein an dieser Kerze in Brand.«

»Es ist ein altes Haus und die Summe nicht wert«, erwiderte Porportuk.

»Ich habe noch Minen am Twisted Salmon.«

»Sie haben nie Gewinn gebracht«, war die Antwort darauf.

»Ich habe noch Anteile an dem Dampfschiff *Koyokuk*. Es gehört mir zur Hälfte.«

»Es liegt auf dem Grund des Yukon.«

Klakee-Nah fuhr zusammen. »Richtig. Das habe ich vergessen. Es passierte im letzten Frühjahr bei der Eisschmelze.« Eine Weile sinnierte er, während alle Gläser unangetastet stehenblieben und die Gesellschaft an der Tafel auf seine nächsten Worte wartete.

»Dann schulde ich dir also eine Summe, die ich nicht zurückzahlen kann … in diesem Leben?« Porportuk nickte und blickte auf das Ende der Tafel.

»Dann, Porportuk, bist du wohl ein schlechter Geschäftsmann«, bemerkte Klakee-Nah verschlagen. Worauf dieser mutig antwortete: »Nein. Eine Sicherheit ist noch unangetastet.«

»Was!« rief Klakee-Nah. »Habe ich noch anderes Gut? Nenne es, und es gehört dir, und die Schuld ist abgegolten.«

»Dort ist es.« Porportuk wies auf El-Soo.

Klakee-Nah begriff nicht. Er kniff die Augen zusammen und blickte den Tisch entlang, rieb sich die Augen und sah wieder hin.

»Deine Tochter, El-Soo – sie will ich nehmen, und ich halte die Kerze an den Schuldschein. So sollst du es abgelten.«

Klakee-Nahs Brustkorb hob und senkte sich. »Haha! – ein Witz – Hahaha!« dröhnte sein homerisches Gelächter. »Du mit deinem kalten Bett und Töchtern, die El-Soos Mütter sein könnten! Hahaha!« Er begann zu husten und nach Luft zu ringen, und die alten Sklaven klopften ihm auf den Rücken. »Haha!«, begann er von neuem und bekam einen neuen Hustenanfall.

Porportuk wartete geduldig, nippte an seinem Glas und studierte die Reihen der Gesichter zu beiden Seiten der Tafel. »Es ist kein Witz«, sagte er schließlich. »Ich spreche in bester Absicht.«

Klakee-Nah wurde nüchtern und sah ihn an; dann griff er nach seinem Glas, bekam es aber nicht zu fassen. Ein Sklave reichte es ihm, und er schleuderte das Glas samt Inhalt Porportuk ins Gesicht.

»Schafft ihn raus!« brüllte er der Tischgesellschaft zu, die wie eine Hundemeute ungeduldig an ihren Leinen zerrte. »Und werft ihn in den Schnee!«

Während die wilde Horde an ihm vorbei und zur Tür hinaus stürmte, gab er den Sklaven ein Zeichen, und die vier wankenden Greise stützten ihn, damit er die wiedereintretenden Gäste aufrecht stehend empfangen konnte. Er brachte einen Trinkspruch auf die kurzen Nächte aus, in denen man warm schläft.

Es brauchte nicht lang, um Klakee-Nahs Hinterlassenschaft zu ordnen. Tommy, der kleine englische Schreiber vom Handelsposten, half auf El-Soos Bitte, die Dinge zu regeln. Es waren nur Schulden übrig, unbezahlte Rechnungen, Grundschulden auf Besitz, der wertlos war. Die Rechnungen und die Hypothek lauteten alle auf Porportuks Namen. Tommy bezeichnete ihn immer wieder als Räuber, als er die Berechnung der Schuldenzinsen überprüfte.

»Ist es eine Schuld, Tommy?« fragte El-Soo.

»Es ist Raub«, antwortete er.

»Es ist aber doch eine Schuld«, sagte El-Soo hartnäckig.

Der Winter verging, und der Anfang des Frühjahrs, aber Porportuk hatte sein Geld immer noch nicht bekommen. Oft traf er mit El-Soo zusammen und erklärte ihr umständlich, wie schon ihrem Vater, auf welche Weise die Schuld beglichen werden könne. Er brachte dann auch alte Medizinmänner mit, die ihr auseinandersetzten, daß ihr Vater auf ewig verdammt sein werde, falls sie seine Schuld nicht bezahle. Eines Tages, nachdem El-Soo sich wieder solche Vorhaltungen angehört hatte, gab sie Porportuk gegenüber eine endgültige Erklärung ab.

»Zwei Dinge mußt du wissen«, sagte sie. »Erstens, ich werde nicht deine Frau. Vergiß das nie. Zweitens, du wirst deine 16 000 Dollar bis auf den letzten Cent zurückbekommen.«

»15 967 Dollar und 75 Cents«, verbesserte sie Porportuk.

»Mein Vater hat 16 000 gesagt«, erwiderte sie. »Du wirst sie erhalten.«

»Wie?«

»Ich weiß nicht wie, aber ich werde einen Weg finden. Jetzt geh und belästige mich nicht mehr. Wenn du es tust«, – sie zögerte auf der Suche nach einer angemessenen Strafe – »dann werde ich dich wieder in den Schnee werfen lassen, sobald die ersten Flocken fliegen.«

Das war noch zu Beginn des Frühlings, und wenig später überraschte El-Soo das Land. Die Kunde wanderte den Yukon hinauf und hinab, vom Chilcoot bis zum Delta, von einem Lager in das nächste und bis in die entferntesten Ecken, daß im Juni, wenn die ersten Lachse kämen, El-Soo, die Tochter des Klakee-Nah, sich öffentlich versteigern lassen wolle, um Porportuks Ansprüche zu befriedigen. Alle Versuche, sie von ihrem Vorhaben abzubringen, waren vergeblich. Der Missionar in St. George wollte sie umstimmen, aber sie antwortete ihm:

»Nur die Schulden vor Gott werden im nächsten Leben beglichen. Die Schulden der Menschen hier werden in diesem Leben bezahlt.«

Akoon stritt mit ihr, aber sie gab ihm zur Antwort: »Ich liebe dich wirklich, Akoon; aber Ehre wiegt schwerer als Liebe, und wer bin ich, daß ich die Ehre meines Vaters beflecken dürfte?« Schwester Alberta machte auf dem ersten Dampfer die lange Reise von Holy Cross bis zu ihr, doch gleichfalls vergeblich.

»Mein Vater wandert in den dunklen Wäldern ohne Ende«, sagte El-Soo. »Und dort muß er weiterwandern und mit den verlorenen Seelen klagen, bis die Schuld bezahlt ist. Dann erst, nicht vorher, kann er in das Haus des Großen Vaters eingehen.«

»Und du glaubst daran?« fragte Schwester Alberta.

»Ich weiß es nicht«, antwortete El-Soo. »Mein Vater glaubte daran.«

Schwester Alberta zuckte ungläubig die Achseln.

»Wer weiß, ob nicht die Dinge, an die wir glauben, Wirklichkeit werden?« fuhr El-Soo fort. »Warum nicht? Für dich ist die nächste Welt vielleicht ein Himmel voll harfespielender Engel … weil du das so geglaubt hast; für meinen Vater ist sie vielleicht ein großes Haus, in dem er immerzu mit Gott an einer festlichen Tafel sitzt.«

»Und du?« fragte Schwester Alberta. »Was ist deine nächste Welt?«

El-Soo zögerte nur einen Augenblick. »Ich wünsche mir von beiden etwas«, sagte sie. »Ich möchte dein Gesicht und das meines Vaters dort wiedersehen.«

Der Tag der Auktion war da. In Tana-naw Station drängten sich die Menschen. Die Stämme hatten sich wie gewohnt versammelt, um auf die Lachse zu warten, und die Zwischenzeit zum Tanzen, zum ausgelassenen Treiben, zum Handeln und zum Austauschen der Neuigkeiten genutzt. Dazu kamen auch diesmal verstreute Abenteurer, Händler, Goldsucher und außerdem eine große Zahl von Weißen, die die Neugier oder das Interesse an der Versteigerung herbeigelockt hatte.

Der Frühling war spät gekommen, und auch die Lachse hatten sich Zeit gelassen. Die Verzögerungen hatten die Spannung nur steigen lassen. Dann, am Tag der Auktion, spitzte sich die Lage durch eine Erklärung Akoons zu. Er stand auf und verkündete feierlich in aller Öffentlichkeit, wer auch immer El-Soo ersteigere, werde unverzüglich und auf der Stelle sterben. Er schwang dabei seine Winchesterbüchse, um zu zeigen wie. El-Soo war zornig, aber er weigerte sich, mit ihr zu sprechen, und ging zum Handelsposten, um sich mit zusätzlicher Munition zu versorgen.

Der erste Lachs wurde um zehn Uhr abends gefangen, und um Mitternacht begann die Auktion. Sie fand hoch oben am Steilufer des Yukon statt. Die Sonne stand knapp unter dem Horizont, genau im Norden, und den Himmel überzog ein fahles Rot. Um den Tisch und die zwei Stühle versammelte sich eine große Menschenmenge. In der ersten Reihe sah man viele Weiße und mehrere Stammeshäuptlinge. An vorderster Stelle aber stand Akoon, das Gewehr in der Hand. Tommy hatte auf Bitten El-Soos die Rolle des Auktionators übernommen, aber sie eröffnete die Veranstaltung und beschrieb die angebotenen Waren. Sie war indianisch gekleidet, als Häuptlingstochter, und stand auf einem Stuhl, damit man sie besser sehen könne, eine prachtvolle barbarische Erscheinung.

»Wer möchte eine Ehefrau kaufen?« fragte sie. »Schaut mich an. Ich bin zwanzig Jahre alt und Jungfrau. Ich werde dem Mann, der mich kauft, eine gute Ehefrau sein. Wenn er ein Weißer ist, werde ich mich wie eine weiße Frau kleiden, wenn er Indianer ist, werde ich mich kleiden wie eine« – sie zögerte kurz – »Squaw. Ich kann mir meine Kleider selbst nähen, handarbeiten, waschen und flicken. Das habe ich acht Jahre lang in der Mission Holy Cross gelernt. Ich kann Englisch lesen und schreiben; ich kann Orgel spielen. Ich kann rechnen und beherrsche etwas Algebra. Ich werde dem höchsten Bieter gehören und ihm die Verkaufsurkunde selbst ausstellen. Ich habe vergessen zu sagen, daß ich sehr gut singe und in meinem ganzen Leben noch nicht krank gewesen bin. Ich wiege 132 Pfund; mein Vater ist tot, und ich habe keine Verwandten. Wer will mich?«

Aus blitzenden Augen warf sie einen herausfordernden Blick auf die Menge und stieg von ihrem Stuhl. Auf Tommys Geheiß bestieg sie ihn wieder, während er auf dem zweiten Stuhl stand und die Auktion begann.

El-Soo war umgeben von den vier alten Sklaven ihres Vaters.

Im Dienst ihres Brotgebers hatte das Alter ihre Glieder krumm und steif werden lassen, und nun betrachteten sie als Angehörige einer vergangenen Generation ungerührt das Possenspiel der Jugend. Vorn in der Menge hatten sich mehrere Eldorado- und Bonanzakönige vom oberen Yukon einen Platz gesichert, und neben ihnen standen auf Krücken zwei gescheiterte, von Skorbut gezeichnete Goldsucher. Mitten in der Menge befand sich eine wildblickende Squaw aus dem abgelegenen Gebiet des oberen Tana-naw, die durch ihr auffälliges Gesicht die Blicke auf sich zog; von der Küste hatte es einen Sitka-Indianer an diesen Ort verschlagen, wo er nun neben einem Stick-Indianer vom Le-Barge-See stand; hinter ihnen hatte sich ein halbes Dutzend frankokanadischer Pelzhändler abgesondert. Von ferne tönten schwach die Schreie von Abertausenden von nistenden Vögeln herüber. Schwalben strichen über das ruhig dahinfließende Wasser des Yukon, und man hörte die Drosseln singen. Über dem Horizont hatten sich die Rauchfahnen von tausend Meilen entfernten Waldbränden verteilt, und durch die schrägen Strahlen der unsichtbaren Sonne färbte sich der Himmel dunkelrot; die Erde glühte im rötlichen Widerschein. Und derselbe Abglanz auf den Gesichtern der versammelten Menge verlieh den Menschen ein unirdisches, unwirkliches Aussehen.

Die Gebote setzten nur langsam ein. Der Sitka, der das Land nicht kannte und erst eine halbe Stunde zuvor eingetroffen war, bot zuversichtlich die Summe von einhundert Dollar und war überrascht, als Akoon drohend das Gewehr auf ihn richtete. Nur mühsam kamen neue Gebote. Ein Indianer vom Tozikakat, ein Flußlotse, bot 150 Dollar, und einige Zeit später erhöhte ein aus dem Oberland verbannter Glücksspieler auf zweihundert. El-Soo wurde traurig; ihr Stolz war verletzt; aber die Folge war bloß, daß sie die Menge nun noch herausfordernder anblitzte.

Es entstand eine Unruhe unter den Zuschauern, als Porportuk sich einen Weg nach vorn bahnte. »Fünfhundert Dollar«, bot er mit lauter Stimme und sah dann stolz nach allen Seiten, um den Eindruck zu genießen, den er damit machte.

Er wollte seinen großen Reichtum dazu benutzen, gleich zu Beginn alle Mitbewerber aus dem Feld zu schlagen. Aber einer der Frankokanadier, der El-Soo mit glänzenden Augen gemustert hatte, erhöhte um einhundert Dollar.

»Siebenhundert!« Porportuk reagierte prompt.

Ebenso rasch kam das »Achthundert« des Händlers.

Jetzt schlug Porportuk erneut mit der Keule seines Reichtums zu. »Zwölfhundert!« rief er.

In den Zügen des Händlers zeichnete sich tiefe Enttäuschung ab, und er gab sich geschlagen. Niemand beteiligte sich mehr. Tommy unternahm vergebliche Anstrengungen, ein weiteres Gebot hervorzulocken.

El-Soo wandte sich an Porportuk. »Du tust gut daran, Porportuk, dein Gebot zu überdenken. Hast du vergessen, was ich dir sagte – daß ich dich nie heiraten werde?«

»Dies ist eine öffentliche Versteigerung«, gab er zurück. »Ich werde dich mit Kaufvertrag erwerben. Ich habe zwölfhundert Dollar geboten. Du bist ein gutes Geschäft.«

»Zu gut, verdammt nochmal!« schrie Tommy. »Und wenn ich auch der Auktionator bin! Deswegen darf ich trotzdem mitbieten. Ich gehe auf dreizehnhundert.«

»Vierzehnhundert«, ließ Porportuk vernehmen.

»Ich kaufe dich als meine – meine Schwester«, flüsterte Tommy El-Soo zu, und rief dann laut: »Fünfzehnhundert!«

Bei zweitausend beteiligte sich ein Eldorado-König, und Tommy stieg aus.

Zum dritten Mal schwang Porportuk seine Geldkeule und ging um fünfhundert nach oben. Aber sein Gegenspieler war nun in seinem Stolz verletzt. So konnte ihm keiner kommen. Er schlug zurück und steigerte seinerseits um fünfhundert.

El-Soo war nun dreitausend Dollar wert. Porportuk machte dreitausendfünfhundert daraus, und ihm stockte der Atem, als der Eldorado-König um tausend Dollar erhöhte. Porportuk ging wieder um fünfhundert nach oben und keuchte ein zweites Mal, als sein Gegenüber das Gebot noch einmal um tausend hinaufschraubte.

Porportuk wurde böse. Sein Stolz war getroffen; diese Herausforderung galt seiner Stärke, und Stärke nahm für ihn die Gestalt von Reichtum an. Um nichts in der Welt wollte er sich einer Schwäche schämen müssen. El-Soo wurde zur Nebensache. Die Ersparnisse, alles, was er in den kalten Nächten seines Lebens zusammengekratzt hatte, warf er jetzt bereitwillig aus dem Fenster. El Soo stand bei sechstausend. Er machte siebentausend daraus. Nun ging der Preis in Tausenddollarsprüngen so rasch hinauf, wie die Gebote gemacht werden konnten. Bei vierzehntausend hielten die Kontrahenten inne, um Atem zu holen.

Dann geschah etwas Unerwartetes. Jemand schwang eine noch mächtigere Keule. In der eingetretenen Pause hatte ein Spieler einen goldenen Schnitt gewittert und mit ein paar Gesinnungsgenossen ein Syndikat gebildet; er bot sechzehntausend Dollar.

»Siebzehntausend«, sagte Porportuk mit schwacher Stimme.

»Achtzehntausend«, sagte der König.

Porportuk sammelte seine Kräfte. »Zwanzigtausend.«

Das Syndikat stieg wieder aus. Der Eldorado-König erhöhte um tausend, Porportuk im Gegenzug um den gleichen Betrag; und während sie boten, schaute Akoon halb drohend, halb neugierig von einem zum anderen, um zu sehen, wie der Mann beschaffen wäre, den er würde töten müssen. Als der König sich anschickte, sein nächstes Gebot abzugeben, rückte Akoon näher an ihn heran, so daß der König erst den Revolver aus dem Gürtel nahm, ehe er sagte:

»Dreiundzwanzigtausend.«

»Vierundzwanzigtausend«, sagte Porportuk. Er grinste boshaft, denn endlich hatten seine entschiedenen Gebote den König verunsichert. Dieser trat dicht an El-Soo heran. Er betrachtete sie gründlich und lange.

»Und fünfhundert dazu«, sagte er schließlich.

»Fünfundzwanzigtausend.« Porportuk erhöhte wieder.

Lange nahm sie der König in Augenschein und schüttelte den

Kopf. Er sah noch einmal hin und sagte schließlich widerstrebend: »Und fünfhundert dazu.«

»Sechsundzwanzigtausend«, stieß Porportuk hervor.

Der König schüttelte den Kopf und vermied es, Tommy in die Augen zu schauen, der ihn beschwörend ansah. Akoon stand inzwischen unmittelbar neben Porportuk. Das war El-Soos raschen Blicken nicht entgangen und während Tommy den Eldorado-König zu einem weiteren Gebot zu bewegen versuchte, beugte sie sich zu einem Sklaven hinunter und sagte ihm leise etwas ins Ohr. Während Tommy mit lauter Stimme sein »Zum ersten – zum zweiten« ertönen ließ, ging der Sklave zu Akoon und sprach leise auf ihn ein. Akoon ließ nicht erkennen, daß er ihm zugehört hatte, obwohl El-Soo ihn besorgt im Auge behielt.

»Zum dritten!« verkündete Tommy laut. »An Porportuk, für sechsundzwanzigtausend Dollar.«

Porportuk warf einen unruhigen Seitenblick auf Akoon. Alle blickten nur auf ihn, aber er unternahm nichts.

»Man soll die Waage bringen«, sagte El-Soo.

»Ich werde in meinem Haus bezahlen«, sagte Porportuk.

»Man soll die Waage bringen«, wiederholte El-Soo. »Hier soll bezahlt werden, wo alle es sehen können.«

Man brachte also die Waage aus dem Handelsposten, während Porportuk fortging und gefolgt von einem Mann zurückkehrte, der auf den Schultern Elchledersäcke voll Goldstaub trug. Außerdem hatte Porportuk einen Mann mit einem Gewehr bei sich, der Akoon fest im Auge behielt.

»Hier sind die Rechnungen und Hypotheken«, sagte Porportuk, »über 15 967 Dollar und 75 Cents.«

El-Soo nahm sie entgegen und sagte zu Tommy: »Sie sollen 16 000 Dollar wert sein.«

»Die Restzahlung beläuft sich auf zehntausend Dollar in Gold«, sagte Tommy.

Porportuk nickte und knotete die Säcke auf. El-Soo, die am Ufer stand, riß die Schuldscheine in Fetzen und ließ sie in den

Yukon hinabflattern. Das Wiegen begann, wurde aber unterbrochen.

»Selbstverständlich zu siebzehn Dollar die Unze«, hatte Porportuk Tommy angewiesen, als er die Waage einstellte.

»Zu sechzehn Dollar«, gab El-Soo in scharfem Ton zurück.

»Üblicherweise wird im ganzen Land Gold mit siebzehn Dollar pro Unze berechnet«, antwortete ihr Porportuk. »Und hier wird ein Geschäft abgewickelt.«

El-Soo lachte. »Es ist eine neue Regelung«, sagte sie. »Sie hat seit diesem Frühjahr Gültigkeit. Im letzten Jahr und in den Jahren davor war der Preis sechzehn Dollar. Als mein Vater seine Schulden machte, lag der Preis bei sechzehn Dollar. Wenn er im Lagerhaus das Geld ausgab, das er von dir bekommen hatte, gab man ihm Mehl für sechzehn, nicht für siebzehn Dollar. Deswegen wirst du für mich zum Preis von sechzehn Dollar zahlen, nicht von siebzehn.« Porportuk ließ murrend zu, daß man das Wiegen fortsetzte.

»Wiege drei verschiedene Haufen ab, Tommy«, sagte sie. »Eintausend Dollar hier, dreitausend dort, und hier noch einmal sechstausend.«

Die Sache brauchte ihre Zeit, und jedermann behielt während des Wiegens Akoon scharf im Auge.

»Er wartet bloß, bis das Geld bezahlt ist«, sagte jemand. Der Satz machte die Runde und stieß allgemein auf Zustimmung; man wartete auf das, was Akoon unternehmen würde, sobald das Geld bezahlt war. Und Porportuks Mann mit dem Gewehr wartete seinerseits und beobachtete Akoon.

Das Wiegen war beendet, und der Goldstaub lag in drei dunkelgelben Haufen auf dem Tisch. »Mein Vater schuldet der Gesellschaft dreitausend Dollar«, sagte El-Soo. »Tommy, du nimmst es für sie entgegen. Und hier stehen vier alte Männer. Du kennst sie, Tommy. Hier sind eintausend Dollar. Nimm sie und sorge dafür, daß die Alten nie hungrig sein müssen und immer Tabak haben.«

Tommy scheffelte die beiden Haufen in verschiedene Säcke.

Der Gegenwert von sechstausend Dollar lag noch auf dem Tisch. El-Soo schob den Scheffel in den Haufen hinein und wirbelte mit einer plötzlichen Drehung Goldstaub in die Luft, so daß er als goldener Schauer über dem Yukon niederging. Porportuk griff nach ihrem Handgelenk, als sie den Scheffel ein zweites Mal in den Haufen schob.

»Es gehört mir«, sagte sie ruhig. Porportuk ließ los, aber knirschte mit den Zähnen und bedachte sie mit finsteren Blikken, während sie fortfuhr, das Gold in den Fluß zu streuen, bis nichts mehr übrig war.

Die Menge starrte nur auf Akoon, und Porportuks Mann hatte sein Gewehr in der Armbeuge liegen, die Mündung aus ein Meter Entfernung auf Akoon gerichtet, den Finger am Abzug. Aber Akoon tat nichts.

»Setz den Kaufvertrag auf«, sagte Porportuk grimmig.

Und Tommy setzte den Kaufvertrag auf, worin dem Mann Porportuk das Eigentum und alle Rechte an der Frau El-Soo übertragen wurden. El-Soo unterzeichnete das Dokument, Porportuk faltete es zusammen und steckte es in seine Börse. Plötzlich blitzten seine Augen auf, und unvermittelt wandte er sich an El-Soo.

»Es war aber nicht der Gegenwert dessen, was dein Vater mir schuldete«, sagte er. »Diesen Preis habe ich für dich bezahlt, und dieser Kauf ist ein Geschäft, das heute getätigt wurde, nicht im letzten Jahr oder in den Jahren zuvor. Für die Unzen, mit denen ich dich gekauft habe, bekomme ich heute beim Handelsposten Mehl im Gegenwert von je siebzehn Dollar, nicht sechzehn. An jeder Unze habe ich einen Dollar verloren. Ich habe 625 Dollar Verlust dabei gemacht.«

El-Soo dachte einen Moment lang nach und erkannte ihren Irrtum. Erst lächelte sie und lachte dann laut auf.

»Du hast recht«, sagte sie, immer noch lachend. »Ich habe mich geirrt. Aber jetzt ist es zu spät. Du hast bezahlt, und das Gold ist weg. Du hast nicht schnell genug gedacht. Den Verlust hast du dir selbst zuzuschreiben. Wo ist deine Gewitztheit geblieben, Porportuk? Du wirst alt.«

Er gab keine Antwort. Ängstlich sah er hinüber zu Akoon; was er sah, beruhigte ihn. Er preßte die Lippen aufeinander, und ein grausamer Zug erschien in seinem Gesicht. »Komm«, sagte er, »wir gehen jetzt in mein Haus.«

»Erinnerst du dich an die beiden Dinge, die ich dir im Frühling gesagt habe?« fragte El-Soo, die keinerlei Anstalten machte, ihn zu begleiten.

»Mein Kopf wäre voll von Weibergeschwätz, wenn ich darauf hörte«, antwortete er.

»Ich sagte dir, daß du dein Geld bekommen würdest«, fuhr El-Soo fort und wählte ihre Worte mit Bedacht. »Und ich sagte dir, daß ich nie deine Frau werden würde.«

»Das war aber vor dem Kaufvertrag.« Porportuk knisterte mit dem Papier in seiner Börse. »Ich habe dich in aller Öffentlichkeit gekauft. Du bist mein Eigentum. Du wirst nicht leugnen, daß du mir gehörst.«

»Ich gehöre dir«, sagte El-Soo fest.

»Ich besitze dich.«

»Du besitzt mich.«

Porportuks Stimme wurde etwas lauter und triumphal. »Wie einen Hund besitze ich dich.«

»Du besitzt mich wie einen Hund«, wiederholte El-Soo ruhig. »Aber, Porportuk, du vergißt das eine, was ich dir gesagt habe. Hätte irgendein anderer Mann mich gekauft, dann wäre ich seine Frau geworden. Ich wäre ihm eine gute Frau gewesen. Das war meine Absicht. Aber was dich betrifft, so war es meine Absicht, niemals deine Frau zu werden. Deswegen bin ich dein Hund.«

Porportuk wußte, daß er mit dem Feuer spielte, und er nahm sich vor, es mit Entschlossenheit zu tun. »Dann spreche ich nicht zu El-Soo, sondern zu einem Hund«, sagte er, »und als meinem Hund befehle ich dir, mit mir zu kommen.« Er griff schon nach ihrem Arm, aber sie hielt ihn mit einer Handbewegung zurück.

»Nicht so schnell, Porportuk. Du kaufst einen Hund. Der

Hund läuft weg. Es ist dein Verlust. Ich bin dein Hund. Was ist, wenn ich weglaufe?«

»Als Besitzer des Hundes werde ich dich verprügeln –«

»Wenn du mich fängst?«

»Wenn ich dich fange.«

»Dann fang mich.«

Schnell streckte er die Hand nach ihr aus, aber sie entwischte ihm. Sie lachte, als sie um den Tisch herumlief. »Fang sie!« befahl Porportuk dem Indianer mit dem Gewehr, der in ihrer Nähe stand. Als er aber den Arm vorstreckte, schlug ihn der Eldorado-König mit einem Fausthieb zu Boden. Das Gewehr glitt ihm aus den Händen. Das war Akoons Chance. Seine Augen blitzten, aber er unternahm nichts.

Porportuk war ein alter Mann, doch die kalten Nächte hatten ihm seine Vitalität erhalten. Er hechtete plötzlich über den Tisch. El-Soo war nicht darauf gefaßt und sprang mit einem Schreckensschrei zurück. Porportuk hätte sie erwischt, wenn Tommy nicht gewesen wäre. Er stellte Porportuk ein Bein, so daß er stolperte und stürzte. El-Soo hatte nun einen Vorsprung.

»So fang mich doch«, rief sie lachend über die Schulter zurück und rannte davon.

Sie lief leichtfüßig und mühelos, aber Porportuk lief schnell und wild entschlossen. Er war schneller als sie. In seiner Jugend war er von allen jungen Männern der schnellste Läufer gewesen. El-Soo jedoch entzog sich ihm mit behenden Bewegungen. In ihrer Indianerkleidung wurde sie nicht von Röcken behindert, und ihren geschmeidigen Körper bekam Porportuk einfach nicht zu fassen.

Mit viel Lärm und Gelächter löste sich die Menschenmenge auf, um die Jagd zu verfolgen. Sie ging mitten durch das Indianerlager; unter beständigen Ausweichmanövern, Kreisbewegungen und plötzlichen Richtungswechseln verschwanden El-Soo und Porportuk zwischen den Zelten. El-Soo schien sich mit den Händen an der Luft festzuhalten, und gelegentlich, bei der abruptesten Kehrtwendung, schien es, als könne sie sich in ihrer extremen Schräglage daran abstützen wie an einer festen Wand. Porportuk streckte sich nach ihr wie ein magerer Hund, der immer einen Satz hinter oder neben seiner Beute landet.

Sie überquerten das offene Feld hinter dem Lager und verschwanden im Wald. Tana-naw Station wartete auf ihre Wiederkehr, aber man wartete lange und vergebens.

Akoon aß und schlief unterdessen und hielt sich immer in der Nähe des Anlegers für die Dampfschiffe auf; er blieb taub gegenüber dem wachsenden Unmut in Tana-naw Station, weil er nichts unternahm. 24 Stunden später kehrte Porportuk zurück. Er war müde und wutentbrannt. Er sprach mit niemandem außer Akoon, und mit diesem versuchte er, einen Streit vom Zaun zu brechen. Aber Akoon zuckte die Achseln und ließ ihn stehen. Porportuk verlor keine Zeit. Er rüstete ein halbes Dutzend Männer aus, die besten Spurenleser und Pfadfinder, und führte sie in den Wald.

Am nächsten Tag legte die *Seattle* auf ihrer Fahrt flußaufwärts an und lud Holz. Als man die Leinen losgemacht hatte und das Schiff stampfend Fahrt aufnahm, war Akoon an Bord und stand im Ruderhaus. Nur wenige Stunden später, als er das Steuer übernommen hatte, sah er ein kleines Kanu aus Birkenrinde, das vom Ufer abgelegt hatte. Es saß nur eine Person darin. Er musterte es aufmerksam, legte das Steuer herum und verlangsamte die Fahrt.

Der Kapitän trat ins Ruderhaus. »Was ist los?« fragte er. »Das Fahrwasser ist gut hier.«

Akoon brummte nur. Er sah ein größeres Kanu mit mehreren Personen vom Ufer ablegen. Als die *Seattle* keine Fahrt mehr machte, drehte er das Ruder noch weiter herum.

Der Kapitän war wütend. »Es ist nur eine Squaw«, protestierte er.

Akoon reagierte nicht. Er hatte nur Augen für die Squaw und ihre Verfolger im zweiten Boot. Sechs Paddel stießen dort ins Wasser, während die Squaw nur langsam vorankam.

»Wir laufen gleich auf Grund«, protestierte der Kapitän und griff ins Ruder.

Doch Akoon hielt dagegen und sah ihm ins Gesicht. Die Hände des Kapitäns lösten sich langsam von den Spaken.

»Komischer Kerl«, murmelte er verächtlich vor sich hin.

Akoon manövrierte die *Seattle* am Rand der Untiefe entlang und wartete, bis die Squaw sich an der Schiffsreling emporzog. Jetzt gab er das Zeichen für volle Fahrt voraus und riß das Steuer wieder herum. Das zweite Boot war ganz nah herangekommen, aber der Abstand zwischen ihm und dem Dampfschiff vergrößerte sich jetzt wieder.

Die Squaw lachte und beugte sich über die Reling. »So fang mich doch, Porportuk!« rief sie.

Akoon ging in Fort Yukon von Bord. Er rüstete ein kleines Stakboot aus und fuhr den Porcupine-Fluß hinauf. El-Soo begleitete ihn. Es war eine mühevolle Reise, und der Weg führte über das Rückgrat der Welt; doch Akoon kannte ihn von früher. Als sie das Quellgebiet des Porcupine-Flusses erreicht hatten, ließen sie ihr Boot zurück und gingen zu Fuß weiter über die Rocky Mountains.

Akoon ging besonders gern hinter El-Soo her, um ihre Bewegungen zu beobachten. Es war eine Melodie darin, die er liebte. Am liebsten betrachtete er ihre wohlgerundeten Waden in den weichgegerbten Ledergamaschen, die schmalen Fesseln und die kleinen Füße in den Mokassins, die auch auf den längsten Tagesmärschen nicht müde wurden.

»Du bist so leicht wie die Luft«, sagte er und sah sie an. »Das Gehen ist für dich keine Anstrengung. Du schwebst fast, so leicht heben und senken sich deine Füße. Du gleichst einem Reh, El-Soo, und deine Augen sind manchmal wie Rehaugen, wenn du mich anschaust oder wenn du plötzlich einen Laut hörst und dich fragst, ob Gefahr droht. Gerade jetzt zum Beispiel sind deine Augen wie die eines Rehs.«

Und die ihn anstrahlende, zärtliche El-Soo beugte sich zu ihm und küßte ihn.

»Wenn wir den Mackenzie erreicht haben, halten wir uns nicht lange auf«, sagte Akoon später. »Wir gehen weiter nach

Süden, bevor uns der Winter einholt. Wir werden die Sonnenländer aufsuchen, wo es keinen Schnee gibt. Aber wir kommen
zurück. Ich habe viel von der Welt gesehen, aber es gibt kein
Land wie Alaska, keine Sonne wie unsere Sonne, und der Schnee
ist gut nach dem langen Sommer.«

»Und du wirst Lesen lernen«, sagte El-Soo.

Und Akoon antwortete: »Ich werde gewiß Lesen lernen.«

Doch als sie den Mackenzie erreichten, gab es eine Verzögerung. Sie schlossen sich einer Gruppe von Mackenzie-Indianern
an, und bei der Jagd wurde Akoon versehentlich angeschossen.
Ein junger Indianer hielt das Gewehr, als der Schuß sich löste.
Die Kugel durchschlug seinen rechten Arm und drang dann in
seinen Brustkorb ein, wo sie ihm zwei Rippen brach. Akoon
verstand sich auf primitive Chirurgie, während El-Soo in der
Missionsstation einiges über Wundbehandlung gelernt hatte. Es
gelang ihnen, die Knochen zu richten, und Akoon lag am Feuer
und mußte warten, daß sie zusammenwuchsen. Außerdem hielt
der Rauch die Moskitos fern.

Das war der Augenblick, in dem Porportuk mit seinen sechs
jungen Männern ankam. In seiner Hilflosigkeit stöhnte Akoon
und erbat sich den Beistand der Mackenzies. Porportuk seinerseits brachte seine Forderung vor, und die Mackenzies waren
ratlos. Porportuk wollte El-Soo in Besitz nehmen, doch das er-
laubten sie ihm nicht. Man brauchte einen Urteilsspruch, und
weil es eine Angelegenheit zwischen einem Mann und einer
Frau betraf, berief man den Rat der Ältesten ein – damit kein
übereiltes Urteil von jungen Männern abgegeben werde, die
sich von Gefühlen hinreißen ließen.

Die Alten saßen im Kreis um das qualmende Feuer. Sie hatten
hagere, zerfurchte Gesichter, keuchten und schnappten nach
Luft, weil der Qualm nicht gut für sie war. Hin und wieder
schlugen sie mit welken Händen nach Moskitos, die dem Rauch
trotzten. Wenn sie sich so verausgabt hatten, überwältigte sie ein
hohler, quälender Husten. Einige spuckten Blut und einer saß
mit gesenktem Kopf ein wenig abseits; in einem dünnen Faden

rann ihm unablässig Blut aus dem Mund. Alle hatten den tod-
bringenden Husten. Sie waren so gut wie gestorben; es blieb ihnen nur noch wenig Zeit. Ihr Urteil war ein Urteil von Toten.

Porportuk schloß seine Klage mit den Worten: »Ich habe einen hohen Preis für sie entrichtet. Eine solche Summe Geld habt
ihr noch nie gesehen. Verkauft alles, was euer ist, eure Speere,
eure Pfeile, eure Gewehre, verkauft eure Tierhäute und Felle,
eure Zelte und Boote, eure Hunde, verkauft alles, und ihr bekommt dafür vielleicht nicht einmal tausend Dollar. Und doch
habe ich für diese Frau, El-Soo, sechsundzwanzigmal soviel bezahlt, wie all eure Speere, Pfeile und Gewehre, eure Häute und
Felle, eure Zelte, Boote und Hunde wert sind. Es war ein hoher
Preis.«

Die Alten nickten mit ernsten Gesichtern, auch wenn sie erstaunt die runzligen Lider hoben, weil irgendein Weib so wert-
voll sein sollte. Der Alte, der aus dem Mund blutete, wischte
sich die Lippen sauber. »Spricht er die Wahrheit?« fragte er jeden einzelnen von Porportuks jungen Männern. Und jeder bestätigte, daß er die Wahrheit sprach.

»Spricht er die Wahrheit?« fragte er El-Soo, und sie antwortete: »Es ist wahr.«

»Aber Porportuk hat nicht gesagt, daß er ein alter Mann ist«,
sagte Akoon, »und daß er Töchter hat, die älter sind als El-Soo.«

»Es ist wahr, Porportuk ist ein alter Mann«, sagte El-Soo.

»Das kann er selbst besser beurteilen«, sagte der, der aus dem
Mund blutete. »Wir sind alte Männer. Doch ein alter Mann ist
nie so alt, wie es den Jungen scheinen mag.«

Die im Kreis sitzenden Greise schmatzten mit den zahnlosen
Mündern, nickten zustimmend und husteten.

»Ich habe ihm gesagt, daß ich nie sein Weib werden würde«,
sagte El-Soo.

»Und doch nahmst du von ihm sechsundzwanzigmal das,
was unser ganzer Besitz wert ist?« fragte sie ein einäugiger
Greis.

El-Soo schwieg.

»Ist das wahr?« Und sein eines Auge durchbohrte sie wie mit einer glühenden Nadel.

»Es ist wahr«, erwiderte sie.

»Aber ich werde wieder davonlaufen.« Die Worte brachen nur einen Moment später leidenschaftlich aus ihr heraus. »Ich werde immer davonlaufen.«

»Das soll Porportuk bedenken«, sagte ein anderer Alter. »Wir müssen das Urteil fällen.«

»Welchen Preis hast du für sie gezahlt?« wurde Akoon gefragt.

»Ich habe keinen Preis für sie bezahlt«, antwortete er. »Für mich war sie unbezahlbar. Ich habe ihren Wert nicht nach Goldstaub oder Hunden, Zelten und Pelzen bemessen.«

Die Alten berieten murmelnd miteinander. »Diese Greise sind wie Eis«, sagte Akoon auf englisch. »Ich werde nicht auf ihr Urteil hören, Porportuk. Wenn du mir El-Soo nimmst, werde ich dich mit Sicherheit töten.«

Die Alten hörten auf zu reden und betrachteten ihn mißtrauisch. »Wir verstehen die Sprache nicht, die du sprichst«, sagte einer von ihnen.

»Er hat nur gesagt, daß er mich töten wird«, erklärte ihm Porportuk ungefragt. »Es wäre gut, wenn man ihm sein Gewehr wegnähme und wenn sich ein paar eurer jungen Männer neben ihn setzten, damit er mir nichts zuleide tut. Er ist jung, und ein paar gebrochene Knochen hindern einen jungen Menschen nicht!«

Man nahm dem hilflos am Boden liegenden Akoon das Gewehr und das Messer ab, und zu beiden Seiten ließen sich junge Mackenzies neben ihm nieder. Der Einäugige erhob sich und richtete sich gerade auf.

»Wir staunen über den Preis, der für ein Weib gezahlt wurde«, begann er, »aber ob es weise war, ihn zu entrichten, ist nicht unsere Sache. Wir sind hier, um ein Urteil zu fällen, und das wollen wir tun. Wir sind frei von jedem Zweifel. Es ist allen bekannt, daß Porportuk einen hohen Preis für das Weib El-Soo entrichtet hat. Deswegen gehört das Weib El-Soo Porportuk und niemandem sonst.« Er setzte sich schwerfällig nieder und hustete. Die anderen Alten nickten und husteten.

»Ich werde dich töten«, schrie Akoon auf englisch.

Porportuk lächelte und erhob sich. »Ihr habt ein gerechtes Urteil gesprochen«, sagte er zum Rat der Ältesten gewandt, »und meine jungen Männer werden euch viel Tabak schenken. Jetzt soll man die Frau zu mir bringen.«

Akoon knirschte mit den Zähnen. Die jungen Männer ergriffen El-Soos Arm. Sie setzte sich nicht zur Wehr, als man sie Porportuk zuführte, doch in ihrem Gesicht schwelte es.

»Setz dich, hier, zu meinen Füßen, bis ich zu Ende gesprochen habe«, befahl er ihr. Er schwieg einen Augenblick. »Es ist wahr«, sagte er. »Ich bin ein alter Mann. Aber ich verstehe die Art der Jugend. Noch ist das Feuer nicht völlig in mir erloschen. Ich bin jedoch nicht mehr jung und will meine alten Beine in den Jahren, die mir noch bleiben, nicht ständig in Trab halten. El-Soo rennt schnell und gut. Sie ist ein Reh. Das weiß ich, denn ich habe sie gesehen und bin ihr nachgerannt. Es ist nicht gut, daß ein Weib so schnell läuft. Ich habe einen hohen Preis für sie bezahlt, und dennoch rennt sie von mir fort. Akoon hat nichts für sie bezahlt, und zu ihm läuft sie.

Als ich zu euch, dem Volk der Mackenzies, kam, wußte ich, was ich wollte. Als ich dem Rat lauschte und an die flinken Beine El-Soos dachte, ging mir vieles durch den Kopf. Jetzt habe ich wieder eine feste Überzeugung, aber es ist eine andere als die, mit der ich vor diesen Rat getreten bin. Ich will sie euch sagen. Wenn ein Hund seinem Herrn einmal wegläuft, dann wird er das wieder tun. Ganz gleich, wie oft man ihn zurückholt, er wird immer wieder davonlaufen. Wenn wir solche Hunde haben, dann verkaufen wir sie. El-Soo ist wie dieser Hund, der immer fortläuft. Ich werde sie verkaufen. Ist irgend jemand hier im Rat bereit, sie zu kaufen?«

Die Alten husteten und blieben stumm.

»Akoon würde kaufen«, fuhr Porportuk fort, »aber er hat

kein Geld. Deswegen werde ich ihm El-Soo schenken; er hat selbst gesagt, daß sie für ihn unbezahlbar sei. Gleich hier werde ich sie ihm schenken.«

Er zog El-Soo hoch und führte sie dorthin, wo Akoon auf dem Rücken lag.

»Sie hat eine schlechte Angewohnheit, Akoon«, sagte er, indem er ihr bedeutete, sich zu Akoons Füßen niederzulassen. »So wie sie in der Vergangenheit von mir fortgelaufen ist, so wird sie vielleicht in künftigen Tagen von dir fortlaufen. Du brauchst aber nicht zu fürchten, daß das je geschehen wird. Ich werde es verhindern. Nie wird sie dir davonlaufen – das ist Porportuks Versprechen. Sie hat Witz. Ich weiß es, denn ich habe seine beißende Schärfe oft zu spüren bekommen. Diesmal aber will ich meiner eigenen Gewitztheit freien Lauf lassen. Und mit meinem Witz will ich dafür sorgen, Akoon, daß sie bei dir bleibt.«

Porportuk beugte sich zu El-Soo hinab und legte ihre Füße übereinander, so daß sich Spann und Spann berührten; und dann, ehe man seine Absicht erraten konnte, schoß er mit seinem Gewehr durch beide Fußknöchel. Als Akoon sich gegen den Widerstand der Männer, die ihn niederhielten, aufrichten wollte, hörte man knirschend die halbverheilten Knochen erneut brechen.

»Es ist gerecht«, sprachen die Greise untereinander.

El-Soo gab keinen Laut von sich. Sie saß da und schaute auf ihre zerschmetterten Knöchel, die sie nie wieder tragen würden.

»Meine Füße sind stark, El-Soo«, sagte Akoon. »Aber niemals werden sie mich von dir fortführen.«

El-Soo sah ihn an, und zum ersten Mal, seit sie sich kennengelernt hatten, sah Akoon Tränen in ihren Augen.

»Deine Augen sind wie die Augen des Rehs, El-Soo«, sagte er.

»Ist es gerecht?« fragte Porportuk und grinste durch den Qualm, während er sich zum Aufbruch rüstete.

»Es ist gerecht«, sprachen die alten Männer. Und schweigend verharrten sie auf ihren Plätzen.

ANHANG

Editorische Notiz

Der vorliegenden Textauswahl liegen folgende Ausgaben zugrunde:

Jack London: *Die Alaska-Erzählungen*. Aus dem Amerikanischen von Rainer von Savigny. Ausgwählt und mit einem Nachwort von Uwe Böker. Frankfurt am Main 1992 (*Feuermachen; Der Blick durch das Fenster; Der Bund der alten Männer; Unbeugsame Frauen; Das Gesetz des Lebens; In einem fernen Land; Nam-Bok, der Lügner; Der Witz des Porportuk*).
© 1995 Patmos Verlag GmbH & Co. KG, Düsseldorf
Zuerst erschienen 1990 im Winkler Verlag, München

Jack London: *Südseegeschichten*. Aus dem Amerikanischen von Renate Sandner. Ausgwählt und mit einem Nachwort von Uwe Böker. Frankfurt am Main 1995 (*Der Heide; Die sterblichen Überreste Kahekilis; Als Alice zur Beichte ging; Leb wohl, Jack; Koolau, der Aussätzige*).
© 1995 Patmos Verlag GmbH & Co. KG, Düsseldorf
Zuerst erschienen 1991 im Artemis & Winkler Verlag, München und Zürich

Textgrundlage der Übersetzungen sind jeweils die Erstausgaben der amerikanischen Erzählsammlungen Jack Londons.

Daten zu Leben und Werk

1876

Am 12. Januar wird John Griffith Chaney als uneheliches Kind des Astrologen William Henry Chaney und Flora Wellman in San Francisco geboren. Noch im gleichen Jahr heiratet die Mutter den Kriegsveteran John London. John Chaney verbringt seine Kindheit und Jugend bei Mutter, Amme, Stiefvater und dessen Töchtern Eliza und Ida zunächst in der Bay Area, dann in Oakland. Er nimmt den Namen seines Stiefvaters an. Die Familie lebt in ärmlichen Verhältnissen, Jack London verdient Geld mit allerlei Gelegenheitsjobs. Trotzdem liest er viel und entwickelt eine Liebe für Bücher.

1890

Tätigkeit in einer Konservenfabrik, in der er bis zu 20 Stunden am Stück arbeitet.

1891

London kauft sich von Geld, das er sich von seiner Amme Virginia Prentiss leiht, die Schaluppe »Razzle Dazzle«, mit der er auf Austernraub geht, um der Fabrikarbeit zu entkommen.

1892

Nachdem sein Boot versenkt worden ist, wechselt London die Seiten und arbeitet für die California Fish Patrol.

1893

London heuert als Matrose auf dem Robbenschoner »Sophia Sutherland« an und fährt bis nach Japan und Sibirien. Er kehrt zur »Panic of 93«, einer schwerwiegenden Strukturkrise, zurück und nimmt eine Tätigkeit in einer Jutefabrik auf. Seine erste Geschichte *Typhoon off the Coast of Japan* erscheint.

1894

Arbeit als Heizer für die Oaklander Straßenbahn. London stößt zu Coxey's Army und nimmt am Protestmarsch Arbeitsloser auf Washington, D. C. teil. Er wird zum Tramp und später im Jahr als Vagabund verhaftet.

1895

London geht zurück nach Oakland und besucht die High School.

1896

London beendet die High School in Rekordzeit und nimmt ein Studium an der University of Berkeley auf. Er tritt der Socialist Labour Party bei.

1897 – 1898

Abbruch des Studiums. London folgt gemeinsam mit seinem Schwager dem ›Ruf des Goldes‹ nach Alaska und versucht sich bis 1898 erfolglos als Goldsucher, sammelt aber reichlich Material, das er später literarisch verarbeitet. Der Stiefvater stirbt.

1899

Erscheinen der erfolgreichen Kurzgeschichte *To the Man on Trail* beim *Overland Monthly*, London erhält fünf Dollar dafür. Er lernt Anna Strunsky kennen. Das *Atlantic Monthly* nimmt die Kurzgeschichte *An Odyssey of the North* an und bezahlt London dafür 40 Dollar.

1900

Am 7. April wird mit der Kurzgeschichtensammlung *The Son of the Wolf (Der Sohn des Wolfes)* Londons erstes Buch veröffentlicht. Am selben Tag heiratet er Elizabeth Maddern.

1901

Geburt der Tochter Joan. London tritt in die New Socialist

Party of America ein und versucht in den folgenden Jahren erfolglos Bürgermeister von Oakland zu werden. Publikation von *The God of His Fathers*.

1902

Geburt der Tochter Bess. Reise nach London, eigentlich als Kriegskorrespondent. Da der Zweite Burenkrieg vor Londons Ankunft endet, bleibt er noch eine Weile für Sozialstudien vor Ort. Veröffentlichung der Romane *A Daughter of the Snows (An der weißen Grenze)* und *The Cruise of the Dazzler (Frisco Kid)*, der Kurzgeschichtensammlung *Children of the Frost* und der Kurzgeschichte *To Build a Fire*.

1903

Die Tiergeschichte *The Call of the Wild (Der Ruf der Wildnis*, auch: *Wenn die Natur ruft)* erscheint, sie wird später mehrmals verfilmt. *The People of the Abyss (Menschen der Tiefe)* beschäftigt sich mit den Bedingungen in den Slums von London. Aufgrund von Eheproblemen zieht London aus der Wohnung der Familie aus. Veröffentlichung der *Kempton-Wace Letters*, gemeinsam mit Anna Strunsky.

1904

Londons Frau Elizabeth will sich scheiden lassen. Der ebenfalls oft verfilmte Roman *The Sea-Wolf (Der Seewolf)* erscheint. London wird vom Hearst-Konzern an die Front des russisch-japanischen Krieges geschickt, wo er der einzige westliche Reporter ist.

1905

Die Boxergeschichte *The Game* und die Essaysammlung *War of the Classes* erscheinen. London verbringt den Sommer in Glen Ellen und kauft in der Nähe ein Stück Land. *Tales of the Fish Patrol (Geschichten von der Fischereipatrouille)* wird veröffentlicht. London und seine Frau werden geschieden, er heiratet

Charmian Kittredge. Ende des Jahres beginnt er eine mehrmonatige Leseereise, auf der er seinen Essay *Revolution* vorträgt.

1906
White Fang (Wolfsblut) erscheint. London beginnt mit dem Bau der Yacht »Snark«, mit der er die Welt umsegeln will. Er berichtet als Augenzeuge vom Erdbeben in San Francisco.

1907 – 1909
1907 erscheint mit *The Road (Abenteuer des Schienenstranges)* Autobiographisches aus der Zeit als Eisenbahntramp. Mit seiner zweiten Frau bricht London zur Weltreise auf, sie segeln über Hawaii, Fiji und weitere Stationen bis nach Australien. 1908 Publikation des sozial-utopischen Romans *The Iron Heel (Die eiserne Ferse)*. 1909 Abbruch der Reise aus Gesundheitsgründen und Rückkehr auf die Ranch bei Glen Ellen. Der autobiographische Roman *Martin Eden* erscheint. London arbeitet jetzt verstärkt am Auf- und Ausbau der Ranch, u. a. beginnt er das »Wolf House« zu errichten.

1910
Revolution and Other Essays und *Burning Daylight (Der Lockruf des Goldes)* erscheinen.

1911
Die von der Segelreise inspirierten *South Sea Tales (Südseegeschichten)* und *Cruise of the Snark (Die Fahrt der Snark)* werden veröffentlicht.

1912
Smoke Bellew und eine Wiederauflage der Alaska-Geschichten erscheinen. Auf einem Viermaster umsegelt London Kap Horn. *A Son of the Sun (Ein Sohn der Sonne)* erscheint. Erstveröffentlichung von *The Scarlet Plague (Die Scharlachpest)* im *London Magazine*.

1913

London ist der bestverdienende Schriftsteller der Welt. Der autobiographische Roman *John Barleycorn (König Alkohol)* erscheint. Er beschreibt Londons Alkoholexzesse und seinen Kampf gegen den Alkoholismus und avanciert zur Bibel der Prohibitionsbewegung. Kurz vor dem geplanten Einzug brennt das »Wolf House« ab. Die Romane *The Absymal Brute* (1936 mit John Wayne als *Conflict* verfilmt) und *The Valley of the Moon (Das Mondtal)* werden veröffentlicht.

1914

Publikation von *The Mutiny of the Elsinore (Meuterei auf der Elsinore)*. London berichtet als Auslandskorrespondent von der Mexikanischen Revolution.

1915

Mit *The Star Rover (Die Zwangsjacke)* erscheint ein Roman, der sich mit Reinkarnation beschäftigt.

1916

Veröffentlichung des Romans *The Little Lady of the Big House (Die Herrin des Großen Hauses)* und der Kurzgeschichtensammlung *The Turtles of Tasman*. Am 22. November stirbt London vermutlich an Nierenversagen auf seiner Ranch in Glen Ellen.

Nachwort

Als die Welt der Zeitung groß wurde, als sich neue Räume öffneten für Reporter und Geschichtenerzähler, die die Ferne aus der Nähe zeigen wollten und die Fremde im Detail, da zogen auch Schriftsteller in die Welt und suchten den Augenschein. Es waren Abenteurer unter ihnen. Allerdings waren die großen Autoren selten echte Abenteurer, und die echten Abenteurer waren selten auch große Autoren.

Anders Jack London. Robert Musil bemerkte einmal, heutzutage würden die Schriftsteller immer schlechter und die Journalisten immer besser. An anderer Stelle nennt er Jack London »einen sehr lebendigen und klugen Mann«, der zufrieden sei, eine starke Szene und einen guten Gedanken in seine Texte zu schmuggeln, sich sonst aber nicht zu schade sei, ein gutes Garn zu spinnen. Ja, anders als in der deutschsprachigen Literatur üblich, wird hier ein Werk nicht mit Botschaften überfrachtet, vielmehr kann Jack London schlicht gut schreiben, das heißt sachkundig, genau, dicht, fesselnd, und ihm geht der Stoff nicht aus, ihm, dem Kraft- und Tatmenschen, der Arbeiter in der Konservenfabrik, Matrose auf einem Robbenfänger, politischer Aktivist der Arbeitslosenbewegung, Tramp und Student gewesen war, ehe er sich für die Schriftstellerei entschied, und der seinem Scheitern zu entkommen suchte, indem er Goldgräber in Alaska wurde. Dieser Jack London hatte, als er mit 22 Jahren erfolglos von der Goldsuche nach Oakland zurückkehrte, schon ein paar Leben hinter sich. Was er schreiben würde, konnte gar nicht anders als prall sein.

Wenn je ein Autor seine Leserschaft mit Fremde angesteckt, wenn je einer sein Publikum mit Lebenshunger infiziert hat, dann war er es. Jack London ist rasant, er ist ein Wagemutiger, ein Berserker, doch Behutsamer, er ist suchtkrank und depressiv, unvoreingenommen, aber schwärmerisch, zugleich entschieden und den Unterworfenen unweigerlich verbunden.

Dies zusammengenommen, sättigt die Sphäre, in die der Leser eintritt, wo er Jack Londons Bücher öffnet. Es herrscht dort ein Geist der Kühnheit in jeder Hinsicht, und eigentlich ist er es, der das Abenteuerliche bezeichnet. Das Fluidum der inneren Beweglichkeit, der Freizügigkeit und Beherztheit umgibt diesen Erzähler, der seine Leserschaft bindet, nicht allein weil er Strapazen für sie schultert und das Erzählte mit Leiden beglaubigt, sondern auch weil er schreibend Räume zu einem anderen Wahrnehmen, Denken und Urteilen aufstößt. So kann auch dem Leser auf diesen Seiten alles passieren, und vielleicht sucht er eben das.

So wie ich haben viele diesen Autor im jugendlichen Alter entdeckt. Viele vollzogen mit ihm nicht allein den Eintritt in den größeren Horizont der fernen Welt, sondern auch in die Welt erwachsenen Lesens. Man kann sich von dem Bann dieser frühen Lektüren später kaum lösen. Sie bedeuten so viel, und es gibt ja auch Texte, die man mit fünfzehn besser versteht als mit fünfzig. Zu diesen kehrt man später befangen zurück, ängstlich, ihr Zauber könne sich abgenutzt, ihre Magie verbraucht haben. Mit Jack London ergeht es mir anders: Ich trete wieder ein und alles ist sofort da, ich kenne mich aus, ich staune, ganz wie ich damals staunte, und wie damals sind es gar nicht immer die Verläufe der Geschichte, die mich primär in diesen Spannungszustand versetzen, es sind Räume, Requisiten, Situationen, Konstellationen, Satzfetzen, Wendungen, Tempobezeichnungen, Details.

Einen »Abenteuerschriftsteller« hat man Jack London ehemals vorwurfsvoll genannt und gemeint, seine Qualitäten seien eher stofflicher als ästhetischer Natur. Aber nein, manche dieser Erzählungen sind vielmehr trojanische Pferde. Sie erzählen Geschichten, aber der Bauch der Geschichten steckt voller Informationen aus einer unbekannten Welt.

Gewiss hat die historische Situation, in der Jack Londons Reise- und Abenteuergeschichten entstanden, zur Abwertung ihres literarischen Gehalts beigetragen. Der Reisebericht fungierte ja ehedem vor allem als Medium des Kulturtransfers. Missionare, Ordensbrüder, Kaufleute, Forscher waren es zuerst, die vom Exotischen erzählten. Für sie war der fremde Raum entweder der barbarische, den es nach den Gesetzen des eigenen Lokalpatriotismus zu zivilisieren galt, oder man suchte gerade das andere, vermeintlich »natürliche« Leben als das Korrektiv zum eigenen.

Der Brockhaus von 1886 geht bereits so weit und behauptet, die Kulturstufe eines Volkes lasse sich an der Entwicklung seiner Reisetätigkeit ablesen. Das bloße Überschreiten der Handelsreisen – und man ergänze, der Feldzüge – zeuge bereits von überlegenen Zielen und mindere zwangläufig den hinderlichen »Nationalhass«. Kein Kulturraum, den Jack London bereist, dem er nicht seine Würde gelassen, keiner, dem er nicht mit Achtung begegnet wäre.

Die literarische Kritik der Zeit aber wandte sich gegen die Reiseliteratur als Unterhaltungsliteratur, nannte sie kommerziell, sensationslüstern, geschwätzig, schädlich. Zudem dürfe zweckfreies Reisen nie einem kommerziellen Zweck untergeordnet werden, und der Reiz des Außenraums mindere den Wert des Textes. Schon Louis Antoine Bougainville, Leiter der ersten französischen Weltumsegelung hatte in diesem Sinne geschrieben: »Ich bin Reisender und Seemann, das heißt ein Lügner und Dummkopf in den Augen jener Klasse bequemer und anmaßender Schriftsteller, die im Schatten ihres Arbeitszimmers über die Welt und ihre Bewohner philosophieren.«

Zusammenfassend könnte man sagen, drei Dinge sollte der Autor, der auf sich hielt und das Feuilleton seiner Zeit achtete, meiden, wollte er geschätzt sein: Er sollte kein Abenteurer sein, nicht für die Jugend und schon gar nicht um des Geldes Willen schreiben. Dreimal hat Jack London gegen die Literaturkritik verstoßen, und deshalb war er in seiner Heimat bald, anders als in Europa oder Russland, ein weltbekannter vergessener Autor.

Seit sich der Siebzehnjährige 1893 erfolgreich am Schreib-Wettbewerb einer Zeitung beteiligt hatte, war durch die Verviel-

fältigung der Magazine und Zeitungen der Bedarf an Kurzprosa
stark gewachsen, und wie Uwe Böker dargelegt hat, erkannte
London hier eine Möglichkeit, von seiner Passion zu leben. Seit
obendrein 1891 das Copyright in Kraft getreten war, bedienten
sich die Verleger nicht mehr bei den rechtefreien englischen Autoren, sondern beschäftigten lieber lokale Schriftsteller und
banden sie an ihre Organe, so Rudyard Kipling, Bret Harte,
Mark Twain ... Mit seinem Studienabbruch im Jahre 1897 setzt
bei Jack London ein überbordender Produktionsdrang ein. Er
schreibt nachts auf der Schreibmaschine des Schwagers, und
zwar gleich in mehreren Gattungen, auch Essays, Betrachtungen, Short Stories, sogar Verse und Epen.

Nicht länger als fünf Jahre wird er brauchen, um als ein gut
bezahlter Autor reißenden Absatz bei diversen Magazinen zu
finden. Trotzdem war es keineswegs immer einfach, die Ver-
mittlung zwischen den kommerziellen Ansprüchen der Verleger und den eigenen künstlerischen zu finden, war Jack London
doch nebenbei ein akribisch studierender, das Schreiben wie die
Wissenschaft, die Philosophie, die Abstammungslehre oder die
Gesellschaftstheorie erkundender Autor. Er weiß wohl, wie viel
er seinem Stoff verdankt, doch liebt er es zum Missfallen der
Chefredakteure besonders, mit Ideen zu schreiben, eine Sicht
vom Menschen auszubreiten, Thesen zu verfechten, die der Zeit
mitunter riskant erschienen, das Publikum überfordern konnten und die man manchmal geschickt im Stoff verhüllen musste.

Knapp zweihundert Erzählungen hat Jack London geschrieben. Die meisten erschienen zuerst in Publikumszeitschriften.
Sie begegneten einer klaren Lesererwartung, und je erfolgrei-
cher der Autor wurde, desto mehr glaubte man zu wissen, was
eine typische Jack-London-Erzählung auszumachen hatte. Man
kann nicht sagen, dass der Autor diese Erwartung ignoriert
hätte. Manche Schnurre ist unter den Texten, manche Kolpor-
tage-Erzählung, ja in manchen Texten ist es ganz offenbar, das
Zugeständnis an den Ort der Veröffentlichung, den Verleger, die
Absatzerwartung, die Flüchtigkeit. Einigen dieser Texte hat

London in den später erschienenen Erzählbänden wieder ihre ursprüngliche Gestalt gegeben. So recht zusammen aber fließen Recherche und literarischere Idee erst, als er eine Vorstellung vom »Leben« gewonnen hat, und das heißt auch von jener Größe, die mehr ist als ein vitaler Impuls.

Ganz selten reflektiert Jack London sein Reisen und Schreiben, aber seine umfangreichste Reiseerzählung *In einem fernen Land* beginnt er mit den Worten: »Wenn ein Mensch in ein fernes Land reist, muss er bereit sein, viele Dinge, die er gelernt hat, zu vergessen und sich andere zur Gewohnheit zu machen, die Voraussetzung für das Leben in dem neuen Land sind; er muss die alten Ideale und die alten Götter verleugnen und nicht selten die Grundsätze, nach denen er sein Verhalten bis dahin ausgerichtet hat, geradezu umkehren. Wer die proteische Fähigkeit der Anpassung besitzt, dem mag das Neuartige dieser Veränderungen sogar Vergnügen bereiten; doch jene, die die ausgefahrenen Gleise ihrer Lebensbahn noch nie verlassen haben, empfinden den Druck der fremden Umgebung als unerträglich und reiben sich seelisch und körperlich an den neuen Fesseln wund, die sie nicht verstehen.« Diese entlässt der Erzähler entweder in die Umkehr, auf den Heimweg oder in den Tod.

Jack London, dessen Blick uns aus allen Fotos mit brennender Intensität entgegenflammt, ist der Typus des beteiligten Autors, der, was er bezeugt, selbst durchgemacht hat. Er schreibt nicht aus dem Hörensagen, nicht einmal als bloßer Ohrenzeuge, und unglaublich ist, was er weiß: dass die Schlittenhunde vor Hunger die Zugriemen fressen, dass der Frost an den Lungen nagt und dem Husten Klangfarbe gibt, dass einem in tiefster Kälte der Schweiß ausbrechen kann, wenn man den Schmerzensschrei beim morgendlichen Schuhe-Anziehen unterdrücken will. Er weiß um die Zerfallsstufen der Hand eines Leprakranken, kennt die Kur gegen Pockenbakterien und die Typen der Wogen, die ein Orkan über ein Schiff wirft. Er kennt Stammeskulturen und indianische Traditionen, er ergründet die Psychologie der Mischlinge und Fragen der Integration, er kennt sich aus in der chinesischen Geschäftswelt, weiß, welche Rohstoffe gehandelt, welche Plantagen man wo zu welchem Preis und mit wie viel Prozent Profit verkaufen konnte. Ja, wie Chinatowns in der Südsee entstanden sind, wie sich das anti-chinesische Ressentiment bilden konnte, das versteht man bei Jack London, und man findet es heute noch in Tonga oder auf den Salomonen, wo chinesische Verkäufer die Kundschaft hinter den Vergitterungen ihrer Läden erwarten, aus Angst vor Plünderungen.

Wo sonst fänden sich Szenen wie der Abschied einer Leprakranken, bevor sie auf die Quarantäne-Insel reist oder der Amoklauf eines alten Indianers? Wo sonst offenbarte sich der polynesischen oder der indianischen Welt gegenüber solches Verständnis für die Alten, solche detailscharfe Sicht der Generationsprobleme unter Einwanderern? Und welchem Augenzeugen stünden solche literarischen Mittel zur Verfügung?

London schreibt mal blumig, mal protokollarisch, mal im Idiom eines fiktiven Erzählers oder Einheimischen, mal als der ferne Beobachter aus der weißen Welt. Er stellt die romantische Mär von der tiefen Freundschaft zwischen Herr und Diener neben die Legende vom sagenhaften Ahnen und dem Verbleib seiner Leiche, die Geschichte der Bekehrung einer Frau neben den Rapport einer Hai-Jagd, die Liebeserklärung an das Hawaii seiner Zeit neben die Klage über den Kolonialismus. Er ist der Meister des Kolorits und kann »mit Zungen reden«. Er ist großzügig mit seinen Stoffen und lässt am Rande ganze Miniaturen liegen, aus denen man Geschichten hätte gewinnen können.

Mitten in einer klassischen Männerwelt, dort, wo herkömmlicherweise die Rituale der Alphatiere vollzogen, wo Prüfungen bestanden, Konkurrenzen entschieden werden, gelingen ihm obendrein immer wieder starke, vorurteilsfreie Frauenfiguren, denen nicht vor allem Schönheit, sondern Kraft, Zähigkeit, Charakterfestigkeit, Witz verliehen wird. Ja, eigentlich »kann« er sie alle: Frauen, Männer, Helden, Verlierer, Schwächlinge, Kraftmenschen, Alte, Unreife, alle sind ihm zugänglich, und manche Wirkung verdankt sich schierer Magie.

So hinterlässt Jack London im Leser starke, suggestive Landschaftsbilder. Blickt man aber genauer hin, entdeckt man, dass er de facto kaum Landschaftsbeschreibungen kennt – ein paar Striche, gewiss, im Nebenher, im peripheren Sehen auch mal eine dahin getuschte Bucht, eine Hügellinie, ein Wald, aber eigentlich sind es die handelnden und die leidenden Figuren in denen sich die Landschaft herausbildet, indem sie sie erschließen. Es kann Jack London sogar gelingen, einen Ort nur durch Wind und Stille entstehen zu lassen, er kann die Natur ausbreiten allein als der vom Menschen zu durchquerende, zu meisternde Raum, und dann bricht sich alles in der Leidensfähigkeit von Figuren, nicht in der des Autors. Denn der Abenteurer weiß um die Natur auf ganz andere Weise, als es der Autor weiß. Der Abenteurer ist kein Betrachter, er hat die Natur überleben müssen. Das ändert auch ihr Bild.

Jack London ist 17 Jahre alt, als er 1893 auf einem Robbenfänger an den Marquesas vorbeisegelt. Da liegen sie fern, doch nah, viel versprechend. Er wird sie wiedersehen, er wird wieder aufbrechen, als Reporter, als Autor. Später, als er, der Kapitän seiner selbstgebauten »Snark«, das Projekt der Weltumsegelung im Hafen von Honolulu unterbrechen muss, wird er die zwei Monate der Schiffsreparatur nutzen, um in die dortige Gesellschaft, das multinationale, multi-ethnische Leben von Hawaii einzudringen.

Am Ende wird London seine Weltumsegelung ganz abbrechen müssen. Krankheiten zwingen ihn, Nierenkoliken, Rheuma. Er ist Alkoholiker, seine Frau erleidet eine Fehlgeburt, die Ranch, die er bei San Francisco ausbaut und bewirtschaftet, entwickelt sich zum Fiasko. Er trägt innere weltanschauliche Kämpfe aus, wird Kriegskorrespondent in Mexiko, tritt noch 1916, im Jahr seines Todes, aus der Sozialistischen Partei aus und reist ein letztes Mal nach Hawaii. Jetzt aber wendet er sich vom Alltäglichen ab und stärker den Mythen und Legenden zu, auch im Bewusstsein ihrer Gefährdung durch das Eindringen weißer Forscher, Missionare und Kolonialherren. »Wahrlich!«, so hatte schon Georg Forster, der James Cook auf seiner zweiten Reise in den südpazifischen Ozean begleitete, ausgerufen, »wenn die Wissenschaft und Gelehrsamkeit einzelner Menschen auf Kosten der Glückseligkeit ganzer Nationen erkauft werden muß; so wär' es für die Entdecker und Entdeckten besser, dass die Südsee den unruhigen Europäern ewig unbekannt geblieben wäre!«

Jack London ist immer der Autor der Differenz. Nicht nur gelingt es ihm, die Fremde als Fremde intaktzuhalten, er setzt sie immer wieder ins Recht, so wenn er den alten Indianer, der ein Massenmörder ist, vor Gericht sagen lässt: »Wir waren bitter enttäuscht: ›Was für den weißen Mann gut ist, ist nicht gut für uns.‹ Und das ist wahr. Es gibt viele dicke, weiße Männer, aber sie haben uns aufgezehrt und wir sind mager geworden. (...) Die Weißen kommen zwar wie der Hauch des Todes, alles, was sie bringen, führt zum Tod, sie atmen den Tod, aber sie sterben nicht. Sie haben den Whisky, den Tabak, die kurzhaarigen Hunde; sie haben die vielen Krankheiten, die Pocken und Masern, den Husten und das Blutspucken; sie haben die weiße Haut, keine Widerstandskraft gegen Frost und Sturm; die Pistolen, die sechsmal sehr schnell hintereinander schießen und wertlos sind. Und doch werden sie fett und gedeihen trotz ihrer zahllosen Übel; ihre schwere Hand lastet auf dem ganzen Land, und sie treten seine Völker mit Füßen. Ihre Frauen sind zart wie Säuglinge, ganz zerbrechlich und werden doch nie gebrochen, sondern Mütter von Männern. Aus aller Zartheit und Krankheit und Schwäche kommt Kraft und Macht und Herrschaft. Vielleicht sind sie Götter, vielleicht Teufel. Ich weiß es nicht.«

Vielleicht auch, weil er sich selbst in ihnen erkennt, besitzt Jack London ein unstillbares Interesse an den Grenzgängern – Einheimischen, die sich in Polynesien den Weißen annähern, Indianern, die als Vermittler auftreten, wie jener alte Indianer Sitka Charly, der den Seinen den Rücken kehrte, unter Weißen lebte und doch kein Weißer wurde. Immer wieder sind es jene Figuren, die ihm selbst, dem hoch Assimilierten, ähnlich sind.

Es geht hier auch um das Verständnis des Eigenen im Fremden, um das Erkennen des Eigentlichen im Anderen.

Eine derartig ebenbürtige Darstellung jener Kultur, in die er eintritt, könnte ihm nicht gelingen, wäre Jack London nicht auch Bewahrer der »oral history«, der mündlichen Überlieferung. Eingeschlossen in seine Texte hat er die Stimmen derer, die keine Stimme hatten und sie im Werk erheben auch zum vernichtenden Urteil über die Weißen, jene, die als Ausbeuter kamen und nichts zu schenken hatten. Lange bevor die Weisheit der Indianer zu Coffeetable-Platitüden und Kalendersprüchen verarbeitet wurde, exzerpierte Jack London ihre apokalyptischen Visionen, aber nicht als düstere Weissagungen, sondern als Expertise der gegenwärtigen Welt. Dies sind Berichte aus einer Welt, in der der Indianer schon unterworfen, aber noch nicht besiegt ist. Sie müssen in einer Zeit, da sich die Vernichtungsenergie des Weißen gegen sich selbst und die Grundlagen seiner Existenz gerichtet hat, erst wahrhaft prophetisch erscheinen.

Wo die Weißen in diese Landschaften eindringen, gleich ob es die Goldgräber in Alaska sind, die Kolonialherren in Polynesien oder die Missionare allüberall, besteht ihre fatale Wirkung nicht allein in der Missachtung der Naturgesetze, denen sie oft selbst zum Opfer fallen, sondern in ihrer Macht, die Einheimischen zum Verrat am Eigenen zu bringen. Obsessive Charaktere sind diese Weißen, geradezu fanatisch treiben ihre Missionen die Handelnden voran. Immer wieder verleugnen sie, was London als »die rechte innere Einstellung«, »Selbstlosigkeit, Nachsicht und Toleranz« propagiert, ein Bewusstsein, das im Handeln eher sichtbar wird, als im Reden.

Der zentrale Komplex der Erzählungen Jack Londons entfaltet sich zwischen der lieblichen Opulenz Polynesiens und der lebensabweisenden Kargheit Alaskas. Die Südsee, ein utopischer Ort, an dem Exotismus und Eskapismus zusammenlaufen, die Gegend in der Herman Melville, Paul Gauguin, Robert Louis Stevenson das Glück fanden, verklärt Jack London in einer Liebesbekundung, die er von Mark Twain zitiert, der über Hawaii schrieb: »Kein fremdes Land auf der ganzen Welt hat einen so tiefen, starken Reiz auf mich ausgeübt wie dieses; kein anderes Land konnte mich, ob ich nun schlief oder wachte, ein halbes Leben lang so ganz und gar in seinen Bann schlagen. Andere Dinge entfallen mir, aber Hawaii haftet in der Erinnerung; andere Dinge ändern sich, aber dieses Land bleibt, wie es war.«

Wo aber würde dieser Ferne so sehnsüchtig gedacht wie am anderen Pol der Welt Jack Londons, in der Todeszone des Eises, an den unwirtlichsten Plätzen Alaskas. Die Erzählungen aus dieser Region wimmeln von jenen Namen, deren Aura sich bis heute nicht zuletzt seinem erzählerischen Werek verdankt: Klondike, Yukon, Dawson, Forty Mile, es sind die Außenposten der Suche nach Gold, nach Glück, es sind die Schauplätze der Kämpfe, die der Mensch mit der Natur, mit sich und seinesgleichen führt und an denen nur ein Gewinner immer schon a priori feststeht: die Wildnis. Denn mag der Mensch auch mal entkommen, überleben, die Natur ist Macht, sie herrscht, und bei Jack London zeichnet sich noch nicht ab, dass sie besiegt, zerstört und in die Defensive getrieben werden könnte. Gleichwohl schließt der Boden sie überall ein, die Leichen jener, die hier verendeten. Die Erde erzählt ihre Geschichten. Jack London aber sucht nicht dies Drama allein. In den Extremen der Landschaft, des Klimas und des Abenteuers kommt in seinen Erzählungen am Ende aller Erniedrigung das Eigentliche zum Vorschein, und so erscheint sie zuletzt, die Kategorie des Erhabenen im Menschen und in der Natur.

Für Jack London erscheint in der Strapaze, in der lebensbedrohlichen Situation, in der Konfrontation mit dem Sturm, der Woge, dem Frost, nicht die Gefahr allein, sondern hier öffnet sich eine neue Möglichkeit, den Menschen zu sehen, den ausgesetzten, gebrechlichen, gefährdeten Menschen, und so ist alles Abenteuern um des Abenteuers willen eine unbeschenkte, blindwütige, vom Scheitern verurteilte Tätigkeit.

In einer seiner ergreifenden Erzählungen, *Feuermachen*, verfolgt er den Sterbeprozess eines Unbedarften, eines Neulings in seinem ersten Winter, und es heißt: »Das Problem war, dass ihm das Vorstellungsvermögen abging. Er erfasste die Dinge des Lebens rasch, aber nur die Dinge, nicht ihre Bedeutung.« Minus fünfzig Grad Fahrenheit bedeuten für ihn »bloß, dass es ungemütlich kalt war, mehr nicht. [Dieser Umstand] brachte ihn nicht dazu, über seine Gebrechlichkeit als temperaturabhängiges Wesen nachzudenken oder über die Gebrechlichkeit des Menschen im allgemeinen, (…) und er stellte, von solchen Überlegungen ausgehend, auch keine Mutmaßungen über die Unsterblichkeit des Menschen und den Platz des Menschen im Universum an.« Die Überlebenden aber sind immer solche, denen fünfzig Grad unter Null mehr sagen als fünfzig Grad unter Null.

Jack London ist in solchen Texten ein unbarmherziger, aber gerechter Porträtist: Der Mensch wird unterworfen, er unterliegt einer Natur, die herrscht, die ihn duldet oder die ihn abschütteln möchte, deren Geboten er gehorcht oder deren Verbote er missachtet. Der Einheimische ist dem Eindringling voraus nicht allein im Wissen um die Natur – und dieses Wissen drückt sich in auch animistischen, religiösen, rituellen Formeln, Gebeten und Opfern aus – er kennt sich selbst genauer, als der Fremde sich kennt, er weiß, geschult an den Vernichtungsszenerien der Schöpfung, besser um die eigenen Grenzen. Schließlich war er schon so oft in Gefahr, hat sich dem Meer, dem Sturm, der Hitze, dem Eis, der Finsternis, dem Flusslauf schon so oft ausgesetzt, hat die Aussicht auf den eigenen Tod schon so oft überlebt, dass er davor schlicht geworden ist, man könnte auch sagen weise, abgeklärt, wissend. Die größten Abenteurer im Werk Jack Londons hat man alle immer wieder klein werden sehen, demütig vor der Naturgewalt, an die Grenze ihrer Existenz getrieben, reduziert auf einen Zustand, in dem sie nur noch vom Glimmen des eigenen Lebenslichts erwärmt wurden.

Moral und Amoral der Welt Jack Londons entspringen hier. Sie haben im elementaren Sinn oft weniger mit dem Gemeinschaftswohl zu tun, als mit einem Gehorsam gegenüber Naturgesetzen, der Anerkennung jener überlegenen Macht, die sich wie jede Macht als aufgeschobene Gewalt manifestiert. Räume öffnen sich, in denen sich eine ungeheure Zerstörungsenergie staut, und die Protagonisten, die in diese Räume treten, werden entweder Opfer der Natur oder ihrer selbst. Exemplarisch hat Jack London diese Bewegung in seiner Erzählung *Der Blick aus dem Fenster* instrumentiert: Atemlos und von geradezu symbolischer Unrast ist die Bewegung, in der drei Menschen in einer grimmigen Schneelandschaft einen vierten verfolgen. Zuletzt verlangsamt sich die Bewegung der Beschleunigung bis in die Zeitlupe. Dort haben alle vier endlich »das Leben« vor sich, die Freude, den Tod, den »Sinn« sogar und alles erstarrt in einem finalen Bild, das offen bleibt und zu deuten ist.

Jack London, der manchen Ort erstmalig literarisch besetzte und für eine lesende Weltöffentlichkeit die Vorstellung von Alaska wie von der Südsee prägen half, er hat sich gegen Exotismus auf der einen und Abenteuerromantik auf der anderen Seite immer wieder verwahrt, hat immer wieder selbst das Eigene wie etwas Fremdes betrachtet. In *Nam-Bok, der Lügner* verlässt der Indianer seinen Stamm in Alaska und betritt die Welt der Weißen, die er sich fassungslos, mit dem immer wieder erneuerten »ersten Blick« aneignet. Nach seiner Heimkehr erzählt der Totgeglaubte den Seinen von Schiffen, der Eisenbahn, der Großstadt, dem Geld und wird als Lügner, als Geist oder Untoter verstoßen.

Nicht bei dem arglosen, unvoreingenommenen Blick des »Primitiven« auf die technische, großstädtische Welt der Weißen belässt es Jack London. Nein, als Nam-Bok heimkehrt, endlich wieder jene sehnsuchtsvollen Bilder sieht – etwa, wie Frauen das Fett von der Innenseite der Robbenfelle schaben oder mit Tiersehnen Stiefel aus Seehundsfell zusammen nähen – da heißt es unvermittelt: »Nam-Bok ließ das Bild auf sich wirken, doch fehlte ihm der Zauber, den es in seinen Erinnerungen ausgestrahlt hatte. In den Jahren seiner Wanderschaft hatte er immer davon geträumt, und jetzt, wo es Wirklichkeit war, fühlte er sich enttäuscht. Es war ein schäbiges, dürftiges Leben, dachte er«.

Jack London ist ein klassischer Schriftsteller auch durch den Rhythmus seiner Blickwechsel. Seine Abenteuer erzählen von Berührungen mit einer Wirklichkeit, die sich in der Illusion, im Heimweh, im Staunen, im Existenzkampf, wie in der Todesangst immer anders offenbart, sich aber selbst aus dem Bodensatz von allem, aus der »schäbigen, dürftigen« Realität, zum Hymnus an das Leben erheben kann.

Roger Willemsen

James Fenimore Cooper
Der letzte Mohikaner
Band 90101

Längst zum geflügelten Wort geworden, ist ›Der letzte Mohikaner‹ einer der bekanntesten Indianer- und Abenteuer-
romane der Weltliteratur. Coopers packende Schilderung einer
Odyssee durch den amerikanischen Urwald hat Generationen von Lesern begeistert und ist nicht zufällig immer wieder
verfilmt worden. Die letzte und schönste Verfilmung stammt
von Meisterregisseur Michael Mann, der wie kein anderer die
suggestive Bildwelt des Romans mit ihren blutigen Kämpfen
und wilden Leidenschaften inmitten einer atemberaubenden
Natur in die Filmsprache Hollywoods übersetzt hat.

Das gesamte Programm von Fischer Klassik
finden Sie unter:
www.fischer-klassik.de

Fischer Taschenbuch Verlag

Georg Forster
Vom Reisen
Ein Lesebuch
Herausgegeben von Helmut Scheuer
Band 90194

Mit James Cook ist Georg Forster um die Welt gereist, mit Alexander von Humboldt hat er europäische Länder erkundet und wurde wegen seiner naturwissenschaftlichen Forschungen bereits als 23-Jähriger in die Londoner Royal Society aufgenommen. Dieser Band versammelt die schönsten und wichtigsten Texte zum Thema Reisen aus Forsters umfangreichem Gesamtwerk.

Inhalt: Auszüge aus »Reise um die Welt« und »Ansichten vom Niederrhein«, »Cook, der Entdecker« und viele andere.

Das gesamte Programm von Fischer Klassik
finden Sie unter:
www.fischer-klassik.de

Fischer Taschenbuch Verlag

Alexander von Humboldt
Das große Lesebuch
Herausgegeben von Oliver Lubrich
Band 90162

Der große Naturforscher und Reiseschriftsteller Alexander von Humboldt erlebt seit einigen Jahren eine erstaunliche Renaissance. Wissenschaftlich und literarisch zugleich, lassen uns seine Schriften staunen über den Reichtum der Natur, und sie wecken die Sehnsucht nach einem Verständnis fremder Kulturen. Dieses attraktive Lesebuch, herausgegeben von dem Humboldt-Kenner Oliver Lubrich, bietet eine repräsentative Auswahl aus dem Gesamtwerk, mit ausnahmslos ungekürzten Texten im originalen Wortlaut.

Inhalt: ›Pittoreske Ansichten in den Cordilleren‹, ›Über einen Nachtvogel Guacharo genannt‹, ›Über zwei Versuche, den Chimborazo zu besteigen‹ und viele andere.

Das gesamte Programm von Fischer Klassik
finden Sie unter:
www.fischer-klassik.de

Fischer Taschenbuch Verlag

Herman Melville
Moby-Dick
Roman
Aus dem Amerikanischen von Friedhelm Rathjen
Band 90195

Melvilles weltberühmter ›Moby-Dick‹ ist ein Abenteuerroman im doppelten Wortsinn: Mit seiner Geschichte vom
fanatischen Kapitän Ahab und seiner Jagd nach dem Weißen
Wal erzählt der Roman eines der packendsten Seeabenteuer
der Weltliteratur. Mit seinem enzyklopädischen Anspruch
unternimmt der Roman aber zugleich auch eine faszinierende
und irrwitzige Reise durch die abenteuerlichsten Wissens-
und Sprachgebiete seiner Zeit.

»Friedhelm Rathjen hat die liebevollste aller
Moby-Dick-Übersetzungen geliefert.«
Klaus Brinkbäumer, Kulturspiegel

Das gesamte Programm von Fischer Klassik
finden Sie unter:
www.fischer-klassik.de

Fischer Taschenbuch Verlag

fi 90195 / 1

Roger Willemsen
Deutschlandreise
Band 16023

Wochenlang reiste Roger Willemsen mit dem Zug durch Deutschland, von Konstanz nach Kap Arkona, von Bonn nach Berlin. Aus seinen Begegnungen mit Menschen unterschiedlicher Art entsteht das facettenreiche Bild eines Landes. Mit wachem Blick entdeckt er das Wesentliche im Alltäglichen und das Typische im Zufälligen – das Glück und Unglück des ganz normalen Lebens.

»Was ist das für ein Buch, ein
Sachbuch? Nein, das ist viel mehr, das ist eine
grandios erzählte Reise ins Innerste eines Landes,
das unser Land ist, bereist von einem Autor, der
Klischees nicht auf den Leim geht, vor Obrigkeiten und
ihren Vorschriften nicht in die Knie bricht und der
Menschen so zuhören und sie so beschreiben
kann, dass wir in ihr Herz sehen. Das können
nur die Dichter. Willemsen ist einer.«
Elke Heidenreich

»Willemsens exakte Portraits von Deutschen gehören
zum Besten, was man in diesem Genre lesen kann.«
Frankfurter Allgemeine Zeitung

Fischer Taschenbuch Verlag

Roger Willemsen
Afghanische Reise
Band 17339

Nur wenige Monate nachdem in Afghanistan eine über
25-jährige Kriegsgeschichte zu Ende ging, begleitet Roger
Willemsen eine afghanische Freundin auf ihrem Weg in die
Heimat: von Kabul nach Kunduz und durch die Steppe
zum legendenumwobenen Oxus, dem Grenzfluss zu Tad-
schikistan – die abenteuerliche Reise durch ein erwachendes
Land.

»Willemsen begegnet allen mit entwaffnender
Neugier und Offenheit, ganz gleich ob Frontsoldat
oder General, Drogenschmuggler oder Nomade,
Menschenrechtlerin oder ehemaliger Mudschahed.
Dass er sich dabei manchmal eine fast kindliche Naivität
bewahrt, macht ihn umso mehr zum klugen Beobachter.
Reiseliteratur vom Feinsten.«
stern

Fischer Taschenbuch Verlag

fi 17339 / 1